MARIETTE LINDSTEIN

Die Sekte – Deine Angst ist erst der Anfang

MARIETTE LINDSTEIN

DIE SEKTE

DEINE ANGST IST ERST DER ANFANG

THRILLER

Aus dem Schwedischen
von Kerstin Schöps

blanvalet

Die Originalausgabe erschien 2016 unter dem Titel
»Sekten som återuppstod« bei Mörkersdottir Förlag, Rättvik.

Dieses Buch ist auch als E-Book erhältlich.

MIX
Papier aus verantwortungsvollen Quellen
FSC® C014496

Verlagsgruppe Random House FSC® N001967

2. Auflage

Neumarkter Str. 28, 81673 München
Redaktion: Joern Rauser
Umschlaggestaltung: www.buerosued.de
Umschlagmotiv: Arcangel Images (Collaboration JS; Nik Keevil);
Wil Immink
BL · Herstellung: sam
Satz: KompetenzCenter, Mönchengladbach
Druck und Bindung: GGP Media GmbH, Pößneck
Printed in Germany
ISBN 978-3-7341-0784-9

www.blanvalet.de

Was bisher geschah:

Sofia hat eine missglückte Beziehung hinter sich, ihr fehlt die Ruhe, nach dem Studium an der Uni zu bleiben. Es muss noch etwas anderes geben! Als sie eine Anfrage bekommt, ob sie eine Bibliothek für die Organisation ViaTerra aufbauen will, die auf einer Insel residiert, greift sie zu. Denn sie hat nichts zu verlieren. Und die Tatsache, dass ihr das Angebot von einem attraktiven und äußerst charismatischen Mann unterbreitet wird, macht ihr die Entscheidung noch leichter.

Auf der Insel angekommen, fällt es ihr nicht schwer, sich mit der Lebensweise der Organisation anzufreunden: Schlaf in absoluter Dunkelheit, Essen nur aus selbst produzierten Lebensmitteln und Handyverbot. Ihr einziges Problem ist, dass sie nicht weiß, wie sie sich dem Anführer von ViaTerra, Franz Oswald, gegenüber verhalten soll. Sie spürt eine fast animalische Anziehungskraft, und auch er scheint nicht uninteressiert zu sein.

Eines Tages lernt sie Benjamin kennen, einen fröhlichen und unbekümmerten jungen Mann, der ganz anders als Franz Oswald wirkt. Sie verlieben sich ineinander. Da aber physische Liebe verboten ist, wenn man nicht verheiratet ist oder zusammenlebt, wissen sie nicht, wie sie die Liebe leben können. Eines Tages muss Sofia ihren Job als Bibliothekarin aufgeben und wird zu Franz Oswalds persönlicher Assistentin. Es folgt eine emotionale Berg-und-Tal-Fahrt. Sie entdeckt, dass Oswald auch andere, dunkle Seiten hat. Um zur

Ruhe zu kommen, ziehen Benjamin und sie schließlich zusammen.

Als der Journalist Markus Strid für eine Reportage auf die Insel kommt, tut Franz Oswald alles, damit die Organisation eine gute Publicity bekommt. Mit seinem Besuch zufrieden, reist Strid wieder ab, und Sofia kann erleichtert aufatmen. Darum ist es für alle ein Schock, als der vernichtende Artikel über ViaTerra veröffentlicht wird. Franz Oswald gibt den Angestellten die Schuld und dreht vollkommen durch. Das ist der Anfang vom Ende.

Die Stimmung bei ViaTerra schlägt um. Immer weniger Gäste kommen, Franz Oswalds Laune wird zunehmend labil, und das Personal traut sich gegenseitig nicht mehr über den Weg. Für die banalsten Dinge – zum Beispiel für Ungeschicklichkeit – führt Franz Oswald Strafen ein, und jeder Kontakt zum Festland wird verboten. Zu spät begreift Sofia, dass etwas gewaltig schiefläuft, aber da ist es fast zu spät, noch zu fliehen.

Franz Oswald zwingt Benjamin dazu, sich von einer Klippe zu stürzen. Sofia ist am Boden zerstört, denn sie ist von Benjamins Tod überzeugt. Bei dem gutherzigen Simon, der sich rührend um seine geliebten Pflanzen im Gewächshaus kümmert, sucht sie Trost. Auch er teilt ihre Ansicht, dass etwas geschehen muss.

Sofia flieht. Es gelingt ihr, dank einiger Wohltäter bis zu der alten Hütte ihrer Großmutter in Norrland zu kommen, um sich dort zu verstecken. Hier erfährt sie mehr über die schreckliche Kindheit von Franz Oswald und erschreckt entsetzlich, als sie begreift, dass Benjamin noch lebt. Gemeinsam wenden sie sich an die Polizei, die eine Razzia auf der Insel durchführt und die Organisation zerschlägt.

Sofia hat Franz Oswald zwar aus ihrem Leben verbannt, aber kann man sich wirklich ganz von ihm befreien?

PROLOG

Schon wieder derselbe Alptraum. Ihr Herz rast, die Haut ist mit einer Schweißschicht überzogen. Ihr Körper fühlt sich schwer und leblos an, schier unmöglich ist es, sich aus dem stickigen Dämmer des Schlafes loszureißen. Doch endlich gelingt es ihr, und mit keuchendem Atem wacht sie auf.

Sie kann sich nicht orientieren. Etwas fehlt hier, die Erleichterung, wenn die Augen das Licht einfangen und die Gegenstände im Zimmer erkennen. Vollkommene Dunkelheit. Keine Konturen, kein Schatten. Es riecht nach Erde und Schimmel, und es zieht, als stünde ein Fenster offen.

Auch mit ihrem Körper stimmt etwas nicht. Ihr Kopf und die Augenlider sind so schwer. Schwindel und Übelkeit. Ihr Kopf streikt, kann keinen logischen Zusammenhang herstellen. Eine schleichende Angst packt sie, mit jedem Atemzug kommt sie näher, nimmt aber noch keine Form an. Es juckt im Gaumen und sticht in den Augen. Ihre Erinnerung ist leer. Eine Weile kämpft sie gegen diese Leere an, bis die Bilder allmählich zurückkehren. Das Bett in der Wohnung. Der Wein, die Schläfrigkeit. Eine Hand auf ihrer Stirn. *Entspann dich!* Das waren die letzten Worte, bevor sich der Raum auflöste und verschwand. Später folgte dann ein kurzer Moment der Wachheit. Bewegung, Erschütterung und schreiende Mowen. Ein kurzer Blick nach oben, Nebel, überall nur Nebel. Dann spürte sie einen Stich im Oberschenkel und tauchte wieder in die Dunkelheit ab.

Ein verdrängtes Gefühl meldet sich in ihrem Inneren. Jetzt weiß sie Bescheid. Wehrt sich gegen weitere Bilder. Will gar nicht begreifen müssen, was passiert ist. Trotzdem weiß sie es längst. Tief in ihr hatte sie immer befürchtet, dass dies hier ihr eigentliches Ziel gewesen ist.

Als die Tür geöffnet wird und das Licht in den Raum fällt, keimt kurz Hoffnung auf, aber dann hört sie die Schritte, ein vertrautes Geräusch. Der Geruch seines Rasierwassers liegt in der Luft. Seine Nähe löst einen irrsinnigen Juckreiz auf ihrem Körper aus. Sie spürt den starken Impuls, aufzuspringen und wegzurennen. Er ist so stark, dass er ihr die Luft nimmt. Der Druck auf der Brust brennt, so stark ist er. Atemnot. Die Kraft wird aus ihren Muskeln gesogen. Das Herz schlägt laut und unregelmäßig. Kleine schwarze Punkte tanzen über ihre Augen.

Seine Stimme ist freundlich und ruhig.

»Willkommen zurück.«

Mit einem lauten Knall fällt die Tür hinter ihm zu.

Ihr entfährt ein beinahe animalisches Wimmern. Der Schrei beginnt seinen Weg als ein Kitzeln im Gaumen, steigt aus der Lunge nach oben, drängt sich durch den Kehlkopf und erzeugt ein Crescendo, so laut, dass es die Ohren betäubt.

Dann wird es still. Und dunkel. Es gibt nur noch ihn und sie.

Vermerk/ Notizen
Untersuchungshaft, Justizvollzug, Göteborg

Aus Asche bist du entstanden, zu Asche wirst du werden.

Der Vogel Phönix verbrennt, und aus der Asche wird ein

neuer Vogel geboren, jünger und stärker als der vorherige. Ein Phönix lebt fünfhundert Jahre lang und zerstört sich dann in einem großartigen Ritual selbst. Und ersteht erneut, in einer noch mächtigeren Gestalt.
Schwebt hoch oben am Himmel.
Sein scharfer Blick gleitet über die karge Landschaft der Erde.
Mit seiner strahlenden Schönheit erzeugt er starkes Verlangen und schenkt unerschöpfliche Inspiration.

Auch ich und meine Ideale werden auferstehen, wie Phönix aus der Asche.

Alles, wonach der Mensch sucht und sich sehnt, ist hier, in mir.

Die dicken Betonwände, der Gestank des Putzmittels, der Dreck an den Wänden und die Fliegen in den Lampenschirmen.
Nichts davon berührt mich.
Im Gegenteil, ich sehe die Möglichkeiten, die ich mir nicht einmal in meinen dunkelsten Träumen hätte vorstellen können.

Ich kann mich aus Zeit und Raum bewegen und dieses Gefängnis von oben betrachten. Das Loch.
Dieser kurze Moment in Gefangenschaft ist nicht mehr als ein einziger Herzschlag in dem unendlichen Puls der Ewigkeit.
In wenigen Monaten schon werde ich zurück sein. Stärker. Mächtiger.

Ich sehne mich bereits nach ihr.

Der zarte Duft des Parfums auf ihrer Haut.
Die Haarsträhnen, die sich aus ihrem geflochtenen Zopf gelöst haben und in ihren weißen Nacken fallen.
Die weiche Kontur ihres Kinns.
Das Zucken ihrer Mundwinkel, wenn sie aus dem Konzept gebracht wurde.
Die dunklen Wolken, die ihren Blick manchmal verdunkelten.
Ihr Gähnen, das sie nicht immer unterdrücken konnte.
Die witzige Art, wie sie »Ja, Sir!« sagte, ohne es zu meinen.
Ihre Frechheit, die ich nicht ausmerzen konnte.
Ich war immer schon ein Meister darin, Details zu entdecken.
Und ihre Details, die ihr Ganzes ausgemacht haben, waren unwiderstehlich.
Sie ist so bezaubernd natürlich gewesen.

Ich spüre, dass mein Herz schneller schlägt, wenn ich nur an sie denke.

Aber ich spüre auch eine quälende Wut, mit der ich mich noch nicht beschäftigt habe. Denn wenn ich das tue, werde ich die aufgestaute Kraft gegen sie wenden. Ich tauche ab in diesen Gedanken und halte mich für eine ganze Weile an einem besonders dunklen Ort auf.
Als wäre ich im Schatten von etwas Unheilverkündendem gelandet.

Aber dann denke ich wieder an die Zukunft, die wie ein taunasses, glitzerndes Spinnennetz in der Morgensonne vor mir liegt.

Ich höre Schritte, die sich nähern. Die hohen Absätze knallen auf den Betonboden.

Ich weiß sofort, wer da kommt.
Ein anderes vergängliches Wesen, das mein ewiges Leben durchquert.
Anna-Maria Callini.
Oh, Anna-Maria, du hast nicht die geringste Ahnung, wie meine Pläne für dich aussehen.
Gleich stehst du dort in der Tür vor mir.
Und ich werde mein schönstes Lächeln aufsetzen.

Die Vorstellung kann beginnen!

KAPITEL 1

Anna-Maria Callini legte die Kleidungsstücke auf die Ottomane. Glatt und ordentlich. Die Bluse ganz nach oben, darunter den Rock. Der BH kam auf die Bluse, die Unterhose auf den Rock, die halterlosen Strümpfe in voller Länge ausgestreckt daneben. Sie stellte die Schuhe auf den Boden davor und hängte das Jackett auf den Kleiderständer. Die Handtasche legte sie auf den Tisch. Dann inspizierte sie das Ensemble mit kritischen Augen. Der schmale, eng anliegende stahlgraue Rock von Armani, die weiße Bluse, das graue Jackett von Prada und die rote Handtasche von Louis Vuitton. Dazu die Schuhe – von Manolo Blahnik – mit den Metallabsätzen. Das Set hatte sie sich auf ihrer letzten Reise in New York für gut fünftausend Euro gekauft. Merkwürdigerweise fühlte sie sich bei dem Anblick all der Sachen jetzt irgendwie billig. Als würde er ihre luxuriöse Fassade sofort durchschauen können. Aber wenigstens war sie für morgen vorbereitet. Und spürte, wie sich der Stress allmählich legte.

Sie zog die Tagesdecke vom Bett, kroch unter die Decke und legte sich mit einem Seufzer auf den Rücken. Wichtig war nur, dass sie schlafen konnte. Sie brauchte ihren Schönheitsschlaf. Sie stellte sich den Wecker, überprüfte ihn zweimal und schaltete dann das Licht aus. Sie wollte nur diese Nacht hinter sich bringen. Und ihn dann endlich wiedersehen. Eine Weile kämpfte sie gegen die innere Unruhe und Ungeduld an, aber dann gelang es ihr, sich zu entspannen.

Ihre Gedanken wanderten zurück zu ihrer ersten Begegnung. Dort blieben sie hängen. Wie immer. Ihre Haut kribbelte, Erregung pochte im Unterleib. Sie schob ihre Hand unter die Decke und befriedigte sich. Aber auch das half nicht.

Bei ihrer ersten Begegnung hatte sie sich dumm angestellt. Ihr waren die Knie weich geworden, und sie hatte gezittert. Das würde ihr dieses Mal ganz bestimmt nicht passieren. Damals hatte sie keine Chance gehabt, sich vor dem Sturm in Sicherheit zu bringen, mit dem Franz Oswald in ihr Leben eingedrungen war. Trotzdem beschlich sie das unruhige Gefühl, dass sie sich veränderte. Diese quälende Stimme im Hinterkopf. Sie war zur fiesen Bitch im Gerichtssaal geworden, zu einer Unerbittlichen. Sie hatte die Zeugin, die vor Oswald zu einem zitternden Angsthäschen wurde, vor allen demontiert.

Alles hatte damit angefangen, dass sie die Verfahrensakte durchgelesen hatte und ihr in den Unterlagen ein Foto von ihm in die Hände gefallen war. Dieser Blick. Natürlich kannte sie ihn aus der Zeitung, sein Foto war überall zu sehen gewesen. Die Tatsache, dass sie seine Anwältin sein sollte, machte daraus aber etwas Persönliches.

Schon vor ihrem ersten Treffen hatte sie sich wie magnetisch von ihm angezogen gefühlt. Dieses Gefühl hatte auch noch im Wagen auf dem Weg in die Untersuchungshaft angehalten. Vor Anspannung hatte sie Kopfschmerzen bekommen, die nicht verschwinden wollten. Wie ein warnendes Flüstern in der Peripherie.

Ihr blieb der Atem weg, als sie die Tür zum Besprechungszimmer öffnete. Er saß mit ausgestreckten Beinen auf seinem Stuhl. Das schwarze Haar lag auf seinen Schultern und verlieh ihm etwas Adonishaftes. Der Geruch seines Rasierwassers lag in der Luft und überdeckte den Gestank des Putzmittels.

Sie trat ins Zimmer und ging auf ihn zu, als plötzlich ihre Beine nachgaben und sie sich an der Lehne des Besucherstuhles festhalten musste. Was dann passierte, spielte sich in der Folge immer und immer wieder in ihrem Kopf ab. Sie sah, wie sich der Stoff seines T-Shirts über die breiten Schultern spannte, während er sich erhob. Ihr Blick klebte an seinem Körper und konnte sich nicht losreißen. Sie fühlte sich unbeholfen und linkisch, gleichzeitig fuhr ihr ein unangenehmer Gedanke wie ein Blitz durch den Kopf. Es ging um die Wahrung des professionellen Abstands zu einem Klienten.

Nachdem sie sich hingesetzt hatte, erklärte er ihr detailliert, wie der Ablauf für sie beide aussehen würde. Das Gerichtsverfahren und die Zeit seiner Gefängnisstrafe, sofern es dazu kam. Danach würden sie sich privat häufiger sehen. Das hatte er ihr versprochen. Dazu kam das schwindelerregende Honorar, das er mehr oder weniger im Vorbeigehen erwähnte. Eine Summe, bei der sie um ein Haar einen Herzstillstand bekommen hätte. Sie konnte sich nicht mehr konzentrieren. Es rauschte in ihren Ohren, ihr brach der Schweiß aus, ihr Mund war wie ausgetrocknet.

»Alles in Ordnung?«, hatte er besorgt gefragt.

»Ja, natürlich, alles in Ordnung … Ich glaube, ich hab mich erkältet.«

»Das glaube ich nicht.«

»Wie bitte?«

»Hier ist gerade etwas anderes passiert.«

»Ich verstehe nicht?«

»Ich glaube, Sie verstehen es sehr gut. Was Sie gerade

empfunden haben, werden Sie so niemals bei einem anderen Mann empfinden.«

Dann wandte er den Blick ab und betrachtete die staubige Wand des Besucherzimmers. Sie konnte förmlich sehen, wie es in seinem Gehirn arbeitete. Sie liebte seinen Blick. Intensiv. Als würde er jeden Augenblick einen Geistesblitz haben und alle Probleme dieser Erde lösen können.

»Ja, wenn wir unsere beiden Köpfe zusammenstecken, können wir dieses Verfahren hier gewinnen«, presste sie mühsam hervor.

»Oder es kommt zum Kurzschluss.« Er packte ihre Hand. »Ach was, das war nur ein Scherz. Natürlich wird das alles gut gehen.«

Seine Hand war warm und trocken. Lange Finger. Sein Daumen zitterte wie ein Schmetterling auf ihrer Handfläche.

Nur mit einer enormen Kraftanstrengung gelang es ihr, sich zusammenzureißen und drauflos zu plappern, wie sie diesen Prozess angehen sollten. Wie sie diese Sofia Bauman ausschalten und beweisen würde, dass sie eine unzuverlässige Zeugin ist.

Aber Oswald lächelte sie nur nachsichtig an.

»Nein, so werden wir das nicht machen.«

»Aber warum nicht?«

»Haben Sie schon einmal einer Spinne in ihrem Netz zugesehen, Anna-Maria?«

Unsicher schüttelte sie den Kopf.

»Na ja, also in diesem Spinnennetz haben sich Fliegen und andere Insekten verfangen. Zuerst denkt man, sie sind schon längst tot. Aber sie sind nur betäubt, verstehen Sie? Dann bewegt sich plötzlich eine von ihnen. Einer der Fäden zittert. Und die Spinne, die ganz oben am Rand des Netzes sitzt, krabbelt schnell dorthin. Man denkt, jetzt wird sie die Fliege fressen, aber so ist es nicht. Die Spinne betäubt die Fliege noch einmal. Lähmt sie. Denn die Spinne bestimmt, wann und wen sie isst. Alles in diesem Netz geschieht nach ihrem Willen. Verstehen Sie?«

Sie nickte, wollte um keinen Preis begriffsstutzig wirken.

»Einige der Spinnenweibchen heben die Beute für ihre Nachkommen auf, um ihr Überleben zu sichern. So viel zum Thema Hingabe. Ganz was anderes als die Tante auf Via-Terra«, fügte er – für sie unverständlich – hinzu und lachte.

Als er ihr dann den Plan unterbreitete, fingen ihre Beine unter der hässlichen Tischplatte unkontrolliert zu zittern an.

Es war Jahre her, dass sie ihre Energie in die Beziehung zu einem Mann investiert hatte. Männer in gut sitzenden Anzügen waren meistens Loser, pathetische Idioten, die ihn kaum hochbekamen. Aber Franz Oswald war wirklich anders. Er war ein Mann, der einen Plan hatte.

Einen teuflischen Plan.

KAPITEL 2

Franz Oswald saß bereits neben seiner Anwältin im Gerichtssaal, als Sofia hereinkam. Der Augenblick, vor dem sie so große Angst gehabt hatte, war gekommen. Sie verlor den Boden unter ihren Füßen. Ihr drehte sich der Magen um, aber dann gelang es ihr, die Übelkeit hinunterzuschlucken.

Nimm einen tiefen Atemzug.

In letzter Zeit kam die Angst immer seltener, aber wenn sie kam, war es wie ein Schlag in die Magengrube. Sie hob den Kopf, ihre Blicke trafen sich. Die Erinnerungen überwältigten sie mit einer solchen Kraft, dass sie es kaum aushalten konnte. Sie verabscheute ihn tatsächlich so sehr, wie sie es sich schon gedacht hatte, andererseits hatte die vollkommene Abwesenheit von Hass in seinen Augen etwas Entwaffnendes. Er wandte den Blick als Erster ab. Und gab ihr dadurch wieder Raum zum Atmen, den sie auch dringend benötigte, um sich mit bleischweren Beinen zum Stuhl zu schleppen und hinzusetzen.

Zuerst überkam sie die Erleichterung in Wellen und dann die Wut. *Er soll verrotten. Jetzt bin ich es, die das Sagen hat.*

Elvira und Sofia waren die Klägerinnen in dem Prozess. Ein ausgesprochen ungleiches Paar. Elvira verbrachte die Vorbereitungen der Verhandlung mit einem nie versiegenden Strom aus Tränen. Sofia hingegen verdrängte alle Gefühle. Stur biss sie die Zähne aufeinander. Sehnte sich nach dem Augenblick, wenn alles endlich überstanden war.

Der Gerichtssaal war bis auf den letzten Platz gefüllt. Die Medien rieben sich die Hände bei dieser Sache, die alle anderen Nachrichten in den Hintergrund drängte, Politik, Kriege und Katastrophen. Alle Artikel waren mit Fotos von Oswalds nüchternem und besonnenem Gesichtsausdruck und seinem durchdringenden Blick versehen. Es gab Blogs, Forumsdiskussionen und Internetseiten, die sich für oder gegen ihn aussprachen. Kein Tag verging, an dem der Fall nicht in den Nachrichten erwähnt wurde. Wie Hyänen hatte eine Gruppe von Reportern anfangs das Haus ihrer Eltern belagert, in der Hoffnung, ein schmuddeliges Detail über Oswald aufdecken zu können. Obwohl sie einen weiten Bogen um die Reporter gemacht hatte, waren ihr Attribute angedichtet worden wie »religiöse Fanatikerin« oder »Oswalds Schneckchen«. An die hundert Male wurde sie als »mutig« beschrieben, ein Adjektiv, das die Medien liebten. Aber sie hatte konsequent alle Interviewanfragen abgelehnt. Es war noch zu früh, um so über dieses Thema zu sprechen.

Sie warf einen Blick zu Oswald, der seiner Anwältin Anna-Maria Callini gerade etwas zuflüsterte. Sie war nicht schön im klassischen Sinn, dazu waren ihre Gesichtszüge zu scharf, die Nase zu groß. Aber ihre Kleidung und ihr Make-up betonten die schlanke Figur und die großen, dunklen Augen. Sexy und herablassend wie sonst was. Wenn sie nicht das Wort hatte, ließ sie ihren Blick durch den Raum schweifen und starrte wahllos Leute an. Wie ein Raubvogel. Die Stimme dieses zarten Wesens war tief und heiser, und wenn sie das Wort erteilt bekam, gab es kein Halten. Es gab überhaupt nichts, das ihre durchdringende Stimme hätte ausschalten können.

Sie saßen eng nebeneinander, sie und Oswald. Seine Hand lag auf ihrer Stuhllehne. Er lehnte sich zu ihr rüber, flüsterte ihr etwas ins Ohr, woraufhin sie ein falsches, gekünsteltes Lächeln aufsetzte.

Als Sofia mit ihrer Aussage an der Reihe war, konzentrierte sie sich auf das Gesicht der Staatsanwältin, Gunhild Strömberg. Zwang sich, alles andere auszublenden. Es funktionierte auch. Ihre Stimme blieb fest, sogar während des unerbittlichen Kreuzverhörs von Anna-Maria Callini.

Am schlimmsten wurde es, als Elvira mit ihrer Aussage dran war. Denn um sie ging es in dem Gerichtsverfahren hauptsächlich. Sie war die Vierzehnjährige, die Oswald auf dem Dachboden eingesperrt und zu Strangulationssex gezwungen hatte. Sofias Aussage darüber, wie Oswald mit dem Personal umgegangen war, wurde in den Hintergrund gedrängt, als Elvira mit bebender Stimme zu reden begann. In ihrem geblümten Sommerkleid sah sie wie ein kleines Mädchen aus. Bekam kaum ein Wort über die Lippen. Als Callini sie angriff und ihr unterstellte, dass sie Oswald zu sich auf den Dachboden gelockt und zu den Spielen überredet hätte, fing sie an, so verzweifelt zu schluchzen, dass man sie nur in den Arm nehmen und trösten wollte. Der Richter hatte die Zuschauer während dieser Befragung aus dem Saal geschickt, aber Sofia sah die Träne, die einem der Schöffen über die Wange lief. Der Rechtsbeistand der Klägerin, eine sanftmütige Frau in den Sechzigern, hatte die meiste Zeit ihren Arm um Elviras Schulter gelegt und strich ihr immer wieder über den Rücken. Aber die Tränen liefen ungehindert weiter, wie ein Wasserfall.

Als Gunhild Strömberg an der Reihe war und Oswald ins Kreuzverhör nahm, kam sie ohne Umschweife zur Sache.

»Ich werde den Hintergrund des Angeklagten kurz beleuchten, da ich der Überzeugung bin, dass er einen unmittelbaren Einfluss auf diesen Fall hat«, sagte sie und wandte sich an Oswald. »Erzählen Sie uns doch bitte von dem Geständnis, das Sie auf Band aufgenommen haben und das von Ihrem Leben vor ViaTerra handelt.«

Alle wussten, worauf sie hinauswollte. Oswald hatte eine Tonaufnahme gemacht, auf der er die scheußlichsten Verbrechen gestanden hatte. Wie er als Teenager ein junges Mädchen erdrosselt hatte. Dass er danach von Dimö geflohen war, um seine gesamte Familie in Frankreich zu ermorden und alleiniger Erbe zu sein. Und wie er dann auf den Herrensitz auf der Insel zurückgekehrt war und die Sekte ViaTerra gegründet hatte. Er war klug genug gewesen, die Aufnahme *Romanentwurf* zu nennen. Nichts konnte bewiesen werden.

Callini protestierte bei Strömbergs Frage. Irrelevant. Das habe nichts mit dem Fall zu tun. Aber Oswald bremste sie mit einem Blick, der keinen Widerspruch duldete, also ließ ihn der Richter auf die Frage antworten.

»Es ist wie gesagt ein Romanentwurf, kein Geständnis. Meine Lebensphilosophie. Die Grundlage von ViaTerra basiert auf meiner Überzeugung, Energie aus der Vergangenheit zu ziehen. Das ist ein langwieriger Prozess und erfordert echte Anstrengung, bis man sich der schädlichen Energie entledigen kann. Niemand ist auf diesem Gebiet so weit gekommen wie ich …«

Sofia sah zu Elvira hinüber und verdrehte die Augen, was dieser ein kleines Lächeln in einem Meer aus Tränen aufs Gesicht zauberte. Gunhild Strömberg unterbrach Oswald ungeduldig.

»Aber ist es wahr, dass Sie Ihre Familie in Frankreich umgebracht haben?«

Callini explodierte, doch Oswald bremste sie ein zweites Mal mit seinem Blick. Er hatte die volle Aufmerksamkeit. Und war in seinem Element.

»Was ist los mit diesem Land? Darf man nicht mehr über das schreiben, was man möchte? Meine Familiengeschichte ist tragisch. Ich hatte große Schwierigkeiten, über den Verlust hinwegzukommen. Habe durchgespielt, wie es wäre, wenn ich die Schuld dafür auf mich nehme. Sie glauben doch nicht wirklich, dass ich jemandem etwas antun könnte? Mein Handwerk ist es, Menschen Leben zu schenken, aber doch nicht, sie zu vernichten. Ich würde keiner Fliege etwas zuleide tun.«

Sofia schielte zu den Schöffen hinüber, einer von ihnen nickte unbewusst mit dem Kopf. Im Saal war es mucksmäuschenstill. Alle Blicke waren auf Oswald gerichtet. Seine Stimme wirkte klar und ruhig und verbreitete eine fast hypnotische Stille im Raum.

Gunhild Strömberg räusperte sich und starrte Oswald an.

»Gehört etwa auch erzwungener Strangulationssex mit einer Minderjährigen zum Konzept *Leben schenken*? Wir anderen, wir normalen Menschen nennen das Vergewaltigung.«

»Ich bin kein Vergewaltiger. Ich führe heilende Rituale durch. Elvira hatte mir gesagt, dass sie schon sechzehn ist. Sie war bis über beide Ohren in mich verliebt, also kann man das wohl kaum Vergewaltigung nennen. Aber jetzt möchte ich gerne auf Ihre Frage antworten, Gunhild, denn so heißen Sie doch, oder?«

Er sprach ihren Namen so aus, dass er sonderbar und altmodisch klang.

»Soweit ich weiß, ist es in Schweden legal, Sexspiele zu praktizieren, solange beide Partner einvernehmlich ihre Zustimmung geben. Sex mit Würgen kann einem ein fantastisches und befreiendes Gefühl geben. Vielleicht würden Sie das auch gerne mal ausprobieren, Gunhild?«

Unter den Zuschauern brach Gelächter aus, und Gunhild

Strömbergs Wangen überzog eine sanfte Röte. Im Saal entstand Chaos, bis der Richter alle zur Ruhe rief.

Dann kamen die Zeugen. Nur Benjamin, Sofias Freund, und Simon, der Chefgärtner in ViaTerra, hatten gewagt, gegen Oswald auszusagen. Die anderen vom Personal hatten sich nicht getraut, vielleicht hatte ihnen einer der Blogger mit der Hölle auf Erden gedroht, wenn sie sich gegen Oswald stellten. Es hatte keine Bedeutung, wie viel Negatives über Oswald in den Medien stand, er verfügte über eine Gruppe von ergebenen Anhängern, die ständig wuchs. Außerdem gab es viele Prominente, die ihn verehrten.

Viele vom Personal sagten allerdings explizit für ihn aus. Einige davon hatte Sofia als ihre Freunde bezeichnet. Madeleine, Oswalds Sekretärin, und Bosse, seine rechte Hand. Benny und Sten, zwei abgestumpfte, aber energische Wachen. Doch am schlimmsten war die Aussage von Mona und Anders, Elviras Eltern. Sofia warf ihnen hasserfüllte Blicke zu, aber ihre leeren Augen sahen durch sie hindurch.

Einer nach dem anderen kam in den Saal und gab seine Aussage zu Protokoll. Sie beteuerten alle, dass Oswald der sympathischste Sektenführer auf der ganzen Welt sei. Er habe sich um sie gekümmert. Ihnen dabei geholfen, einen Job zu finden. Er habe Tag und Nacht gearbeitet, damit die Geschäfte gut liefen, und das immer mit einem Lächeln auf den Lippen. Sie hätten alle mitbekommen, dass Elvira in eine pubertäre Krise geraten war und sich in ihre Begeisterung für Oswald hineingesteigert hatte.

Sofia presste ihre Fingernägel tief in die Handfläche, hätte sie am liebsten angeschrien, dass sie Schweine seien und nur Lügen verbreiteten. Da sah sie Simon und Benjamin, die sich in den Zuschauerraum gesetzt hatten. Sie konzentrierte sich auf Simons ausdrucksloses Gesicht. Das spürte er, drehte sich zu ihr um und schüttelte ganz langsam den Kopf. Dann lächelte er, vollkommen gelöst, als existiert die Heuchelei im Gerichtssaal gar nicht. Typisch Simon. Aber es half ihr dabei, sich wenigstens ein kleines bisschen zu entspannen.

An dem Tag, als die Polizei Oswald abgeholt hatte, war alles noch so schlüssig und selbstverständlich gewesen. Als würde sie in einem Actionfilm mitspielen und hätte gerade den letzten, tödlichen Schuss abgefeuert. Oswald war verhaftet worden. Sie war nach Hause zurückgekehrt. Bis obenhin voll mit Adrenalin. Ganz schwindlig von dem berauschenden Gefühl von Freiheit, das mehrere Wochen lang anhielt.

Aber dann begannen die Erinnerungen, die unter der Oberfläche geschlummert und gebrütet hatten, nach draußen zu drängen. Die Nächte waren am schlimmsten. In der Dunkelheit waren die Bilder am stärksten und am klarsten in den Stunden vor der bleichen Morgendämmerung. Wenn sie nicht im Bett lag und grübelte, war ihr Schlaf unruhig und voller Alpträume. Verschiedene Versionen des immer gleichen Alptraums. Oswald, der sie im Büro belästigte. Manchmal schreckte sie von einem lauten Schrei auf, der wie der einer Hyäne klang. Ihr Herz pochte, und sie fragte sich, ob sie geschrien hatte. Sie ertrug es nicht, an ihn zu denken. Dann wieder blieb ihr Herz fast stehen. Manchmal bildete sie sich ein, dass er hinter der Tür in ihrem Zimmer stand. Sie sah seine Gesichtszüge im Dunkeln. Zwei schwarze Löcher waren dort, wo die Augen saßen. So wie er auch an dem besagten Abend im Büro auf sie gewartet hatte, um sich an ihr zu vergreifen.

Der Traum war so deutlich und real, dass sie aufstehen musste. Manchmal lief sie auf und ab, bis sich ihr Puls wieder beruhigt hatte. Sie versuchte, sich tröstende Gedanken einzureden: Er ist ja nicht den ganzen Weg gegangen, anderen ist es viel schlimmer als dir ergangen, stell dich nicht so an. Und doch blieb immer dieses düstere, Unheil verkündende Gefühl zurück. Dass sie sich wieder auf dem Weg dorthin befand, zurück in dieses Büro und an diese Wand.

Sie hatte es auch mit Schlaftabletten probiert, aber die hatten keinen Einfluss auf den immer wiederkehrenden Traum gehabt, der ihre Nächte zerstörte.

Gleichzeitig hatte sich das Gerichtswesen mit lautem Ächzen und Stöhnen in Gang gesetzt, und plötzlich spürte sie wieder Oswalds Schnaufen im Nacken. Sofia fand, dass diese Gerichtsverhandlung der Gerechtigkeit richtiggehend ins Gesicht spuckte. Oswald durfte ungehindert seine Lügen verbreiten. Callini durfte ungehindert Elvira drangsalieren – so lange, bis die fast zusammenbrach. Im Schlussplädoyer aber warf die Staatsanwältin frustriert die Arme in die Luft und rief:

»Sie war erst vierzehn, verdammt noch mal. Dieses Schwein hat sie auf dem Dachboden eingesperrt und vergewaltigt!«

Und trotz der Proteste sowohl vonseiten der Anwältin als auch des Richters hinterließ das einen starken Eindruck.

Vier Stunden mussten sie warten, bis der Richter und die Schöffen sich beraten hatten. Die Sonne war längst hinter regenschweren Wolken vor den Fenstern des Rathauses untergegangen. Sie warteten, gespannt zwar, aber auch voller Angst.

Als sie zurück in den Gerichtssaal gerufen wurden, war Elvira im Begriff, auch ihren letzten Fingernagel abzukauen. Sofia hatte sich in Benjamins Arme geschmiegt und hatte mit den schrecklichsten Gedanken zu kämpfen, wie das Leben wohl weitergehen würde, falls Oswald freigesprochen werden sollte.

Am Ende gab es aber doch eine Freiheitsstrafe. Allerdings nur zwei lächerliche Jahre. Jedoch nur für das, was er dem Personal auf der Insel angetan hatte. Die Liste war lang, beweisen aber konnten sie nur »Vergewaltigung einer Minderjährigen«, was in »sexuelle Nötigung« abgemildert wurde.

Nachdem das Urteil verkündet worden und alles endlich vorbei war, sah Sofia ein letztes Mal zur Bank des Angeklagten hinüber. Oswald war aufgestanden, nickte Callini zufrieden zu. Da drehte sich auf einmal alles in Sofias Kopf. War das hier ein gutes Ergebnis? Immerhin hatte er eine Gefängnisstrafe bekommen. Da begriff sie, dass er auch das geplant hatte. Er hatte gewusst, dass er bestraft werden würde, also nahm er die zwei Jahre in Kauf, die er vermutlich in einer Einzelzelle verbringen durfte. Dort konnte er sich ausruhen. Seinen idiotischen Roman schreiben. Und ziemlich sicher die Überreste von ViaTerra im Auge behalten.

Aber das interessiert mich nicht mehr, dachte sie. Nie wieder. Nie wieder in meinem Leben werde ich mich in deiner Nähe aufhalten müssen. Den Geruch deines widerlichen Rasierwassers ertragen müssen. Dein Gefasel abtippen müssen oder deine nörgelige Stimme aushalten müssen. Nie wieder wirst du mich anfassen. Ich hoffe, dass du im Gefängnis bekommst, was du verdienst. Allein mit drei Typen und einem Besenstiel in der Dusche, und … Aber wahrscheinlich gab es das sowieso nur im Fernsehen oder in amerikanischen Gefängnissen.

Da drehte er sich um, und ihre Blicke begegneten sich. Ein Schauer lief ihr über den Rücken, sie schnappte nach Luft. Sah diesen Glanz in seinen Augen. Bemerkte das Lächeln dort, während seine Lippen unbeweglich blieben.

Dieser Gesichtsausdruck, den sie so gut kannte, machte sie nachdenklich.

Wie konnte das alles so schiefgehen?
Wie war er zu dem geworden, der er war?
Und wo kam das Böse eigentlich her?

KAPITEL 3

Simon sah Sofia an, die mit dem Profil zu ihm gewandt saß. Sie war angespannt, ihr Kiefer arbeitete, erzeugte ein schleifendes Geräusch, weil sie unbewusst mit den Zähnen knirschte. Er fand, dass sie blass und müde aussah. Viel müder als damals auf ViaTerra, als sie zur Sklavenarbeit verdammt waren und nur fünf, sechs Stunden pro Nacht schlafen durften.

Simon war zwiegespalten. Einerseits interessierten ihn die Ereignisse im Gerichtssaal kaum. Oswald hatte so viel auf seinem Gewissen, was ihn endlich eingeholt hatte, das konnte doch nur mit einer Gefängnisstrafe enden. Auf der anderen Seite hatte ihn so ein unangenehmes, undefinierbares Gefühl beschlichen, was ganz untypisch für ihn war. Es hatte mit Oswalds Verhalten zu tun. Wenn man nicht wusste, dass er der Angeklagte war, konnte man den Eindruck bekommen, dass er hier das eigentliche Sagen hatte. Er wirkte unberührt und fast träge, manchmal sogar amüsiert. Simon konnte nicht einschätzen, ob seine Befürchtungen berechtigt waren oder ob sie mit seinen immer wiederkehrenden Panikattacken zu tun hatten.

Sein größter Wunsch war es, so schnell wie möglich auf die Insel zurückzukehren, zurück zu seinem Job in der Pension. Er hoffte sehr, dass sie sich in der Zwischenzeit gut um das Gewächshaus gekümmert hatten. Ihm gefiel seine neue Arbeit. Der Herbst stand vor der Tür, und es gab viel zu tun.

Aber er hatte alle Zeit der Welt, sein Leben würde nie wieder so aussehen wie bei ViaTerra. In der Pension wurde er nicht angebrüllt, dass er schneller arbeiten sollte, es gab keine Katastrophen, und er wurde auch nicht an andere Projekte ausgeliehen wie eine beliebige Spielfigur. Nein, ihm gefiel seine neue Arbeit sehr. Es würde wunderbar werden, zurück auf der Insel zu sein.

Aber Simon gefiel Sofias ernster Gesichtsausdruck nicht. Blass, mit schwarzen Ringen unter den Augen. Man sah ihr an, dass es ihr nicht gut ging, obwohl sie sich so hübsch angezogen hatte. Sofia hatte etwas an sich, das die Blicke anzog. Nicht alle Männer hatten einen Sinn für die Schönheit, die unter ihrer Oberfläche strahlte. Sie schminkte sich nicht und trug ihre langen welligen Haare meistens in einem langen, geflochtenen Zopf. Aber jeder, der ihrem Reiz einmal erlegen war, kam nicht mehr von ihr los. Simon war froh, dass er sie nicht auf diese Weise anziehend fand. Er wollte einfach nur, dass sie wieder so ausgelassen war wie damals, als sie gemeinsam für die Sekte gearbeitet hatten. Sie hatten die Schweine gefüttert und sich über Bücher unterhalten. Waren durch den Schnee gestapft und hatten hinter dem Rücken ihrer Wache Benny Grimassen geschnitten. Sie hatten über alles und jeden gelacht, die harte Arbeit hatte sie nicht brechen können. Sie wussten, dass Oswald den Verstand verloren hatte, aber sie hatten weitergekämpft. So sollte Sofia wieder sein.

Aber auch nach der Urteilsverkündung, draußen auf dem Flur, sah sie nicht zufrieden aus.

Simon nahm ihren Arm.

»Ich lade euch zum Essen ein. Wer kommt alles mit?«

Sofia, Benjamin und Elvira kamen mit.

»Komm, hör auf zu schmollen«, sagte Benjamin zu Sofia,

als sie im Restaurant saßen. »Er geht ins Gefängnis, das wollten wir doch, oder?«

»Für zwei lächerliche Jahre«, sagte Sofia. »Für das, was er den Leuten angetan hat. Das wird ihn kein bisschen verändern. Für ihn wird das wie Urlaub sein. Er kann sich ausruhen und wiederauferstehen, noch böser als je zuvor. Und er wird unendlich viele Liebesbriefe bekommen. So einem wie ihm kann nichts etwas anhaben.«

»Aber wenigstens ist ViaTerra aufgelöst worden«, sagte Elvira.

Simon raufte sich die Haare. Eigentlich hatte er nicht vorgehabt, etwas zu sagen, aber er war auch nicht besonders gut darin, Dinge für sich zu behalten. Also erzählte er alles, was seit dem Tag auf der Insel passiert war. Von dem Tag an, als die Polizei die Razzia durchgeführt und Oswald festgenommen hatte, bis zu dem Tag, an dem das ganze Personal mit der Fähre zurück ans Festland übergesetzt war.

Simon war gerade dabei gewesen, ein Spalier für Weinreben aufzustellen, als die Polizei aufgetaucht war. Ein sonniger Tag. Die Luft im Gewächshaus war so warm und feucht gewesen, dass man kaum Luft holen konnte. Wie in einer Sauna. Die Pflanzen kämpften um den Sauerstoff. Er hatte wahnsinnig geschwitzt. Plötzlich ging die Tür auf, und wie eine Armee stürmten die Polizisten mit gezogenen Waffen herein. Übernahmen die Gewalt über das Herrenhaus. Drehten jeden Stein um. Am Anfang stand Simon mit offenem Mund daneben, starrte umher und versuchte alles zu verstehen. Er sah Elvira, die in eine Decke gewickelt und in Begleitung einer Polizeibeamtin aus dem Haus geführt wurde. Erst da begriff er. Sein Herz machte einen Satz. Das war ernst. Die Mauern waren eingestürzt. Reglos blieb er vor dem Gebäude stehen, bis eine Polizistin auf ihn zukam.

»Sie müssen mitkommen«, sagte sie, ihr Blick klebte an seinem schmutzigen Overall. »Vielleicht sollten Sie sich sauber machen und etwas anderes anziehen. Wir wollen das gesamte Personal befragen.«

Die Vernehmung dauerte drei Tage lang an, Simon erzählte ihnen alles. Von den Strafen, der erzwungenen Schlaflosigkeit und dass sie wie Gefangene gehalten wurden. Die Worte flossen nur so aus ihm heraus, wie ein rauschender Bach. Noch nie in seinem ganzen Leben hatte er so viel geredet.

Nach den drei Tagen wurden sie alle nach Hause geschickt, auch jene, die kein anderes Zuhause mehr hatten als ViaTerra. Aber der Landsitz war ein Tatort, wurde abgesperrt, der Zutritt war verboten.

So kam es, dass sie alle zusammen auf der Fünfuhrfähre über den Sund zum Festland saßen. Achtundvierzig Menschen, ohne Oswald, der so viele Jahre lang ihr leuchtender Anführer gewesen war. Sie waren ohne Job, ohne Zukunftspläne. Verraten und verkauft. Einige von ihnen waren verwirrt und traurig. Andere insgeheim froh und erleichtert.

Madeleine ergriff als Erste das Wort. Die mit den farblosen Augen, die Simon Angst machten.

»Das hier ist ein ganz großer Irrtum, ich werde Franz niemals im Stich lassen«, sagte sie. »Sofia ist nicht mehr ganz bei Trost.«

Anna, die von Anfang an in Oswald verliebt gewesen war, stimmte ihr zu.

»Habt ihr Elvira gesehen? Sie hat wie ein Baby geweint. So eine falsche Schlange.«

»Die werden Franz bald wieder freilassen«, sagte Madeleine. »Er wird zurückkommen, versteht ihr? Wir müssen zusammenhalten, bis alles wieder so ist wie vorher.«

Nur Mira, die in ihrer Zeit bei der Sekte hauptsächlich Strafarbeiten hatte ausführen müssen, sah unentschlossen aus.

»Ich werde nach Hause fahren und über all das hier nachdenken«, murmelte sie.

»Was gibt es da nachzudenken?«, erwiderte Bosse, Oswalds rechte Hand. »ViaTerra ist die einzige Wahrheit, natürlich versuchen die nur, Franz zum Schweigen zu bringen. Wir müssen zusammenhalten.«

Und so ging das weiter. Entweder machte man mit oder man war raus.

Simon nahm an dieser sonderbaren Unterhaltung nicht teil, er war zerstreut. Er hatte die Insel seit drei Jahren nicht mehr verlassen. Als sie alle auf die Fähre gegangen waren, hatte es sich richtig angefühlt. Er würde auf den Hof seiner Eltern in Småland fahren und dort auch mit seinen Händen arbeiten, denn auf Dimö gab es für ihn nichts mehr zu tun. Zum Glück wusste niemand, was er dachte und fühlte und dass er Sofia zur Flucht verholfen hatte. Und so sollte es auch bleiben. Als das Festland aber immer näher kam wie ein schmaler Streifen am Horizont, wuchs der Zweifel in ihm. Die grelle Stimme seiner Mutter hallte in seinem Kopf. Er sah Daniels traurige Augen an diesem verhängnisvollen Abend. Er hatte sich geschworen, nie wieder zurückzukehren. Seiner Mutter niemals zu verzeihen. Seine Erinnerung an die Zeit auf dem Bauernhof ganz tief unter seinen anderen Gedanken zu vergraben. Und da saß er nun, war auf dem Weg von dem einen Übel weg in die Klauen des anderen Übels geraten. Er wusste keinen Ausweg. Konnte keinen Entschluss fassen.

Mit Gewalt beendete er sein Grübeln und betrachtete die Gruppe, die sich in zwei Lager gespalten hatte. Die einen waren dabei, die anderen waren raus. Das Lager mit den treuen Anhängern war bedeutend größer. Anders und Mona, Elviras Eltern, saßen schweigend an der Reling der Fähre. Auch Madeleine hatte bemerkt, dass die beiden noch kein Wort gesagt hatten.

»Was ist mit euch? Was werdet ihr tun?«

Mona presste die Lippen aufeinander und wandte den Kopf ab. Aber Anders stand auf und legte beim Sprechen eine Hand auf die Schulter seiner Frau.

»Wir bleiben bei dir, Madeleine. Was passiert ist, hat Elvira selbst zu verantworten. Sie hat von Anfang an für Franz geschwärmt. Ihretwegen werden wir ViaTerra nicht im Stich lassen. Stimmt's, Mona? Wir verstoßen Elvira.«

Madeleine quietschte vor Freude.

»Genau, so will ich es hören!«

In Simon aber stieg langsam die Wut hoch. Auch er stand auf, ging auf Anders zu. Ihn überkam der Impuls, Anders zu schlagen und dann über Bord zu werfen. Aber in dieser Sekunde rief ihn der Kapitän Edwin Björk aus dem Ruderhaus.

»Da will dich jemand sprechen, hat auf meinem Handy angerufen. Kommst du mal eben?«

Simon zögerte und nahm das Handy, das Björk ihm hinstreckte.

Eine ihm unbekannte Frauenstimme stellte sich als Inga Hermansson vor, sie leitete die Pension auf der Insel. Nach einem kleinen Sermon aus Entschuldigungen und Beteuerungen, wie schrecklich das alles mit der Sekte gewesen sei, sagte sie schließlich, dass sie von Simons Pflanzen- und Gemüsezucht gehört habe. Sie würde ihm gerne eine Stelle bei sich in der Pension anbieten, weil sie in Zukunft nur noch Lebensmittel aus lokalem und ökologischem Anbau verwenden wolle. Sie gab ein bisschen an, erzählte von den begeisterten Gästen von ViaTerra, die Simon in den höchsten Tönen gelobt hätten. Sein Herz schwoll vor Stolz an. Unwillkürlich dachte er an die Gewächshäuser und Felder von ViaTerra. Er dachte an die Weinreben und Tomaten, die jetzt alle verdorren würden. Die Felder, die zuwuchsen und verödeten. Vor seinem inneren Auge sah er, wie alles, was er in den letzten Jahren erschaffen hatte, vergehen würde. Plötzlich tauchte die Stimme seiner Mutter auf, aber sie verstummte schnell wieder und wurde von dem Glucksen des Wassers ersetzt, das gegen den Rumpf der Fähre schlug. Er wurde ganz ruhig.

»Wann soll es losgehen?«, fragte er.

»So schnell Sie können.«

»Ich nehme die nächste Fähre zurück auf die Insel«, sagte er und beendete das Telefonat, ohne auf eine Antwort von Inga Hermansson zu warten.

Noch am selben Tag kehrte er auf die Insel zurück und fing sofort mit seiner Arbeit in der Pension an. Die Erinnerungen an die Zeit in der Sekte lösten sich auf, sobald er wieder mit seinen Händen in der Erde arbeiten konnte. Aber der Gedanke, dass ViaTerra auferstanden war – wie etwas Lebendiges, ein Wesen, das sich bewegte und atmete –, ließ ihn nicht mehr los.

Die anderen saßen schweigend beisammen, nachdem er seine Geschichte beendet hatte.

»Aber glaubst du, dass sie auf die Insel zurückkommen werden?«, fragte Elvira ängstlich.

»Wer weiß das schon«, antwortete Simon. »Ich finde, es fühlt sich an, als wäre da was im Gange.«

»Ach komm, wenn Madde den Laden schmeißen würde, wäre es das totale Chaos«, sagte Benjamin. »Und was interessiert es uns denn? Sie können uns doch nichts anhaben.«

»Ich will da gar nicht drüber nachdenken«, sagte Sofia. »Aber du kannst für uns doch die Augen offen halten, Simon, oder?«

Simon nickte. Noch war er sich nicht sicher, deswegen war es wohl besser, den Mund zu halten, bis er etwas Konkretes hatte.

»Was machst du jetzt?«, fragte Sofia Elvira. »Hast du jemanden, der sich um dich kümmert?«

»Ich wohne bei meiner Tante in Lund. Werde wieder zur Schule gehen. Dann werden wir weitersehen.«

Ein Schatten fiel über Elviras Gesicht. Zwischen ihren hellen Augenbrauen bildete sich eine tiefe Falte. Etwas beschäftigte sie, und Simon war sich nicht sicher, ob es mit dem Gerichtsverfahren zu tun hatte.

Die schwarzen Augenringe hatte sie schon lange, die roten Augen erst seit dem Morgen. Elvira ging es nicht gut.

»Bist du sicher, dass du keine Hilfe brauchst? Und bist du traurig darüber, wie sich Anders und Mona dir gegenüber verhalten?«, fragte er sie.

»Nein, alles in Ordnung. Wir haben uns nie wirklich nahgestanden. Ich mochte sie schon und alles, aber wir haben immer in religiösen Gruppen gelebt, und ich habe einfach die Nase voll davon. Mein Vater hat nie aufgegeben. Er wollte immer, dass wir alle auf das Materielle verzichten. Versteht ihr? Dann spielt es nämlich auch keine Rolle, wo man wohnt und wo man zur Schule geht.«

»Oder ob ein sadistisches Schwein die eigene Tochter vergewaltigt«, brach es aus Sofia hervor. Unwillkürlich sog sie die Luft wieder ein, um die Worte zurückzunehmen.

Elvira schien es jedoch nichts auszumachen. Sie nickte und rollte mit den Augen, wobei ihre langen Wimpern gegen ihre Augenlider tippten.

»Aber eine Sache habe ich noch nicht verstanden«, sagte Benjamin. »Wie kann es sein, dass Anders und Mona zugelassen haben, dass du gegen Oswald aussagst? Du bist doch noch gar nicht volljährig?«

»Sie haben gesagt, ich soll machen, was ich will. Sie haben mich verstoßen. Für sie existiere ich nicht mehr.«

»Das ist alles so krank!«, sagte Sofia.

»Aber es ist besser so. Ich möchte einfach nur ein normales Leben führen und kein Kind einer Sekte mehr sein. Ich möchte normale Freunde finden und nach der Zehnten von der Schule gehen.«

Simon saß Sofia gegenüber. Sie hatte ein bisschen Farbe im Gesicht bekommen. Und ihre Augen leuchteten wieder. Sie würde schon zurechtkommen, jetzt nachdem das Urteil gefällt war.

»Und was machst du?«, fragte er sie. »Hast du einen neuen Job?«

»Ich suche noch«, sagte sie und senkte den Blick, wirkte plötzlich wieder verschlossen.

Simon wusste sofort, dass er einen wunden Punkt getroffen hatte.

KAPITEL 4

Da war sie schon wieder. Die Frage, die sie befürchtet hatte – und die immer kommen würde. Sie hatte sich die passende Antwort im Kopf schon aufgesagt. Auf dem Weg dorthin geübt. Hatte sich gut zugeredet, dass es dieses Mal funktionieren werde. Wichtig war, fast unbeteiligt zu wirken, fast schon unbefangen.

Die Frau mit dem runden Gesicht und den grauen Augen blinzelte über den Rand ihrer Brillengläser.

»Und, was haben Sie in den vergangenen zwei Jahren gemacht?«

Sofia bereitete sich innerlich auf die Antwort vor. Verdammt, ihre Zunge ließ sie im Stich, sie verhaspelte sich, ihre Stimme klang brüchig und schuldig, wie die einer Verwirrten, als wäre sie auf frischer Tat ertappt worden.

»Na ja, ich bin ein bisschen auf Abwege geraten. Und war Mitglied in einer Sekte.«

Die Frau zuckte zusammen.

»Die ich natürlich längst verlassen habe«, fügte Sofia schnell hinzu. »Ich bin kein Mitglied mehr.«

»Aha, und welche Sekte war das, wenn ich fragen darf?«

»Die kennen Sie wahrscheinlich nicht. ViaTerra.«

Aber natürlich hatte die Frau schon von ViaTerra gehört. Sie hob die Augenbrauen und schürzte die Lippen. Sah aus dem Fenster auf den Rasen. Es war ein grauer, wolkenverhangener Vormittag. Dunkle Wolken zogen über den

Himmel, und durch den Fensterspalt drang kühle Luft in den Raum, die nach Regen roch. Sofia zitterte. Versuchte, Augenkontakt herzustellen, aber die Frau starrte auf die Tischplatte. Eine angespannte, nervöse, fast peinlich berührte Atmosphäre entstand hier gerade.

»Ich habe ja Ihren Lebenslauf da und werde mich melden, wenn wir Interesse haben.«

Einen Scheiß wirst du tun.

Sofort stellte sich dieses schwere Gefühl im Magen ein. Viele Vorstellungsgespräche waren genauso verlaufen. Und keiner der Arbeitgeber hatte sich danach mit einem Angebot bei ihr gemeldet. *ViaTerra*. Schon die Erwähnung des Namens führte automatisch dazu, dass sie disqualifiziert war. Jemand, der so dämlich gewesen war, sich auf diese kranke Sekte einzulassen, hatte garantiert nicht die Befähigung für einen solchen Job. Sofia hatte sich für unterschiedlichste Posten beworben, seit sie wieder in Lund lebte. Sie wollte in einer Bibliothek arbeiten. Aber einen Job zu finden war leichter gesagt als getan. Vor allem mit einer Vergangenheit als Sektenmitglied.

Die Frau hob den Kopf, wirkte irritiert.

»Gut, dann verbleiben wir so.«

Das war der Moment, in dem man normalerweise aufstand, sich für das Gespräch bedankte und sich bitte nie wieder melden sollte. Aber an diesem Tag war Sofia alles andere als normal. Sie hätte diesen Job als Bibliotheksassistentin an der Universitätsbibliothek so gern gehabt. Sie liebte diese Bibliothek. Den Geruch von sonnenwarmem Staub und Leder. Das Licht, wenn es durch die hohen Fenster in den Lesesaal fiel. Die bunten Farben der Bäume draußen im Hof.

Der Kloß im Hals wurde immer größer, bis sie nur noch heulen wollte. Das war alles so ungerecht.

Sie stand auf, um zu gehen, aber ihre Beine gehorchten ihr nicht. Sollte sie sagen, wie es war, alles erzählen? Der Geschichte über die Ungerechtigkeit freien Lauf lassen? Vor ihr türmte sich ein ganzer Berg von Hindernissen auf. Es kam nie gut an, wenn man zu aufdringlich war. Am Ende ging es auf Kosten ihres Rufs, wenn sie sich zu viel beschwerte. Und damit wären dann auch alle Chancen vertan, einen Job in einer anderen Bibliothek zu bekommen.

Benimm dich nicht wie ein Opfer!

Sie sah der Frau ins Gesicht.

»Ich weiß, dass Sie es furchtbar dämlich finden, dass ich Mitglied in dieser Sekte gewesen bin, aber Tatsache ist, dass ich superqualifiziert bin für diesen Job. Ich habe einen Abschluss in Literaturwissenschaften und habe die Einrichtung einer Bibliothek verantwortet. Ich kann Ihnen das Alphabet vorwärts und rückwärts aufsagen, wenn Sie das wollen. Und zwar in einer unglaublichen Geschwindigkeit. Ich kann mit dem Computer umgehen und verspreche Ihnen, dass kein einziges Buch jemals am falschen Platz im Regal stehen wird.«

Die Lippen der Frau umspielte ein Lächeln.

»Ich melde mich heute Nachmittag bei Ihnen. Ich muss nur noch ein paar Dinge klären.«

Der Bus auf dem Nachhauseweg war voll, und Sofia musste stehen. Als sich ihr Handy mit sanfter Jazzmusik meldete, dachte sie zuerst, dass das Telefon von dem Typen neben ihr klingelte. Sie hatte das Klingelzeichen in letzter Zeit so häufig geändert. Zu grelle Laute hatten sie immer zusammenzucken lassen, weil sie befürchtet hatte, die Polizei wolle ihr mitteilen, dass Oswald ausgebrochen und hinter ihr her sei. Dieses Klingelzeichen hingegen war wie ein sanfter warmer

Gedanke, und die Melodie verstummte gerade, als sie das Handy aus ihrer Tasche holte. Sie erkannte die Stimme sofort wieder, sachlich und etwas reserviert, aber jetzt mit einem warmen Unterton.

»Wann könnten Sie denn anfangen, Sofia?«

»Sofort. Morgen, wenn Sie wollen.«

»Morgen ist Samstag.«

»Das macht nichts.«

Sie begegnete ihrem Vater im Flur und wollte es ihm sofort erzählen, kam aber nicht zu Wort.

»Sofia, da ist eine ganz süße Einzimmerwohnung in Zentrumsnähe frei. Ich war da und habe sie mir angesehen. Ich weiß, dass du noch keinen Job gefunden hast, aber Mama und ich können dich unterstützen, bis du wieder auf eigenen Füßen stehst …«

»Ich habe einen Job!«

Und mit diesem Tag veränderte sich ihr Leben.

Alles, was zerstört war, wurde wieder heil. Details, die ihr vorher nie aufgefallen waren, bekamen auf einmal eine fast unnatürliche Schärfe. Wie die Sonne abends ihr glitzerndes Netz über die Stadt zog. Die himmlischen Düfte, die morgens aus den Bäckereien und Cafés auf die Straße strömten. Das eintönige, fast einschläfernde Geräusch der Autobahn in der Ferne, wenn sie abends im Bett lag.

Dinge, die sie zuvor als selbstverständlich betrachtet hatte, bekamen einen neuen Stellenwert. Am Wochenende frei zu haben, essen zu können, was man möchte, sich jederzeit mit Freunden und seinen Eltern treffen zu dürfen. Auch ausschlafen zu können bekam aufgrund der erzwungenen Schlaflosigkeit in der Zeit bei ViaTerra eine ganz besondere Bedeutung. An einem Sonntag stellte sie sich den Wecker auf sechs Uhr, stand auf, um dann wieder ins Bett zu kriechen und erneut einzuschlafen. Einfach nur, weil sie es durfte. Es hatte auch etwas Befreiendes, Mails und SMS abzuschicken, ohne dass sie vorher zensiert wurden, ganz zu schweigen von der Freiheit, ungehindert im Netz surfen zu können.

Die neue Wohnung war sehr klein, sie verfügte über einen Schlafalkoven, eine kleine Kochnische und ein Wohnzimmer, in dem gerade so ihr Sofa, die Musikanlage und ein paar Bücherregale Platz hatten. Aber sie richtete sie sich hübsch ein, mit einem Eifer, der ihr selbst ganz fremd war. Morgens wickelte sie sich in Decken und setzte sich auf ihren kleinen Balkon. Lund zeichnete sich wie eine Fata Morgana vor der aufgehenden Sonne ab. Mit jedem Atemzug genoss sie das Gefühl von Freiheit, das sich wieder eingestellt hatte, nachdem sie endlich einen festen Ort gefunden hatte.

Ihr Job bestand hauptsächlich daraus, die ausgeliehenen Bücher zurück in die Regale zu räumen. Aber sie entwickelte schnell eine Routine und genoss die Ruhe und Vertrautheit. Oft wanderten die Gedanken zurück nach ViaTerra. Sie versuchte zu begreifen, warum sie so lange geblieben war, kam aber immer wieder zu demselben Ergebnis. Es spielte eigentlich keine Rolle. Sie würde diesen Fehler kein zweites Mal begehen, und das war das Einzige, was zählte.

Sie nahm auch wieder Kontakt zu Wilma auf, die vor der Zeit in der Sekte ihre beste Freundin gewesen war. Wilma hatte sich ziemlich verändert, seit sie in der Modebranche arbeitete. Sie trug nur noch naturfarbene, ausgeblichene, knittrige Sachen, die aber gleichzeitig unfassbar teuer und edel aussahen. Die Haare waren zu einem kurzen, pechschwarzen Pagenkopf geschnitten worden. Ihre schönen, weichen Kurven waren weggehungert worden, und wenn sie essen gingen, stocherte sie stundenlang in ihrem Salat herum. Sofia überlegte manchmal, ob sie sich vielleicht einfach auseinandergelebt hatten, aber Wilma war wild entschlossen und bestand darauf, sich einmal in der Woche zu treffen. Die ersten Verabredungen bestanden daraus, dass Sofia alles erzählen musste, und zwar bis ins kleinste Detail. Besonders von Franz Oswald war Wilma fasziniert.

»Irgendwie verstehe ich, dass du dich so zu ihm hingezogen gefühlt hast«, sagte sie eines Tages. »Er sieht verdammt gut aus, das kann man nicht leugnen. Weißt du, wo er seine Sachen kauft? Denn alles, was er trägt, ist richtig stylish.«

»Er steht über solchen Dingen wie Mode, Wilma. Seine Sachen sind alle maßgeschneidert. Bisher ist er der einzige Mensch, den ich kenne, der sogar maßgeschneiderte Jeans trägt.«

»Das ist ja unglaublich.«

»Du kannst ihn finden, wie du willst, aber er hat seine Leute echt schlecht behandelt.«

»Ich kann mir gar nicht vorstellen, dass er ein solches Monster ist.«

»Da irrst du dich gewaltig«, sagte Sofia. »Solche Typen wie Oswald sind leider viel zu leicht zu verstehen und zu durchschauen. Auf den ersten Blick wirkt er wie ein ganz normaler, netter Kerl, und genau das ist das Problem.«

»Ich frage mich, ob man so einen nicht ändern kann …«

»Glaub mir, Wilma. Er lässt sich nicht ändern, das würde dir niemals gelingen.«

»Und der war verrückt nach dir! Sei mir nicht böse, aber …«

»Wilma, kannst du jetzt bitte mal damit aufhören?«

»Okay, okay, ich bin ja schon still, aber eine Sache noch. Wenn so ein verdammt geiler Typ wie Oswald dich gut findet, versteh ich einfach nicht, warum du mit so einem langweiligen, rückgratlosen Typen wie diesem Benjamin abhängst?«

»Du kennst ihn doch gar nicht, Wilma. Benjamin tut mir gut. Er ist alles, was ich brauche.«

Wilma verzog das Gesicht und stocherte weiter in ihrem Salat herum.

Sofia war Benjamin treu. Wenn sie ihn sah, hatte sie sofort Schmetterlinge im Bauch. Er war in Göteborg geblieben, wohnte bei seiner Schwester und arbeitete in einer Speditionsfirma. Aber er kam jedes Wochenende nach Lund. Jeden Freitagabend gegen acht Uhr stand er vor ihrer Tür. Und sie bereitete sich jede Woche wieder auf seinen Besuch vor. Schon mittwochs fing sie an, an den Sex mit ihm zu denken, und wenn sie freitags von der Arbeit nach Hause ging, war sie so erregt, dass sie mindestens eine halbe Stunde vor seiner Ankunft ziellos durch die Wohnung lief. Als könnte der Zug plötzlich viel früher ankommen. Sie trug dünne Negligés und sexy Unterwäsche, und kaum stand er in der Wohnung, fielen sie übereinander her, trunken vor Verlangen. Es war nicht ungewöhnlich, dass sie gleich im Flur Sex hatten, mit dem Rücken zur Wand oder auf dem Boden. Ihre Beziehung war nie frei von Krisen und Problemen gewesen, aber der Sex war immer gut. Sogar besser als gut.

Es folgte ein kalter und schneereicher Winter. Aber im Januar wurden die Tage langsam wieder länger und heller. Nur die Nächte waren dunkel und schwer. Sie träumte nach wie vor von Oswald, und die Träume waren noch schlimmer, wenn Benjamin da war. Vielleicht erinnerte er sie stärker an die Zeit auf der Insel. Manchmal ertrug er ihre nächtlichen Schreie nicht und weckte sie zaghaft.

»Du hattest schon wieder einen Alptraum.«

Meistens war sie schweißgebadet und wie benommen, wenn das geschah.

»Du hast ganz laut gebrüllt.«

»Oh, entschuldige!«

»Ich kann das nicht aushalten, dass du so leidest.«

»Das wird bestimmt bald besser. Das muss daran liegen, dass es noch etwas Ungeklärtes gibt, was ich bisher nicht verstanden habe.«

»Was gibt es denn da zu verstehen? Irgendwann musst du es loslassen, Sofia.«

»Was denn?«

»Na, dein Trauma.«

Sie klammerte sich an ihm fest, bis sich ihr Puls wieder beruhigt hatte.

»Hast du denn nie Alpträume, Benjamin?«

»Doch, manchmal schon. Aber die nerven mich eher nur. Die sind nicht wie deine.«

»Und wovon träumst du?«

»Es ist immer derselbe Traum. Ich bin in einer Stadt. Es ist Göteborg und doch nicht, weil es da Hügel gibt und eine Klippe, die hoch über das Meer hinausragt.«

»So wie auf Dimö?«

»Ganz genau. Ich bin nervös und durcheinander. Laufe rum und suche etwas, weiß aber nicht, was. Dann komme ich zu einem Tunnel, und es kribbelt am ganzen Körper. Da stehen Leute, alle von ViaTerra. Manchmal ist es Madeleine, oder Bosse oder Benny. Dann fällt mir ein, dass ich nach dir suche, und frage sie, wo du bist. Und immer bekomme ich die gleiche Antwort: ›Du weißt es noch nicht? Sie ist zurück. Sie arbeitet wieder mit Franz zusammen.‹ Ich bin dann super verzweifelt, weiß, dass ich dich da rausholen muss, habe aber keine Ahnung, wie. Und wenn ich dann aufwache, dauert es eine ganze Weile, bis ich begreife, dass ich zu Hause bin. Und dass mit dir alles in Ordnung ist.«

»Warum können wir nicht einfach aufhören, davon zu träumen? Worin stecken wir denn fest?«

»Ach, meine Träume lösen sich schon irgendwann auf. Die sind ein Klacks, verglichen mit deinen. Kannst du bitte zu einem Psychologen gehen, mein Herz? Oswald hat dich schließlich fast vergewaltigt. Du brauchst professionelle Hilfe.«

»Die sagen doch bloß, dass ich am Stockholm-Syndrom leide, weil ich ihn nicht aus meinem Kopf kriege. Ich kann mir diesen Quatsch nicht anhören.«

»Das weißt du doch gar nicht.«

»Doch, das weiß ich. Warum sagt eigentlich niemand: ›Wie gut, dass du es geschafft hast, zu fliehen und ihn ins Gefängnis zu bringen.‹? Nein, sie wollen alle nur wissen, wie oft er mich im Büro genommen hat.«

»Aber das hat er doch gar nicht, oder?«, fragte Benjamin verstört.

»Nein, und das weißt du doch sowieso schon alles.«

»Bitte, geh zu einem Psychologen, Liebes. Versuch es doch wenigstens.«

Sie versprach es ihm zwar, tat es aber nie.

KAPITEL 5

Anna-Maria hatte große Schwierigkeiten, sich auf den Weg zu konzentrieren. Die Gewissheit, dass sie ihn gleich sehen würde, machte sie ganz schwindelig. Dieses Treffen war entscheidend. Sie würden die Basis ihrer Zusammenarbeit für die Zeit besprechen, die er im Gefängnis zu verbringen hätte. In gewisser Weise wurde sie so zu seinem Rettungsanker in die wirkliche Welt, und der Gedanke, dass er von ihr abhängig war, hatte etwas Berauschendes.

Den Stacheldraht konnte sie schon von Weitem sehen, kurz darauf tauchte im Tal die Haftanstalt Skogome auf. Umgeben von einem bernsteinfarbenen Herbstwald, selbst aber erschien sie im Betongewand – kahl. Grau, nichtssagend und hässlich. Sie war nicht zum ersten Mal hier. Sie war spezialisiert auf Sexualverbrecher. Sie konnte sich in sie hineinversetzen. Konnte ihren Gedankengängen, ihrer Logik folgen.

Der Parkplatz war überraschend leer – dafür, dass gerade Besuchszeit war. Sie parkte den Wagen, ging an die Pforte und wies sich aus. Das Tor öffnete sich mit einem dumpfen Surren. An der Hauptwache hinterlegte sie ihren Ausweis und verstaute ihr Handy in einem verschließbaren Fach. Mit der wachhabenden Beamtin tauschte sie ein paar Höflichkeitsfloskeln aus. Sie kannten sich. Es war Hela McLean. Sie arbeitete schon seit Jahren hier. Hart wie Stahl.

»Er erwartet Sie schon ganz ungeduldig«, sagte sie.

»Aber ich bin doch ganz pünktlich.«

»Sie wissen doch, wie er ist«, sagte McLean und lächelte. Callini musterte sie eingehender und stellte mit einem Stich im Herzen fest, dass sie sehr schöne Augen hatte. Aber so etwas würde hier doch nicht passieren? Obwohl man bei diesem Franz Oswald nie sicher sein konnte. Sie holte tief Luft und versuchte, diese unguten Gedanken zu verscheuchen.

Ein anderer Beamter führte sie in den Flur, von dem aus das Besuchszimmer abging. Sie hatten dieses Mal ein Zimmer, das eher mittig lag. Als der Beamte die Tür öffnete, raubte ihr der Anblick von Oswald den Atem. Er sah so klein aus, saß in seiner grauen Anstaltskleidung zusammengesunken in einem gelben Sessel. Franz Oswald in hässlichen Jogginghosen, eigentlich undenkbar. Das scharfe Neonlicht ließ ihn blass erscheinen. Aber dann erhob er sich und hatte augenblicklich wieder die vertraute Ausstrahlung. Sie fühlte sich sofort unbeholfen, wollte ihn eigentlich umarmen, wusste aber auch, dass Franz Oswald kein Freund von Liebesbezeugungen war.

»Ist das zu glauben?«, sagte er und zeigte auf die Sessel. »Dass wir in solchen Zwergensesseln sitzen müssen? Aber komm, setz dich.«

Sie stellte ihre Handtasche auf einen Beistelltisch. Ließ sich in den Sessel sinken. Er blieb stehen, musterte sie eindringlich, mit einem mürrischen Gesichtsausdruck.

»Wie sieht es aus? Wie geht's dir, Franz?«, brachte sie mühsam hervor.

»Na, was glaubst du? Ich hab doch gesagt, dass ich ein mustergültiger Gefangener sein werde. Ich habe mich bei allen Lerngruppen und Ausbildungsangeboten angemeldet. Schufte wie ein Besessener in der Hitze unten in der Waschküche bei einem Monster von Waschmaschine, die sie für sechs Millionen Kronen gekauft haben. So weit also alles gut. Können wir jetzt diese Höflichkeitsfloskeln weglassen und zur Sache kommen?«

Da sah sie den enormen Papierstapel, der auf dem Tisch zwischen den beiden Sesseln lag.

»Das hier ist der Plan, von dem ich dir erzählt habe«, sagte er. »Da steht alles drin, bis ins kleinste Detail. Du kannst den Stapel mitnehmen, ich habe eine Kopie gemacht. Dann können wir die Details bei deinem nächsten Besuch besprechen. Da ist auch eine Liste drin von Dingen, die ich unbedingt brauche. Der Plan besteht aus drei Teilen. Der erste widmet sich den Idioten auf ViaTerra, die auf das niedrigste IQ-Niveau gesunken sind, die muss jemand unter Kontrolle behalten. Der zweite ist das Buch. Du kümmerst dich um den Kontakt zum Verleger und so was. Und der dritte Teil betrifft natürlich Bauman. Es ist an der Zeit, sie zu erledigen.«

Jedes Mal, wenn Oswald Sofia Bauman erwähnte, fühlte es sich wie ein Schlag in den Magen an. Sein Blick veränderte sich, wenn er ihren Namen aussprach. Die Schärfe in seinen Augen verschwand und wurde von einem unheimlichen, verträumten Glanz ersetzt. Natürlich wollte sie, dass die Schlampe fertiggemacht wurde. Je schlimmer, desto besser. Aber vor allem musste Oswalds fast manische Fixierung auf diese Frau ein Ende haben. Sie wusste nur noch nicht, wie sie das anstellen sollte.

»Aber diese Sofia, ist das denn wirklich notwendig? Sie hat doch seit dem Gerichtsverfahren nichts mehr veranstaltet oder irgendwie Ärger gemacht. Warum sollen wir überhaupt einen Gedanken an so eine pathetische …«

»Hast du meine Thesen schon gelesen?«, unterbrach er sie.

»Wie bitte?«

»Ich habe dich gefragt, ob du meine Thesen durchgelesen hast. Ich hatte dich darum gebeten.«

»Nein, aber ich … das ist doch erst eine Woche her, und ich dachte …«

»Das erklärt auch deine naive Haltung zu Sofia Bauman. Du hast keine Ahnung, wofür ViaTerra steht, habe ich recht?«

»Nein, ich meine, doch natürlich, ich werde das alles durcharbeiten, versprochen. Wenn du willst, können wir die Bauman auch verklagen.«

»Verklagen? Warum um alles in der Welt sollte ich das tun? Das macht doch gar keinen Spaß.«

»Na, wegen Verleumdung.«

Er lachte laut auf. Sein Gelächter hallte durch den kleinen Raum.

»Bist du wirklich so dämlich? Solche wie Sofia Bauman bearbeitet man ganz langsam, Annie. Am Anfang nur eine Andeutung, aber aussagekräftig genug, dass sich einem die Nackenhaare aufstellen. Ich dachte, ich hätte dir das alles schon erklärt. Sieh dir einfach die Thesen an. Und auch *Über die Kriegskunst* von Sun Tsu. Oder hast du das etwa auch noch nicht gelesen?«

Verwirrt schüttelte Anna-Maria den Kopf.

»Was bist du eigentlich für eine Stümperin von Anwältin?« Dann zitierte er langsam und mit ruhiger Stimme aus dem Buch: »Wir müssen den Feind anlocken, Verwirrung stiften und ihn dann zerstören.«

Voller Eifer nickte sie. Obwohl sie nicht wirklich verstand, was es mit Sofia Bauman zu tun hatte.

»Bevor du gehst, möchte ich nur noch einmal deutlich machen, worum es hier geht«, sagte er. »Du bist meine Anwältin, und das bedeutet: Niemand sonst kann eine Zeile über unser Gespräch lesen, es mithören oder auf andere Weise daran teilhaben, ist das richtig?«

»Richtig.«

»Und du hältst dich an die Schweigepflicht und hast alle notwendigen Verschwiegenheitsklauseln unterschrieben, ja?«

»Selbstverständlich.«

»Sehr gut, dann haben wir also eine Abmachung.«

Er griff ihr unter die Arme und zog sie hoch. Er war ihr so nah, dass sie den Geruch der frisch gewaschenen Gefängniskleidung riechen konnte. Das duftete ganz anders als sein Rasierwasser. Da fiel ihr ein, dass sie ihm ja eine Flasche mitgebracht hatte, und sie streckte die Hand nach ihrer Tasche aus.

»Ich habe dir dein Rasierwasser mitgebracht.«

Er zog ihren Arm weg, schüttelte den Kopf.

»Lass es. Ich werde es sowieso nicht benutzen dürfen. Vielleicht kann ich eine Erlaubnis beantragen, aber das wird dauern. Außerdem zwingen sie einen nach jedem Besuch, sich auszuziehen. Aber das weißt du ja.«

»Oh je, verzeih mir, das hatte ich vergessen.«

»Splitterfasernackt. Auch die weiblichen Wachen«, fügte er hinzu und grinste.

Er hatte ihre Handgelenke gepackt, wie in einem Schraubstock. Schob sie mit dem Rücken gegen die Wand. Er war jetzt so nah, dass sie kaum Luft bekam. Dann spürte sie die Erregung, ihr schoss das Blut in den Kopf. Als er endlich seinen Körper gegen ihren drückte, wimmerte sie vor Verlangen. Er legte eine Hand auf ihren Mund, die andere an ihre Kehle.

»Es ist noch zu früh, um die Regeln zu brechen. Du musst dich noch ein bisschen gedulden«, flüsterte er ihr ins Ohr.

»Ich will …«, stieß sie hervor.

»Schhh«, sagte er und drückte ihr den Hals zu. »Ich weiß genau, was du willst.«

KAPITEL 6

Eine Sache hatte Simon ihr nicht erzählt, als sie am letzten Tag des Gerichtsverfahrens mittags zusammen essen gegangen waren. Es war auch eher ein Gefühl gewesen, das ihn beschlichen hatte, als er eines Morgens am Herrenhaus vorbeigelaufen war. Es hatte sich angefühlt, als ginge darin etwas vor sich.

Ein paar Wochen nach der Urteilsverkündung, Ende Oktober, führte ihn sein Weg wieder an dem Haus vorbei. Ein eiskalter Wind drang durch seine Kleidung. Der Himmel war eisengrau, und das Laub leuchtete in Gelb und Orange. Es gab zwei Wege, um von dem Ort zu dem Anwesen zu kommen, auf dem ViaTerra sich niedergelassen hatte. Zum einen die Straße, die entlang der Ostküste verlief und an einem Kiesweg endete, der einen direkt zum Herrenhaus führte. Die andere Möglichkeit war ein Schleichweg durch den Wald, auf kleinen Pfaden, die im Laufe des Sommers zuwuchsen.

Es dämmerte, darum entschied sich Simon für die Straße. Er lief langsam, die Hände tief in den Hosentaschen vergraben. Pfiff vor sich hin. Weit und breit war kein Auto zu sehen. Die Insel wirkte wie ausgestorben, seit die Touristen pünktlich zum Saisonende abgezogen waren. Die Dunkelheit hatte etwas Erdrückendes, kein Mond am Himmel, keine Sterne, nur eine dunkle Decke, die sich über die Straße legte. Der Wind war kräftig und peitschte das schäumende und tosende Meer zu seiner Rechten auf. Ein paar Möwen ließen sich vom Wind tragen und wichen ihm sonderbarerweise nicht von der Seite. Als er in den Kiesweg bog, der zum Herrenhaus führte, sah er schon von Weitem die Fassade des großen Gebäudes in den Himmel ragen. Stattlich und gleißend weiß leuchtete sie in der Dunkelheit. In keinem der Fenster brannte Licht. Auch gut, dann hatte er sich das eben nur eingebildet.

Das Anwesen war von einer drei Meter hohen Mauer umgeben, die mit einem Elektrozaun gekrönt war. Am Haupteingang entdeckte Simon ein Motorrad, das neben dem verwaisten Wachhäuschen stand. Sonderbar. Er war sich fast sicher, dass es beim letzten Mal dort noch nicht gestanden hatte. Es war mit einem Schloss am Zaun neben dem Tor befestigt. Wahrscheinlich war das Bennys Maschine, mit der er am Anwesen entlang patrouillierte. Aber es weckte Simons Neugierde. Er rüttelte am Tor, aber das war verschlossen. Er versuchte es auch an dem kleineren Tor, das direkt in den Wald führte. Aber auch dies ließ sich nicht öffnen. Franz Oswald war der Einzige gewesen, der es benutzt und einen Schlüssel dafür gehabt hatte. Als die Polizei damals angerückt war, hatte er sich durch dieses Tor davongeschlichen, war zum Wasser hinuntergerannt und hatte sich in einer Grotte versteckt.

Als Simon ein zweites Mal zum Herrenhaus hochsah, entdeckte er noch etwas, einen Wimpel, der im Wind flatterte. Es war die Flagge von ViaTerra, ihre Farben – Grün und Weiß – standen für die Macht der Natur über die Menschheit. Da wusste Simon, dass etwas nicht stimmte, denn dort hatte zuvor definitiv keine Flagge gehangen.

Die Mauer war zu hoch, um dahinter etwas sehen zu können. Aber die großen Herbststürme hatten die ersten Bäume schon gefällt, und unter großer Anstrengung gelang es ihm, einen der schmaleren Birkenstämme bis zur Mauer zu schleppen und ihn dagegenzulehnen. Dann kletterte er daran hoch, rutschte zwar ein paar Mal aus, aber am Ende gelang es ihm doch, über die Mauer und auf die Auffahrt zu sehen. Direkt vor dem Haus stand ein Ungetüm von einem Umzugswagen. Die Ladefläche war voll mit Möbeln und Koffern. Ein paar Männer, die er noch nie zuvor gesehen hatte, trugen gerade eine große Kommode ins Haus.

Da zog jemand ein.

Simon kletterte wieder von seiner Baumleiter und legte den Stamm zurück auf den Waldboden. Dann drückte er ein zweites Mal die Klinke herunter, um ganz sicherzugehen. Aber das Tor war ohne jeden Zweifel abgeschlossen.

Als sich Simon schließlich auf den Nachhauseweg machte, war es so dunkel, dass er kaum erkennen konnte, wo die Straße aufhörte und der Graben anfing. Er ging langsam und vorsichtig. Plötzlich blendeten ihn die Scheinwerfer eines entgegenkommenden Autos. Schützend hob er eine Hand vor die Augen, konnte aber trotzdem die Gestalt hinter dem Steuer erkennen. Eine Frau. Ein blasses Gesicht mit scharfen Zügen, das er wiedererkannte. Anna-Maria Callini, Oswalds Anwältin. Am liebsten wäre er umgedreht, um ihr hinterherzuspionieren. Aber dann entschied er sich, einen Schritt nach dem anderen zu machen. Vorrang hatte, sich Zutritt zu dem Anwesen zu verschaffen.

An diesem Abend surfte Simon lange durchs Internet. Danach wusste er alles über die verschiedenen Techniken, wie man ein Schloss austauscht. Am nächsten Tag, es war ein Samstag, kümmerte er sich zunächst um das Gewächshaus und nahm dann die Fähre zum Festland, um alles zu kaufen, was er dafür benötigte.

Mit Einbruch der Dunkelheit machte er sich auf den Weg zum Oswald'schen Anwesen. Er war sicher, dass niemand im Haus war, denn alle Fenster waren dunkel. Es war hier ganz still, bis auf eine Eule, die ab und zu im Wald rief. Er entschied sich für das kleinere Tor, band die Taschenlampe in einen Baum, richtete das Licht auf das Schloss und machte sich ans Werk. Es dauerte ein paar Stunden, bis er die Schlösser ausgetauscht hatte. Ab jetzt würde er den Landsitz jederzeit betreten können. Aber eine Sache gab es vorher noch zu erledigen.

Summend lief er durch die Dunkelheit zurück nach Hause und ließ den Schein der Taschenlampe durch die Baumwipfel schweifen. Dabei blendete er eine Eule und lachte über die Art, wie sie ihn anstarrte. Dann aber erhob sich der Vogel schreiend und stieß auf ihn herab. Tief und schnell flog er über ihn hinweg, seine Flügel erzeugten einen Windstoß, der Simons Gesicht streifte, und nun berührte der Vogel seine Haare mit den Krallen. Simon schrie auf, ließ die Taschenlampe fallen. Auf einmal war alles um ihn herum pechschwarz. Hilflos kroch er über den Boden und tastete mit den Händen nach der Lampe.

Das ungute Gefühl im Magen ließ ihn auf dem Nachhauseweg nicht mehr los. Vielleicht war die Eule ein Zeichen gewesen. Eine Warnung, ViaTerra in Ruhe zu lassen. Aber er war davon überzeugt, dass sein Vorhaben von großer Bedeutung war.

Zurück in seinem Zimmer in der Pension, schickte er Sofia sofort eine Mail. Sie schrieben sich ab und zu, also genau genommen antwortete Sofia jedes Mal umgehend, wenn er sich hatte überwinden können, sich an den Rechner zu setzen und sich einzuloggen.

Hast du Ellis' Mail-Adresse? Ich brauche mal den Rat eines Computerexperten, schrieb er.

Ellis war Sofias Exfreund, bevor sie Mitglied der Sekte geworden war. Er war ein Computergenie, der sie damals schikaniert und im Netz bloßgestellt hatte. Allerdings bekam er mildernde Umstände, denn er hatte ihr bei ihrer Flucht von ViaTerra sofort seine Hilfe angeboten. Und später Oswalds Rechner gehackt und Beweismaterial gefunden.

Sofia antwortete wieder fast sofort, schickte ihm Ellis' Mail-Adresse und erzählte, dass sie einen Job und eine Wohnung gefunden habe. Simon wurde ganz warm ums Herz und gratulierte ihr, verriet aber noch nichts von seinen Entdeckungen. Er wollte nicht, dass sie sich jetzt schon Sorgen machte.

Dann schrieb er Ellis und schilderte ihm sein Anliegen. Am nächsten Morgen hatte er eine Antwort. Selbstverständlich würde Ellis ihm dabei helfen, zumindest gegen einen kleinen Obolus. Diese Art von Fälschungen seien ja eigentlich gegen das Gesetz, aber wenn es Sofia helfen würde, wäre er dabei.

Ellis' Brief kam ein paar Tage später an. Darin befand sich ein Blatt Papier mit dem Briefkopf der Polizei. Adressiert war der Brief an den Besitzer von ViaTerra. In wenigen Worten stand dort, dass man gezwungen gewesen sei, das Schloss des seitlichen Tores aufzubrechen, es aber durch ein neues ersetzt habe und die neuen Schlüssel beilägen. Simon steckte das Anschreiben zusammen mit zwei der insgesamt drei Schlüssel in einen Briefumschlag und verschloss ihn. Den dritten Schlüssel behielt er. Den Brief würde er bei seiner nächsten Fahrt aufs Festland einstecken. Ihm wurde ganz schwindelig vor so viel Waghalsigkeit.

Von diesem Tag an besuchte Simon einmal in der Woche das Anwesen, in der Regel unter der Woche. Er schlich durch den Wald bis zum Tor und öffnete es mit seinem Schlüssel. Hinter dem Tor erstreckte sich ein kleines Waldstück, das an den großen Innenhof angrenzte. Wenn er sich nicht bewegte, würde ihn niemand entdecken können.

Manchmal ging er zuerst hinunter zum Meer. Setzte sich auf die Felsen und hing seinen Gedanken nach. Nachts trieb dichter Nebel vom Wasser an Land. Die Luft war feucht und kalt. Ihm gefiel die Küste am besten, wenn sie in Nebel eingehüllt war. Es gab weder Schatten noch Lichtreflexe oder scharfe Konturen. Nur sanfte Stille. Er entspannte sich so sehr, dass er dabei fast einschlief, aber die Gedanken holten ihn in die Gegenwart zurück und zum Herrenhaus hinter ihm.

Nach der Flucht von ViaTerra aufs Festland hatte Madeleine diese neue Gruppe gegründet. Er hatte immer vermutet, dass sie sich dort auch treffen würden. In Erinnerungen schwelgen, Oswald Liebesbriefe ins Gefängnis schreiben. Im Leben aber hatte er nicht daran geglaubt, dass sie zurück auf die Insel kommen würden. Es gefiel ihm nicht, dass sie wieder aufgetaucht waren. Überhaupt nicht.

Eines Morgens Anfang November hatte Simon Stimmen hinter der Mauer gehört. Dann hörte er Geräusche, die ihn an die Zeit bei ViaTerra erinnerten. Füße, die über den Kies schabten, kurzes Geplauder während der wenigen Minuten vor dem Appell, bevor es ernst wurde.

Sie hatten also wieder angefangen, Versammlungen abzuhalten.

Die haben sie doch nicht mehr alle, dachte er. Wie kann das sein? Eigentlich müsste es verboten sein, hierherzukommen und mit dem ganzen Scheiß von vorne anzufangen!

Neugierig rannte er auf die Rückseite des Anwesens und

schlich durch das kleinere Tor hinein. Da die Bäume ihr Laub verloren hatten, musste er sich hinter einem dicken Eichenstamm verstecken.

In Reih und Glied standen sie da. Fünfundzwanzig, dreißig Leute, etwa die Hälfte der ursprünglichen Bande. Madeleine und Bosse vor der Versammlung, Katharina, Anna, Benny und Sten in der ersten Reihe.

Bosse monologisierte gerade über Prioritäten. Seine Stimme machte Simon ganz nervös, wie ein innerer Juckreiz.

Sie hatten ein paar Uniformen zusammengesucht, alle waren in Grau gekleidet, aber bei einigen hingen die Jacken wie Säcke am Körper, bei anderen reichten die Hosen nur bis zu den Knöcheln. Alle sahen müde und mitgenommen aus. Weit entfernt von der lauten, aufgedrehten Gruppe von früher. War es wirklich cool, dort zu stehen und Bosse zuzuhören? Die schweren, grauen Körper und die wehende Flagge der ViaTerra über ihren Köpfen hatten etwas Widersprüchliches. Aber es war unverkennbar: Sie mussten wiederauferstanden sein.

Das Unglück geschah an Weihnachten. Simon war von dem ausgiebigen Weihnachtsessen in der Pension ganz schläfrig geworden und hatte beschlossen, einen Spaziergang zu machen. Als er in den Weg einbog, der zum Herrenhaus führte, sah er vor dem großen Tor einen Notarztwagen und zwei Streifenwagen stehen. Daneben hatte sich eine kleine Menschenansammlung gebildet. Er wollte nicht entdeckt werden, darum sprang er zur Seite in den Wald. Von dort aus sah er, wie zwei Männer mit einer Bahre aus dem Tor kamen, über der eine graue Decke lag. Sie schoben die Bahre in den Notarztwagen und rasten mit Sirene an ihm vorbei. Da war wirklich etwas passiert.

Die Gruppe löste sich langsam auf. Unter ihnen entdeckte er Edwin Björk, den Fährmann. Simon kam heraus und stellte sich neben ihn.

»Hallo, Simon!«, sagte Björk. »Jetzt fängt der Scheiß schon wieder an, kannst du dir vorstellen, dass die Idioten zurückgekommen sind?«

»Nein, das glaube ich nicht. Aber, was ist da passiert?«

»Weiß ich nicht genau. Sie haben jemanden unter einer Decke rausgetragen. Ich habe gehört, es soll ein Selbstmord gewesen sein.«

Mehr bekam Simon an diesem Tag nicht heraus. Er konnte sich auf nichts mehr konzentrieren, überlegte fieberhaft, wer da unter der Decke gelegen haben könnte. Er musste es unbedingt herausfinden und ging gleich am nächsten Morgen wieder zum Oswald'schen Anwesen. Wie immer schlich er durch das hintere Tor auf das Grundstück und versteckte sich hinter der Eiche. Sie hatten sich versammelt, standen dort mit hängenden Schultern, wie eine graue, trauernde Masse. Bosse hielt ein Bund Papiere in der Hand und sprach gerade zu den Mitgliedern, und zwar so laut, dass Simon ein paar Worte aufschnappen konnte. »Keine Panik« und »alles wie immer« waren Phrasen, die er in seinem Versteck hörte.

Als Bosse die Zettel verteilen wollte, riss ihm eine Windböe ein paar Seiten aus der Hand. Wie Schmetterlinge flatterten sie über den Innenhof und landeten auf dem verdorrten Rasen. Simons Blick blieb an einem Blatt hängen, das in seine Richtung flog, aber da kam Anna angerannt und sammelte es wieder ein. Als alle Zettel aufgehoben und verteilt waren, löste sich die Versammlung auf.

Jacob, der Tierpfleger und einer der wenigen Freunde, die Simon gehabt hatte, stapfte mit hängendem Kopf zu den

Stallungen. Simon erschütterte es richtig, wie traurig und niedergeschlagen Jacob aussah.

Simon war schon dabei, sich wieder aus dem Tor zu schleichen, als er in einem Blätterhaufen etwas Weißes bemerkte. Er warf sich auf den Bauch und robbte vorsichtig darauf zu. Langsam zog er ein Papier aus dem Haufen und stopfte es sich unter die Jacke.

Erst zu Hause glättete er das Blatt und las den Text. Es waren die einzelnen Posten eines Plans. Dinge, um die sich die Gemeinschaft kümmern musste. Renovierungsarbeiten, Einkäufe, Reinigung der Gebäude. Bei einem der Posten musste er grinsen: *Jemanden für die Landwirtschaft finden.* Sie rüsteten also wieder auf. Bereiteten das Anwesen auf etwas Bestimmtes vor. Oswalds Rückkehr? Wohl kaum. Der würde noch ein paar Jahre hinter Gittern sitzen. Aber da kam Simon der Gedanke, dass man ein solches Unternehmen durchaus auch vom Gefängnis aus führen konnte.

Sein Blick wanderte zum letzten Punkt auf der Liste. Auch optisch war er von den anderen abgesetzt. Wie ein Zusatz.

Sofia Bauman?, stand dort. Nur der Name und ein Fragezeichen.

KAPITEL 7

Sofia wollte gerade ins Bett gehen. Handy und Schlüssel hatte sie auf den Couchtisch gelegt, den Fernseher ausgeschaltet und war gerade auf dem Weg ins Bad zum Zähneputzen. Sie trug ein Nachthemd und hatte sich einen Morgenmantel angezogen, weil die kalte Januarluft durch die Fenster drang. Als es an der Tür klingelte, vermutete sie zuerst, dass Benjamin den Zug verpasst hatte. Aber er klingelte immer dreimal hintereinander. Dieses Klingeln war ein kurzes, zögerndes. Außerdem hörte sie Schuhe, die nervös vor der Tür scharrten.

Sie sah durch den kleinen Sucher und erkannte die Person sofort. Elvira.

In Bruchteilen von Sekunden sank ihre Laune ins Bodenlose. Das Einzige, was Elvira und sie gemeinsam hatten, war ihre Zeit bei ViaTerra. Und Sofia wusste, dass Elvira nicht vorbeigekommen war, um über alte Zeiten zu reden. Außerdem sah sie furchtbar aus. Ungepflegtes Haar, verschmierte Mascara. Sie war ganz in Schwarz gekleidet, und ihre Haut war so fahl, dass sie im Treppenhauslicht richtig grün aussah.

Sofia hatte mehrere Möglichkeiten. Sie konnte reglos und ohne Luft zu holen im Flur stehen und abwarten, bis Elvira wieder ging. Sie konnte durch den Briefkastenschlitz in der Tür rufen, dass sie leider krank sei, am besten irgendetwas Ansteckendes wie der Norovirus. Oder sie öffnete die Tür einen schmalen Spalt und erklärte ihr, dass sie keine Lust auf

Besuch hatte. *Nimm es nicht persönlich, aber ich habe einfach jeden Kontakt zu ViaTerra abgebrochen.*

In den wenigen Sekunden vor der verschlossenen Tür, die ihr wie eine halbe Ewigkeit vorkamen, hatte sie ein Déjà-vu. Es war nicht das erste Mal, dass sie schnell eine einschneidende Entscheidung treffen musste. Und sie hatte es bisher noch nie bereut.

Die Luft in ihrer Wohnung stand still. Der gedämpfte Lärm von der Straße verstummte, als hätte ihn jemand ausgeschaltet. Das Licht der Deckenleuchte wurde schwächer. Ich werde es bereuen, dachte sie und öffnete die Tür.

Während sie Elvira ins Wohnzimmer bat, überlegte sie fieberhaft, wie sie den Besuch abkürzen könnte. Sie könnte sie fragen, ob sie was zum Anziehen oder Geld brauchte. Sie würde ihr helfen, solange es nichts mit ViaTerra zu tun hatte.

Elvira zog sich den Mantel aus und fing an zu weinen. »Die Schweine lassen mich nicht auf die Beerdigung gehen«, schluchzte sie.

Aber Sofia hörte kaum zu, was sie sagte, denn alles veränderte sich, als Elvira ohne Mantel vor ihr stand. Fassungslos starrte Sofia auf Elviras Bauch, der groß und rund war und einen starken Kontrast zu ihrem schmalen Körper bildete.

Elvira zuckte hilflos mit den Schultern.

»Ist das Kind von ihm?«, fragte Sofia. Sie war wie unter Schock.

»Das kannst du dir doch selbst beantworten«, fauchte Elvira. »Ich hatte in den letzten sieben Monaten nicht so viel Auswahl, was Typen angeht. Warum ist das alles so schiefgelaufen? Das ist doch Scheiße.«

Sie trug eine schwarze, weite Hose, ein schwarzes, ärmelloses Unterhemd, ein Piercing in der Nase und das Tattoo einer Ziege am Hals. Zu diesem Outfit hatte sie nur den schwarzen Mantel und ein Paar Stiefel angezogen. Keine Mütze oder Handschuhe, obwohl draußen Minusgrade waren.

»Komm erst mal rein und setz dich«, sagte Sofia. »Was ist denn passiert?«

Elvira warf den Mantel aufs Sofa. »Papa sagt, dass ich nicht zur Beerdigung kommen darf.«

»Wessen Beerdigung eigentlich?«

»Na, Mamas, weißt du gar nichts davon? Sie hat sich erhängt?«

»Was? Wirklich?«

»Man hängt sich doch meistens *wirklich* auf und tut nicht so, oder?« Das war eine ganz neue – wütende – Seite von Elvira.

»Jetzt setz dich doch mal und erzähl. Von Anfang an.«

Elvira ließ sich aufs Sofa sinken und seufzte. Dann sah sie sich im Zimmer um.

»Schön hast du es hier.«

Sofia ging in die Kochnische und setzte Kaffee auf. Ein tieftrauriges, wehmütiges Gefühl erfasste sie. Mona war tot. Die Erinnerung an ihren ersten Selbstmordversuch tauchte wieder auf. Oswald hatte sie endlos schikaniert, und eines Tages hatte sie versucht, sich an der Deckenlampe aufzuhängen. Wäre es Sofia nicht aufgefallen, dass Mona fehlte, wäre es ihr schon damals geglückt, sich umzubringen. Sofia hatte kein besonders enges Verhältnis zu Mona gehabt, aber jetzt packte sie die Scham darüber, wie sehr Mona in der Sekte gemobbt worden war. Sie war der Sündenbock gewesen. Eine Zielscheibe für alles.

Elvira starrte aus dem Fenster, ihr Blick war leer und ausdruckslos. Sofia stellte die Becher auf den Tisch und setzte sich neben sie.

»Jetzt erzähl mal.«

Und Elvira erzählte. Sie ging wieder zur Schule und wohnte bei ihrer Tante in Lund. Seit dem Gerichtsurteil hatte sie nichts mehr von ihren Eltern gehört, aber das hatte sie auch nicht erwartet. Aber am zweiten Weihnachtsfeiertag hatte Anders angerufen und mit seiner Schwester sprechen wollen. Elvira hatte seine Stimme kaum wiedererkannt, aber ihre Tante war nicht zu Hause. Da hatte er es ihr mitgeteilt. Mona hatte sich an Weihnachten in ihrem Zimmer erhängt. Sie war sofort tot gewesen und konnte nicht wiederbelebt werden.

»Heißt das, die sind jetzt auf dem Landsitz? In ViaTerra?«, fragte Sofia.

»Du weißt ja überhaupt nichts. Die sind schon seit Monaten wieder auf der Insel. Ich weiß es, weil sie mir meine Sachen geschickt haben, als sie da noch mal eingezogen sind. Und Papa hatte es auch meiner Tante erzählt, dass sie zurück sind. Obwohl er eigentlich keinen Kontakt zu ihr hat. Das war nur, weil ich dort wohne.«

Sofia hatte einen bitteren, metallischen Geschmack im Mund, die altbekannte Übelkeit, die sich immer meldete, wenn es um die Machenschaften auf ViaTerra ging.

»Und was ist dann passiert? Was hat Anders noch gesagt?«

»Ich konnte am Anfang nicht sprechen, ich war so furchtbar traurig. Aber dann habe ich ihn gefragt, wann die Beerdigung ist, und er hat mir gesagt, meine Anwesenheit sei nicht erwünscht. Mein beschissener Vater, das ist doch unglaublich, oder? Er sagte, dass die Beerdigung auf ViaTerra stattfindet und mich die Wachen sowieso nie reinlassen würden.«

»Oh, wie schrecklich. Das ist wirklich furchtbar. Ich weiß gar nicht, was ich dazu sagen soll.«

»Hilf mir, mich zu rächen.«

»Aber die können sie doch nicht einfach dort auf dem Landsitz begraben?«

»Die machen da irgendeine ekelhafte Zeremonie, und danach schicken sie ihren Körper ins Krematorium auf dem Festland.«

»Ist das alles?«

»Genügt das nicht?«

Sofia sah fragend auf Elviras Bauch.

»Ach so, das da. Ja, das ist ein anderes kleines Problem. Ich weiß wirklich nicht, wie ich gleichzeitig die Schule beenden und Mama werden soll.« Die Tränen stiegen ihr in die Augen, aber sie biss sich auf die Unterlippe, um sie zurückzuhalten.

Sofia holte tief Luft, einen fast unendlichen Atemzug lang. Eigentlich wollte sie nicht wieder in die alte Suppe hineingezogen werden, aber diese Ungerechtigkeit brüllte so laut wie eine Motorsäge in ihrem Kopf. War das überhaupt legal? Konnte man einem Kind verweigern, zu der Beerdigung seiner Mutter zu gehen?

»Weiß er davon? Von dem Kind?«, fragte sie.

Da geschah etwas Sonderbares. Elvira fing an zu lachen. Zuerst war es nur ein kleines Glucksen, das dann aber zu einem grellen Gelächter wurde. Sie krümmte sich vor Lachen, und ihr liefen die Tränen übers Gesicht. Mehrmals unternahm sie den Versuch, etwas zu sagen, fing aber immer wieder zu lachen an. Am Ende musste auch Sofia lachen.

»Aber weiß er von dem Baby?«, stieß sie hervor.

»Es sind *zwei*. Zwei Babys!«

»Was? Zwillinge?«

»Ja. Zwei Jungen.«

»Um Gottes willen. Und was tust du jetzt, Elvira?«

»Sie zur Adoption freigeben, glaube ich. Ich bin noch

nicht mal fünfzehn. Ich kann doch jetzt keine Hausfrau werden, niemals. Ich habe nicht mal eine Wohnung. Mein Leben, das … wird die Hölle.«

»Was sagt denn deine Tante dazu?«

»Sie sagt, ich darf machen, was ich will. Aber eigentlich hat sie gesagt, dass sie ganz bestimmt nicht auf irgendwelche Blagen aufpassen wird. Also, was soll ich tun?«

»Aber hättest du die nicht … Wann hast du es denn gemerkt?«

»Ich konnte das nicht. Das fühlte sich so falsch an. Wahrscheinlich liegt das an meiner religiösen Erziehung, die Gehirnwäsche hat wohl doch funktioniert. Ich bin in so einer Abtreibungsklinik gewesen, aber als es losgehen sollte, habe ich geschrien wie eine Wahnsinnige.«

»Und weiß er davon?«

Elvira schüttelte den Kopf.

»Ich finde, du solltest es ihm sagen.«

»Nicht bevor ich ihm das Leben auch zur Hölle gemacht habe. Er sitzt ja im Gefängnis, und da geht es ihm bestimmt super. Ich möchte aber was unternehmen, darum bin ich zu dir gekommen.«

»Nur … was willst du unternehmen?«

»Ich weiß es nicht, Sofia. Warum soll das alles nur meine Schuld sein? Er hat mein Leben verkackt, aber das interessiert niemanden.«

»Mich interessiert das schon.«

Sofia stand auf. Ihr Hirn lief auf Hochtouren. Alle Alarmglocken schrillten, aber das hatte jetzt keine Bedeutung. Für eine Aussteigerin wie Elvira gab es keine Gerechtigkeit. Das musste man auf eigene Faust lösen.

»Ich weiß, was wir tun können. Die Idee hatte ich schon, bevor ich abgehauen bin. Wir schreiben einen Blog und nennen ihn *In der Gewalt der Sekte* oder so was Ähnliches. Nein, noch besser *Das Sektenkind*, denn du bist ja noch ein Kind gewesen, als das alles passiert ist. Und dann schreiben wir deine Story dort auf und verbreiten die online, außerdem machen wir eine Facebookseite und nehmen Kontakt zu anderen Medien auf, und dann …«

Elvira fing wieder an zu lachen.

»Das klingt voll gut. Ich wusste, dass du mir helfen wirst.«

»Ich kenne jemanden, der uns dabei nützlich sein kann. Ich rufe ihn heute Abend an und melde mich morgen bei dir.«

Kurz darauf verließ Elvira die Wohnung. Ihre Wangen hatten wieder etwas Farbe bekommen. Die Augen waren klarer. Es hatte angefangen zu schneien, Sofia sah ihr vom Fenster aus hinterher, wie sie die Straße hinunterlief. Die Schneeflocken hingen ihr wie ein Heiligenschein im Haar. Bald war ihre Gestalt in der Dunkelheit aus dem Lichtkreis der Straßenlaterne verschwunden.

Sofia nahm ihr Handy aus der Hosentasche und schickte Ellis eine SMS. Dann rief sie Benjamin an und erzählte ihm alles. Von Elvira, dem Kind und Monas Selbstmord. Von der Auferstehung der Sekte. Sie redeten so lange, bis Benjamins Stimme ganz schläfrig wurde und sie begriff, dass er ins Bett wollte. Sie musste an Simon denken, der auf der Insel lebte. Es war schon elf Uhr, viel zu spät, um ihn noch anzurufen. Sie wollte eine Mail schreiben, aber er brauchte immer ewig, bis er antwortete, darum schickte sie eine SMS. Ob er wohl wusste, wie man das machte? Ihre Nachricht war kurz: *Elvira ist schwanger. Von Oswald. Mona hat sich umgebracht. VT sind wieder eingezogen. Ruf mich an, wenn du aufwachst.*

Die Antwort kam sofort.

Ich habe dir was zu erzählen. Können wir uns treffen?

Ihre Neugier war geweckt.

Kannst du mir nicht eine Mail schicken?

Auch die nächste Antwort kam postwendend, er wusste also genau, wie man das machte.

Ist besser, wenn ich es dir persönlich sage.

Ihr Herz machte einen kleinen Satz. Sie wollte ihn sehr gern wiedersehen.

Okay. Aber ich setze meinen Fuß nie wieder auf diese %€#_ Insel.

Die nächste Nachricht ließ ein bisschen auf sich warten, dann machte es pling.

Ich komme dich besuchen.

Und so kam es, dass Simon wieder in ihrem Leben auftauchte.

KAPITEL 8

Simon wurde von den Sonnenstrahlen geweckt, die durchs Fenster fielen. Er versuchte die Splitter eines schon verblassenden, angenehmen Traums in einem grünen Gemüseparadies festzuhalten, in dem alles wuchs und gedieh. Aber dann sah er den Raureif am Fenster und erkannte schweren Herzens, dass es noch Winter war.

Sein Handy meldete eine neue Nachricht, er wusste, dass sie von Sofia kam, beschloss aber, sie erst abends nach der Arbeit zu lesen. Er freute sich über ihre Nachrichten, allerdings war sie auch unberechenbar. Außerdem erforderten die SMS seine ungeteilte Aufmerksamkeit, und jetzt wollte er einfach mit seinem Tag beginnen und zur Arbeit gehen.

Aber ein paar Stunden später siegte doch seine Neugier. Die SMS bestand nur aus einem Link. Das Foto, das dort auftauchte, verschlug ihm den Atem, so erschütternd war es. Elvira hatte die Arme vor der Brust verschränkt und war nackt. Ihr Bauch war groß und rund. Sie trug die Haare offen, eine Strähne reichte bis zum Nabel hinunter. Der Rest fiel wie eine goldene Welle über Schultern und Rücken. Ihre Augen waren geschminkt und wirkten riesig, der Mund stand leicht offen, man sah ihre Schneidezähne, mit denen sie sich auf die Unterlippe biss. *Sektenkind*, lautete die Überschrift.

Normalerweise surfte Simon in seiner Arbeitszeit nicht

im Internet, aber jetzt machte er eine Ausnahme, setzte sich auf einen umgedrehten Eimer und las den Blog-Eintrag. Es war Elviras Geschichte, fürchterlich und ausführlich. Besonders schrecklich klangen die Details über die Dinge, die Oswald mit ihr auf dem Dachboden gemacht hatte, wie er sie zu Sexspielen gezwungen und dabei fast erwürgt hatte.

Der Text klang kindlich, den hatte Elvira eindeutig selbst geschrieben, denn er war mit Rechtschreibfehlern und derben Ausdrücken gespickt. Aber das machte ihn nur authentischer. Es gab schon mehrere Kommentare auf der Seite.

In seinem Magen kribbelte es, und ihm lief der Schweiß runter, obwohl es im Gewächshaus überhaupt nicht warm war. Das wird noch eine große Sache, dachte er. Der Blog würde wie eine Bombe einschlagen. Und er war sich nicht sicher, ob das gut oder schlecht war, aber eines wusste er mit Bestimmtheit. Hier war die Wahrheit ans Tageslicht gezerrt worden, und Franz Oswald würde niemals sein Einverständnis zu diesem Blog-Eintrag geben. Er hoffte sehr, dass Sofia und Elvira wussten, worauf sie sich da eingelassen hatten.

Die Fahrt nach Lund verlief unkomplizierter als erwartet. Er verreiste nicht gern. Unbekannte Gesichter, unangenehme Gerüche und Geräusche. Seine Eltern waren nie mit ihm verreist, man konnte doch die Tiere auf dem Bauernhof nicht alleine lassen. Aber er wollte Sofia unbedingt sehen, er hatte ihr einiges zu erzählen. Im Hauptbahnhof von Göteborg kaufte er sich am Kiosk eine Tageszeitung und las die Schlagzeilen.

GEWÜRGT UND VERGEWALTIGT VOM SEKTENFÜHRER

Eine Vierzehnjährige erzählt die ganze Wahrheit

SIE WAR OSWALDS SEXSKLAVIN
Jetzt muss sie seine Kinder zur Welt bringen

VON DER SEKTE FÜRS LEBEN GEZEICHNET
Der Bericht einer Vierzehnjährigen

Die Abendzeitungen hatten die Story auf den Titelseiten, und sogar in der Göteborgsposten stand ein Artikel über Elvira. Die Zeitungen hatten das Foto aus dem Blog verwendet, auf dem sie mit großen, unschuldigen Augen in die Kamera sah.

Simon setzte sich auf eine Bank und raufte sich die Haare. War das jetzt gut oder schlecht? Er konnte sich nicht entscheiden. Was ihn aber freute, war, dass Oswald im Gefängnis was zu tun bekam. Außerdem war er ziemlich erleichtert, denn die Sachen, die er Sofia erzählen wollte, waren im Vergleich zu dieser Geschichte gar nichts.

Sie trafen sich im Bahnhof. Gut sah sie aus. Ihre Haare waren lang geworden, sie reichten ihr bis zur Taille. Sie war ungeschminkt und trug einen Anorak mit riesigem Fellkragen, dazu Jeans mit großen Löchern auf den Knien. Und das mitten im Winter. Ihre Wangen waren rot, er fragte sich, ob es an der Kälte oder an der Freude lag, ihn wiederzusehen.

»Komm, wir gehen eine Kleinigkeit essen, du hast doch bestimmt Hunger?« Das hatte er immer – wie sie wusste.

»Ihr habt da was losgetreten«, sagte er, als sie im Restaurant saßen.

»Es war aber auch an der Zeit, oder?«

Er ließ sie zuerst reden, und ihr Mund stand nicht still. Über hunderttausend Besucher hatten sie schon auf der Seite gehabt. Einige hatten ihnen geschrieben, um ihre persönliche Geschichte zu erzählen. Elvira war schon in eine Talkshow eingeladen worden, und es würden bestimmt weitere Anfragen kommen.

Solange sie noch schwanger war, würde das noch eine Weile so gehen. Und wahrscheinlich würde die Geburt der Kinder noch einmal große Aufmerksamkeit erzeugen. Aber was dann? Wie lange würde sie das aushalten?

Sofia spürte sofort, dass Simons Gedanken mitten in einem Satz abgeschweift waren. »Hörst du mir überhaupt noch zu?«

»Klar. Das ist nur ganz schön viel. Wird sie die Kinder zur Adoption freigeben?«

»Hat sie noch nicht entschieden. Aber sie kann sie nicht behalten. Sie werden sie doch immer an das Geschehene erinnern.«

»Ich glaube nicht, dass es so sein wird. Kinder sind doch – sozusagen – nur sie selbst, wenn sie auf die Welt kommen.«

Sofia nickte. Dann griff sie nach Simons Hand. »Es ist so schön, dich wiederzusehen.«

»Das finde ich auch. Ich finde es gut, dass ihr das gemacht habt. Und ich hoffe, dass Oswald den Blog lesen wird.«

»Aber du wolltest mir auch etwas erzählen?«

»Ja, kommt Benjamin noch? Dann kann ich es euch beiden erzählen.«

»Nein, dieses Wochenende nicht. Nur wir beide sind da.«

Er konnte es nicht länger hinauszögern. Darum erzählte er ihr alles. Dass sie wieder in ViaTerra eingezogen waren und wer alles mit von der Partie war, und dann erwähnte er das Tor und das Schloss. Ihr Gesichtsausdruck veränderte sich kein bisschen, während er sprach. Sie nickte nur ab und zu. Blinzelte, als versuchte sie, seine Worte in Bilder umzuwandeln.

»Aber das ist doch großartig!«, sagte sie, als er mit seinem Bericht fertig war. »Toll, dass du das Schloss ausgewechselt hast. Aber das hättest du mir alles auch mailen können. Damit komm ich klar. Und Elvira hatte mir auch erzählt, dass sie wieder eingezogen sind, das wusste ich also schon.«

»Und dann habe ich noch das hier.«

Er holte das Dokument aus der Tasche, legte es vor ihr auf den Tisch und beobachtete sie, während sie es las. Er sah, wie sie zusammenzuckte, als sie die letzte Zeile las. Sie legte ihren Finger darauf und sah zu ihm hoch.

»Und was – glaubst du – hat das zu bedeuten?«

»Keine Ahnung. Alles Mögliche. Dass sie dir deine Sachen schicken wollen, aber auch, dass sie dich töten wollen.«

Er bereute seine Worte sofort.

»Die Polizei hat mir mein Zeug vorbeigebracht, weil ich es nicht vor Ort abholen wollte.«

»Okay, dann bezieht es sich also nicht darauf.«

Simon war von ihrer Schönheit fasziniert, wie sie dort vor ihm saß und versuchte, das Ausmaß der kleinen Notiz zu begreifen. Sie starrte wie in Trance in die Leere, ihre Gesichtszüge waren weich und ebenmäßig. Sofia hatte schon immer den Hang gehabt, bei Gesprächen abzuschweifen. In der einen Sekunde war sie noch voll da, in der nächsten schon ins Grübeln geraten. Er verstand sehr gut, warum sich Männer von ihr angezogen fühlten und warum Oswald regelrecht besessen von ihr gewesen war. Sie strotzte vor Leben, das war in ihren Augen, in ihrem Körper, bis in die Spitzen ihrer wilden Haare. Gleichzeitig sah sie so ruhig aus, wenn sie nachdachte. Sie war wie der Nebel auf der Insel. Sie richtete ihre Aufmerksamkeit vollkommen auf etwas, umschloss es dann und ließ es erst wieder frei, wenn sie damit fertig war.

»Simon, was zum Teufel soll das bedeuten?«

»Vielleicht hat es ja gar nichts zu bedeuten«, erwiderte er. »Du weißt doch, wie es damals war. Eine Katastrophe hat die nächste abgelöst. Sie brauchten doch über ein halbes Jahr, um dich zu finden. Und trotzdem ist nichts passiert, oder?«

»Nein, aber das mit dem Blog ist was anderes.« Wieder versank sie in Gedanken. »Simon, du warst doch immer so gut darin, Sachen herauszufinden. ›Du musst wie Oswald denken‹, hast du oft zu mir gesagt. Was glaubst du denn, was er vorhat?«

Simon dachte an den Blog-Eintrag, dann an Oswald – und bekam eine Gänsehaut.

»Ehrlich gesagt, ich glaube, dass er stinksauer ist. In den Medien wird er als Schwein dargestellt und erfährt auf diese Weise, dass er Vater wird. Seine Gedanken konzentrieren sich im Moment wahrscheinlich nicht auf dich. Aber wenn ihr mit dem Blog so weitermacht, müsst ihr auf Konsequenzen gefasst sein, befürchte ich.«

Der Tag wurde noch schöner, als er es sich vorgestellt hatte. Die Wolkendecke lockerte auf, und Lund erstrahlte in einem fantastischen Licht mit einer Klarheit, die der Sonnenschein nach grauem Regenwetter häufig mit sich bringt. Stundenlang liefen sie durch die Stadt. Sofia zeigte ihm die Domkirche, die so beeindruckend war, dass Simon am ganzen Körper eine Gänsehaut bekam. Am Ende musste sie ihn hinter sich herziehen, weil er vor der astronomischen mittelalterlichen Uhr am Haupteingang hängen geblieben war und sich nicht davon losreißen konnte. Den Text, in dem erklärt wurde, wie diese Uhr funktioniert, las er mehrmals durch. Saugte alle Details in sich auf: Wie man dort die Mondphasen und den Stand der Sonne ablesen konnte, die Uhrzeit und den Kalender, der bis in das Jahr 2123 reichte.

»Und was passiert danach, ab 2123?«, hatte er Sofia gefragt.

»Woher soll ich das wissen? Dann sind wir doch sowieso tot. Komm, lass uns gehen.«

Sie schlenderten durch das Univiertel, Sofia zeigte ihm die Bibliothek, in der sie arbeitete, und konnte ihm berichten, dass dort über eine halbe Million Bücher im Jahr ausgeliehen wurden. Den Sonnenuntergang betrachteten sie auf einer Parkbank im Lundagården, und dort erzählte er ihr noch mehr Details von dem, was er auf dem Landsitz gesehen hatte. Einige Dinge musste er auf ihr Drängen hin mehrmals wiederholen. Am Ende einigten sie sich darauf, dass diese neue Gruppe ein einziger Witz war. Ein Haufen gestrandeter Individuen, die nicht mal in die Nähe einer potenziellen Bedrohung kamen.

Zurück in Sofias Wohnung, kochte sie ihnen was. Er schlief auf ihrem Sofa und fuhr am nächsten Morgen mit dem Zug zurück. Er versprach, die neue ViaTerra-Gruppe im Auge zu behalten. Und mindestens einmal in der Woche zu schreiben.

Als er sich in seinen Sitz sinken ließ und die nackte Winterlandschaft draußen vorbeiziehen sah, dachte er bei sich, dass Verreisen eigentlich gar nicht so verkehrt war.

KAPITEL 9

Es war purer Zufall, dass Anna-Maria den Artikel las. Ein Mandant hatte die Ausgabe vom Expressen in ihrem Wartezimmer liegen lassen. Sie erkannte Elvira auf den ersten Blick.

Ein kalter Schauer lief ihr den Rücken hinunter. Sie nahm die Zeitung vom Couchtisch. Die Schlagzeile erzeugte eine solche Übelkeit, dass sie sich an der Wand abstützen musste.

SIE WAR OSWALDS SEXSKLAVIN
Jetzt muss sie seine Kinder zur Welt bringen

Während sie den Artikel überflog, löste sich alles um sie herum auf, und ihr wurde schwindelig. Das lag nicht an der Tatsache, dass das dumme Ding schwanger war, sondern vielmehr daran, dass es einen Blog gab, der schon seit mehreren Tagen online sein musste. Und eine der Vereinbarungen zwischen ihr und Oswald lautete, dass sie im Auge behalten sollte, was die Medien über ihn schrieben. Da war ihr ein großer Fehler passiert. Sie konnte nur hoffen, dass er keine Zeitung las, aber dafür kannte sie seine Routinen zu gut. Natürlich wusste er es längst. Sie konnte schon das Beben seiner Wut spüren, es schaffte den Weg vom Gefängnis in Skogome bis in ihr Büro.

Sie wusste sofort, dass sie keine Zeit verlieren durfte, alles Mögliche könnte passieren. Ganz bestimmt war er wahnsinnig wütend. Vielleicht würde er sie sogar schlagen. Oder sich eine neue Anwältin suchen. Sie malte sich die schlimmsten

Settings aus – wie kleine Dämonen jagten sie ihr eine Riesenangst ein, und so rannte sie verzweifelt im Büro auf und ab. Das war wieder typisch, dass ausgerechnet *ihr* jetzt so etwas passieren musste. Alles hatte wie am Schnürchen geklappt. Oswalds Plan war aufgegangen, und ihr war es gelungen, die Deppen auf ViaTerra auf Kurs zu bringen. Franz hatte sogar Andeutungen gemacht, dass einer intimeren Beziehung in naher Zukunft nichts im Wege stünde. Mehrmals hatte er das getan. Und jetzt so etwas.

Sie sah auf die Uhr, halb acht, die Besuchszeit war längst vorbei. Aber sie hatte keine Wahl und rief trotzdem in Skogome an. Hela McLean war am Apparat. Anna-Maria wappnete sich innerlich für die Diskussion, die erforderlich sein würde, um die Besuchszeiten zu erweitern. Aber das war gar nicht notwendig.

»Es wird am besten sein, wenn Sie vorbeikommen«, sagte McLean, als Anna-Maria ihren Namen genannt hatte. »Ihrem Mandanten geht es im Augenblick nicht so gut. Er befindet sich in Einzelhaft.«

»Wie bitte? Aber … er ist doch nicht selbstmordgefährdet?«

»Nein, das nicht. Nur wütend. Stinkwütend. Er hat geschrien und uns gedroht und die gesamte Abteilung aufgemischt. Da waren wir gezwungen, ihn zu isolieren. Sie kennen wahrscheinlich den Auslöser?«

»Elvira Asplund.«

»Ganz genau. Er hat verlangt, sie zu sehen. Und zwar auf der Stelle. Aber Sie kennen ja die Regeln. Daraus wird natürlich nichts.«

»Ich bin schon unterwegs. Wie lange werden Sie ihn noch in Einzelhaft behalten?«

»Bis Sie da sind.«

Auf der Fahrt nach Skogome hörte sie die Stimme in ihrem Kopf. Es war ihre eigene Vernunftstimme, die auch bei Gericht zu Wort kam. Und die hatte einen Plan. *Bleib einfach still stehen und warte, bis seine Wut abgeebbt ist. Irgendwann tut sie das. Dann unterbreitest du ihm deine Argumente, ohne irgendwelche Widerworte zu geben.* Aber dann begann die Stimme sie zu verspotten. Und nun beschloss sie, dass sie sein unerbittliches Nachtreten nicht mehr akzeptieren würde. Schließlich war es nicht sie, die im Gefängnis saß. Allmählich war es an der Zeit, dass sie endlich zu sich kam und die Kontrolle übernahm.

Als sie alle Sperren und Tore passiert hatte und ihn hinter den Glaswänden seiner Einzelzelle sah, stutzte sie. Er wirkte viel zu ruhig und gelassen. Die Ellenbogen auf den Oberschenkeln abgestützt, lag sein Kopf in den gefalteten Händen. Nur sein zerzaustes Haar verriet, dass es wohl zu Handgreiflichkeiten gekommen war. Sie sah ihr Spiegelbild in der Glasscheibe und fand, dass sie richtig müde aussah, obwohl das eigentlich nicht sein konnte.

»Gehen Sie bitte in Besuchszimmer sieben, ich bringe ihn dorthin«, sagte der Wachmann.

Sie versuchte, ihren Atem zu beruhigen, während sie auf ihn wartete. Und als Oswald hereingeführt wurde, senkte sie den Blick. Der Wachmann ließ sie allein. Oswald setzte sich nicht zu ihr an den Tisch, sondern lehnte sich gegen die Wand.

»Ich möchte Elvira sehen«, sagte er ohne Einleitung.

»Franz, du weißt, dass das nicht geht, ich kann es versuchen, aber …«

»Dann will ich ihren Vater sehen«, unterbrach er sie. »Anders.«

Der fehlende Widerstand überraschte sie und schenkte ihr eine kurze Atempause.

»Das werde ich veranlassen können. Er ist ja nach wie vor Mitarbeiter von ViaTerra, oder?«

»Korrekt.«

»Wenn du dir wegen der Kinder Sorgen machst, dann kann ich …«

Ein kurzes, heiseres Lachen war seine Antwort. »Die Kinder? Bist du wirklich so beschränkt? Glaubst du allen Ernstes, dass es mir um die Kinder geht? Wie würde es aussehen, wenn der größte Führer einer spirituellen Gemeinschaft in Schweden seine Kinder im Stich ließe? Das ist eine PR-Angelegenheit. Reiß dich gefälligst zusammen. Ich dachte, wir hätten dasselbe Ziel?«

»Ja, natürlich haben wir das«, versicherte sie. »Das werde ich veranlassen, kein Problem.«

»Außerdem möchte ich das alleinige Sorgerecht haben. Der Grund ist allein meine Angelegenheit.«

»Okay, ich verstehe. Da kann ich dir helfen. Versprochen.« Sie behielt den beschwichtigenden Tonfall in ihrer Stimme bei. Zum Glück hatte er den Blog noch nicht erwähnt.

Plötzlich griff er nach ihrem Notizblock, nahm ihr den Stift aus der Hand und kritzelte ein paar Zahlen aufs Papier.

»Diese Nummer rufst du an«, sagte er und gab ihr den ganzen Block zurück. »Grüß ihn von mir. Er wird sich um den Blog und noch einiges andere kümmern. Du musst nicht mehr tun, als artig danke zu sagen und seine Hilfe anzunehmen, verstanden? Ich verlasse mich auf dich, Annie. Das weißt du.«

Er war der Einzige, der sie Annie nannte. Mit Betonung auf dem A, einem weichen A. Ein Wunder war geschehen. Er war nicht wütend auf sie.

Seine Worte wirbelten durch ihren Kopf und lösten Glücksgefühle aus. *Ich verlasse mich auf dich, Annie.*

»Danke, Franz. Brauchst du sonst noch was?«

»Nein, am besten, du gehst jetzt und kümmerst dich darum. Ich werde mein schönstes Lächeln aufsetzen und sie davon überzeugen, dass ich mich wieder beruhigt habe.« Er wedelte mit der Hand, um sie rauszuschicken.

Sie hatte Angst, dass die Magie verfliegen könnte – jederzeit war das möglich. Dass dieser kurze, vertrauliche Moment in einen erneuten Wutausbruch mündete. Schnell verließ sie das Besuchszimmer. Kaum hatte sie die Tür hinter sich geschlossen, holte sie tief und gierig Luft. Aus Erleichterung. Und der kleine, boshafte Teufel in ihrem Herzen schlug einen Rückwärtssalto.

Alles wird gut. Und alles wird sich wieder einrenken.

KAPITEL 10

Alles fing damit an, dass der Blog plötzlich weg war.

Es geschah in der zweiten Woche im Februar. Auf ihrem Nachhauseweg durch den Park stellte Sofia fest, dass es heller geworden war. Auch die Luft war milder. Die Kondensstreifen der Flugzeuge zeichneten weiße Striche in den blassen Himmel. Ein paar dicke Wolken hingen dazwischen, und ihre Unterseiten wirkten dunkelrosa.

In ihrem Leben war viel in Bewegung gekommen. Tagsüber hatte sie in der Bibliothek zu tun, abends kümmerte sie sich um den Blog. Über drei Millionen Klicks hatte es bisher gegeben. Und jeden Tag kamen jede Menge neue Kommentare dazu, sodass sie gar keine Zeit hatten, sie alle zu lesen. Elvira war in fast alle Talkshows eingeladen worden. Kugelrund und wunderschön saß sie in den Studios, und niemand bezweifelte, dass sie die Wahrheit sprach. Ab und zu streifte Sofia schon der Gedanke, dass es sonderbar war: Von Oswald hatte es noch keine einzige Reaktion gegeben. Einen ganzen Monat war das jetzt her. Und es war noch nichts passiert.

Elvira wartete im Treppenhaus auf sie. Stöhnend schleppte sie sich nach oben in Sofias Wohnung.

»Ich weiß nicht, ob ich das noch einen ganzen Monat lang aushalte«, sagte sie. »Ich bekomme keine Luft, und die beiden Nervensägen treten mich die ganze Zeit. Ich will am liebsten nur schlafen und essen – essen – essen.«

»Es ist doch bald vorbei. Hast du eigentlich schon entschieden, was du machen willst?«

Elvira antwortete nicht.

»Wollen wir was für den Blog schreiben? Danach kannst du ja nach Hause gehen und schlafen.«

»Okay, aber du musst es schreiben, ich mach immer so viele Fehler.«

Sofia setzte sich an den Rechner und loggte sich ein. In der Favoritenliste fand sie den Blog und wollte ihn öffnen. Aber das ging nicht. Komisch, dachte sie. Vielleicht hatte ihn Ellis für Wartungsarbeiten kurz geschlossen, weil er zu groß geworden war und die zulässige Gigabyte-Grenze überschritten hatte? Sie beschloss, das sofort zu klären und ihn anzurufen.

»Was ist los?«, fragte Elvira vom Sofa aus.

»Der Blog ist weg. Strange. Aber wahrscheinlich macht Ellis grad irgendwas damit. Keine Sorge. Ich ruf ihn gleich mal an.«

Elvira streckte sich der Länge nach auf dem Sofa aus. Ihre Augenlider zuckten, sie war dabei einzuschlafen. Sofia setzte Kaffee auf, aber als er fertig war, schlief Elvira schon. Sofia rief Ellis auf dem Handy an, aber er sagte, er habe nichts mit dem Blog gemacht, und schien genauso überrascht wie sie zu sein.

»Jemand muss ihn gehackt und gelöscht haben. Was für eine Scheiße!«, sagte er.

»Kannst du herausbekommen, wer das war?«

»Ich versuch's. Ich ruf zurück.«

In der Zwischenzeit suchte sie nach den Interviewclips, die sie auf YouTube hochgeladen hatten, aber dort fand sie nur die Meldung des Portals, dass man leider gezwungen war, die Videoclips zu löschen.

Sofia wusste sofort, dass hier etwas nicht stimmte. Es war

nur ein Gefühl, aber es war so stark, dass sich ihr der Magen umdrehte.

Ellis rief eine Stunde später an. »Jemand hat den Blog gehackt und gelöscht. Ich könnte ihn aber heute wieder hochstellen.«

»Kannst du sehen, wer das getan hat?«

»Das ist nicht so einfach, aber es müsste möglich sein herauszufinden, wo sie gesessen haben.«

Sofia erzählte ihm von den Clips auf YouTube.

»Die muss jemand unter Druck gesetzt haben, damit sie die Clips löschen. Das könnten wir herausbekommen, wenn wir uns an YouTube wenden. Aber da ist noch was anderes, das du dir ansehen solltest. Ich hab dir einen Link geschickt.«

Der Link öffnete einen neuen Blog, eine Art Imitation ihres Blogs. Aber auf diesem Foto waren Elviras Mundwinkel nach unten gezogen worden, außerdem hatte sie Hörner auf dem Kopf. Die Überschrift *Sektenkind* hatten sie zwar stehen lassen, dafür aber einen Untertitel hinzugefügt: »Die Wahrheit über Elvira«. Jeder, der nach Elviras Blog googelte, landete automatisch auf dieser Seite. Der Text war eine einzige, sprachlich zweitklassige Tirade darüber, was sie alles veranstaltet habe, um Franz Oswald um den Finger zu wickeln. Die Sprache war vulgär, der Text abstoßend. Sie hatten die Schweigepflichterklärung eingescannt mit Elviras Unterschrift und Aussagen vom Personal auf ViaTerra hochgeladen, in denen sie als *unterirdisch* geschildert wurde. Kein Mensch bei Verstand würde das glauben, was dort stand, davon ging Sofia aus. Aber es tat trotzdem weh, es zu lesen. Und die Leute würden es lesen. Vielleicht würden sie nicht alles glauben, aber es würde ihren Blick auf Elvira verändern.

Sie beobachtete das schlafende Mädchen auf dem Sofa. Elvira hatte den Mund leicht geöffnet und schnarchte. Sie träumte, ihre Augen zuckten unter den Lidern. Plötzlich wurde Sofia von einer grenzenlosen Zuneigung übermannt. Elvira war nicht in der Lage, einen Krieg gegen Franz Oswald zu führen. Sie hatte mit sich und den Kindern genug zu tun. Vielleicht war es am besten, den Blog gelöscht zu lassen, dem Ganzen endgültig den Rücken zu kehren und sich auf das richtige Leben zu konzentrieren.

Da klingelte ihr Handy, es war Ellis.

»Also, die Person, die das Löschen des Videoclips veranlasst hat, hat sich auf Dimö befunden. Mehr müssen wir nicht wissen, oder?«

Sofia bemerkte nicht, dass sie darauf gar nichts erwiderte. Ihre Aufmerksamkeit war zwischen ihrem Kopf und dem Handy stecken geblieben. Sie spürte aber, wie ihr schwindelig wurde.

»Hallo? Bist du noch dran? Willst du nach wie vor, dass ich den Blog wieder öffne?«

Sofia riss sich zusammen. »Ja, aber ich möchte, dass du mir noch einen Gefallen tust.«

»Alles, was du willst.«

»Kannst du einen Kommentar unter ihr Bild setzen, in dem steht, dass sie in Mutterschutz gegangen ist? Und dann schreibst du, dass sich ihre Freundin Sofia Bauman um den Blog kümmern wird. Dass ich ab jetzt alle Fragen beantworten werde.«

»Bist du dir sicher, dass dein Name da stehen soll?«

»Absolut sicher.«

»Okay. Da ist noch was anderes, Sofia.«

»Ja?«

»Erinnerst du dich an die Nacht damals, als ich auf Dimö vor der Mauer gestanden habe und geschrien habe, dass sie dich freilassen sollen?«

»Wie sollte ich das vergessen?«

Damals hatte Sofia bei ViaTerra gearbeitet. Ellis war eines Abends mit der Fähre nach Dimö gekommen, bis obenhin voll, und hatte sich vor das Tor von ViaTerra gestellt und geschrien. Er hatte gefordert, dass sie Sofia gehen lassen sollten. Das war furchtbar peinlich gewesen.

»Ich habe recht behalten.«

»Jetzt hör auf! Erinnerst du dich auch an die Blog-Einträge, in denen du mein Gesicht auf nackte Körper kopiert hast? Sehr hübsch! Nee, so leicht kommst du mir nicht davon. Für den Rest deines Lebens schuldest du mir was.«

Ellis lachte. Es war schon sonderbar, fand Sofia, wie das Leben den Menschen verändern kann – und dass der größte Feind eines Tages zum rettenden Strohhalm werden kann.

Elvira war aufgewacht und stöhnte.

»Was ist los?«

Sofia setzte sich neben sie. Elvira war ganz verschwitzt, ihre Beine waren geschwollen und voller Besenreißer. Sie war erst fünfzehn und sah schon so aus. Eigentlich sollte sie in die Schule gehen, gleichaltrige Jungs kennenlernen und an die Zukunft denken.

»Sie haben deinen Blog gelöscht und einen neuen gemacht, der einfach widerlich ist. Ich finde, du solltest ihn dir nicht ansehen. Ellis ist schon dabei, alles wieder in Ordnung zu bringen.«

»Habe ich mir schon gedacht. Dass sie mich nicht in Ruhe lassen, meine ich. Ich will den Kram gar nicht lesen. Ich möchte nur meine Ruhe haben, die Dinger in meinem Bauch loswerden und endlich mein eigenes Leben führen.«

»Das verstehe ich.«

»Ich muss nach Hause und mich für das Interview vorbereiten. Das wird aber das letzte sein. Ich kann nicht mehr.«

»Okay, willst du, dass ich dich nach Hause bringe?«

»Warum denn? Glaubst du, dass die hinter mir her sind? Dass die eine Schwangere angreifen? Obwohl, das würde mich auch nicht überraschen.«

»Nein, darum ging es eigentlich nicht. Ich wollte dir nur Gesellschaft leisten. Es ist schon so dunkel draußen.«

»Nee, alles in Ordnung. Aber ich muss dir noch was erzählen, bevor ich gehe.«

Elvira wurde plötzlich rot im Gesicht, und ihr Blick wich Sofias aus.

»Papa hat mich gestern angerufen.«

»Was? Ist das ein Scherz?«

»Nein. Er hat gesagt: Franz will, dass ich auf die Insel komme, mit den Kindern. Er baut mir ein kleines Haus auf dem Anwesen, und ich bekomme fünfhunderttausend pro Jahr. Ein Kindermädchen und alles. Außerdem einen Privatlehrer, damit ich die Schule fertig machen kann. Ich muss nichts mit Franz zu tun haben, wenn ich nicht will. Er will nur das alleinige Sorgerecht für die Kinder. Papa hat auch gesagt, dass er nicht an einer sexuellen Sache interessiert ist, weil so eine Schwangerschaft den Körper so verändert. Du weißt ja, er mag lieber schmale, unberührte Körper von jungen Mädchen, auf so was steht er.«

Sofia hatte das Gefühl, dass ihr der Boden unter den Füßen weggezogen wurde. Ihr Mund wurde ganz trocken, und ihr Herz zog sich zusammen. Elvira fing an zu weinen. Stumme Tränen, die ihr die Wangen hinunterliefen.

»Aber Elvira! Das kannst du nicht machen!«

»Nein, *allerdings* nicht. Papa hat nämlich auch gesagt, dass dieses Angebot nur unter einer Bedingung gilt. Ich muss den Kontakt zu dir und Benjamin abbrechen.«

Elvira drückte den Rücken gegen die Wand im Flur und

rutschte langsam auf den Boden. Sie umschlang ihren Bauch mit den Armen und schaukelte hin und her, als wollte sie ihre ungeborenen Kinder in den Schlaf wiegen. Sie war leichenblass geworden, die dunklen Augenringe traten noch stärker hervor. Die Tränen tropften ihr auf den Bauch.

Auch Sofia lehnte sich gegen die Wand, die Neuigkeiten hatten ihr das Gleichgewicht genommen. Sie starrte Elvira an, und in ihr breitete sich Hoffnungslosigkeit aus. Was hatte das hier alles noch für einen Sinn?

»Elvira, unter keinen Umständen kannst du dorthin zurückgehen.«

»Für dich ist das alles so einfach«, schniefte Elvira. »Aber ich bin es, die kein Leben mehr hat. Keine Zukunft. Alles ist zerstört.«

»Er hat dich vergewaltigt!«

»Das stimmt nicht ganz. Am Anfang fand ich es ja auch gut, aber dann lief alles schief.«

»Du warst vierzehn!« Sofia spürte, wie ihre Verzweiflung überhandnahm. Das Rauschen in den Ohren, gleich verlor sie die Kontrolle.

»Du kannst bei mir wohnen. Ich helfe dir mit den Kindern. Ich mache alles, Hauptsache, du gehst da nicht zurück.«

Mühsam war Elvira wieder aufgestanden. Sie umarmte Sofia so fest, dass die kaum Luft bekam. »Du bist so lieb zu mir. ViaTerra ist der letzte Ort auf der Welt, an dem ich sein will. Das musst du mir glauben. Vielleicht kann ich zu dir kommen, wenn die Kinder auf der Welt sind. Dann kann er seine Kinder behalten und ich bekomme mein Leben zurück.«

»Das wird er niemals zulassen.«

»Weißt du doch nicht. Sofia, ich will da in Ruhe drüber nachdenken, okay?«

»Natürlich, das ist auch deine Entscheidung.«

Sofia half ihr, Jacke und Stiefel anzuziehen. Sie sah ihr hinterher, wie sie langsam die Straße hinunterschlurfte und wankte. Von hinten konnte man ihren enormen Bauch nicht sehen. Sie sah wie ein ganz normales Mädchen aus. Keine Menschenseele war unterwegs, nur Elvira, die im Schatten der Bäume verschwand und wieder auftauchte. Das Licht der Straßenlaternen färbte ihre langen Haare blau.

Es war das Letzte, was Sofia für eine sehr lange Zeit von Elvira sah.

KAPITEL 11

In der darauf folgenden Nacht träumte Sofia wieder von Franz Oswald, aber in diesem Traum berührte er sie liebevoll, so wie er es am Anfang getan hatte. Massierte ihre Schultern und den Rücken.

Sie war erregt, als sie aufwachte, und schämte sich dafür. Sie hatte sich nie verziehen, dass sie sich zu ihm hingezogen gefühlt hatte. Allein der Gedanke daran, wie beeinflussbar sie gewesen war, ekelte sie nachträglich. Wahrscheinlich konnte sie Oswald nicht aus ihrem Kopf verbannen, weil sie noch nicht begriffen hatte, wie er zu dem hatte werden können, der er war. Es existierte eine Familienchronik, nach der sie damals gesucht hatte. Aber die war in Oswalds Besitz, und darum würde sie das niemals erfahren.

Mit einem tiefen Seufzer stand sie auf. Elvira hatte sie schon seit drei Tagen nicht mehr gesehen. Kaum hatte sie das gedacht, entdeckte sie den kleinen, zusammengeknüllten Zettel, den jemand durch den Briefschlitz geschoben haben musste. Unverkennbar Elviras Handschrift. Offensichtlich hatte sie die Nachricht in großer Eile hingekritzelt.

Tschuldige, muss an die Kinder denken.

Sonst nichts weiter. Nicht einmal ihren Namen. Natürlich wusste Sofia, was das zu bedeuten hatte. Die Ahnung hatte sie schon gehabt, als sie Elvira hinterhergesehen hatte, wie sie im Dunkeln die Straße hinuntergelaufen war.

Sofia war enttäuscht und gekränkt. Am liebsten würde sie

mit Simon darüber sprechen. Aber wahrscheinlich war er bei der Arbeit und nicht zu erreichen, vielleicht würde sie ihm eine kurze Mail schreiben, bevor auch sie das Haus verließ.

Es fiel ihr schwer, sich an diesem Tag auf die Arbeit zu konzentrieren. Elviras Vertrauensbruch tat weh und trieb ihr die Tränen in die Augen. Es quälte sie aber auch die Vorstellung, dass Oswald seine Klauen in das Leben eines unschuldigen Kindes geschlagen hatte, sowie die Verzweiflung darüber, dass er so was wie einen Sieg errungen hatte.

Als sie abends nach Hause kam, hing eine Plastiktüte an ihrer Tür. Sie sah in die Tüte, erkannte aber den Inhalt nicht und widerstand auch dem Impuls, ihre Hand hineinzustecken. Stattdessen schüttete sie die Tüte auf dem Boden im Flur aus und schrie so laut, dass es von den Wänden hallte. Es war eine Kröte. Plattgeschlagen und mausetot. Sie benutzte die Tüte, um das Tier aufzunehmen, lief damit vor die Tür und warf sie in die Büsche, während sie vor Ekel geschüttelt wurde. Zuerst vermutete sie einen Jungenstreich aus der Nachbarschaft dahinter. Sie ging in ihre Wohnung zurück und wusch sich die Hände.

Dann öffnete sie ihren Rechner, um nachzusehen, ob Simon ihr geantwortet hatte. Im Ordner Unbekannt war eine Mail, die bestätigte, dass ihre Bestellung im Wert von fünfhundert Kronen eingegangen sei. Aber sie hatte nichts bestellt. Die Waren wurden als *adult contents* bezeichnet und nicht weiter spezifiziert. Wahrscheinlich war das einfach nur Spam, also öffnete sie die nächste Mail, denn die war von Simon. Er hatte mit einer Frage auf eine Mail von ihr geantwortet: *Ist die von dir?*, die von ihrem Account geschickt worden war und nur aus Kraftausdrücken und Flüchen bestanden hatte. Dass er überhaupt auf die Idee kam, sie könnte so etwas schreiben. Das war schon eine Beleidigung. Jemand hatte ihren Account gehackt.

Sie öffnete den Ordner mit den gesendeten Mails, was ihre Befürchtungen bestätigte. Mehrere obszöne Nachrichten waren an Freunde und Bekannte geschickt worden. Schnell überprüfte sie ihr Bankkonto und stellte fest, dass tatsächlich fünfhundert Kronen an eine Firma gezahlt worden waren, die *adult contents* verkaufte und in England saß.

Jetzt war Eile geboten. Ihre Hände zitterten. Mehrmals verwählte sie sich, bis es ihr gelang, jemanden bei der Bank zu erreichen und das Konto sperren zu lassen. Dann schickte sie eine Entschuldigungsmail an alle Betroffenen, dazu gehörten auch ihre Eltern und ihre Chefin. Sie erschauderte bei dem Gedanken, was wohl ihre Chefin Edith Bergman dachte, wenn sie die anzüglichen Zeilen las. Danach richtete sie sich einen neuen Mail-Account ein und schickte die neue Adresse an ihre Kontakte. Schließlich sank sie erschöpft aufs Sofa.

Da stimmte was nicht. Wenn sich jemand die Mühe machte, ihr Konto zu hacken, begnügte der sich doch nicht mit fünfhundert Kronen. Und dann die Kröte in der Tüte. Hier ging es um etwas ganz anderes. Und sie hatte nur einen einzigen Feind in der Welt.

Die Gewissheit, dass etwas Entsetzliches losgetreten worden sein konnte, erdrückte sie geradezu. Sie sah aus dem Fenster, hatte das Gefühl, draußen einen Schatten gesehen zu haben. Sie wohnte im Erdgeschoss, was in einem Haus ohne Fahrstuhl ganz angenehm war, aber dafür konnte ihr auch jeder in die Wohnung sehen.

Sie trat ans Fenster, aber niemand war zu sehen. Was passierte hier gerade? Warum sollten sie ihr ausgerechnet jetzt etwas antun wollen? Nach über einem halben Jahr? Sie hatten Elvira doch schon gekauft, was wollten sie denn noch? Allerdings, es stimmte schon, sie war die Hauptverantwortliche des Blogs.

Sie hatten diese widerliche Mail in ihrem Namen nur geschrieben, um sie in den Dreck zu ziehen. Das hinterließ einen bitteren Nachgeschmack. Der Verfasser war alles andere als smart, sondern so dämlich, dass er oder sie sich nicht scheute, solche Mittel einzusetzen. Sofort musste sie an die beiden Wachen von ViaTerra denken, Benny und Bosse.

Sie hatte sich gerade wieder gesammelt und beruhigt, als es an der Tür klingelte. Sie zuckte zusammen. Durch den Spion sah sie, dass ihre Nachbarin draußen stand, eine Frau um die achtzig, die sie immer freundlich anlächelte, wenn sie sich im Treppenhaus begegneten. *Alma Petersson* stand an ihrer Tür. Jetzt sah sie allerdings alles andere als freundlich aus. Eher wütend.

Sofia öffnete die Tür.

»Ich finde das überhaupt nicht witzig!«, sagte Alma und hielt Sofia einen Karton unter die Nase.

»Entschuldigung, aber ich verstehe nicht …«

»Jetzt stellen Sie sich bloß nicht dumm.«

Sofia sah in den Karton. Auf einem Bett aus Seidenpapier lag ein großer, maßstabsgetreuer Dildo. Alma nahm eine Karte aus dem Karton und gab sie Sofia.

Von Sofia aus dem Ersten, wenn es abends zu einsam ist.

Ihr Magen zog sich zusammen, und gleichzeitig hatte sie einen bitteren Geschmack im Mund, die Vorboten von Brechreiz.

»Oh mein Gott! Das ist alles ein einziges großes Missverständnis, mein Konto ist gehackt worden …«

Aber die Nachbarin schien nicht zu wissen, was ein gehacktes Konto war. Sie warf Sofia den Karton vor die Füße, drehte sich um und hinkte in ihre Wohnung zurück. Sofia schämte sich, ihre Wangen glühten. Sie stürmte ihr hinterher und konnte im letzten Augenblick einen Fuß in die Tür stellen. Es war ihr unmöglich, den Gedanken zu ertragen, dass ihre Nachbarin der Überzeugung war, sie könnte etwas so Widerliches tun. Ihr liefen die Tränen übers Gesicht, sie fühlte sich schrecklich und gedemütigt. Schluchzend erklärte sie Alma, dass sie von einer Sekte drangsaliert werde und sie ihr niemals solche Pakete schicken würde. Immer wieder bat sie um Verzeihung.

Es endete damit, dass Alma Kaffee kochte, Sofias Lebensgeschichte fasziniert anhörte und versprach, die Augen nach verdächtigen Typen offen zu halten. Sie saßen in der gemütlichen Küche zusammen, tranken Kaffee und unterhielten sich. Und Sofia ging es allmählich wieder besser.

Aber die Angst kam zurück, als sie in ihre Wohnung zurückkehrte. Der Himmel draußen hatte seine Farbe verloren und das Wohnzimmer in ein düsteres Halbdunkel getaucht. Es war so still, dass der Kühlschrank klang, als würde eine Autobahn durchs Zimmer führen. Sie rief Benjamin an, der sich aufregte, Oswald verfluchte und sofort zu ihr kommen wollte. Aber Sofia versicherte ihm, dass sie schon zurechtkomme und es vollkommen ausreichen würde, wenn er wie geplant erst am Freitag käme.

Ich muss das Beste aus dem ganzen Scheiß machen, dachte Sofia. Ich habe mich mit meiner Nachbarin angefreundet und eine neue Mail-Adresse, ohne Spam. Mich werden sie niemals unterkriegen.

Trotzdem fühlte es sich in der Wohnung verlassen und einsam an.

Sie rief Wilma an, die jetzt bei einer Modezeitschrift in

Stockholm arbeitete, aber sie erreichte nur die Mailbox. Zum ersten Mal, seit sie der Sekte den Rücken gekehrt hatte, fühlte sie sich einsam. Die ständige, erzwungene Nähe zu anderen in der Sekte hatte sie eingeengt, und sie genoss es sonst sehr, allein zu sein. Vielleicht sollte sie doch mit Benjamin zusammenziehen? Obwohl sie noch nicht wieder bereit dazu war, seine Planlosigkeit in ihrem Leben zu dulden. Sie stellte sich bildlich vor, wie seine Klamotten überall verstreut herumlagen, wie sämtliche Türen und Schubladen offen standen und wie sein Schnarchen ihren Schlaf begleitete.

Sie entschied sich, Simon stattdessen eine Mail zu schreiben und sich so die Angst aus dem Körper zu tippen. Sie erzählte ihm von der Schikane und schlug vor, am nächsten Tag zu telefonieren. Da sah sie, dass es schon nach zwölf war. Schnell zog sie sich den Schlafanzug an und bürstete sich die Zähne, während sie dabei in ihre angsterfüllten Augen im Spiegel über dem Waschbecken sah. Sie spürte eine große Müdigkeit. Dann ging sie zur Wohnungstür, versicherte sich, dass alles verschlossen war, und schaltete sämtliche Lampen aus, bis auf die auf dem Wohnzimmertisch.

Erst als sie unter die Decke gekrochen war, konnte sie über alles nachdenken. Alles war so schnell gegangen. Erst ein ganz gewöhnlicher Arbeitstag. Das Leben hatte sich vollkommen normal angefühlt, bis sie die Tüte an ihrer Wohnungstür gefunden hatte. Das ist alles vollkommen geisteskrank. Wer schickt einer Achtzigjährigen einen Dildo? Mit was für Leuten habe ich es da zu tun? Ein eiskalter Schauer lief ihr über den Rücken. Was ihr aber richtig Angst einjagte, war der Wahnsinn dahinter. Die Gewissheit, dass solche Typen vor nichts zurückschreckten. Der Karton mit dem Dildo tauchte vor ihren Augen auf. Verdammt! Der stand ja noch draußen vor der Tür. Wenn jemand aus dem

Haus den dort findet? Sie warf sich einen Morgenmantel über, schnappte sich den Karton und lief zu den Müllcontainern, die hinterm Haus standen. Es war so kalt, dass die Luft auf der Haut brannte. Und obwohl es Winter war, hörte sie in der Ferne Donnergrollen. Es kribbelte ihr im Nacken, und sie drehte sich um. Aber da war niemand.

Als sie den Müllcontainer öffnete, fiel ihr Blick sofort auf die Mülltüte, die sie morgens auf dem Weg zur Arbeit weggeworfen hatte. Die Tüte war in der Mitte aufgeschlitzt worden, wie bei einem Kaiserschnitt. Jemand hatte ihren Müll durchsucht. Die Reste der Nudeln vom Vortag krochen, zusammen mit einer leeren Tamponpackung, aus der Öffnung. Ihr wurde augenblicklich kotzübel, sie krümmte sich zusammen. Der Anblick war so abstoßend und persönlich, dass sie nicht anders konnte, als sich am Container festzuhalten und auf das Beet zu erbrechen.

KAPITEL 12

Anna-Maria fand den Typen, zu dem Oswald sie geschickt hatte, schon vom ersten Augenblick an unerträglich. Die Art, wie er sie ansah. Wie ein Objekt. Ließ sie draußen vor seiner Wohnungstür stehen und bat sie nicht herein. Und dann dieses arrogante Nicken mit dem Kopf. Immerhin war sie die rechte Hand von Oswald. Und trotzdem behandelte er sie wie einen billigen Boten.

Sein Verhalten belebte ihre Eifersucht, die ständig in ihr schwelte. Sie fragte sich, ob Franz sie bei ihm angeschwärzt hatte. Und warum sich der Idiot nicht vorgestellt hatte. Er musste ja wohl einen Namen haben. Aber nein, breitbeinig stand er in Flipflops und zerrissener Jeans vor ihr und gähnte herzhaft. Er sah aus, als hätte er sich gerade erst aus dem Bett geschält. Zerzaustes Haar, dumpfer Blick. Die Wut darüber, dass Franz ausgerechnet diesen Loser als ihren Mittelsmann ausgewählt hatte, fraß sie von innen förmlich auf.

Außerdem gab es ja auch noch den Umschlag, den er ihr für ihn mitgegeben hatte. Sorgfältig verschlossen und zugeklebt. Kein Name, nur eine Anschrift. Sogar unter eine starke Lampe hatte sie ihn gehalten, aber keinen einzigen Buchstaben entziffern können. Lediglich Franz' Handschrift auf dem Blatt Papier darin hatte sie wiedererkannt.

Sie saß auf ihrem Balkon und überlegte fieberhaft, wie sie Franz dazu bringen konnte, sich dieses Typens zu entledigen.

Immer wieder schob sich ein ganz anderer Gedanke dazwischen. *Was passiert hier gerade mit mir? Was für einen Sinn soll das Verliebtsein haben, wenn es so wehtut?*

Der letzte matte Glanz der Abendsonne löste sich am Horizont auf. Es roch nach Regen. Sie atmete tief ein und genoss die Frische, bis die unruhigen Gedanken sie wieder einholten. Sie war so versunken, dass sie die Zeit vergaß und viel zu spät begriff, dass sie schon längst nach Skogome hätte aufbrechen müssen.

Die Fahrt dorthin verbrachte sie in einem Nebel aus Angst. Sie wusste, Oswald würde wütend sein, weil sie sich verspätete. Sie versuchte sich damit zu beruhigen, dass alles anders werden würde, wenn er wieder entlassen wurde. Gefängnis setzte jeden unter Druck. Sie verlor sich in Zukunftsträumereien. Stellte sich vor, wie sie bei ihm eingehakt an Zusammenkünften und Feiern teilnahm. Im Scheinwerferlicht. Sie sah die Fotos ihrer Hochzeit vor sich, auf denen sie liebevoll die Nasenspitzen aneinanderrieben.

Aber keine der Fantasien half gegen die Angst, darum überlegte sie sich eine gute, glaubwürdige Ausrede, die ihre Verspätung erklären sollte. Google hatte einiges an Aktivitäten von ›Sofia Bauman‹ gemeldet. Nichts Konkretes, aber immerhin.

Gehetzt kam sie dort an. Ein junger Mann saß im Wachhaus am Haupteingang. Gedankenverloren. Anna-Maria war erleichtert, McLean hätte sie mit einem Blick durchschaut. Der Wachmann hob die Hand, während er sein Telefonat beendete. »Franz Oswald hat den Besuchsraum verlassen«, teilte er ihr mit. »Er wollte sich wieder seinem Studium widmen, nachdem er eine Viertelstunde auf Sie gewartet hat.«

»Verdammt, ich muss ihn aber unbedingt sprechen.«

»Wir können ihn fragen, aber zwingen dürfen wir ihn nicht dazu.«

»Nein, natürlich. Aber sagen Sie ihm bitte, dass ich gezwungen war, etwas Dringendes zu erledigen, was mit seinem Fall zu tun hat«, log sie. »Dass ich Informationen habe, die ihn interessieren werden.«

Der Wachmann seufzte.

»Okay, aber es wäre besser, wenn Sie das nächste Mal pünktlich kommen. Die Besuchszeit ist auch gleich vorbei.«

Er wandte sich ab und führte ein weiteres Telefonat. »Er kommt gleich.«

Oswald ließ sie fünfzehn Minuten warten. Als der Wachmann sie ins Besuchszimmer brachte, saß er bereits da. Seine Augen hatten einen boshaften Glanz.

»Was willst du?«

»Verzeih, dass ich dich habe warten lassen. Aber Google hat mir gemeldet, dass Sofia Baumans Name ein paarmal aufgetaucht ist. Ich wollte mir das alles vorher noch durchlesen.«

»Aha, und gibt es etwas Konkretes?«

»Nein, bisher noch nicht. Ein paar Posts auf Facebook und so etwas. Sie hat über Elvira geschrieben, wie unmöglich sie es findet, dass sie zu ViaTerra zurückgegangen ist.«

»Hat sie meinen Namen erwähnt?«

»Wie bitte?«

»Du hast genau gehört, was ich gesagt habe. Hat sie mich erwähnt? Meinen Namen. Franz fucking Oswald?«

»Also, ich weiß nicht, ich erinnere mich nicht. Aber ich glaube schon. Oder vielleicht nicht direkt, aber sie hat es angedeutet …«

»Halt's Maul.«

»Bitte?«

»Hör auf zu schwafeln. Glaubst du, dass ich nicht merke, dass du mich anlügst?«

Er strich sich mit der Hand durch die Haare, eine geistesabwesende Geste, die sie nur zu gut kannte. Aber erst jetzt begriff sie, dass sie das Anzeichen für einen bevorstehenden Wutausbruch war. Sein Kiefer wirkte verkrampft. Sein Blick verfinsterte sich, und die Zornesfalte nahm Form an. »Du hast ja gar nichts unter Kontrolle. Wie viel bezahle ich dir eigentlich fürs Rumsitzen und Lügen? Das ist ja nicht zum Aushalten.«

Seine Stimme hatte einen unangenehmen Klang, fast schrill. Wenn er in dieser Stimmung war, drehte er ihr alles, was sie sagte, im Mund um und verwendete es gegen sie. Am besten verhielt sie sich still und wartete, bis er sich wieder beruhigt hatte.

»Ich verlange über alles informiert zu werden, was sie unternimmt. Verstanden? Jeden noch so kleinen Kommentar. Jedes beschissene Foto, das hochgeladen wird. Jedes verdammte Smiley in ihren grenzdebilen Posts. Den ganzen Scheiß will ich wissen.«

Für einen kurzen Augenblick wurde es vollkommmen still in Anna-Marias Kopf. Oswalds Mund verwandelte sich in eine lautlose Öffnung. Es fühlte sich an, als würde jemand ihren Brustkorb zudrücken. Sie hörte ihren Atem in der Nase, spürte ihren Herzschlag, sanft und gleichmäßig. Der Druck im Brustkorb ließ nach, ein leichter Schwindel aber blieb. Sie musste sich gegen die Wand lehnen, ihre Beine wollten sie nicht mehr tragen. Sie nahm den Raum um sich herum kaum wahr, auch nicht Oswalds Stimme, die ihn füllte. Wie aus weiter Ferne. Sie packte ein scheußliches Gefühl, eine Mischung aus Klarheit und Panik. Sie hatte es immer geahnt, den Gedanken aber nie zu Ende gedacht.

Erst jetzt sah sie Oswalds Verhältnis zu Sofia Bauman mit ganz neuen Augen. Hier ging es gar nicht um Rache. Auch nicht um eine PR-Maßnahme. Oder um den Ruf von Via-Terra. Das hier war etwas Persönliches. Gesteuert von einer leidenschaftlichen Besessenheit, die man nicht beeinflussen, geschweige denn beenden konnte.

»Hast du gehört, was ich gesagt habe?«, schrie er.

»Ja, jedes Wort. Ich verstehe. Du wirst jede noch so kleine Information bekommen. Versprochen.«

»Gut, ich habe deine Lügen und die ständige Inkompetenz satt. Und jetzt zeige ich dir, was ich hier drinnen ertragen muss, während es dir scheißegal ist, wie es mir geht.«

Sie wollte protestieren, aber er hob abwehrend die Hand. Dann holte er etwas aus seiner Hosentasche und legte den kleinen, in Toilettenpapier gewickelten Gegenstand in seine Hand und packte ihn aus. Sie zuckte zusammen, ihr wurde schwindelig, weil sie im ersten Moment dachte, dass dort ein abgeschnittener Finger lag. Sie wagte genauer hinzusehen. Blutige Sehnen und weiße Punkte. »Was ist das?«

»Mettwurst. Die ich essen muss, während du mein Leben ruinierst und mein Geld verschwendest. Ich finde, du solltest die mitnehmen und aufessen, damit du begreifst, wie ernst die Angelegenheit hier ist.«

Anna-Maria musste mehrmals schlucken, dann packte sie das Gefühl einer alles vernichtenden Hoffnungslosigkeit.

KAPITEL 13

Simon ging nicht jede Woche bei ViaTerra vorbei, obwohl er es Sofia versprochen hatte. Es belastete ihn, sich wie ein Dieb oder Spion über das Anwesen zu schleichen. Aber er drehte seine tägliche Runde und warf dabei immer einen Blick auf die Fassade des Herrenhauses.

In der Pension war viel zu tun. Mittlerweile hatten sie drei Gewächshäuser, und er war dabei, die Gartensetzlinge für den Frühling vorzubereiten. Ein bekanntes Gourmetmagazin war auf die ausschließliche Verwendung von Lebensmitteln aus ökologischem Anbau in der Pension aufmerksam geworden und hatte einen Artikel darüber veröffentlicht. *Ökologischer Anbau vom Feinsten*, lautete die Überschrift über einem Foto von Simon, der sich auf einen Spaten stützte. Simon hatte nie einen Ehrgeiz gehabt, berühmt zu werden oder Lob für seine Arbeit zu bekommen. Der Artikel aber löste in ihm eine fast euphorische Schadenfreude gegen Oswald aus. Da siehste mal, du Idiot, dachte er, und du hast immer gesagt, dass sich niemand für mein Gemüse interessiert.

Inga Hermansson war von dem Artikel dermaßen begeistert, dass sie ihm sofort eine Gehaltserhöhung anbot, die er aber ablehnte.

»Was ich viel lieber möchte, ist, dass wir in diesem Sommer an dem Wettbewerb der Ekogruppe teilnehmen«, sagte er. »Und dass ich einen Teil des Gewinns bekomme.« Die

Ekogruppe war eine Vereinigung, die jedes Jahr einen Wettbewerb für den erfolgreichsten ökologisch-landwirtschaftlichen Betrieb veranstaltete. Davon hatte Simon im Netz gelesen. Die Preissumme war ansehnlich. Genau genommen hatte er keinen Plan, was er mit dem Geld anfangen würde, aber er wusste, dass es Oswald ziemlich ärgern würde, wenn sie gewannen. Oswald hatte ihnen immer gepredigt, dass sie »dort draußen in der Welt« wertlos waren. Dass eigentlich nur er, Franz Oswald, in der Lage war, angemessen mit den Medien und den bedeutenderen Persönlichkeiten Schwedens umzugehen. Er hatte ihnen auch mehrfach gesagt, dass sie in der Arbeitslosigkeit versinken würden, wenn sie ViaTerra verließen. Sollte es gut laufen, würden sie vielleicht bei McDonald's Hamburger braten dürfen. Darum freute sich Simon besonders darüber, dass sie dringend einen Ersatz für ihn suchten.

Inga Hermansson war sofort Feuer und Flamme. »Und wenn wir gewinnen, behältst du die ganze Preissumme, Simon.«

»Nein, nur die Hälfte. Aber dafür muss ich mehr Ackerboden benutzen, ich möchte im Frühling eine Permakultur anlegen. Und dann dachte ich, vielleicht sollten wir ein paar Bänke in dem Kräutergarten aufstellen, damit unsere Gäste dort sitzen können. Das riecht so wunderbar im Sommer. Sie können sich ja auch einige Kräuter mit nach Hause nehmen, wir verwenden bei Weitem nicht alles, was dort wächst.«

Inga Hermansson war verblüfft und überwältigt, wie viel Information auf einmal aus Simons Mund gesprudelt kam. »Was für ein Glück, dass ich dich gefunden habe.«

Simons Mutter rief am späten Nachmittag an, weil auch sie den Artikel gelesen hatte. Simon erkannte ihre Stimme zuerst kaum wieder. Er hatte nicht mehr mit ihr gesprochen, seit er den Bauernhof der Familie verlassen hatte. Er hatte nur ein paarmal eine Karte geschickt, zu Weihnachten. So mit Wichteln und Schlitten darauf. Nie was Religiöses. Die Stimme seiner Mutter klang dünn und mild, überhaupt nicht mehr so schrill wie früher.

»Herzlichen Glückwunsch zu dem Artikel, Simon.«

»Danke. Gibt es sonst noch was?«

»Ich möchte so gerne, dass du uns besuchen kommst.«

»Seid ihr noch Mitglieder von ›Gottes Weg‹?«

»Natürlich, mein Lieber. Man kann doch Gott nicht den Rücken kehren. Er ist das Leben und die Ewigkeit.«

»Das reicht mir schon. Vielen Dank für deinen Anruf. Ich muss weiterarbeiten.«

»Ich verspreche, dass ich kein Wort darüber sage, wenn du kommst.«

»Würdet ihr auf das Tischgebet verzichten?«

»Das können wir nicht, Simon, das musst du doch verstehen. Kannst du uns nicht so akzeptieren, wie wir sind?«

»Nicht nach dem, was mit Daniel passiert ist.«

»Daniel ist jetzt im Himmel, Simon. Und ich glaube, dass Gott ihn in seine Arme geschlossen hat, obwohl er das getan hat.«

Simon drückte das Gespräch weg. Das Atmen fiel ihm schwer. Er war erschüttert, dass sie ihn auch heute noch so beeinflussen konnte. Die Bilder des schrecklichen Abends stürzten auf ihn ein. Das war der Abend gewesen, an dem der Teufel aus Simons kleinem Bruder Daniel getrieben werden sollte, dessen einziges Verbrechen es gewesen war, einen Mann zu lieben. Er hörte die gellenden Schreie aus der Scheune, in der die sogenannten Ratsherren zusammen mit dem Priester auf ihn einschlugen. Er hörte noch, wie sie

Gott anriefen und dem Teufel zubrüllten, er solle Daniels Körper verlassen. Er sah die tiefe Trauer in Daniels Augen, als er den Hof am nächsten Morgen für immer verließ.

Nur ein paar Stunden später hatte er ihn auf dem Handy angerufen, die Stimme war ganz belegt vom vielen Weinen. Er hatte Simon gebeten, ihn nicht zu verurteilen, was er missverstand und sich deswegen bis heute Vorwürfe machte. Simon hatte ihm geantwortet, er wünsche ihm nur das Beste auf Erden.

Aber tief in seinem Inneren hatte Simon gewusst, wie das alles enden würde. Als der Streifenwagen auf den Hof fuhr, hatte er angefangen zu brüllen – so lange, bis er dachte, dass ihm sein Trommelfell platze. Er brüllte so laut, dass ein Polizist in die Küche kam, sich mit ihm auf die Bank setzte und ihn festhielt, als er auf seine Eltern losgehen wollte. Er schrie weiter und weiter, bis er ganz heiser war und sich seine Stimme in ein unmenschliches Jaulen verwandelte. Alle sagten, dass es mit der Zeit besser werden würde. Aber das wurde es nicht. Simon wusste genau, an welcher Stelle sich Daniel auf die Gleise gestellt hatte. Als Kinder waren sie trotz des strikten Verbotes dorthin gegangen. Sie hatten sich auf die Böschung gesetzt und das Kribbeln genossen, wenn sie der Luftzug des vorbeisausenden Zuges gestreift hatte. Sie hatten die Waggons der Güterzüge gezählt. Simon war nie wieder dort gewesen. Und er würde auch nie wieder dorthin zurückkehren. Weder an diesen Ort noch auf den Hof seiner Eltern. Nie wieder.

Simon war noch in Gedanken versunken, als er Sofias Mail las. Er ging davon aus, dass nicht sie den Text verfasst hatte, antwortete ihr aber dennoch sofort darauf. Was er gleich wieder bereute, und dann ärgerte er sich, dass er die Mail nicht zurücknehmen konnte. Und als sie ihm später erklärte, wie das hatte passieren können, wurde er so wütend, dass er sich nur mit Mühe davon abhalten konnte, den Monitor zu zertrümmern.

Und beschloss, dass es an der Zeit war, ViaTerra ein weiteres Mal einen Besuch abzustatten.

In der Luft lag ein Duft, eine Vorahnung des Frühlings, obwohl es erst Anfang März war. Das hatte gar nichts mit der Sonne oder den Temperaturen zu tun, denn es war bewölkt und auf den Bäumen und Wiesen sah er den Raureif. Nein, da war etwas in der Luft, eine milde Feuchtigkeit, die ankündigte, dass das Kalte und Karge bald abgelöst werden würde. Der Frost hatte sich wie eine weiße Decke auf dem Heidekraut ausgebreitet, die gefrorenen Zweige knackten unter Simons schweren Stiefeln.

Er trat an den Rand der Böschung, wo die Klippen ins Meer stürzten. Kletterte hinunter zum Teufelsfelsen und stellte sich auf die äußerste Spitze des Felsens. Das Meer war ruhig, seine Farbe schien eine Nuance dunkler als der graue Himmel. So etwas wie ein Dunstschleier stand am Horizont.

Simon musste an die denken, die Oswald gezwungen hatte, von diesem Felsen zu springen. Das war seine Strafe für Regelverstöße gewesen. Bei hohen Wellen, stürmischen Winden und eiskaltem Wasser mussten sie springen. Ihn selbst hatte es nie getroffen, zum Glück, obwohl er ein paarmal kurz davor gewesen war.

Er setzte sich auf den Stein und ließ die Beine über den Rand baumeln. Lauschte dem Atem des Wassers, plätschernd und seufzend. Ein paar Möwen hingen reglos in der Luft. Auf den Felsen saßen Stockenten, die Schnäbel ins Gefieder gesteckt. Und weiter hinten stand ein Kormoran und hatte seine Flügel wie ein Segelflugzeug aufgespannt. Es war vollkommen still, bis auf das Bellen eines Hundes im Inneren der Insel.

Er könnte jetzt nach unten klettern und Muscheln sammeln. Aber das hätte nur den Zweck, seinen Besuch auf dem Landsitz hinauszuzögern. Und er würde Neuigkeiten brauchen, wenn er später Sofia auf ihre Mail antworten wollte.

Pünktlich zur Versammlung schlüpfte Simon durch das kleine Tor. Er versteckte sich hinter der Eiche, zog den Bauch ein und versuchte unsichtbar zu sein. Die Schar, die sich vor dem Haus versammelt hatte, war seit seinem letzten Besuch größer geworden. Die Uniformen saßen besser, und die Belegschaft stand mit geradem, stolzem Rücken in Reih und Glied. Alles wirkte aufrechter. Er entdeckte ein paar Teilnehmer, die er vorher noch nie gesehen hatte. Ein schmaler Typ mit halb langen Haaren, der hinter Benny und Bosse stand, und ein Mädchen, für das noch keine Uniform gefunden worden war. Ihr roter Anorak stach wie ein Lockmittel aus der Menge hervor, der einzige Farbtupfer in der grauen Landschaft. Simon fragte sich, wie es einer Gruppe wie ViaTerra, die noch so unbekannt war, gelingen konnte, neue Mitglieder zu werben. Wahrscheinlich waren viele erst einmal nur neugierig. Auch Oswalds Charisma war ein Publikumsmagnet gewesen. Es gab Mädchen und Frauen, die sich Hals über Kopf in ihn verliebten und sich in der Hoffnung, dass er sie eines Tages bemerkte, um eine Anstellung bewarben.

Simon sah sich um. Der große Schuppen, in dem er damals seine Gerätschaften untergebracht hatte, war in eine kleine Kate umgebaut worden. Sie war frisch gestrichen, hatte inzwischen mehr Fenster als früher und ein neues Dach. Die Kate war von einem Zaun umgeben, und an der Vorderseite stand ein großes Klettergerüst.

Erst da sah er Elvira. Sie stand in einem großen, schwarzen, unförmigen Mantel vor dem Häuschen und beobachtete die Versammlung. Ihr Haar fiel ihr offen über die Schultern, wie ein schwarzes Dreieck mit goldenen Kanten, im Kontrast zur Hauswand. Für einen kurzen Moment konnte er ihre Gefühle lesen. So nah an Telepathie wie nur vorstellbar. Er spürte die Schwere in ihrer Brust. Den Klumpen im Hals und die Angst, die unweigerlich mit den Mauern und dem Stacheldrahtzaun verbunden war. Alle, die auf ViaTerra gearbeitet hatten, kannten dieses Gefühl. Jetzt spürte er, dass es Elvira gerade so ging. Ich kann nichts davon hören oder sehen, aber ich spüre deine Tränen, dachte er.

Vorsichtig schlich er durchs Tor nach draußen und verschloss es hinter sich. Er war noch ganz in den Gedanken um Elvira versunken, als er sich wieder auf den Heimweg machte. Er sah nicht auf den Boden, stolperte über den Birkenstamm, den er selbst dorthin gelegt hatte, und fiel der Länge nach hin. Er konnte den Sturz zwar mit den Händen auffangen, knallte aber trotzdem mit dem Kopf auf den gefrorenen Boden.

Zuerst war alles ganz still.

Dann hörte er die Sirene der Alarmanlage.

KAPITEL 14

Zwei Wochen lang passierte nichts. Keine Mail, kein Paket oder andere unerfreuliche Überraschungen.

Als hätte die ganze Welt die Luft angehalten. Eine sonderbare Stille umgab sie. Alles fühlte sich so anders an. Die Zeit war zerrissen, immer wieder unterbrach sie ihren Tagesablauf, um sich umzusehen, aus dem Fenster zu spähen oder ihre Mails nach neuen Sachen zu checken. Nervös war sie vor allem, wenn sie draußen herumlief. Schatten, die sie vorher nie bemerkt hatte, versteckten sich auf einmal hinter den Büschen und folgten ihr. Und die Tatsache, dass nichts passierte, jagte ihr irgendwie eine noch größere Angst ein. Als behielte sie jemand aus der Ferne im Auge. Sie überprüfte die Müllcontainer zweimal, ob jemand die Tüten durchsucht hatte. Stellte sich vor, wie dämlich das aussah, dass sie im eigenen Müll wühlte. Aber die Mülltüten blieben unberührt.

Die Adressaten der Ekel-Mail nahmen es gelassener als erwartet. Ihre Chefin Edith Bergman hatte nur verlegen gelacht und Sofia gesagt, dass sie sofort wusste, dass die Mail nicht von ihr sein konnte. Sofias Eltern hatten die Mail noch gar nicht gelesen, sie bevorzugten das Telefon. Und Wilma rief sie an und fragte, ob sie vor Sehnsucht wahnsinnig geworden sei.

Sie war häufiger bei ihren Eltern, aber wenn sie versuchte, über die Zeit in der Sekte zu sprechen, geriet alles aus den

Fugen. Ihre Mutter versuchte sofort abzulenken. »Denk nicht mehr dran. Du hast doch noch dein ganzes Leben vor dir!«

Die Stimme ihrer Mutter wurde ganz schrill und überschlug sich. Wie eine Schauspielerin in einem Theaterstück.

»Ich finde, du solltest hier bei uns eine Party feiern«, schlug sie fröhlich vor. »Lade doch all deine Freunde von früher ein und finde wieder Anschluss.«

Sofia bekam zuerst kein Wort heraus, so idiotisch fand sie den Vorschlag. »Vielen Dank, aber ich möchte eigentlich nur meine Ruhe haben.«

Danach unterhielt sie sich mit ihrer Mutter nie wieder über ViaTerra.

Manchmal machte sie sich Vorwürfe, den Blog ins Leben gerufen zu haben. Warum war sie nur immer so dickköpfig und stur? Warum konnte sie nicht das tun, was ihr alle gesagt hatten. Oswald und ViaTerra einfach vergessen. Aber das funktionierte für sie nicht, sondern arbeitete im Stillen weiter.

Benjamin hatte ihre Wohnung sicherer gemacht. Ein Extraschloss mit Kette eingebaut und schwarze Jalousien angebracht, die Sofia zwar furchtbar fand, die aber verhinderten, dass jeder reinsehen konnte. Als er allerdings eine Alarmanlage installieren wollte, sagte sie stopp. Die Schikane hatte doch schon aufgehört.

Trotzdem fiel es ihr schwer einzuschlafen. Sie hatte Angst vor den Alpträumen, die größer und gewaltiger geworden waren. Oft wachte sie davon auf, dass sie am ganzen Körper zuckte und schweißnass war. Manchmal lag sie noch mit fest zusammengekniffenen Augen wie versteinert im Bett und hatte Angst, im Schlafsaal auf ViaTerra zu sein.

Eines Morgens, der Traum hatte sich besonders klar und echt angefühlt, versuchte sie wieder in den Körper zurückzutauchen, den Franz Oswald mit seinem ganzen Gewicht gegen eine Wand drückte. Freiwillig stellte sie sich der Angst, die ihr durch den Körper gefahren war. Sie versuchte sich umzudrehen und ihm in den Schritt zu treten. Aber seine Gestalt hatte sich bereits aufgelöst, ihr Bewusstsein war hellwach und der Weg zurück in den Traum verstellt.

Sie stand auf und ging zum Fenster. Die Straßenlaternen waren schon aus, und der Raum war in das Licht einer blassen Morgendämmerung gehüllt. Ein sonderbares, unwirkliches Gefühl beschlich sie. Der Morgen war fast vollkommen still, außer einer schwachen Brise, die das Espenlaub erzittern ließ. Jemand lief über den Rasen vor dem Haus, drehte sich um und sah sie an. Sie erstarrte, aber der Mann drehte sich noch mal um und ging weiter, Richtung Zentrum. Er trug einen Rucksack und war wahrscheinlich auf dem Weg zur Arbeit. Und trotzdem schoss es ihr durch Mark und Bein, wie eine Warnung, wie die Musik im Hintergrund eines Horrorfilms.

Spätabends rief Ellis unerwartet an. »Was willst du mit dem Blog machen?«

»Shit, den hatte ich schon fast wieder vergessen.«

Sofia hatte Ellis nichts von dem gehackten Mail-Account erzählt, aber ihr wurde klar, dass es ein Fehler gewesen war. Denn wenn ihr einer helfen konnte, dann war es Ellis. Und dann tat sie etwas, das sie sich geschworen hatte, dass sie es niemals machen würde. Sie lud ihn zu sich in die Wohnung ein, was sich allerdings als richtig erwies. Er installierte ihr mehrere Sicherheitssysteme auf dem Rechner, Firewalls, Verschlüsselungen und Dinge, von denen sie keine Ahnung hatte.

Dann sprachen sie über den Blog. Das große Interesse hatte abgenommen. Elvira war weg und würde mit Sicherheit nicht mehr auftauchen. Es gab immer wieder Leser, die noch neue Kommentare posteten. Am häufigsten fragten sie nach Elvira. Wo sie jetzt war. Ob die Kinder schon auf der Welt waren.

Ellis und Sofia unterhielten sich, tranken ein Glas Rotwein. Ihr war es nach wie vor unmöglich, ihm ohne Vorbehalte zu begegnen und offen in die Augen zu sehen. Er hatte sich damals wie ein Kotzbrocken benommen, und so fiel es ihr schwer, ihm vollkommen zu vertrauen. Sie fragte sich, ob seine geradezu überwältigende Hilfsbereitschaft nur ein Weg war, um sich wieder in ihr Leben zu schleichen. Offenbar konnte er ihre Gedanken lesen, denn plötzlich brach er in schallendes Gelächter aus.

»Na, schwelgst du in Erinnerungen? Weißt du was, ich habe mich total verändert. Du schuldest mir nichts dafür, dass ich dir jetzt helfe. Und hey, ich kann hier mit dir ein Glas Wein trinken, ohne mich gleich volllaufen zu lassen. Trotzdem musst du entscheiden, was du mit dem Blog anstellen willst.«

Es war verlockend, ihm einfach zu sagen, dass er den Blog auflösen sollte. Alles hatte sich wieder beruhigt. Benjamin und Ellis hatten ihre Wohnung in eine Art Hochsicherheitstrakt verwandelt. Niemand würde unbemerkt hineinkommen, und ihr Konto war jetzt viel schwerer zu hacken. Es schien angemessen, sich beizeiten aus dem Kampf zurückzuziehen.

Aber die himmelschreiende Ungerechtigkeit machte ihr zu schaffen.

Niemand, überhaupt niemand wird mich davon abhalten, die Wahrheit zu sagen.

»Sofia, jetzt sag schon, wollen wir den Blog auflösen?«

»Nein, das will ich nicht.«

»Ist das ein Scherz?

»Nein, wir machen ihn zu *meinem* Blog. Ich werde nicht so viele Follower haben wie Elvira, aber das ist egal. Ich erzähle meine Geschichte. Wenn ich dadurch auch nur eine einzige Person davon abhalten kann, einer Sekte zu folgen, hat es sich schon gelohnt.«

»Das ist ein ziemlich großes Risiko, das du da eingehst …«

»Darum geht es doch, oder?«

Sie blieben die ganze Nacht auf. Zuerst änderten sie den Namen des Blogs in *Mein Leben nach der Sekte*. Sie nahmen Elviras Foto raus und ersetzten es durch eine düstere Fotografie von dem Herrenhaus im Nebel und hinter Stacheldraht. Das Foto hatte auch der Journalist Markus Strid in seinem Artikel über ViaTerra benutzt. Elviras Geschichte behielten sie und fügten lediglich Sofias hinzu. Ellis übernahm Design und Layout. Sofia zitierte aus dem Tagebuch, das sie heimlich auf der Insel geschrieben hatte. Die letzten Einträge datierten von ihrer Flucht im Zug von Lund nach Haparanda. Der Text eignete sich sehr gut, weil sie aufgeregt und wütend gewesen war, als sie ihn geschrieben hatte. Darin standen detaillierte Schilderungen von Oswalds Übergriffen auf seine Mitarbeiter, von den schrecklichen Bestrafungen auf ViaTerra, von der Gewalt und allem, was vor der Flucht passiert war. Mithilfe des Tagebuches schrieb sie einen langen Beitrag, den Ellis dann in den Blog einfügte.

»Wir müssen noch erzählen, was mit Elvira passiert ist«, sagte er.

»Ja, wir schreiben, dass Oswald sie gekauft hat. Dass er ihr so viel Geld angeboten hat, dass sie nicht Nein sagen konnte. Die Leute werden sicher stinksauer sein. Vielleicht kommt es sogar zu einer Demonstration auf der Insel. Eine Gruppe stellt sich mit einem Plakat *Lasst Elvira frei* vor das Tor. Das wäre doch cool.«

»Stimmt. So wie damals, als ich gebrüllt habe ›Lasst Sofia frei‹.«

In den frühen Morgenstunden waren sie fertig, der Blog ging online.

»Hammer, wie der aussieht«, sagte sie. »Total gruselig. Du bist richtig gut.«

»Was, meinst du, wird Benjamin dazu sagen?«

»Ehrlich gesagt, das ist meine Angelegenheit. Ich kann mein Leben so weiterführen und alles verleugnen oder etwas dagegen tun. Gegenwind werde ich akzeptieren müssen.«

Es war schon viel zu spät, um schlafen zu gehen, nachdem Ellis gegangen war. Sie würde in ein paar Stunden zur Arbeit müssen, setzte sich auf den Balkon und betrachtete den Mond, der durch eine dünne, zerrissene Wolkendecke schien. Der Morgen graute, am Horizont stieg sicher bald die Sonne auf.

Sie ging ins Badezimmer und zog sich aus. Die Kacheln waren kalt. Sie drehte die Dusche an, auf ganz heiß, so heiß, dass sich bald ein dichter Nebel aus Dampf im Zimmer ausbreitete und ihr Gesicht im Badezimmerspiegel verschwand. Lange stand sie unter dem Strahl, ließ das Wasser auf den Körper prasseln und die Müdigkeit wegspülen, die sich doch gemeldet hatte. Sie trocknete sich ab, zog sich an und machte sich einen starken Kaffee. Damit setzte sie sich wieder auf den Balkon und sah zu, wie die Sonne über Lund aufging.

Sie spürte und genoss den Kampfgeist, der in ihr wieder zum Leben erweckt worden war.

KAPITEL 15

Simon hielt die Luft an und blieb reglos an der Stelle liegen, an der er gestürzt war. Innerlich verfluchte er seine Tollpatschigkeit. Die Alarmanlage heulte, und er wollte gerade aufspringen und losrennen, als ihm klar wurde, dass die Wachleute ihn sehen würden, wenn er am Wachhäuschen vorbeistürmte. Da hörte er ein Motorrad, das angelassen wurde und in seine Richtung fuhr. Sein Herz schlug so laut, dass man es an diesem windstillen Morgen eigentlich hätte hören müssen. Die Kälte des Bodens drang durch seine Kleidung. Das Motorrad hatte angehalten. Er hörte, wie es aufgebockt wurde, dann Schritte. Es folgte ein Piepen, dann ein Knacken und eine Stimme aus einem Walkie-Talkie. »Kannst du was sehen? Der Alarm ist an dem zweiten Tor ausgelöst worden.«

»Nee, hier ist niemand.« Das war Bennys träge Stimme. »Das war ein Eichhörnchen oder ein Vogel.«

»Kannst du nicht mal rausgehen und nachsehen?«

»Nee, ich hab keinen Schlüssel.«

»Der hängt hier vorn im Wachhäuschen. Komm und hol ihn dir. Und dann nimmst du noch den Köter mit.«

Köter? Simon erinnerte sich an das Hundebellen, das er am Teufelsfelsen gehört hatte; er hatte es auf einen Hof im Inselinneren verortet. Auf einmal hatte er das Bild eines massiven, riesigen, knurrenden Rottweilers vor Augen, mit glühenden Augen und kräftigem Kiefer, gefletschten Zähnen und Geifer, der ihm aus dem Maul spritzte.

»Schon gut, ich komme und hol ihn.«

Das Motorrad wurde gestartet, es rutschte über den Kiesweg und fuhr davon. Simon begriff erst jetzt, dass er die ganze Zeit über die Luft angehalten hatte und sein Körper quasi am Boden festgefroren war. Aber die Beine bewegten sich wie von allein, und er stürmte in den Wald. Trotz der schweren Stiefel flog er förmlich, ohne über das Ziel nachzudenken. Sein Herz raste, es brannte in der Lunge. Er hatte kein Gefühl dafür, wie lange er schon gerannt war, denn sein Gefühl für Zeit hatte sich aufgelöst. Das Bild von dem geifernden Hund hatte sich in seinem Kopf eingebrannt und trieb ihn immer weiter.

Er jagte zwischen den Bäumen hindurch, kleine Hügel hinauf, über Lichtungen hinweg und dann wieder durch ein Waldstück. Er hörte nur seinen eigenen, keuchenden Atem und das Knirschen und Knacken von Moos und Gestrüpp unter seinen Stiefeln.

Die Alarmanlage war ausgestellt worden. Auch die Natur hielt den Atem an. Als würde er durch ein Vakuum rennen. Er hielt erst an, als der Schmerz in seiner Brust unerträglich geworden war und er keine Kraft mehr hatte. Er war mitten im Wald, er sah nur Bäume, Unterholz und den gefrorenen, knisternden Waldboden.

Sein Körper dampfte vor Schweiß und Hitze. Er beruhigte seinen Atem und sah sich um. Er hatte sich verlaufen. Sofort musste er wieder an den Hund denken. Warum einen Hund? Hatten sie bemerkt, dass jemand das zweite Tor benutzte? Aber dann hätten sie doch längst das Schloss ausgetauscht. Wovor hatten sie solche Angst?

Er holte tief Luft und konzentrierte sich auf das aktuelle Problem und seine Bewältigung. Wie kam er wieder nach Hause? Er musste einen Hügel finden, von dem aus er über die Insel sehen und sich orientieren konnte. Sonst würde er nur im Kreis laufen. Zum Glück waren die Bäume noch kahl, ein paar Meter Höhe brauchte er nur, dann hätte er freie Sicht. Eine Weile irrte er umher, bis er auf einem Hang einen Felsblock entdeckte, der mit Moos bewachsen war. Die Oberfläche war vom geschmolzenen Raureif feucht, er fand keinen Halt, rutschte aus und fiel hin. Leise fluchte er. Ärgerte sich über seine Dämlichkeit. Was scherte ihn eigentlich diese blöde Sekte? Endlich fanden seine Hände in einer Felsspalte Halt, und er konnte sich nach oben ziehen.

Von dort konnte er durch die windgepeitschten Baumwipfel etwas sehen, zumindest einige Anhaltspunkte. Den Kirchturm im Ort, das Herrenhaus und das Meer, das still und grau in der Ferne lag. Er ließ sich vom Felsen gleiten und machte sich in Richtung Dorf auf. Murmelte mürrisch vor sich hin. Seine Stirn übernahm die Funktion eines Kompasses, der ihn lenkte. Er rannte nicht mehr, machte aber lange, schnelle Schritte.

Erst als er sich wieder beruhigt hatte, vermochte er die Schönheit der Landschaft zu bemerken. Die Luft war mild und feucht, und die Sonne hatte ihren Weg durch die Wolken gefunden und glitzerte in der Frostschicht, die auf den Tannenzapfen lag. Ab und zu zog sie sich hinter die Wolken zurück, dann kam ein frischer Wind auf.

Noch nie in seinem Leben war er so schnell gerannt. Wie ein Besinnungsloser. Er fühlte sich großartig. Marschierte weiter und pfiff dabei. Nach einer Weile wurde der Wald lichter, er hatte den Weg in die Stadt erreicht, der sich wie ein Wurm durch die Landschaft wand. Ein Teil von ihm war noch aufgewühlt, ein anderer, der vertrautere, beschimpfte ihn leise, was für ein Idiot er war.

Als er in der Pension ankam, war bereits Mittagszeit. Er

entschied, die Mahlzeit zu überspringen und stattdessen ins Gewächshaus zu gehen. Er hoffte inständig, dass ihn niemand vermisst hatte. Dann zog er eine Karotte aus dem Beet und knabberte an ihr, während er sich an die Arbeit machte und schnell in seinen alltäglichen Trott fiel.

Die Mail an Sofia, in der er alles erzählte, schrieb er am Abend. Er trug ein bisschen dicker auf, und als er sich das Geschriebene noch einmal durchlas, musste er laut lachen. Sein Schlusssatz war eine Frage: Ein Hund?

Sofia antwortete umgehend. Das sei die lustigste Mail gewesen, die sie jemals gelesen hätte. Sie vermutete, dass der Wachhund mit Oswalds Paranoia zu erklären sei und mit Elviras Rückkehr nach ViaTerra zu tun habe. Dann schickte sie ihm den Link zu ihrem neuen Blog. Als er ihn las, beschlich ihn ein komisches Gefühl, obwohl ihn die Geschichte nicht überraschte. Er fand aber, dass sie gut schreiben konnte. Trotzdem würde er ihr später antworten, die Ereignisse des Tages hatten ihn doch ziemlich erschöpft. Seinen letzten Gedanken, bevor er einschlief, widmete er dem Hund, und er fragte sich, ob es tatsächlich ein Rottweiler gewesen war.

Simon hatte seine Morgenroutine. Und die war ihm heilig und unverrückbar. Eine Stunde vor Arbeitsbeginn ging er in den Frühstücksraum hinunter. Dann konnte er das Frühstück genießen, wenn es am besten war. Frisch zubereitet und noch dampfend heiß. Während er aß, las er das Lokalblatt und die überregionale Göteborgsposten. Die Zeitungen waren seine Verbindung zur Außenwelt, seine Art, an den Geschehnissen außerhalb der kleinen Insel teilzunehmen. Sie waren auch seine einzigen Informationsquellen, außer den sporadischen Gesprächen mit den Gästen der Pension und dem Kontakt zu Sofia.

Nachdem er aufgegessen und mindestens drei Becher Kaffee getrunken hatte, fühlte er sich gestärkt und satt – sowohl physisch als auch psychisch – und hatte an nichts anderem Interesse als an seinen Pflanzen.

Die Annonce sah er eine Woche nach dem Zwischenfall. Er hatte die Zeitung bis zu den Todesanzeigen durchgeblättert. Normalerweise übersprang er die, aber manchmal überflog er sie auch, um zu sehen, ob er jemanden von den Verstorbenen kannte. An diesem Tag aber blieb er auf der Seite mit den Geburtsanzeigen hängen.

Die Zwillinge Thor und
Invictus Oswald-Bärenstein
Die Eltern Elvira Asplund &
Franz Oswald-Bärenstein

Simon sah sich die Anzeige sorgfältig an, denn da fehlte etwas. Es gab kein Foto der Kinder. Kein *Willkommen im Leben!* Oder *Wir heißen Invictus und Thor willkommen!* Die Anzeige war nur mit einer grünweißen Flagge und dem Logo von ViaTerra versehen. Darin sah man die Kontur eines geöffneten Mundes. Das war das Bild für Oswalds Motto »Wir wandern auf dem Weg der Erde«. Alle Angestellten von ViaTerra wussten aber, dass sich dahinter noch eine zweite, weit wichtigere Bedeutung verbarg: Oswalds Überzeugung, dass er eines Tages die Weltherrschaft übernehmen würde.

Simon musste an Elvira und Oswald denken und an die Kinder, die keine Ahnung hatten, was sie erwartete. Ihn schauderte, er legte die Zeitung beiseite.

Abends telefonierte er mit Sofia. Sie fand Flagge und Logo gar nicht so bemerkenswert. »So ist er doch. Alles muss mystisch und besonders sein. Weißt du eigentlich, warum das Logo wie ein geöffneter Mund aussieht?«

»Nein, keine Ahnung.«

Sofia lachte. »Er hat es mir mal erzählt. Es soll an den Todeskuss erinnern. Da siehst du mal, wie krank im Kopf der ist.«

Simon ging ein Licht auf. Er hatte dieses merkwürdige Symbol nie verstanden, das auch auf den Briefköpfen von ViaTerra und auf einigen der Anweisungen an die Belegschaft prangte.

»So, jetzt weißt du es. Aber diese Namen, ich bitte dich! Wer nennt sein Kind Invictus? Oder Thor mit h? Das ist so verrückt, dass ich mich ausschütten könnte. Da ist doch das Mobbing in der Schule vorprogrammiert. Die armen Dinger.«

»Ja, obwohl sie wahrscheinlich auf irgendeine private Angeberschule geschickt werden, auf die nur Kinder mit Namen aus dem schwedischen Adel gehen. Benedictus von Krusenstjerna und so was.«

Sofia lachte wieder, aber er hörte trotzdem den Schmerz in ihrer Stimme. Kaum wahrnehmbar, aber er hörte ihn.

»Ist irgendetwas passiert?«, fragte er.

»Nein, nicht direkt. Oder vielleicht doch, aber das ist eher so ein Bauchgefühl, nichts Konkretes. Ich melde mich, wenn es was Neues gibt.«

Er ließ es auf sich beruhen, aber ihn beschlich ein ungutes Gefühl, nachdem er aufgelegt hatte.

KAPITEL 16

Die Nervosität meldete sich erst, als sie schon in die Wohnung eingedrungen waren. Erst da fing die vernünftige Stimme in ihrem Kopf an, ihre Einwände herunterzuleiern. *Was zum Teufel machst du da? Bist du noch ganz bei Trost? Was ist mit dir passiert?* Aber sie hatte gelernt, diese Stimme zum Schweigen zu bringen. Sie atmete tief ein und stieß dann mit dem Atem den Gedanken aus und befand sich wieder in der Gegenwart. Diese Stimme war ein Riesenfeigling, der sie all die Jahre zurückgehalten hatte.

»Das war ja saueinfach«, sagte ihr Kumpel Damian Dwight. Damian war nicht Anna-Marias erste Wahl gewesen, denn sie wusste nicht, ob sie sich auf seine Verschwiegenheit verlassen konnte. Aber er war der Einzige, den sie kannte, der solche Sachen für kleine Summen machte. Er war Engländer, hatte aber seit Anfang des Studiums in Schweden gelebt. Sie hatten sich an der Uni kennengelernt und auch eine kurze Affäre gehabt, die sie aber schnell wieder beendet hatte, als sie seiner ständigen Lügen und ungesunden Lebensgewohnheiten überdrüssig geworden war. Er war einer dieser Schlipsträger mit glänzender Fassade, die einen beeindruckten, bis man hinter die Fassade gesehen hatte. Er hatte das Studium abgebrochen und hielt sich mit diversen zwielichtigen Jobs über Wasser. Er machte ungefähr alles, wenn der Preis stimmte. Obwohl sie kaum noch Gemeinsamkeiten hatten, hatte sie den Kontakt aufrechterhalten. Er eignete sich ausgezeichnet, wenn man auf einer Party was Stärkeres als Alkohol wollte.

Und gerade war er in weniger als einer Minute in die Wohnung eingebrochen. Das war so beeindruckend und phänomenal, dass sie Gänsehaut bekam.

Damian sah sich um. »Die haben die Eingangstür verriegelt und gesichert, aber die Balkontür vergessen. Was für Idioten.«

Anna-Maria ließ ihren Blick durch die kleine Einzimmerwohnung schweifen. Gepflegt und ordentlich, da stand nichts herum. Die Luft vibrierte fast vor steriler Leere. Als würde die Bewohnerin diese Adresse nur als Zufluchtsort nutzen und nicht fest darin wohnen. So, wie sie es auch am liebsten hatte. Es irritierte sie maßlos, dass Sofia Bauman so pedantisch war. Gleichzeitig stand in der Wohnung so viel billiger IKEA-Scheiß herum, dass es nach Plastik roch. Die Tante hatte also doch keinen Stil.

»Wie illegal ist das hier eigentlich?«, fragte sie Damian.

»Du bist doch die Anwältin von uns beiden!«

»Aber ich hab keine Erfahrung mit so was.«

»Na ja, es ist illegal genug, um dich für alle Zeit fertigzumachen. Außerdem ist es ausgefallen, ziemlich ungewöhnlich.«

»Stimmt, es ist nicht wirklich was Neues«, grinste Anna-Maria. »Franz hatte auf ViaTerra überall Kameras installiert. Das hier ist nur der Anfang. Ich habe den Eindruck, dass er noch was anderes am Laufen hat. Aber auch egal. Nicht so was Cooles wie das hier.«

Damian hob eine Augenbraue. »Weiß er eigentlich davon?«

»Nein, natürlich nicht. Zumindest noch nicht.«

»Und was hat das arme Ding angestellt, dass sie das hier verdient hat?«

»Das willst du gar nicht wissen. Aber du schweigst wie ein Grab, ja?«

»Hab ich doch schon versprochen. Wic viel Zeit haben wir?«

»Sie ist bei der Arbeit. Kommt erst spät am Nachmittag nach Hause.«

»Das hier dauert nicht länger als eine Stunde.«

Anna-Maria setzte sich aufs Sofa und beobachtete Damian dabei, wie er eine winzige Kamera hinter dem Deckenventil anbrachte.

»Damit kannst du den gesamten Raum sehen«, sagte er. »Du siehst alles aus der Vogelperspektive und weißt die ganze Zeit, was sie macht.«

»Außer im Badezimmer«, grinste Anna-Maria. »Wollen wir auch eine in der Dusche anbringen?«

»Wie bist du denn drauf? Ich hätte nicht gedacht, dass du so eine bist.«

»Bin ich auch nicht, aber ich kenne jemanden, der junge Frauen unter der Dusche mag.« Sie lachte, ein kurzes, heiseres Lachen, das ihr allerdings im Hals stecken blieb, als ihr plötzlich ein Gedanke kam. »Was passiert eigentlich, wenn sie die Kamera entdeckt? Kann man die Verbindung zurückverfolgen? Ich will nicht, dass mich jemand damit in Verbindung bringt, verstanden?«

»Natürlich kann man das.«

Sie sprang vom Sofa auf, als hätte ihr jemand eine Gabel in die Seite gerammt.

»Entspann dich«, sagte er. »Es wird ein Alarm ausgelöst, wenn jemand die Kamera berührt. Dann musst du nur die Verbindung kappen, und niemand kann es zurückverfolgen.«

Nachdem sie alles installiert hatten, räumte Anna-Maria

mit großer Sorgfalt auf, bis die Wohnung eine exakte Kopie ihrer Erinnerung war.

»Und jetzt fahren wir zu dir nach Hause«, sagte Damian. »Dort installiere ich die Anlage, verbinde alles und zeige dir, wie es funktioniert.«

»Bist du hundertprozentig sicher, *dass* es funktioniert? Auf so große Entfernung?«

»Ganz sicher. Komm, lass uns abhauen, bevor die Tante nach Hause kommt.«

Damian fuhr den Wagen. Sie ließ sich in den Beifahrersitz sinken und grinste innerlich. Das war so lächerlich einfach gewesen. Es fing an zu regnen, ein Platzregen, der gegen die Windschutzscheibe schlug und die Sicht einschränkte. Langsam schlichen sie über die Autobahn. Aber das fand sie gemütlich, sie schnurrte wie eine Katze und versank in den Anblick der großen Wassertropfen auf der Scheibe.

Franz hatte sich nach der Geburt seiner Kinder sehr verändert. Er war gereizter als vorher. Es hatte nichts genutzt, dass sie den Umzug von Elvira auf die Insel veranlasst hatte und es den dreien sehr gut ging. Jetzt hatte er sich in den Kopf gesetzt, dass seine Kinder nicht ordentlich erzogen wurden, und wollte entlassen werden. Wegen »guter Führung«. Als hätte sie das Zaubern gelernt und könnte seine Freilassung erwirken. Als sie ihm erklärte, dass es sich nicht machen ließe, hatte er sie beschimpft und damit gedroht, dass er wohl doch keine Verwendung mehr für sie habe. Das war einfach nur fies. Aber das würde sich jetzt alles ändern, weil sie etwas hatte, dem Franz nicht würde widerstehen können.

Ein permanenter Einblick in Sofia Baumans Leben.

Anna-Maria fragte sich, wie sie die Aufnahmen ins Gefängnis schmuggeln sollte. Franz würde es bestimmt gut finden, sie allein in seiner Zelle ansehen zu können. Sie wunderte sich, dass sie keinen Hauch von Eifersucht empfand. Aber vielleicht hatte das Ganze ja auch einen Vorteil? Wenn Franz sah, wie die IKEA-Schlampe lebte, würde ihn das abstoßen und er würde das Interesse an ihr verlieren. Nichts, was in dieser klaustrophobischen Bude passierte, würde einen Mann wie Franz Oswald stimulieren. Und dann würde er mit Sicherheit einsehen, wie viel Anna-Maria ihm zu bieten hatte. Es war in jeder Hinsicht eine Win-win-Situation.

»Sag, könntest du mir beibringen, wie ich die Aufnahmen schneiden und auf eine DVD brennen kann?«, fragte sie Damian, der konzentriert hinterm Steuer saß.

»Klar, das ist nicht besonders schwer. Mach ich. Für ein zusätzliches Taschengeld.«

Das Handy in Anna-Marias Tasche vibrierte. Skogome rief an. Wie passend. Es war Hela McLean. »Wann haben Sie Ihren nächsten Besuch geplant?«

»Für morgen. Zur regulären Besuchszeit. Warum?«

»Ich wollte nur mal hören. Alles Weitere besprechen wir dann.«

»Ist was passiert?«

»Nein, nicht direkt. Außer, dass Ihr Mandant alle in seinem Trakt bekehrt hat. Die diskutieren jetzt ViaTerra-Thesen nach dem Abendessen. Wir wollen das am liebsten so schnell wie möglich beendet sehen, wenn Sie verstehen, was ich meine. Und Sie könnten uns dabei helfen, ihn auf andere Gedanken zu bringen.«

Anna-Maria unterdrückte ein Lachen. Sie sah Franz vor sich mit den Insassen, die er sich zu Untertanen gemacht hatte. Das Bild war so lustig, dass sie sich auf die Unterlippe beißen musste, um nicht laut loszuprusten. Ein langes Schweigen entstand.

»Sind Sie noch dran?«, hörte sie McLeans Stimme fragen.

»Ja, ich habe nur überlegt. Mir ist da etwas eingefallen, was ihn nach dem Abendessen ein bisschen ablenken würde und die Séancen beenden könnte. Sie wissen bestimmt, dass er es liebt, alte Spielfilme zu sehen?«

»Nein, das wusste ich nicht.«

»Doch, das tut er. Aber es sind bestimmte Filme von Regisseuren, die er besonders schätzt. Darf ich ihm bei meinem nächsten Besuch ein paar DVDs mitbringen? Er hat doch einen Fernseher mit DVD-Player?«

»Eigentlich nicht, aber das können wir gerne besprechen, wenn Sie kommen. Vielleicht dürfen wir da eine Ausnahme machen«, sagte McLean. »Da war noch was, bevor ich es wieder vergesse. Sein erster Begleitausgang steht an. Nur damit Sie schon mal davon gehört haben. Es soll auf jeden Fall ein Begleitausgang sein und kein unbegleiteter, auch wenn ihm das nicht gefallen wird. Bis morgen.«

Anna-Marias Wohlbefinden hatte sich gewandelt und glich jetzt einer milden Form der Ekstase. Jetzt würde alles wieder gut werden. Richtig gut. Sie klappte die Sonnenblende herunter und frischte ihr Make-up auf. Dann blieb sie einen Moment lang im Anblick ihrer Augen hängen. Sah etwas darin, was es vorher nicht gegeben hatte. *War sie ein schlechter Mensch?* Wer definierte das Böse? *Jetzt bin ich mal dran, ich will auch Spaß im Leben haben.*

KAPITEL 17

Das Lächeln, mit dem Sofias Chefin Edith Bergman ihr am nächsten Morgen begegnete, war äußerst sparsam. Das irritierte Sofia sehr, denn bei der Arbeit lief es hervorragend.

Vor einer Woche erst hatte sie Edith Bergman gefragt, ob sie ihr Arbeitsfeld erweitern und Rechercheanfragen bearbeiten und Besuchern der Bibliothek bei der Suche helfen wollte. Eine neue Aushilfe würde ihr ab jetzt dabei behilflich sein, die Bücher zurück in die Regale zu stellen. Nun hatte sie jeden Tag mit lesehungrigen, interessanten Menschen zu tun. Edith hatte auch erwähnt, wie zufrieden sie mit ihrer Arbeit war, darum verstörte Sofia das verdächtige Lächeln. Auf einmal war eine sonderbare Spannung zwischen ihnen entstanden, und die negative Stimmung kam nicht von ihr. Sie war gerade auf dem Weg in die Mittagspause, als Edith vorbeikam.

»Kannst du später zu mir ins Büro kommen, Sofia?«

»Klar, worum geht es?«

»Das würde ich gern unter vier Augen besprechen.«

Die Mittagspause verbrachte sie in ihrem Lieblingscafé, aber an diesem Tag wollte das Essen nicht schmecken. Sollte ihr gekündigt werden? Gab es einen Stellenabbau an der Uni? Oder war es ein anderer Grund? Edith hatte zögernd das Gespräch gesucht, als gäbe es etwas Unausgesprochenes zwischen ihnen. Aber sie hatte keine Vorstellung, was das sein könnte. Bei dem Vorstellungsgespräch war sie offen und ehrlich gewesen und hatte erzählt, dass sie ein Mitglied der Sekte ViaTerra gewesen ist. Hatte Edith doch noch weitere Mails von ihrem Account geschickt bekommen? Aber das konnte eigentlich nicht der Fall sein, denn Sofia war sich ziemlich sicher, dass ihr neuer Account nicht so leicht zu hacken war.

Edith saß schon an ihrem Schreibtisch, als Sofia das Büro ihrer Chefin betrat. Schnell klappte diese eine Mappe zu, in der sie geblättert hatte.

»Setz dich bitte, Sofia.«

Es dauerte unerträglich lange, bis Edith endlich wieder den Mund öffnete. Eine eiskalte Hand packte Sofias Herz. Was war geschehen? Es schien etwas Ernstes zu sein. Aber was?

»Zuerst möchte ich dir sagen, wie zufrieden wir mit deiner Arbeit sind, du hast wirklich unsere Erwartungen übertroffen.«

»Vielen Dank, das höre ich gern.«

»Aber es ist ja auch so, dass die Universitätsbibliothek eine respektable, hoch angesehene Einrichtung ist und wir in der Tat gewisse ethische Anforderungen an unsere Mitarbeiter haben.«

»Um was geht es eigentlich?«

Langsam schob Edith Sofia die Mappe über den Tisch. Sie durfte sie selbst öffnen. Die Spannung war wie eine Mauer, die zwischen ihnen stand. Das Erste, was Sofia sah, als sie die Mappe aufschlug, war ein Foto von ihrem Gesicht, das auf einen nackten Körper geklebt war. Das Unbehagen nahm zu, und als sie den Text darunter las, wusste sie, dass es ein Auszug aus Ellis' altem Blog war, den er vor vielen Jahren gestartet hatte, um sich an ihr zu rächen. Die Panik ebbte ein wenig ab. Das hier war altes Zeug, das ließ sich alles erklären.

»Oh, mein Gott! Ich wusste nicht, dass der noch existiert. Das ist uralt. Mein Ex hat den Blog damals erstellt. Ich hatte nichts damit zu tun. Der wurde auch schon längst aus dem Netz entfernt, zumindest war ich davon ausgegangen.«

»Ja, das habe ich auch gesehen«, sagte Edith, zog die Mappe wieder zu sich, blätterte darin und legte Sofia ein anderes Dokument vor. Als sie anfing zu lesen, hatte sie das Gefühl, dass ihr eine riesige Welle die Füße wegriss. Sie spürte, wie ihr jede Farbe aus dem Gesicht wich. Auch hier handelte es sich um einen Auszug aus dem Internet. »Sofias Kuschelecke«, stand dort. Das Foto war eins von Ellis' alten, aber der Text klang neu, und dieser Blog war erst vor ein paar Tagen online gegangen.

Ruf mich an, wenn du dich einsam fühlst.

Garantierte Befriedigung, mit ein paar Extras.

Ich mache alles mit, und damit meine ich alles.

Darunter stand ihre Handynummer.

Und ihre Adresse.

Es war ein unzweideutiges Angebot für abendlichen Drop-in-Sex.

Aber Edith war noch nicht fertig. Mit schnellen, gewandten Bewegungen von jemandem, der es gewohnt war, jeden Tag in Büchern zu blättern, fächerte sie mehrere Dokumente vor Sofia auf.

»Du bist auf der Seite *Sex4You* zu finden, und es gibt einen Eintrag auf einer Seite, die *Meine kleine Venus* heißt. Einige dieser Einträge sind nur ein paar Wochen alt. Du verstehst bestimmt, dass wir keine Angestellten dulden können, die ihre Dienste im Internet anbieten? Das sieht einfach nicht gut aus.«

Sofia stützte die Ellenbogen auf Ediths massivem Schreibtisch ab, legte den Kopf in die Hände und fing an zu weinen. Die Tränen liefen ungehemmt, das war alles so makaber und himmelschreiend ungerecht. Nicht nur die Tatsache, dass Edith das alles vor ihr gesehen hatte, sondern auch die, dass sie es glaubte. Als würde Sofia eine Art Doppelleben führen, das jetzt endlich aufgedeckt worden war. Einmal Sektenmitglied, immer verrückt.

»Meine liebe Sofia, was ist denn los? Hast du Geldprobleme?«

Sofias Antwort kam stockend, aber sie erzählte von der Schikane, dem gehackten Mail-Account und dem Dildo, den sie ihrer Nachbarin geschickt hatten. Als sie den Kopf wieder hob, sah sie in Ediths Augen, dass sich ihr Misstrauen in Mitgefühl verwandelt hatte.

»O je, das ist ja vollkommen krank! Das wusste ich natürlich alles nicht. Aber wie kann es sein, dass du davon nichts mitbekommen hast? Ich meine, du musst doch Anfragen geschickt bekommen haben und so?«

»Ich habe meinen Mail-Account im vergangenen Monat fast zehnmal gewechselt. Mich hat das ein bisschen paranoid gemacht, als mein Account gehackt wurde.«

»Und du hast bisher keine … Hausbesuche bekommen?«

»Nein, aber dieser eine Blog ist ja auch erst ein paar Tage alt. Und langsam bekomme ich Angst … Das ist doch nicht normal!«

»Jetzt beruhige dich erst mal. Das muss sich doch regeln lassen.«

»Wer hat dir diese Ausdrucke geschickt?«, fragte Sofia mit belegter Stimme.

»Das weiß ich nicht. Ein anonymer Absender. Kein Begleitbrief. Nur der Umschlag und die Mappe.«

Sie hob den Umschlag hoch, der auf dem Schreibtisch lag. »Der wurde in Lund abgestempelt.«

»Liebe Edith, ich werde das wieder in Ordnung bringen. Ich habe einen Freund, der sich mit Computern auskennt und den Blog löschen und herausbekommen kann, wer dahintersteckt. Versprochen.«

»Aber das wird doch nicht dein Exfreund gemacht haben, oder?«

Ein kurzer Zweifel streifte sie. Ellis? Nein, das konnte nicht sein. Aber für einen Moment war sie sich nicht mehr so sicher. Er war in letzter Zeit fast übertrieben hilfsbereit gewesen. Tat er das womöglich, um ihr wieder näherzukommen? Ihr erschien das zwar vollkommen undenkbar, aber sie hatte auch die Erfahrung machen müssen, dass sich Menschen, die man kannte und auf die man sich verlassen hatte, bis zur Unkenntlichkeit verändern konnten.

Ediths Stimme holte sie wieder in den Raum zurück.

»Wir dachten, dass du mit dieser Sekte gebrochen hast – und jetzt das hier. Das sieht nicht gut aus, aber wenn du die Wahrheit sagst und die Sekte dahintersteckt, dann werden wir dich natürlich unterstützen. Diese Art von Schikane ist unverantwortlich. Du musst damit zur Polizei gehen.«

Sie selbst wäre niemals auf die Idee gekommen, zur Polizei zu gehen, denn sie hatte keine guten Erfahrungen damit gemacht. Aber eigentlich war es am naheliegendsten. Sie fragte sich, ob Wilgot Östling, ehemaliges Mitglied von ViaTerra und glühender Bewunderer von Franz Oswald, auf seinen Posten als Polizeichef zurückgekehrt war. In diesem Fall sähe es nicht gut für sie aus.

Edith gab ihr ein Taschentuch. »Wie schon gesagt, ich bin sehr zufrieden mit deiner Arbeit. Nimm dir den restlichen Tag frei, geh zur Polizei und mach eine Anzeige. Hoffentlich können wir das bald hinter uns lassen. Und nimm das hier mit, das verpestet mein Büro.« Sie reichte Sofia die Mappe.

»Soll ich jetzt nicht weiterarbeiten?«

»Ich übernehme deine Aufgaben für heute. Es ist wichtiger, dass du diese Angelegenheit klärst, sonst können wir dich nicht länger … tragen.«

Die letzten Worte klangen fast wie eine Drohung, fand Sofia. Aber sie wollte das nicht weiter kommentieren. Sie stand auf und bedankte sich bei Edith. Sie versprach, sich um alles zu kümmern und am nächsten Tag wieder zur Arbeit zu erscheinen.

Zu Fuß lief sie zur Polizei, die Luft roch nach Frühling. Sie erinnerte sich daran, wie schön es auf Dimö im Frühling war, und spürte eine sonderbare Sehnsucht nach diesem Ort. Sie vermisste nicht die Sekte, sondern die ungezähmte, karge Landschaft. Mit jeder Erinnerung kamen Gefühle. Sie beschäftigte sich damit, sie einzeln aufzurufen. Lenkte sich dadurch von dem Geschehenen ab. Sie wollte keine Tränen mehr vergießen, war es leid, sich in eine schniefende Märtyrerin zu verwandeln.

»Ist Wilgot Östling noch Polizeichef der Kreispolizeibehörde?«, fragte sie die junge Frau am Empfang in der Dienststelle.

»Nein, der ist pensioniert worden. Warum fragen Sie?«

Die Hoffnung wuchs.

»Ich war nur neugierig. Ich möchte Anzeige gegen unbekannt erstatten – wegen Verleumdung und Cybermobbing.«

Die junge Frau, die eine riesengroße Brille mit kugelrunden Gläsern trug, was sie wie ein Insekt aussehen ließ, zuckte ergeben mit den Schultern. Es sah aus wie *Viel Glück,* mit dem Zusatz, dass eine solche Anzeige sowieso zu nichts führte. Sofia fragte, ob sie Unterlagen kopieren könnte, weil sie der Anzeige eine Kopie des Blogauszugs beifügen wollte. Die Frau seufzte angestrengt, nahm das Blatt Papier und verschwand im Nebenzimmer. Kurz darauf kam sie mit einer Kopie zurück. Ihre Lippen umspielte ein amüsiertes, schadenfrohes Lächeln.

Sofia füllte das ziemlich komplizierte Formular aus, gab es zurück und ging so schnell wie möglich nach Hause, um das Problem mit Ellis in Angriff zu nehmen. Oder hätte sie darauf bestehen müssen, mit einem Beamten zu sprechen? Sie beschloss, am nächsten Tag nach der Arbeit noch einmal vorstellig zu werden.

Ellis war beleidigt und verärgert, als sie andeutete, dass er vielleicht doch etwas mit der Sache zu tun haben könnte.

»Spinnst du? Letztes Mal bin ich dafür fast in den Knast gewandert, warum sollte ich so was tun?«

»Ich möchte doch nur ganz sicher sein. Es wäre ja ein Leichtes für dich gewesen, wenn du es gewollt hättest.«

»Jetzt hör aber mal auf! Dass du das überhaupt in Erwägung gezogen hast.«

»Aber wer kann es dann sein? Die Leute auf Dimö sind alles Computeranalphabeten. Alle. Auch Oswald übrigens, ich musste ihm immer bei den einfachsten Sachen helfen. Sie müssen jemanden dafür angeheuert haben. Du bist doch auch in diesen Nerdkreisen und Geheimbünden unterwegs. Kannst du nicht herausfinden, wer das gemacht hat? Jemand, der was mit ViaTerra zu tun hatte, ein Gast oder einer von Oswalds Kontakten?«

»Okay, ich werde mal vorsichtig Erkundigungen einholen.«

»Sehr gut, aber vor allem musst du das alles löschen, weil ich kurz vor einer Kündigung stehe. Außerdem habe ich keine Lust auf abendliche Überraschungsbesuche von irgendwelchen sexgeilen Säcken.«

Nachdem sie aufgelegt hatte, legte sie sich aufs Bett und starrte an die Decke. Die Angst hatte noch nicht die Oberhand bekommen, denn ihr Kopf arbeitete auf Hochtouren auf der Suche nach einer Lösung und hatte alle Gefühle abgeschaltet. Zwei Dinge wusste sie mit Sicherheit. Ellis hatte ihrer Chefin den Umschlag nicht geschickt, und dann: Sie würde keine Hilfe vonseiten der Polizei erwarten können. Das hatte sie der jungen Beamtin angesehen, die die Anzeige aufgenommen hatte. Ihre herablassende »Sie haben ja keine Ahnung, wie viel wir hier zu tun haben und wie unwichtig Ihr Anliegen ist« Attitüde war unzweideutig gewesen.

Sofia zögerte, wählte dann aber doch die Nummer von Markus Strid. Sie erreichte nur seine Mailbox und hinterließ eine Nachricht. Strid rief fast umgehend zurück.

»Hallöchen, Sofia Bauman, wie geht es? Was hast du schon wieder angestellt?«

»Das ist eine sehr gute Frage.«

Strid hatte offenbar die Fähigkeit, Gedanken zu lesen, sogar aus weiter Entfernung. Das war ihr schon bei seinem Interview damals auf der Insel aufgefallen, als er sie gefragt hatte, ob sie sich als Mitarbeiterin der Sekte wirklich wohlfühle. Seine Augen hatten sich tief in ihre Seele gebohrt. Seit diesem Tag benötigten sie nicht viele Worte, um sich zu verstehen.

Sofia erzählte ihm, was geschehen war.

»Ich habe da eine Idee«, unterbrach sie Strid. »Ich könnte eine Reportage über dich schreiben. Eine Fortsetzung. *Mein Leben nach der Sekte* könnten wir die nennen. Oder *Nachspiel.* Wir fangen mit dem Gerichtsverfahren an und gehen dann chronologisch vor. Das wird ein Bericht darüber, wie das Leben einer Aussteigerin aussieht. Was sagst du dazu?«

»Ja, aber ich habe doch keine Beweise dafür, dass die dahinterstecken.«

»Hast du den Verstand verloren? Wer sollte das sonst sein? Pass auf, Bauman, ich dachte immer, du bist ein kluges Mädchen.«

»Ich hatte mir eigentlich geschworen, das alles hinter mir zu lassen, und jetzt mache ich doch weiter damit.«

»Ich möchte dir mal was erzählen. Vor vielen Jahren bin ich abends mal nach Hause gekommen und wollte gerade meine Wohnungstür aufmachen, als mir eine Pistole an den Hinterkopf gedrückt wurde. Der Typ sagte, ich soll die Sache, in der ich gerade herumwühlte, sofort fallen lassen. In dieser Sekunde, mit der Pistole am Kopf, habe ich mir geschworen, dass ich den investigativen Journalismus an den Nagel hänge, sofern ich das überlebe. Das war ein Versprechen, das ich mir und Gott gegeben habe, an den ich nicht einmal geglaubt habe.«

»Und, was ist passiert?«

»Er ist abgehauen. Hat sich einfach umgedreht und ist abgehauen. Es dauerte keine Stunde, und ich hatte mein Versprechen gebrochen. Nahm meine Recherche wieder auf und grub noch tiefer. Und nichts ist passiert. Gar nichts.«

»Aber hattest du gar keine Angst?«

»Doch, wie verrückt. Aber das gehört zu diesem Job dazu. Also, was sagst du?«

»Wir machen es. Kommst du zu mir, oder soll ich nach Stockholm fahren?

»Ich komme zu dir. Wir machen ein paar Fotos von dir in deiner Wohnung und in der Bibliothek. Dafür bekomme ich bestimmt eine Doppelseite. Das wird auch deine Chefin zum Schweigen bringen. Und am Ende schicken wir Oswald die Zeitung als Lesetipp.«

Der Abend verlief friedlich. Es kam kein ungebetener Gast. Auch der neue Blog war wieder verschwunden, als sie ihn googelte. Es wurde ganz still in der Wohnung. Die Stille war nicht besonders angenehm, aber sie fand trotzdem in den Schlaf.

Und in dieser Nacht träumte sie nicht von Oswald.

KAPITEL 18

Simon konnte einfach nicht aufhören, sich Gedanken über den Hund zu machen. Ausnahmsweise fiel es ihm schwer, sich auf seine Arbeit in den Gewächshäusern zu konzentrieren. Es hatte ihn so neugierig gemacht. Wenn es einer dieser Kampfhunde war, konnte er unmöglich weiterspionieren, das wäre viel zu gefährlich.

Und wenn er nicht an den Hund dachte, wanderten seine Gedanken zu Sofia. Er hatte schon seit Tagen nichts mehr von ihr gehört, was nicht weiter ungewöhnlich war. Trotzdem beschlich ihn ein ungutes Gefühl. Er hatte keine Anhaltspunkte, es war nur ein Bauchgefühl. Aber es erinnerte ihn an den Tag, als sein Bruder verschwunden war. Er hatte sich schon während des Gerichtsverfahrens Sorgen um Sofia gemacht. Benjamin und sie hatten die Sache fast leichtfertig gehandhabt. Als würde danach einfach alles vorbei sein. Aber Simon kannte solche Menschen wie Oswald. Die ließen sich nicht ohne Gegenwehr erniedrigen. Da war was im Gange. Die Mannschaft, die wieder im Herrenhaus eingezogen war. Der Hund. Elvira, die so traurig ausgesehen hatte. Aber wie sollte er Sofia warnen, ohne ihr eine Riesenangst einzujagen? Normalerweise lösten sich solche grübelnden Gedanken von allein auf, wenn er mit den Händen in der Erde arbeitete. Aber an diesem Tag funktionierte das nicht.

Nach dem Abendessen ging er in sein Zimmer und holte die Schrotflinte aus dem Schrank. Mit der hatte er auf dem Hof in Småland Hasen und Fasanen geschossen. Es war eine Selbstverständlichkeit gewesen, rauszugehen und sich sein Abendessen selbst zu schießen. Jetzt hatte er nicht einmal mehr Munition. Die Flinte hatte lange unbenutzt im Schrank gestanden, aber nun würde sie wieder Verwendung finden. Denn wenn ihn jemand beim Herumschleichen entdeckte, könnte er immer sagen, dass er auf der Jagd war. Es war zwar keine Jagdsaison, aber so etwas wussten doch die Idioten auf ViaTerra nicht. Da war er sich ganz sicher.

Er zog sich seinen dicksten Overall und Anorak an. Aus dem Gewächshaus holte er sich ein Messer, das er sich in die Tasche steckte. Er hatte mal einen Spielfilm gesehen, in dem ein Typ einem Schäferhund, der ihn angefallen hatte, die Kehle durchschnitt. Das war Notwehr. So gerüstet machte er sich auf den Weg. Zu Fuß dauerte es, wenn man schnell lief, eine gute halbe Stunde. Das Dorf lag im südlichen Teil der Insel, das Anwesen von ViaTerra an der nördlichen Spitze. Er nahm die Küstenstraße. Der Abend war kühl, eine frische Brise wehte. Die Aussicht von dort oben war fast schwindelerregend schön. Das ganze Jahr über. Die Felsen fielen neben der Straße senkrecht ab, bis ins Meer. Der Wind war stärker geworden, aber nicht stark genug, um die Wellen anzutreiben, sodass sie schäumten und Gischt in die Luft spritzten. Die Sonne ging langsam unter, man konnte sie von der Straße aus nicht sehen, nur das rote Licht am Himmel.

Simon lief mit schnellen Schritten. Er schob seine Hände in die großen Taschen seines Anoraks. Die Straße war menschenleer. Kein Auto, keine Seele weit und breit. Er bog am Kiesweg ab, der zum Herrenhaus führte. Kurz vor der Pforte bog er in den Wald ab. Es war mittlerweile fast dunkel, aber seine Beine waren diesen Weg schon so oft gegangen, dass sie ihn von ganz allein fanden. Sein Zeitgefühl war richtig, denn er hörte hinter der Mauer die Stimmen der Belegschaft. Es war bald Zeit für die Versammlung. Das hieß, es war sieben Uhr. Mit ein bisschen Glück würden sie den Hund dabeihaben.

Er traute sich nicht, das Gelände zu betreten, denn er wollte dort nicht erwischt werden. Vor der Mauer konnte er immer sagen, dass er auf der Jagd war, aber auf dem Anwesen selbst würde diese Lüge nicht standhalten. Deswegen lehnte er den Birkenstamm, den er schon einmal verwendet hatte, gegen die Mauer und stieß sein Messer in die Rinde, um es als Handgriff zu benutzen. So kletterte er nach oben und hielt sich an der oberen Mauerkante fest. Wahrscheinlich sah es vollkommen idiotisch aus, wenn sein Kopf plötzlich zwischen dem Stacheldraht auftauchte. Aber niemand sah ihn. Der Hof badete im Licht der Scheinwerfer. Die Mitarbeiter standen aufgereiht mit kerzengeradem Rücken und wirkten angespannt, so wie damals, als Oswald noch da war. Er ließ seinen Blick über die Anwesenden schweifen, sah ein paar bekannte Gesichter. Aber Elvira war nicht dabei.

Madeleine und Bosse standen vor dem Personal, aber noch hatte niemand ein Wort gesagt. Auch nach dem Hund sah er sich vergeblich um. War der in seinem Zwinger? Doch genau in dem Moment entdeckte er ihn. Er lag, ein Stück von der Anhängerschar entfernt, ausgestreckt auf dem Rasen und hatte seinen Kopf auf die Pfoten gelegt. Riesengroß war er. Simon musste ein Lachen unterdrücken. Die Situation war so absurd. Er spionierte einer Sekte hinterher, die sich besonders schlau fand und sich einen Wachhund angeschafft hatte. Aber einen großen, zotteligen Bernhardiner. Simon grinste. Noch nicht mal das konnten diese Idioten richtig machen.

Sein Mut erwachte wieder. Er entschied sich, doch aufs Gelände zu schleichen. Die Pforte öffnete er leise und vorsichtig. Dann nahm er wieder seine Position hinter der dicken Eiche ein.

Die Versammlung hatte gerade begonnen. Madeleine hatte das Wort ergriffen. Ihre Stimme war so klar und kräftig, dass Simon fast jedes Wort verstehen konnte. Madeleine hatte eine neue Aura bekommen. Sie sprach laut und durchdringend, machte auch viele Gesten, aber die waren resolut und sicher. Das kleine, dünne Mädchen von früher gab es nicht mehr. Sie hatte ein Kraftfeld, das auch die anderen erreichte. Die Scheinwerfer erzeugten eine Art Heiligenschein auf ihrem Kopf, und aus ihrem Mund kamen dichte Wolken, als sie ihre Anordnungen vortrug.

Simon hörte sofort, dass Oswald aus ihr sprach. Auf sonderbare Weise war Oswald in ihrem Körper und wies wie früher seine Belegschaft zurecht. Auf diesen Augenblick hatte sie bestimmt lange gewartet. Endlich war sie Oswalds Stellvertreterin. Simon wollte gar nicht wissen, was für ein Dasein die armen Teufel führten, die dort alle in Reih und Glied standen.

Seine Vermutungen wurden bestätigt, als er sie sprechen hörte. »Franz hat gesagt …« und »Franz will, dass dieses und jenes erledigt wird«. Franz vorne und Franz hinten.

Es folgten die neuen Regularien und Strafen für schlechtes Benehmen, die ab sofort in Kraft treten würden. Das klang alles noch schlimmer als das, was sich Oswald damals ausgedacht hatte. Reis und Bohnen, Strafarbeit und Wiedergutmachungsprojekt. Und dazu sollten sich die Mitglieder auch wieder ins eiskalte Meer stürzen, wenn sie bestimmte Regeln gebrochen hatten.

Das war alles vollkommen unbegreiflich, fand Simon. Das waren genau die gleichen Dinge, die der Organisation fast das Genick gebrochen hätten. Für die sich Oswald vor Gericht rechtfertigen musste. Ein Skandal, an dem sich die Medien ein Jahr lang ergötzt hatten. Und trotzdem verhielten sie sich so, als wäre nichts passiert.

Erst da begriff Simon, dass er der Auferstehung der Sekte ViaTerra beiwohnte. Dass die armen Anhänger dort hinten bald durch die Hölle gehen würden, durch die er vor gar nicht allzu langer Zeit selbst gegangen war. Und dass alle, die es bereits erlebt hatten, sich trotzdem in die Reihe gestellt hatten und zustimmend nickten.

Offenbar war mehr dazu nötig als ein Skandal in der Presse und ein Gerichtsverfahren, um eine Sekte unschädlich zu machen. Vor allem war Oswald in vollem Umfang mit von der Partie. Ob er tatsächlich physisch anwesend sein konnte, spielte dafür gar keine Rolle.

Madeleines Predigt war zu einem Surren in seinem Kopf geworden, aber dann sagte sie plötzlich etwas, was seine Aufmerksamkeit weckte. Sie wies Benny zurecht, der sein Desinteresse unverhohlen zeigte.

»Du hast kein Recht, hier so herumzuhängen«, sagte sie. »Franz hat gesagt, dass das Sofia-Bauman-Projekt oberste Priorität hat.«

Benny zuckte zusammen.

»Wir haben alles unter Kontrolle«, erwiderte er.

»Das ist auch besser für dich. Franz will deinen Bericht haben. Du gehst erst schlafen, wenn er auf meinem Schreibtisch liegt.«

Mit diesen Worten beendete sie die Versammlung.

Das Personal ging auseinander, Simon blieb an seinem Posten.

Dann tat er etwas, was er noch nie zuvor gewagt hatte. Er schickte Sofia von dem Anwesen aus eine SMS.

KAPITEL 19

Sofia las Simons SMS erst mehrere Tage später. Normalerweise reagierte sie immer zeitnah auf Nachrichten, aber die letzten Tage waren chaotisch gewesen. Abends hatte sie nur noch Kraft, ins Bett zu fallen und sofort einzuschlafen.

Zum einen ging es um die Vorbereitung von Markus Strids Besuch. Er hatte sie gebeten, bestimmte Dokumente über das Gerichtsverfahren zu besorgen und sich um die Fotografiererlaubnis in der Bibliothek zu kümmern. Zweiteres hatte allerdings einen positiven Effekt, denn Edith Bergman war regelrecht begeistert, als sie hörte, dass eine der größten Tageszeitungen, Dagens Nyheter, einen zweiseitigen Bericht über Sofia veröffentlichen wollte. Sie wirkte sogar fast ein bisschen beschämt und war vermutlich dankbar, dass sie ihrer Mitarbeiterin nicht gekündigt hatte.

Zum anderen war da die Polizei, über die sich Sofia wahnsinnig aufgeregt hatte – sie stattete den Beamten fast täglich einen Besuch ab. Beim ersten Versuch war sie von der Insektenfrau beim Empfang abgewiesen worden, die ihr mitgeteilt hatte, dass gerade keiner der Beamten mit ihr sprechen könne. Am nächsten Tag hatte sie sich geweigert, die Dienststelle zu verlassen, bevor sie mit einem Beamten gesprochen hatte. Zwei Stunden lang musste sie warten, zwei Stunden lang warfen sie und die Insektenfrau sich böse Blicke zu. Der Beamte, der dann endlich kam, war Anfang zwanzig und besonders nervös. Sein Adamsapfel hüpfte beim Sprechen so stark auf und ab, dass Sofia Schwierigkeiten hatte, nicht wie gebannt dorthin zu sehen. Aber das bemerkte er gar nicht, denn er starrte während des Gesprächs unentwegt aus dem Fenster. Nachdem sie ihm alles dargelegt und ihm die Kopie aus dem Blog gezeigt hatte, saßen sie eine Weile schweigend beieinander.

»Gut, und was wollen Sie jetzt? Was sollen wir tun?«

»Das müssen Sie doch entscheiden. Ich bin zu Ihnen gekommen, weil ich Ihre Hilfe brauche.«

Der Beamte kratzte sich am Kopf. Es war unverkennbar, dass er es noch nie mit einem Cybermobbing-Fall zu tun gehabt hatte.

»Na ja, wir haben ja auch einen Computerspezialisten.«

»Na, sehen Sie, der kann doch bestimmt die Herkunft der Seite ermitteln und feststellen, wer sie hochgeladen hat.«

»Ja, das hoffe ich«, sagte er und seufzte.

Sofia kochte innerlich vor Wut. Sie holte ihr Handy aus der Tasche und knallte es auf den Schreibtisch. Aber auch das lockte ihn nicht aus der Reserve.

»Sind Sie schon einmal im Netz gemobbt worden?«, fragte sie ihn.

»Was? Nein, noch nie.«

Sofia nahm ihr Handy, schaltete die Kamera ein und hielt das Gerät hoch. »Dann mach ich jetzt ein Foto von Ihnen, und wenn ich zu Hause bin, kopiere ich Ihr Gesicht auf nackte Körper und gestalte eine Pornoseite mit Ihnen. Vielleicht nehmen Sie das hier dann ein bisschen ernster.«

Sein gleichgültiger Gesichtsausdruck verschwand augenblicklich. Er räusperte sich und schnaufte. Dann versicherte er ihr, dass er die Situation durchaus ernst nehme und sich eingehend damit beschäftigen werde. Er schickte sie nach Hause. Sie ging, noch wütender als zuvor.

Dann gab es noch Benjamin. Er hatte ihr mitgeteilt, dass er doch nicht übers Wochenende kommen könne, weil seine Schwester eine Party feierte und Leute eingeladen hatte, die Sofia und ihn unbedingt kennenlernen wollten. Sie sollten von ihrer Flucht und von der Sekte erzählen, aber Sofia hatte überhaupt keine Lust, die Fragen wildfremder Leute zu beantworten. Diesen Typ von Menschen kannte sie. Die hatten ein mitfühlendes Lächeln auf den Lippen, aber in ihren Augen sah man genau, was sie wirklich dachten. *Du bist leichtgläubig und dämlich.* Sie taten nur so, als hätten sie Mitleid.

Benjamin hatte sich über das Cybermobbing nicht besonders aufgeregt. Er meinte, Ellis solle das in Ordnung bringen, außerdem gebe es so viel Scheiß im Internet, dass das niemand lesen werde. Er selbst war nicht auf Facebook und benutzte das Internet auch nur, um für die Firma Material zu bestellen. Als Sofia aber die Einladung zur Party ablehnte, wurde er ärgerlich. Und als sie ihm von Strid und dem Artikel erzählte, steigerte sich sein Unmut noch.

»Warum machst du dich für diese Idioten selbst zur Zielscheibe? Lass Oswald doch seine widerliche Sekte auf der Insel haben. Wann können wir endlich anfangen, wie normale Menschen zu leben?«

»Er lässt mich nicht in Frieden!«

»Weil du ihn mit deinem Blog provoziert hast. Das ist doch seine Sache, was er mit ViaTerra anstellt. Ignorier ihn einfach, dann wird sich das alles in nichts auflösen.«

Das klang für Sofia, als würde Benjamin Oswald verteidigen, sie flippte vollkommen aus und warf ihm schreckliche Sachen an den Kopf, die nur so aus ihrem Mund strömten.

»Versau dir dein eigenes Leben, aber lass mich damit in Frieden!«, schnauzte er sie an und drückte das Gespräch weg.

Erst am nächsten Tag versöhnten sie sich. Vorläufig. Er

brauchte nicht so viel, um zufrieden zu sein, nur seinen Job und die Wochenenden mit Sofia. Das genügte ihm. Wenn ihn jemand im Netz diffamieren würde, wäre seine Reaktion ein Achselzucken. Er hatte ViaTerra mit einer solchen Leichtigkeit und Nonchalance hinter sich gelassen, die Sofia neidisch machte.

Und da gab es noch den Zwischenfall mit dem Brief, der eines Morgens bei ihr im Briefkasten lag. Ein weißer Umschlag ohne Absender. Sie versuchte, den Inhalt von außen zu ertasten. Ein länglicher, dünner Gegenstand. Sie schlitzte den Umschlag auf, schob ihre Hand hinein und holte einen Bleistift heraus. Hinten am Griff sah man deutliche Beißspuren, vorne an der Mine war ein Gummiband um den Stift gewickelt. In ihrem Kopf drehte sich alles. Sie musste sich setzen. Den Stift hatte sie benutzt, als sie in Oswalds Büro gearbeitet hatte. Sein trauriges Äußeres weckte sofort den Stress in ihr, den sie damals empfunden hatte. Kein Brief lag in dem Umschlag. Warum hatte sich jemand die Mühe gemacht, ihr so etwas Bescheuertes zu schicken?

Sie hatte gerade den Stift auf den Couchtisch gelegt, als ihr Handy den Eingang einer neuen SMS meldete. Eine kurze Nachricht von einer unbekannten Nummer.

Schreib tausendmal Entschuldigung, wegen der Lügen, die du über uns verbreitest.

Sie sprang auf, rannte zum Fenster und sah hinaus, aber dort war niemand. Sie öffnete die Wohnungstür, doch auch das Treppenhaus war leer und friedlich, hell erleuchtet von den Sonnenstrahlen, die durchs Fenster fielen. Die Stille war so beklemmend, dass es sich wie ein Vakuum anfühlte. Sie riss sich zusammen und ging zur Arbeit. Aber die Gedanken an den Stift ließen sie den ganzen Tag nicht los.

All das geschah also in ihrem Leben, während die Anzahl der ungelesenen und unbeantworteten SMS zunahm. Als sie sich nach einem langen Arbeitstag in den Park unterhalb der Bibliothek setzte und ihr Handy aus der Tasche nahm, stellte sie fest, dass sie dreißig ungelesene SMS hatte.

Der Frühling war in diesem Jahr früh gekommen. Es war erst Anfang April, aber das Gras wuchs schon üppig, und die Osterglocken leuchteten in den Beeten. Alles war in ein fahles, dunstiges Licht gehüllt. Hoch oben am Himmel zog ein Flugzeug vorbei. Sie war allein im Park, die Stille schien ihr unnatürlich. Als sie den Blick zum zarten Frühlingshimmel hob, durchfuhr sie ein Gefühl von großer Erleichterung. Bald war es Sommer. Der Jahrestag ihres Ausstiegs aus der Sekte näherte sich. Und sie war noch immer frei.

Sie klickte sich durch die Nachrichten, Simons las sie zuletzt. Die anderen waren weniger bedeutsam, obwohl eine von Strid war, in der er seine Ankunftszeit am nächsten Tag mitteilte. Als sie Simons SMS las, zog sich alles in ihr zusammen. Kurz und knapp wie sonst auch, ohne ausführliche Erläuterungen, aber unzweideutig.

Oswald hat die Leitung von ViaTerra wieder übernommen, in Gestalt von Madeleine. Es gibt Naziregeln und Strafen, schlimmer als früher. Benny hat ein neues Projekt, das dir dein Leben vermiesen soll. Ruf mich an, wenn du Zeit hast. Aber nicht jetzt sofort. Ich bin auf dem Landsitz und schreibe dir von hier. Der Hund ist übrigens ein alter, fetter Bernhardiner, kein Wachhund.

Bisher war ihre Angst noch auszuhalten. Während ihrer Zeit in der Sekte war das anders gewesen. Damals war ihre Angst diffus und schwer zu ertragen. Sie hatte sie gelähmt. Jetzt aber fühlte sich Sofia eher davon aufgefordert, nach Lösungen zu suchen. Denn die Zeit vor ihrem Ausstieg hatte sich hauptsächlich darum gedreht, Auswege und Lösungen zu finden. Und darin war sie immer besser geworden. Sie hatte ihren Schlafmangel ausgeglichen, indem sie sich auf die Toilette gesetzt hatte. Sie hatte sich aus der Küche Essen gestohlen, wenn der Gedanke an Reis und Bohnen zu ekelerregend wurde. Sie war in der Lage gewesen, sich innerhalb von Bruchteilen einer Sekunde eine glaubwürdige Ausrede einfallen zu lassen, wenn sie Oswald beim Schnüffeln erwischt hatte. Die Erfahrung hatte ihr gezeigt, es gab immer einen Ausweg. Und der nächste Schritt bestand dann darin, aus der Angst seine Vorteile zu ziehen. Auch darin war sie immer besser geworden.

Und genau das musste sie auch jetzt tun. Wie würde man mehr über dieses Projekt in Erfahrung bringen können, von dem Simon geschrieben hatte? Um dann dieses Wissen zu nutzen und Oswald und seine Anhänger zu überführen. Oder um ihnen zumindest einen Schritt voraus zu sein.

Sie rief Simon an, der zum Glück sofort ans Telefon ging.

»Woher weißt du das alles?«, fragte sie.

»Dir auch einen schönen Tag. Doch, mir geht es gut, vielen Dank der Nachfrage.«

»Ach, jetzt komm schon, Simon, sei nicht so förmlich. Natürlich geht es dir gut. Aber mir geht es schlecht, weil mich diese Idioten nicht in Ruhe lassen. Also, komm, erzähl.«

Sofia machte sich auf den Nachhauseweg, während Simon ihr alles erzählte. Kaum war er damit fertig, wurde ihr ganz weich in den Knien, sie musste sich auf die nächste Parkbank setzen. Nicht etwa das Projekt löste das in ihr aus, sondern vielmehr, dass die ganze Maschine in Gang gesetzt worden war.

Nach einem langen Schweigen räusperte sich Simon vorsichtig.

»Bist du noch dran?«

»Ja, ja, ich hab nur nachgedacht. Glaubst du, es gibt einen Weg, um an diese Projektaufzeichnungen zu kommen?«

»Klar, ich gehe einfach zu Benny ins Wachhäuschen und frage ihn, ob er mir eine Kopie machen kann.«

»Schon gut. Aber ich habe eine Idee, wie wir da rankommen könnten. Ellis kann ihre Rechner hacken. Mit meinem haben sie das ja auch gemacht. Dann sind wir quitt!«

»Und wie willst du erklären, wo du das Zeug herhast?«

»Ach, du bist halt bei einem Spaziergang dort vorbeigekommen, und eine Kopie ist vom Wind über die Mauern geweht worden, so wie es doch mit dem anderen Dokument auch passiert ist. Wir können es ja ein bisschen zerknittern und schmutzig machen, damit es noch glaubwürdiger erscheint.«

»Du bist echt ein Spaßvogel.«

»Ich rufe gleich Ellis an und melde mich später noch mal. Aber, bevor ich es vergesse, geht es dir gut?«

»Könnte nicht besser sein. Der Frühling ist da, und ich bin in meinem Element.«

Eigentlich hatte sie geahnt, dass es so weit kommen würde. Sie hatten was mit ihr vor, das war zu erwarten gewesen. Wenn sie nur herausbekommen könnte, was.

Sie sah das Chaos vor ihrem Wohnhaus schon von Weitem. Jemand hatte Mülltüten aus dem Container genommen und sie überall verteilt. An der einen Seite des Containers war etwas hingesprayt worden:

HIER WOHNT EINE HURE

Sie konnte nur mit Mühe den Brechreiz unterdrücken. Am

liebsten hätte sie sich an derselben Stelle übergeben wie letztes Mal, als sie den aufgeschlitzten Müllbeutel gefunden hatte. Sie konnte sogar noch die eingetrockneten Essenreste im Beet sehen. Sie ging in die Hocke, presste die Hände auf den Bauch und schluckte ein paarmal. Dann zwang sie sich zum Stehen und machte mit ihrem Handy Fotos von dem Container und den Mülltüten. Sie sammelte alle Tüten wieder ein. Einige waren aufgeplatzt, die Reste aus den Milchtüten, Dosen und Limonadenflaschen waren ausgelaufen, ihre Finger wurden ganz klebrig.

Als sie ins Haus ging, sah sie den Schriftzug auf ihrer Wohnungstür.

SCHLAMPE

Das Wort war in schwarzen krakeligen Buchstaben gesprayt worden und bedeckte die halbe Tür. Und auch auf Almas Tür stand etwas, in noch größeren Buchstaben.

MISTSTÜCK

KAPITEL 20

Die Polizei sagte, sie würden so schnell wie möglich einen Streifenwagen vorbeischicken. Sofia fotografierte die vollgesprayten Türen, setzte sich dann nach draußen vors Haus und wartete. Sie rief Benjamin an. Es tat gut, dass er vor Schreck die Luft anhielt. Vielleicht würde er jetzt begreifen, dass es Dinge gab, die wichtiger waren als die langweilige Party seiner Schwester. Als er allerdings vorschlug, dass er sofort nach Lund kommen und über Nacht bleiben würde, lehnte sie ab. Das würde viel zu spät werden, außerdem war sie noch sauer auf ihn. Wahrscheinlich würden sie nur über die Party streiten, außerdem hatten sie die Ereignisse des Tages ziemlich mitgenommen. Sie hatte eine warme Stirn, und ihr war schlecht, vielleicht brütete sie was aus.

Das Mietshaus, in dem sie wohnte, bestand aus zwei Stockwerken mit insgesamt vier Wohnungen. Alma und sie wohnten im Erdgeschoss. Mit den anderen Mietern aus dem ersten Stock hatte sie noch nie gesprochen, sie waren sich bisher nur im Treppenhaus begegnet und hatten sich gegrüßt. Über ihnen wohnten ein älterer Herr mit Dackel und ein junges Paar. Das Paar schien selten zu Hause zu sein. Der Mann mit dem Dackel kam gerade aus dem Park. Der Hund zog an der Leine, und sein Besitzer stolperte mit gekrümmtem Rücken hinterher. Als er Sofia sah, blieb er abrupt stehen.

»Ist alles in Ordnung?«

»Ja, oder eigentlich nein, jemand hat hier vor dem Haus Chaos angerichtet. Hat die Mülltüten aus dem Container auf dem Boden verteilt und Almas und meine Tür vollgeschmiert. Ich hab die Polizei schon gerufen.«

Besorgt runzelte der Nachbar die Stirn.

»Ich habe das Durcheinander gesehen, als ich losgegangen bin. Ich habe Ischias, deshalb konnte ich mich nicht bücken und die Tüten aufheben. Ich hatte gehofft, dass es jemand anders …« Er lächelte sie beschämt an.

»Macht doch nichts. Ich hab das erledigt«, sagte sie.

»Aber es lag noch nicht dort, als ich vor ein paar Stunden zum Einkaufen gegangen bin«, fügte er hinzu und schüttelte empört den Kopf.

Der Täter musste also am helllichten Tag die Mülltüten aus dem Container gerissen und die Türen verunstaltet haben, trotz des Risikos, dabei erwischt zu werden. Das war fast beängstigend unerschrocken oder ziemlich verzweifelt.

»Sie haben hier aber nicht jemanden herumschleichen sehen?«, fragte sie ihn.

Er dachte einen Augenblick lang nach.

»Doch, wenn ich es mir überlege. Aber der sah nicht verdächtig aus. Ein junger Mann, der vor mir die Treppe hinunterlief. Ich habe ihn auch nur von hinten gesehen. Er trug einen schicken Anzug. Aber es war nicht Jonas, ich weiß, wie der aussieht. Der trägt immer eine Kapuzenjacke und Jeans und so was.«

»Könnten Sie bitte noch warten, bis die Polizei kommt?«

Der Mann nickte, und in diesem Augenblick bog der Streifenwagen um die Ecke.

Eine Polizistin stieg aus und lächelte Sofia entschuldigend an. Schüttelte den Kopf, als sie den Text auf dem Container las. Sie war klein und muskulös und trug ihre schwarzen Haare in einem strammen Pferdeschwanz. Ihre Augen waren hellbraun, und die Augenbrauen bildeten einen perfekten Bogen. Sie hatte ein Piercing in einem Nasenflügel und roch ungewöhnlich. Mit ausgestreckter Hand stellte sie sich als Andrea Claesson vor.

»Ich habe den Müll schon weggeräumt«, sagte Sofia entschuldigend. »Das hätte ich wahrscheinlich nicht tun sollen …«

»Alles in Ordnung«, sagte die Polizistin. Zuerst befragte sie den Mann mit dem Hund, der sich noch daran erinnern konnte, dass der Fremde im Treppenhaus einen Rucksack getragen hatte, was ihm in der Kombination mit dem schicken Anzug sonderbar vorgekommen war. Darüber hinaus war seine Personenbeschreibung allerdings nicht verwertbar. Kurze Haare, mittelgroß, mittelblond, das hätte jeder sein können.

Sie betraten das Haus, Andrea Claesson schnitt eine Grimasse, als sie die Schriftzüge sah. Auch mit Alma unterhielt sie sich eine Weile. Die hatte weder etwas gesehen noch gehört, weil sie den Fernseher angehabt hatte. Aber die Schmiererei auf der Tür schien sie nicht weiter zu erschüttern, im Gegenteil, sie wirkte geradezu aufgekratzt und froh über diese Action, die Sofia in das ruhige Mietshaus gebracht hatte.

»Ich hoffe sehr, dass Sie den erwischen«, sagte sie zu der Polizistin. »Sofia, du musst ihr alles über diese gemeine Sekte erzählen, die stecken da ganz sicher dahinter.«

Sofia nahm die Beamtin mit in ihre Wohnung, und sie setzten sich an den Esstisch. Dann breitete Sofia die ganze Geschichte vor ihr aus, von der Flucht von ViaTerra bis zu den jüngsten Ereignissen. Als würde man einen Eimer Wasser ausgießen, denn nachdem sie fertig war, fühlte sie sich ganz leer. Der Gesichtsausdruck der Polizistin hatte sich im Laufe ihrer Ausführungen verändert. Zuerst war da dieses Blitzen gewesen, das zeigte: Es kam ihr bekannt vor. Wahrscheinlich hatte sie damals auch alles über die Sekte in den Medien gelesen. Aber dann bekam ihre Miene etwas Entschlossenes. Als Sofia ihren Bericht beendet hatte, sprang Andrea Claesson so schnell auf, dass ihr Stuhl nach hinten kippte und mit einem Poltern auf dem Boden landete.

»Das ist ja furchtbar. Ich möchte um Entschuldigung bitten, dass Sie bisher nicht ernst genommen wurden. Ich verspreche Ihnen, dass wir uns in Zukunft besser darum kümmern werden.«

Sie reichte Sofia ihre Visitenkarte.

»Sie können mich jederzeit anrufen, wenn etwas passiert, Tag und Nacht.«

Sofia stand am Fenster und sah dem Streifenwagen hinterher. Kurz darauf meldete sich die Einsamkeit. Plötzlich meinte sie, einen langen Schatten hinter dem Müllcontainer auf dem Parkplatz zu sehen. Sie öffnete das Fenster und lehnte sich hinaus. Es folgte ein lauter Knall, sie zuckte zusammen, dann rollte eine leere Dose über den Asphalt. Der Schatten war verschwunden. Sie schloss das Fenster und versicherte sich, dass sie die Wohnungstür abgeschlossen hatte. Ihr war kalt. Ihr Herz schlug so stark, dass sie es an ihrer Halsschlagader spürte. Sie schaltete den Fernseher ein, ließ die Jalousien herunter. Aber sie kam nicht zur Ruhe. Sie setzte sich an den Tisch, aß eine Scheibe Brot und trank ein Bier dazu, um ihre Angst zu dämpfen.

An diesem Abend fiel es ihr schwer einzuschlafen. Ständig hörte sie Geräusche. Sie vermisste Benjamin und bereute, dass sie sein Angebot zu kommen nicht angenommen hatte.

Am Tag darauf hatte sich Markus Strid angekündigt. Er wollte mit dem Zwölfuhrzug ankommen, und Sofia hatte sich extra dafür frei genommen. Den Vormittag verbrachte sie damit, Farbe zu kaufen und das Geschmiere zu überstreichen. Glücklicherweise waren sowohl die Türen als auch der Müllcontainer grau, und sie benötigte nur ein paar Lagen Farbe, um die Beleidigungen zu überdecken. Sie schaffte es noch, sich zu waschen und umzuziehen, dann war es auch schon Zeit, Strid abzuholen. In Lichtgeschwindigkeit radelte sie zum Bahnhof.

Sie entdeckte ihn sofort, als sie auf den Bahnsteig trat. Wie ein riesiger Bär kam er auf sie zugeschlurft, bepackt mit Taschen und Kameraausrüstung. Als er sie sah, lachte er übers ganze Gesicht.

»Jetzt werden wir diesem Angeber mal Dampf machen!«

Das Material für seinen Artikel sammelten sie im Laufe des Nachmittags. Er fotografierte sie in der Bibliothek und bei ihr zu Hause und machte sich Notizen, während sie ihm alles erzählte, was in der letzten Zeit passiert war. Gemeinsam gingen sie das Material von Oswalds Gerichtsverfahren und die Kopien der Hassmails und der Fotos durch, die sie von den Türen und dem Container gemacht hatte. Die Unterlagen legte er in einem Ordner an, die Fotos schickte sie ihm auf seinen Laptop.

Als sie damit fertig waren, gingen sie in die Stadtmitte, um was zu essen.

»Lass uns einen Laden aussuchen, in dem wir ungestört reden können«, sagte Strid.

Sie entschieden sich für einen Thai am Stortorget, der ziemlich leer war, aber gutes Essen hatte.

»Vielleicht solltest du dir überlegen, eine Zeitlang zu verreisen«, sagte er, als sie aufgegessen hatten. »Um Abstand von allem zu bekommen.«

»Wie bitte? Du willst, dass ich klein beigebe?«

»Das nicht, nein. Nur als Verschnaufpause. Das heißt doch nicht, dass du dich nicht um den Blog kümmern und Oswald das Leben vermiesen kannst.«

Sie dachte tatsächlich für einen Moment darüber nach. Aber der Gedanke war zu erdrückend, dass sie alles zurücklassen sollte, was sie sich in Lund aufgebaut hatte. Ihren Job, die Nähe zu ihren Eltern und die Wohnung.

»Ja, vielleicht, ich muss drüber nachdenken.«

»Du weißt schon, dass diese Aktionen von denen nichts Neues sind? Dass die alle so schikanieren, von denen sie kritisiert werden?«

»Was meinst du damit?«

»Nachdem ich damals den Artikel über ViaTerra veröffentlicht habe, haben sie alles Mögliche unternommen, um mein Leben zu ruinieren. Sie haben einen Privatdetektiv angeheuert, der mich beschattet, meinen Müll durchwühlt und meinen Mail-Account gehackt hat, worauf die Zeitungen, für die ich schreibe, widerliche Briefe von mir geschickt bekamen. Sag nicht, dass du davon nichts wusstest? Du hast doch fast zwei Jahre für Oswald gearbeitet.«

Sie musste unweigerlich an Oswalds Büro denken. Die Meetings mit Bosse, dem Chef der Ethikabteilung. Das große Archiv mit den Ordnern, in denen die persönlichen Informationen aller Personen aufbewahrt wurden, die jemals auf ViaTerra gewesen sind. Natürlich hatte sie davon gewusst, dass Strid beschattet wird. Aber das hatte sich damals anders angefühlt. Es war selbstverständlich gewesen, dass ViaTerra alle Feinde schonungslos bekämpfte. Denn wer sich gegen ViaTerra stellte, stellte sich auch gegen die Menschlichkeit.

»Ja, aber damals fühlte sich das richtig an. Allerdings habe ich nie etwas von den Einzelheiten erfahren«, verteidigte sie sich.

»Du darfst nicht vergessen, dass Oswald über geradezu unbegrenzte finanzielle Ressourcen verfügt. Ich habe ein bisschen in seinen Geschäften herumgeschnüffelt. Er kann auf ein Erbe in Höhe von mehreren Millionen zurückgreifen, die von der französischen Seite seiner Familie kommen. Außerdem hat ViaTerra Gewinn abgeworfen. Die Anhänger haben ihm für sein sogenanntes Programm ein kleines Vermögen bezahlt. Ich vermute, er gehört zu den reichsten Männern Schwedens. Deshalb kann er sich jede Gefälligkeit kaufen. Und du bist eine kleine Mücke für ihn, die er jederzeit zerquetschen kann.« Er machte eine Pause, strich sich durch das wirre Haar und musterte sie eindringlich. »Aber gerade das macht es ja auch so spannend. Das ist die Herausforderung, verstehst du? Diese kleine Mücke zu sein, die immer wieder auftaucht und so nervtötend summt. Und die ihn sticht, wenn er es am wenigsten erwartet. Die er einfach nicht bezwingen kann.«

Die gemütliche Stimmung, die seit seiner Ankunft geherrscht hatte, war jetzt ein wenig abgekühlt. Er hatte seinen Finger auf etwas gehalten, das Sofia selbst nicht so richtig verstand. Er hatte einen Punkt in ihr berührt, der sie beschäftigte, was sie sich allerdings nicht eingestehen wollte.

»Ja, aber fast alle sagen, dass ich es endlich hinter mir lassen soll.«

»Natürlich sagen die das. Nach vorne sehen, weitermachen. Das hab ich schon tausendmal gehört. Aber es passiert so viel Scheiß auf dieser Welt. Einige Menschen können es eben nicht ertragen, dass die großen Arschlöcher die Schwachen zerdrücken. So ist das. Und ich glaube, du bist ein solcher Mensch. Das musst du akzeptieren.«

Schweigend saßen sie vor ihren leeren Tellern. Sofia erinnerte sich genau an ihre erste Begegnung mit Strid. Oswald hatte ihn auf ViaTerra empfangen und war davon ausgegangen, dass er einen positiven Artikel über sie schreiben würde. Die Gemeinschaft war wie gelähmt gewesen, als er schließlich veröffentlicht wurde. Oswald hatte darauf mit Paranoia reagiert und sich an seinen Mitarbeitern abreagiert.

»Obwohl ich von Anfang an fand, dass du unter falscher Flagge zu uns gesegelt bist und nur so getan hast, als wärst du interessiert«, sagte sie.

»Aber ich war es wirklich, Sofia. Ich bin vollkommen vorurteilsfrei zu euch gekommen, aber was ich gesehen und erlebt habe, hat mir sofort Magenschmerzen bereitet. Weißt du, was ich am schlimmsten fand?«

»Nein?«

»Das mit den Mädchen. Die Typen, die bei euch gearbeitet haben, waren Idioten. Roboter. Die fanden Oswald cool und haben die ganze Zeit versucht, ihn nachzuahmen. Aber die Mädchen hatten überhaupt keine Chance. Die wurden von ihm angezogen wie Fliegen von einer Pheromonfalle. Ich war sprachlos, wie er sie behandelt hat.«

Sofia spürte, wie sich die Röte in ihrem Gesicht ausbreitete. Auch Strid sah es.

»Ach komm, am Ende hast du ihn doch durchschaut. Ganz anders als alle, die dageblieben sind und ihn nach wie vor wie einen Gott verehren.«

»Und, was soll ich deiner Meinung nach jetzt machen?«

»Den Blog weiterlaufen lassen. Schreiben. Alles aufdecken, was die mit dir veranstalten. Lade die Fotos hoch. Du solltest sogar überlegen, ein Buch drüber zu schreiben. Schreiben macht dir doch Spaß.«

»Ich habe tatsächlich schon darüber nachgedacht. Ich

wollte einen Thriller über dieses Anwesen auf der Insel schreiben. Die Familie, die früher dort gelebt hat, ist so vom Unheil verfolgt worden. Und Oswald war der letzte Sohn des Grafen. Ich weiß nur, dass in seiner Kindheit irgendetwas Schreckliches passiert sein muss. Es existiert eine Familienchronik, in der man alle Antworten finden würde, aber die hat Oswald.«

»Da siehst du es! Daran kannst du dich doch festbeißen. Fang an mit der Recherche, es ist unglaublich, was man alles im Internet finden kann. Und fahr einfach weg, wenn es zu stressig wird. Das geht vorbei, ganz bestimmt, eines Tages ist das alles Vergangenheit. Mein Artikel wird hundertprozentig Konsequenzen haben. Darauf musst du vorbereitet sein. Ruf mich an, wenn du jemanden zum Reden brauchst.«

Als Strids Zug am nächsten Vormittag den Bahnhof verließ, fühlte sie sich anders als davor. Als würde sie von nun an Teil eines Teams sein, das niemals aufgab.

Sie ging direkt vom Bahnhof zur Arbeit. Es war Freitag und ziemlich ruhig in der Bibliothek, und sie hatte viel Zeit, über Strids Worte nachzudenken. Langsam bekam sie eine Ahnung von dem inneren Kampf, den sie seit ihrem Ausstieg austrug. Jeder Mensch ging mit einem traumatischen Erlebnis anders um, und sie gehörte nicht zu den Auserwählten, die es mit einem müden Achselzucken hinter sich lassen konnten.

Auf dem Nachhauseweg überlegte sie, wie sie das Wochenende verbringen wollte. Benjamin würde nicht kommen, und sie hatte sich ein paar gute Bücher in der Bibliothek ausgeliehen. Sie würde sich zwei gemütliche Tage machen und sich nach einem heißen Bad mit einem Kaffee aufs Sofa kuscheln und lesen. Außerdem wollte sie mit all denen telefonieren, die in den letzten Tagen zu kurz gekommen waren. Mit ihren Eltern, Wilma, Simon und auch mit Benjamin, wenn er sich wieder beruhigt hatte.

Das Auto stand auf dem Parkplatz vor dem Haus. Benjamin lehnte an der Fahrertür und strahlte übers ganze Gesicht, als er sie sah.

»Ich glaub es nicht, du bist wirklich gekommen? Was ist mit der Party deiner Schwester?«

»Die ist nicht so wichtig, du bist viel wichtiger.«

Sie wollte sich ihm gerade an den Hals werfen, da hob er die Hand.

»Warte, ich hab dir ein Geschenk mitgebracht.«

»Was, wirklich?«

»Bleib da stehen. Ganz still.«

Langsam öffnete er die Autotür.

Da kam ein Hund aus dem Wagen geschossen und hüpfte wie ein Flummi über das Rasenstück, bis er sich mit Übermut auf Sofia stürzte. Er hatte braune und weiße Flecken, war klein und hatte kurze Beine. Das eine Ohr stand hoch, das andere hing herunter. Er war irgendwie unansehnlich, aber auf eine niedliche Art.

»Das ist doch ein Scherz, Benjamin, oder? Was soll ich mit einem Hund?«

Benjamin wirkte gekränkt.

»Na, der soll auf dich und deine Wohnung aufpassen.«

»*Der* hier? Das soll wohl ein Witz sein?«

Sie sah den Hund an, der mit fast hysterisch wedelndem Schwanz vor ihr saß und sie anhimmelte.

»Nein, gar nicht. Er ist ein Mix aus Terrier und einem Bauernhund. Der kann bewachen, das hat er in den Genen.«

»Du meinst wohl eher, dass er jedes Mal unerträglich laut bellt, wenn jemand im Treppenhaus ist oder draußen vorbeigeht?«

»Nein, seine Besitzerin hat gesagt, dass er in der Lage ist, Geräusche wiederzuerkennen. Am Ende warnt er dich nur noch vor ungewöhnlichen Geräuschen.«

»Und wie lang dauert das ungefähr?«

»Sofia, sieh ihn dir doch an. Er liebt dich jetzt schon. Ich möchte nicht, dass du hier allein bist.«

Der Hund hatte sie nicht eine Sekunde aus den Augen gelassen und winselte. Sie ging in die Hocke und kraulte ihn. Sein Fell war weich und glatt. Seine Nase, mit der er an ihrer Wange schnüffelte, war feucht und kühl.

»Aber es geht nicht, Benjamin. Ich kann mich nicht um einen Hund kümmern, ich arbeite Vollzeit.«

»Ich habe schon mit deiner Nachbarin Alma gesprochen. Sie würde zweimal am Tag mit ihm Gassi gehen und macht das gerne.«

»Du sollst nicht hinter meinem Rücken mit meinen Nachbarn sprechen.«

»Aber sie fand es toll. Hat mich zu Kaffee und Kuchen eingeladen. Dann musste ich ihr von meiner Flucht von ViaTerra erzählen. Zweimal.«

»Benjamin, das ist doch total verrückt.«

»Ach was.«

»Wie heißt er denn?«

»Dilbert.«

Der Hund richtete sich auf und spitzte das herunterhängende Ohr. Dann bekam er erneut einen Anfall und überschüttete sie mit seiner Liebe und Begeisterung.

KAPITEL 21

Am Hauptbahnhof war es kalt und windig. Anna-Maria entschied sich dafür, doch ins Café zu gehen und sich in gebührendem Abstand zu der kleinen Gruppe hinzusetzen.

Zuerst hatte sie nur kurz in den Laden sehen wollen, um zu wissen, mit wem sich Oswald traf. Aber dann hatte die Neugier gewonnen. Wenn er sie entdeckte, könnte sie immer sagen, dass sie noch eine Kleinigkeit essen wollte, bevor sie in den Zug nach Stockholm stieg. Schließlich hatte sie einen Mandanten in der Hauptstadt. *Als ob Oswald diese Lüge schlucken würde.* Der eine, irritierende Gedanke meldete sich immer wieder. Dass ihr Plan nicht besonders gut war. Mit Sonnenbrille an einem bewölkten Tag und hochgeschlagenem Mantelkragen. Wie eine schlechte Hobbyagentin. Aber sie hatte sich einfach nicht beherrschen können. Stundenlang war sie in ihrer Wohnung auf und ab gelaufen, hatte an den Nägeln gekaut, sich gehasst. Dafür, dass sie so geworden war. Eine blöde Gans, die ihre Gefühle nicht unter Kontrolle hatte. Aber der Moment, auf den sie schon so lange hinfieberte, war jetzt zum Greifen nah. Das hatte sie in seinen Augen gesehen. Die alles entscheidende Frage hatte ihm auf der Zunge gelegen. Nichts durfte ihre gemeinsame Zukunft gefährden.

Seit sie ihm die Aufnahmen hatte zukommen lassen, war es zwischen ihnen auch besser geworden. Sie hatte ihm kurze Ausschnitte aus Sofia Baumans unfassbar langweiligem

Leben auf DVD gebrannt. Die meiste Zeit saß diese Frau bloß auf dem Sofa und las. Ein paar Mal hatte die Kamera eingefangen, wie Sofia und Benjamin auf dem Sofa miteinander geschlafen hatten. Wie zwei Wilde waren sie übereinander hergefallen. Und einmal war sie nackt durchs Wohnzimmer getanzt. Spindeldürr mit zwei kleinen hüpfenden Titten. Wenn Franz dieser Anblick nicht abstieß, dann wusste Anna-Maria nicht, was da noch kommen sollte.

Als sie ihm von der Kamera und den Aufnahmen erzählt hatte, war seine Reaktion am Anfang überhaupt nicht positiv gewesen.

»Was hast du getan? Den Verstand verloren?«

Aber kurz darauf zogen sich seine Mundwinkel nach oben, und er bekam diesen verschmitzten Glanz in den Augen. Er riss ihr die DVDs aus den Händen. An diesem Tag umarmte er sie zum Abschied und knabberte an ihrem Ohrläppchen.

»Du bist ein unartiges Mädchen. Ich mag unartige Mädchen.«

Und als sie sich umdrehte, um das Besuchszimmer zu verlassen, schlug er ihr laut auf den Hintern. Was in ihr einen Schauer der Erregung auslöste.

Für sie war es eine Selbstverständlichkeit gewesen, dass sie ihn auf seinem ersten Freigang begleitete. Als sie begriff, dass er andere Pläne hatte und allein und nur in Begleitung der Wache gehen wollte, war sie außer sich geraten. Aber es gelang ihm, diese Entscheidung ganz logisch erscheinen zu lassen.

»Ich muss ein paar Leute treffen. Wir beide sehen uns doch praktisch jeden Tag. Wann vertraust du endlich darauf, dass wir zusammengehören? Und du wirst doch nicht eifersüchtig sein, später, wenn ich dann wieder draußen bin, oder? Denn das kann ich nicht ausstehen.«

»Natürlich nicht«, versicherte sie, während vor ihrem inneren Auge eine nicht enden wollende Reihe von Frauen vorbeizog. Schöne Frauen, die Oswald auf seinem Freigang begleiteten.

»Na, siehst du. Lies dir die zweite These noch einmal durch, die da sagt, dass du bist, was du tust. Und entspann dich. Das ist widerlich, wenn du so auf deinen Lippen herumkaust. Mach dich mal locker.«

Also hatte sie nachgegeben. Wie immer. Versucht, positiv zu denken. Er hatte gesagt, dass sie zusammengehören. Sie beide gegen den Rest der Welt. Das hatte er ihr immer wieder gesagt.

Vorsichtig sah sie über ihre Schulter und musterte die Gruppe. Es war ziemlich dunkel hinter der Sonnenbrille, aber sie erkannte alle Teilnehmer wieder. Bosse, das Skelett von Via-Terra, der immer nach Schweiß roch. Madeleine, die ausgebrannte junge Frau mit den weißen Augenbrauen. Und dann der Loser, der jetzt nicht mehr wie früher Flipflops und Jeans trug, sondern Hemd und Krawatte. Die Wache aus dem Gefängnis stand in angemessenem Abstand und hatte sich an die Wand gelehnt. Franz' Stimme dröhnte durch das Café. Er riss die Gruppe durch seine Autorität und Leidenschaft mit. Offenbar erzählte er etwas Lustiges, denn alle schütteten sich aus vor Lachen. Andere Gäste hatten sich bereits umgedreht und konnten gar nicht anders als zuhören. Einige davon erkannten ihn wahrscheinlich wieder, sie beobachtete zwei junge Frauen, die ihn anstarrten und miteinander tuschelten.

Ihr wurde bewusst, wie angespannt sie die ganze Zeit gewesen war und dass sie jetzt langsam lockerer wurde. Das hier war beruflich und kein heimliches Date mit einer Frau. Jetzt musste sie nur noch unentdeckt das Café verlassen.

Sie hatte sich gerade aus der Tür geschlichen, als Oswalds Stimme hinter ihr sie erstarren ließ. Als sie sich umdrehte, sah sie ihn mit den anderen im Schlepptau rauskommen. In letzter Sekunde konnte sie noch den Kopf abwenden. Er machte wieder einen Scherz, und sein Gefolge brach in gellendes Gelächter aus. Das Treffen war offenbar erfolgreich gewesen. Sie konnte der Versuchung nicht widerstehen, dem Trupp zu folgen. Ihre Augen hefteten sich an Oswalds breite Schultern. Sie gab ihnen Vorsprung und blieb hinter der Glastür stehen, als sie das Bahnhofsgebäude verließen. Oswald stieg mit dem Wachmann in einen Wagen ein. Er wollte shoppen gehen, hatte er angekündigt. Bosse und Madeleine standen eine Weile wie betäubt am Straßenrand, bevor sie in der Menschenmenge verschwanden. Der Loser hob die Hand und winkte Oswalds Wagen hinterher, dann stieg er in einen anderen, ebenfalls frisch polierten Wagen ein. Anna-Maria wartete, bis niemand mehr zu sehen war.

Aus einem ihr unerfindlichen Grund musste sie an Oswalds Analogie mit dem Spinnennetz denken. Erst jetzt verstand sie den ganzen Umfang. Diese pathetischen Kreaturen saßen in seinem Netz. Genauso wie Sofia. Und er zog an den Fäden, und sie folgten auch dem kleinsten Wink. Aber sie beide saßen oben und steuerten alles. Darum musste sie bei dem Freigang auch nicht dabei sein. Warum erschien sie dann in dieser lächerlichen Verkleidung?

Kaum war sie wieder in ihrer Wohnung, befiel sie eine große Rastlosigkeit. Am liebsten hätte sie ihn sofort wiedergesehen, aber das würde noch ein paar Tage dauern. Und da war noch was anderes, ein Gedanke, der sie nicht in Ruhe ließ. Sie beschloss, eine Runde auf ihrem Motorrad zu drehen, danach hatte sie immer einen klaren Kopf.

Die Harley hatte sie sich damals in London gekauft. Sie hatte ein Vermögen gekostet, aber das war sie auch wert. Nach ihrem Staatsexamen hatte sie sich ein Sabbatical gegönnt und war für ein Jahr nach London gezogen. Weil sie zu den Mädelsabenden in voller Montur mit ihrem Motorrad gekommen war, war sie *the bitch lawyer from hell* genannt worden. Ihr gefiel der Spitzname. Sie kannte nur eine einzige Person, die eine schönere Harley hatte als sie, und das war Franz. Er hatte sie gebeten, auf die Insel zu fahren und nach dem Rechten zu sehen. Als sie in die Garage gekommen war, hatte sie fast einen Herzstillstand bekommen. Die Maschine war eine Spezialanfertigung, maßgeschneidert, aber er hatte ihr den letzten, persönlichen Schliff verpasst. Auf beiden Seiten des Benzintanks prangte das Logo von ViaTerra. Anna-Maria wusste, dass die Harley nur für besondere Anlässe benutzt wurde. Für längere Touren hatte er eine Honda Shadow 1100, die auch nicht so schlecht aussah. Aber die Harley, die war ein echtes Meisterwerk.

Er war begeistert gewesen, als sie ihm erzählt hatte, dass sie auch eine Harley fuhr.

»Da siehst du«, hatte er gesagt. »Ich hab doch gewusst, dass wir füreinander bestimmt sind.«

Sie zog sich um. Fühlte sich in Lederjacke und mit schweren Stiefeln sexy. Es war ein sonniger, kühler Frühlingstag. Es hatte lange nicht mehr geregnet, der Boden war trocken, und die Kieselsteine knirschten unter ihren Sohlen. Es dauerte eine Weile, bis sie die Stadt hinter sich gelassen hatte, aber sie kannte eine Strecke, auf der sie fast 130 Sachen fahren konnte. Eine Haarsträhne hatte sich aus dem Helm gelöst und schlug ihr gegen das Gesicht. Das genoss sie. Die Klarheit im Kopf stellte sich fast sofort wieder ein. Sie wusste auch gleich, was sie übersehen hatte. Denn sie kannte den Wagen, mit dem der Loser weggefahren war. Es war Oswalds Merca gewesen. Den hatte er seit seinem zwanzigsten Lebensjahr und ihn so gut gepflegt, dass er aussah wie neu. Aus welchem Grund sollte er jemand anderen damit fahren lassen? Oder musste er zur Inspektion gebracht werden?

Die Klarheit wurde schnell von einem dumpfen Brummen ersetzt. Sie drosselte ihre Geschwindigkeit. Auf einmal machte die Spritztour mit dem Motorrad nicht mehr so viel Spaß. Langsam kam ihr die Erkenntnis, dass ihr ein Stück von dem Puzzle »Franz Oswald« fehlte. Aber dieses Stück würde sie auch so schnell nicht finden.

KAPITEL 22

Simon kaufte sich eine Ausgabe der Dagens Nyheter, weil heute der Artikel über Sofia veröffentlicht werden sollte. Zu Hause machte er es sich in seinem Sessel gemütlich und las ihn zweimal hintereinander durch. NACHSPIEL – *Mein Leben nach der Sekte* lautete die Überschrift.

Es gab mehrere Fotos. Auf dem ersten stand Sofia auf ihrem Balkon. Im Profil, vor einem diesigen Himmel. Auf dem zweiten Foto stand sie auf einer Leiter in der Bibliothek und war gerade dabei, ein Buch zurück ins Regal zu stellen. Sie sah in die Kamera, der Mund war leicht geöffnet, ihr Blick überrascht.

Auf einem dritten Foto sah man eine Tür, auf die ein Schimpfwort gesprayt worden war. Sofia hatte ihm davon erzählt. Simon fand den Artikel gut geschrieben, vor allem gefiel ihm der Schluss, weil Strid noch einmal kräftig gegen Oswald ausholte. Er behauptete, dass Oswald trotz Gefängnisstrafe in der Lage war, vor den Augen des Rechtswesens eine kriminelle Organisation zu führen. Ganz am Ende stand der Link zu Sofias neuem Blog.

Als er die Lektüre beendet hatte, legte er die Zeitung auf den Couchtisch und schloss die Augen. Es war ganz still im Zimmer, man hörte nur den Kampf einer Fliege mit der Fensterscheibe. In ihm steigerte sich das Gefühl, an etwas Großem beteiligt zu sein, und er war sich nicht sicher, ob er dagegen war. Er musste aus irgendeinem Grund an den

Tierpfleger Jacob denken. Der und Sofia waren auf ViaTerra seine einzigen Freunde gewesen. Er konnte nicht verstehen, dass Jacob zur Sekte zurückgegangen war, aber wahrscheinlich hatte er es den Tieren zuliebe getan. Aus demselben Schuldgefühl, das auch Simon gepackt hatte, als er seine Pflanzen zurückließ. Der arme Jacob musste sich jetzt jeden Tag das Genörgel von Madeleine anhören. Der Gedanke machte Simon ganz nervös. Er wollte ihm unbedingt eine Nachricht zukommen lassen. Ihm mitteilen, dass es für jeden, der keine harte Arbeit scheute, ein Leben außerhalb der Mauer gab.

Simon begann fieberhaft in den Küchenschränken zu wühlen, bis er gefunden hatte, wonach er suchte. Ein Karton von seinem Online-Buchversand. Simon las viel, manchmal zwei Bücher pro Woche. Da es auf der Insel keine öffentliche Bibliothek gab und er nicht jedes Mal aufs Festland fahren wollte, bestellte er sich seinen Buchvorrat im Netz. Sofia hatte ihm beigebracht, wie das ging. Wofür sollte er auch sonst das Geld ausgeben, das er verdiente? Kost und Logis waren frei, und er trug nur Arbeitskleidung. Er freute sich immer, wenn ein neues Buch mit der Post kam. Er liebte das Gefühl, den Karton zu öffnen und das Buch dort liegen zu sehen, wie ein Freund, der zu Besuch kam, um ihm für eine Weile Gesellschaft zu leisten.

Er legte den Karton auf seinen Schreibtisch und holte aus dem Bücherregal das Exemplar, das ihm darin geschickt worden war. Ein Buch über Permakultur, das er schon mehrmals durchgearbeitet hatte. Dann nahm er die Zeitung und schnitt den Artikel über Sofia aus, danach holte er die Ausgabe mit dem Artikel über ihn und schnitt auch den aus. Er faltete die beiden Texte zusammen und legte sie in das Buch. Es war ein großes Format mit vielen Farbfotos, sodass die

Zeitungsausschnitte nicht zu sehen waren. Aber das Buch gewann an Umfang. Er wickelte es in die Luftpolsterfolie, in der es schon einmal gelegen hatte, und klebte sie zu. Das sah zwar ein bisschen schlampig aus, aber das ließ sich jetzt nicht ändern. Dann legte er das Buch in den Karton und kratzte den Adressaufkleber mit seinem Namen mit großer Sorgfalt ab. Um einen neuen Aufkleber mit der richtigen Anschrift zu bekommen, öffnete er ein weiteres Dokument, tippte, »Jacob Runesson« sowie die Adresse von ViaTerra, druckte beides aus und klebte es auf. Die Adresse des Absenders stand noch auf dem Karton, und der Karton sah jetzt so aus, als hätte sich jemand online ein Buch bestellt. Wahrscheinlich fanden es die Wachleute seltsam, dass sich der Tierpfleger ein Buch über Permakultur bestellte. Simon musste lachen. Die waren viel zu doof, um den Zusammenhang zu erkennen. Aber Jacob würde wissen, von wem das Paket kam, wenn er die Artikel entdeckte.

Die junge Kassiererin im Supermarkt teilte ihm mit, sie würden samstags keine Post mehr annehmen. Simon sah sich in dem leeren Laden um und bat sie, doch eine Ausnahme zu machen. Da lächelte sie und sagte, für ihn, Simon, würde sie das ausnahmsweise tun. Dabei errötete sie. Das fand Simon sehr niedlich.

»Soll da kein neuer Absender aufs Paket?«, fragte sie.

»Nein, das ist prima so. Das ist ein Buch, das ich einem Freund schicke.«

Fröhlich verließ er den Supermarkt. Es war aufregend, einer Sekte hinterherzuspionieren. Und erst recht, auf diese Weise Kontakt aufzunehmen, der absolut untersagt war.

Er gratulierte Sofia zu dem Artikel, als sie abends miteinander telefonierten.

»Ich hatte am Anfang gleich so viele Likes und Kommentare auf meinem Blog, ich trau mich gar nicht mehr nachzusehen«, sagte sie.

Im Hintergrund bellte ein Hund.

»Ah, bist du unterwegs?«

»Nein, zu Hause.«

»Hast du dir einen Hund angeschafft?«

»Nein, Benjamin hat mir einen gekauft. Der soll mich bewachen. Der Köter ist zwar irre hässlich, aber irgendwie hat er auch was. Und er ist wild entschlossen, mich zu beschützen.«

»Sieh mal einer an! Ich finde das gut, dass du jetzt einen Hund hast.«

Dann erzählte ihr Simon von dem Paket. Sie lachte.

»Du kannst ja bald als Privatdetektiv anfangen.«

Simon sollte sich später an dieses Gespräch erinnern, denn es war für sehr lange Zeit das letzte Mal, dass Sofia so ausgelassen und fröhlich war.

Simons Tage wurden mit voranschreitendem Frühling immer länger, und er arbeitete sieben Tage in der Woche. Er musste sich nicht nur um die drei Gewächshäuser kümmern, sondern auch um seine Setzlinge im Garten. Außerdem sollte alles für den Wettbewerb perfekt sein, für den er sich tatsächlich angemeldet hatte.

An einem Abend Ende April kam Simon gegen neun Uhr von der Arbeit nach Hause. Es dämmerte schon, und er freute sich auf sein Bett. Nach einer ausgiebigen heißen Dusche setzte er sich im Morgenmantel aufs Sofa, um noch einmal die Zeitung durchzublättern, bevor er schlafen ging.

Da klopfte es an der Tür. Zuerst dachte er, es wäre Inga Hermansson, aber das Klopfen war viel zu herrisch und ungeduldig. Er zögerte einen Augenblick. Niemand aus der Pension würde ihm so spät am Abend einen Besuch abstatten, und eigentlich hatte er auch keine Lust, die Zeitung wegzulegen und zu öffnen. Aber dann tat er es doch, mit einem tiefen Seufzer.

Es war Benny von ViaTerra, der draußen vor seiner Zimmertür stand.

KAPITEL 23

Sofia fühlte sich verfolgt und beobachtet, vor allem, wenn sie draußen unterwegs war. Es fing mit einem fast schmerzhaften Kribbeln im Nacken an, das sich den ganzen Rücken hinunterzog. Das Gefühl war so intensiv, dass sie stehen bleiben und sich umsehen musste. Aber alles war wie sonst auch. Menschen, die durch die Straßen liefen und ihre Blicke gesenkt hatten. Zuerst dachte sie, dass sie an Paranoia litt, aber dann – eines Tages – sah sie den Wagen.

Sie kam spät nach Hause, es dämmerte schon, und sie wollte schnell ins Haus, weil sie Dilbert so lange allein gelassen hatte. Aber auf dem Parkplatz blieb sie stehen, wieder hatte sie dieses unruhige, ungute Gefühl. Ein eiskalter Schauer, der ihr über den Rücken lief.

Das Auto stand vor dem Haus. Ein schwarzer Volvo, ganz gewöhnlich, trotzdem erregte er ihre Aufmerksamkeit. Die Innenraumbeleuchtung brannte, und sie konnte die Umrisse eines Mannes sehen.

Ihre Hand zitterte, als sie den Schlüssel ins Schloss steckte. Dilbert begrüßte sie mit seiner üblichen explodierenden Begeisterung. Sie ließ ihn gewähren. Dieser Hund verwunderte sie jeden Tag wieder. Als hätte *er* sie adoptiert und nicht andersherum. Wie ein gewandter Tanzpartner folgte er ihr auf Schritt und Tritt, immer an ihrer Seite, nie im Weg, und doch jederzeit ganz nah. Schon nach wenigen Tagen hatte er gelernt, die Schritte der anderen Hausbewohner und die Geräusche des Postboten zu erkennen, und bellte nicht mehr. Er hatte quasi einen eingebauten Warnsensor, und wenn sie ihn richtig einschätzte, würde dieser gleich aktiviert werden.

Sie behielt Schuhe und Jacke an. Nahm ein Notizheft und einen Stift mit. Dann schnappte sie sich die Mülltüte und knotete sie zusammen. Dilbert klebte ihr auf dem Weg nach draußen an den Fersen. Aber kaum waren sie vor der Tür, spitzte er das herunterhängende Ohr und raste auf das Auto zu. Warf sich gegen die Fahrertür und bellte wie von Sinnen. Sofia folgte ihm und hielt Dilbert am Halsband fest. Der Mann hatte die Innenbeleuchtung ausgeschaltet, aber die Straßenlaterne spendete Licht. Fett war er. Mit Halbglatze. Und dicken Lippen.

Er sah sie an, sein Blick war leer, ausdruckslos. Dilbert hörte nicht auf zu bellen. Der Mann drehte sich weg, zeigte ihr seinen Stiernacken und den kahlen Hinterkopf.

Sofia klopfte gegen die Fensterscheibe.

»Entschuldigen Sie bitte, kann ich Ihnen irgendwie helfen?«

Der Mann schüttelte den Kopf, ohne sie dabei anzusehen.

»Das hier ist ein privater Parkplatz.«

Kein Laut. Keine Bewegung. Er saß da, stumm und reglos.

»Wenn Sie meine Mülltüte haben wollen, die ist hier«, sagte sie und hielt die Tüte hoch. Aber er zeigte keine Regung.

Sofia ging hinter den Wagen und notierte sich das Kennzeichen, Dilbert pinkelte gegen den Hinterreifen. Dann warf sie die Mülltüte in den Container und ließ den Deckel laut zuknallen. Zurück in der Wohnung wählte sie Andrea Claessons Nummer. Sie ging sofort ran.

»Vor meinem Haus sitzt ein Mann in einem Auto. Ein unheimlicher Typ. Und er weigert sich, mit mir zu reden.«

»Ist er noch da?«

Sofia stellte sich ans Küchenfenster und sah hinunter auf den Parkplatz. Der Wagen war verschwunden.

»Nein, jetzt ist er weggefahren. Aber ich kann ihn beschreiben und habe das Kennzeichen des Autos.«

»Sehr gut. Schicken Sie mir das bitte zu?«

Nachdem sie die SMS abgeschickt hatte, zog Sofia alle Jalousien herunter und verschloss jede Tür. Sie gab Dilbert sein Futter, aber der hatte keinen Appetit. Stattdessen lief er ihr hinterher und sprang neben sie aufs Sofa. Er legte sich auf den Rücken, in der Hoffnung, von ihr am Bauch gekrault zu werden, der langsam etwas runder wurde. Sofia hatte Alma im Verdacht, dass sie ihm tagsüber zu viele Leckerli gab. Sie zog die Schuhe aus, legte sich rücklings aufs Sofa und schloss die Augen. Versuchte, die Beklemmung wegzuatmen. Eigentlich hatte sie sich in ihrer Wohnung immer sicher gefühlt, aber jetzt nicht mehr. Sie hatte auch in ihren vier Wänden das Gefühl, beobachtet zu werden. Und sie kannte dieses Gefühl aus der Zeit in der Sekte. Augen, die sie ständig beobachteten und überwachten.

Sie sollte etwas essen, aber wie Dilbert hatte auch sie keinen Appetit. Lange blieb sie auf dem Sofa liegen, der Hund hatte sich neben ihr eingerollt. Er war warm und beruhigte sie. Fast wäre sie eingeschlafen, aber da klingelte ihr Handy. Andrea Claesson war dran.

»Der Eigentümer des Wagens heißt Gunnar Wahlin. Ich kenne ihn, er ist Privatdetektiv. Das ist ein richtiges Schwein, wenn ich das so sagen darf. Hat einen Haufen Anzeigen wegen Belästigung und Nötigung. Aber er ist nicht gewalttätig, nur furchtbar nervig. Ich kann ihn aber nicht verhaften, nur weil er in seinem Auto vor Ihrem Haus parkt. Allerdings wissen wir jetzt wenigstens, dass jemand einen Privatdetektiv engagiert hat. Glauben Sie, dass es Ihre Sekte war?«

»Davon bin ich überzeugt. Aber was kann man dagegen unternehmen?«

»Leider nichts. Die wollen Sie unter Druck setzen. Aber ich habe mit Ihrer Hausverwaltung telefoniert, und die haben versprochen, eine Überwachungskamera zu installieren.«

Sofia wunderte sich über die plötzliche Hilfsbereitschaft vonseiten der Polizei und fragte sich, ob das mit dem Artikel über sie in den Dagens Nyheter zu tun hatte. Aber es spielte auch gar keine Rolle, sie war dankbar über jede Hilfe, die sie bekam. Außerdem klang Andrea Claesson so, als würde ihr das auch wirklich etwas ausmachen.

Sie beschloss, einfach nicht an diesen Wahlin zu denken. Aber das ging nicht, denn er tauchte immer wieder hier und dort auf. Entweder fuhr er im Wagen an ihrem Haus vorbei, oder er parkte auf der gegenüberliegenden Straßenseite, wenn sie aus der Bibliothek kam. Wie ein schwarzer Schatten schob er sich in ihren Alltag und vermieste ihr das Leben. Sie war noch nie zuvor verfolgt worden. Das Gefühl, ständig beobachtet zu werden, war furchtbar, und sie hatte die böse Vorahnung, dass es nur der Auftakt für etwas weitaus Schlimmeres war. Aber weil das nicht eintraf, wurde die Anspannung fast unerträglich. Sie konnte sich ein bisschen abreagieren, indem sie ihm die Zunge rausstreckte, ihm den Mittelfinger zeigte oder ein Foto von ihm mit dem Handy machte. Aber sein ausdrucksloser Gesichtsausdruck blieb reglos, egal was sie anstellte.

Als Benjamin am Freitag kam, verschwand Wahlin. Hatte wohl auch am Wochenende frei. Das war ärgerlich, denn sie konnte ihm nur verschwommene Fotos zeigen, die sie mit dem Handy gemacht hatte. Gunnar Wahlin tauchte erst wieder am Montag auf.

So ging das ein paar Wochen lang. Ansonsten passierte nichts, nur wich ihr der ständige Begleiter nie von der Seite, was sie wahnsinnig machte. Sie wurde auch immer paranoider, wenn sie allein in der Wohnung war. Die Jalousien waren immer unten, und sie verschloss die Wohnungstür und hängte die Kette ein, die Benjamin für sie angebracht hatte. Aber all das half auch nichts. Wenn sie schlief, blieb ein Teil ihres Bewusstseins wach. Manchmal träumte sie, dass jemand an ihrem Bett saß und sie beobachtete. Dann wachte sie mit einem Ruck auf.

Die Arbeit am Blog hatte inzwischen einen größeren zeitlichen Umfang angenommen, täglich mehrere Stunden. Er war eine Art Tagebuch geworden, in dem sie von den aktuellen Schikanen berichtete, aber auch aus ihrer Erinnerung an die Insel schöpfte. Sie hatte viele Follower, einige wirkten fast wie gute Freunde. Aber dann gab es die Hater-Kommentare, deren Verfasser sehr wahrscheinlich im Wachhäuschen auf Dimö saßen. Ihre nahezu analphabetischen Beiträge machten es leicht, die Herkunft zu durchschauen. Und zum Glück kümmerte sich auch niemand um sie.

Anfang Mai fuhr sie mit Benjamin übers Wochenende nach Göteborg, und sie verbrachten einen Tag im Vergnügungspark Liseberg. Dort probierten sie fast alles aus, was es gab: Helix, Balder, Riesenrad und AtmosFear. Ihr war schwindelig, und sie kicherte viel und fühlte sich fast frei. Getrübt wurde die Freude allerdings, als sie eine streichholzdünne, braun gebrannte Blondine trafen, die ihr Benjamin als »Sienna, eine Kollegin« vorstellte. Sie war höchstens achtzehn und trug winzige, sehr tief sitzende Jeansshorts, dazu Sandalen mit wahnsinnig hohen Absätzen und eine hellblaue Lederjacke. Kurzhaarfrisur und riesengroße blaue Augen. Verdammt hübsch. Sofia fand sie unmöglich und regte sich über sie auf. Allein dieser Name. Sienna. Dann könnte man doch auch Türkis oder Rostbraun heißen, was nur ein Beleg dafür war, wie naiv und unheilbar dämlich diese Person sein musste. Sienna hing Benjamin bewundernd an den Lippen und warf Sofia ab und zu schüchterne Blicke zu. Obwohl Benjamin beteuerte, dass sie nur eine Kollegin war, fand Sofia, dass sein Blick um einiges zu lang an ihrem entblößten Bauch klebte. Benjamin war viel zu leichtsinnig und verantwortungslos, um einem solchen Wirbelwind wie Sienna zu widerstehen. Sofia war nicht dumm. Es war nur eine Frage der Zeit.

Sie war traurig und niedergeschlagen, als sie sich von Benjamin am Bahnhof verabschiedete. Sie liebte ihn aufrichtig und innig. Aber er war so anders als sie, so offenherzig und unkompliziert, und sie fragte sich, ob ein ganzes Leben an seiner Seite nicht doch zu langweilig werden könnte. Ob sie eines Tages entdecken würden, dass sie gar nicht so viele Gemeinsamkeiten hatten.

Er hatte sie zum Bahnhof gebracht, sie küssten sich lange zum Abschied. Benjamin schob seine Hand unter ihren Pulli, und sie drückte sich gegen ihn. Er stöhnte leise. Auf einmal wollte sie nicht nach Hause fahren, sondern mit ihm zurück in sein kleines Zimmer in der Wohnung seiner Schwester. Allerdings war sie auch noch genervt wegen dieser Sienna. Und sie hatte einen Job.

Das Grübeln hörte auch auf der Zugfahrt nicht auf. Dilbert, der sie begleitet hatte, spürte ihre Niedergeschlagenheit. Er wurde ganz nervös, wollte immer wieder auf ihren Schoß springen, obwohl Sofia ihn jedes Mal zurück auf den Boden setzte.

Die Luft in Lund war kühl und kroch unter ihren dünnen Pullover. Sie lief so schnell sie konnte, zog Dilbert hinter sich her, der an jedem Grashalm anhalten wollte. Als sie die Haustür erreicht hatten, veränderte er sein Verhalten schlagartig. Er zog an der Leine und schnüffelte, als hätte er im Treppenhaus die Fährte eines Tieres aufgenommen. Sie nahm ihn hoch und trug ihn in die Wohnung.

Sie nahm die Post rein, die seit Freitag auf der Matte vor der Tür gelegen hatte, und legte sie auf den Couchtisch. Zwischen den Reklamebroschüren lag ein kleiner, handbeschriebener Umschlag. Den würde sie später öffnen. Jetzt war sie müde und hungrig und wollte ihre Tasche auspacken. Dilbert stand vor der Wohnungstür und hatte seine Nase gegen den schmalen Spalt gedrückt. Davon ließ er auch nicht ab, als sie ihm sein Essen in die Schale schüttete.

»Was soll denn dieses Geschnüffle?«, sagte sie. Aber er reagierte nicht. War vollkommen vereinnahmt von dem neuen Geruch, den er entdeckt hatte.

Sie wärmte ein paar Nudeln auf und aß sie, gegen die Spüle gelehnt. Dann duschte sie und zog sich den Morgenmantel an, aber sie fühlte sich trotzdem klebrig und schmutzig. Als sie Benjamin anrief, ging nur der Anrufbeantworter an, und sofort schoss das Bild von Siennas nacktem Bauch an ihrem inneren Auge vorbei. Sie sprach ihm auf die Mailbox, dass sie ihn jetzt schon vermisse, und dann ging sie ins Bett und döste ein. Sie wusste nicht, wie lange sie geschlafen hatte, als sie von Dilbert geweckt wurde, der abwechselnd knurrte und bellte. Die Haare auf seinem Rücken standen zu Berge.

Da war jemand vor der Tür. Es knallte laut, Dilbert winselte vor Schreck, dann knisterte es. Den Gegenstand, den die Person durch den Briefschlitz geworfen hatte, bekam

Sofia gar nicht mehr zu sehen, denn der Rauch breitete sich in rasender Geschwindigkeit im Wohnzimmer aus.

Ihr Körper schaltete sofort auf Autopilot, sie schnappte sich den Hund, rannte durch den Rauch zur Wohnungstür und blieb erst draußen vor dem Haus wieder stehen. Sie war barfuß, trug nicht mehr als den Morgenmantel und hielt den unaufhörlich bellenden Hund im Arm.

Der Schüttelfrost kam mit Verzögerung. Ihr ganzer Körper zitterte. Alles im Kopf drehte sich. Sie stolperte, stürzte und schlug sich die Knie auf dem Asphalt auf. Die Arme um die Beine geschlungen saß sie auf dem Boden, die kalte Luft brannte auf dem Gesicht, das Atmen tat ihr weh. Plötzlich schlugen ihre Zähne aufeinander. Ihre Muskeln wollten ihr nicht gehorchen, ihr Körper war außer Funktion.

Da spürte sie etwas Feuchtes an der Wange. Sie weinte. Warum weinte sie?

Im Küchenfenster sah sie Rauch, ihre ganze Wohnung war im Rauch verschwunden. Sie schluchzte. Dann holte sie mit zitternden Fingern das Handy aus der Tasche des Morgenmantels, ließ den Hund los und rief die Feuerwehr an. Ihre Stimme zischte, als würde ihrer Lunge Sauerstoff fehlen. Sie meldete, dass es in ihrer Wohnung brannte. Versuchte dann, das Geschehene zu verstehen. Blieb aber immer wieder an dem Augenblick hängen, als sie vom Knurren und Bellen des Hundes und dem Knall auf dem Flurboden wach geworden war. Die Angst packte sie, als ihr klar wurde, was sie alles in der Wohnung zurückgelassen hatte. Ihren Rechner, die Handtasche. Ob das jetzt alles verbrannte? Aber, Moment, warum hatte es kein Feuer gegeben, nur Rauch? Sie musste auf der Stelle aufhören, so zu zittern.

Die Polizei kam zuerst, kurz darauf die Feuerwehr. Schaulustige klebten an den Fenstern der anderen Gebäude. Die

Feuerwehrmänner kamen schnell zu dem Schluss, dass ihr jemand eine kleine Rauchbombe durch den Briefschlitz geworfen hatte. Andrea Claesson, die inzwischen auch eingetroffen war, schlug vor, dass sie bei einer Freundin oder den Eltern übernachten sollte, damit die Wohnung auslüften konnte. Ein Beamter würde die Nacht über Wache halten. Claesson hatte aber noch ein paar Fragen zum Tathergang.

»Hast du jemand gesehen, als du nach Hause gekommen bist?«

Sofia schüttelte den Kopf.

»Versuch dich zu erinnern, was du gesehen hast, als du rausgelaufen bist. Hast du etwas Ungewöhnliches gesehen oder gehört?«

Sofia schüttelte erneut den Kopf, wesentlich energischer noch als am Anfang. Da sah sie, wie der Rauch aus ihrem Küchenfenster quoll, und brach in Tränen aus.

Die Beamtin legte einen Arm um sie.

»Was soll ich denn jetzt machen?«

»Die Hausverwaltung sagte, dass sie die Überwachungskamera gerade installiert haben. Die Aufnahme seh ich mir nachher an, wir werden den schon kriegen.«

Sofia rief ihre Eltern an. Ihr Vater versprach, gleich loszufahren und sie abzuholen. Dann ging sie in die Wohnung, um ein paar Sachen zu holen. Im Flur saß ein Feuerwehrmann in der Hocke und inspizierte einen Gegenstand, der dort weiter vor sich hin qualmte. Der Rauch hatte sich weitestgehend verflüchtigt, aber ein dünner Nebel lag über allem. Dilbert, der ihr gefolgt war, nieste.

»Beeilen Sie sich, das ist nicht gesund, sich hier zu lange aufzuhalten.«

Im Schlafzimmer warf sie den Morgenmantel aufs Bett und zog sich Unterhose, Jeans und Pullover an. Dann schnappte sie sich ihre Handtasche, den Laptop, eine Zahnbürste, ein Nachthemd und frische Anziehsachen. Auf dem Weg nach draußen fiel ihr Blick auf den Briefumschlag, auf dem ausschließlich ihr Name stand, keine Adresse, keine Briefmarke. Ihre Gedanken überschlugen sich. Langsam fielen die Dinge auf ihren Platz. Wie konnte man jemandem so etwas vorsätzlich antun?

Während sie im Treppenhaus auf ihren Vater wartete, öffnete sie den mysteriösen Brief. Darin war nur ein Foto. Ein Foto ihrer Eltern.

KAPITEL 24

»Nein, danke!«, sagte Simon und knallte Benny die Tür vor der Nase zu, als wäre er ein aufdringlicher Vertreter.

Aber Benny hämmerte weiter gegen die Tür.

»Mach auf, Simon! Ich möchte dich nur um Hilfe bitten.«

Dann hatte dieser Besuch also nichts mit dem Paket zu tun, das er Jacob nach ViaTerra geschickt hatte? Neugierig öffnete Simon die Tür einen Spalt breit.

»Und, worum geht es?«

»Ich möchte nur reden, Simon. Wir glauben, dass du uns helfen kannst.«

»Ich habe ViaTerra für immer und ewig verlassen.«

»Das wissen wir doch. Darum geht es auch nicht. Darf ich bitte kurz reinkommen?«

In Simon brüllten zwei gegensätzliche Stimmen los. Die eine schrie, er solle Benny zum Teufel schicken, und die andere forderte ihn auf, ihn reinzulassen. Weiterschnüffeln. Herausfinden, was die im Herrenhaus für Pläne hatten. Simon hatte keine Angst vor Benny. Er war viel größer und stärker als er.

»Warte, ich muss kurz aufräumen«, sagte er und schob die Tür zu, ohne auf eine Antwort zu warten. Er stellte die Schuhe im Flur ordentlich hin, hängte eine Jacke auf, die vom Bügel gerutscht war, und sah sich dann im Zimmer um. Es war so aufgeräumt wie immer. Er hatte nur einen Augenblick Zeit benötigt, um durchzuatmen und nachzudenken.

Benny räusperte sich ungeduldig. Simon öffnete die Tür. Bennys Blick scannte den Raum, als suchte er nach etwas. Er hatte einen vollen Ordner unterm Arm. Ohne Schuhe und Jacke auszuziehen, stapfte er über den Teppich, und Simon bereute sofort, ihn hereingelassen zu haben, als er das Laub und die Flecken sah. Er wollte ihn so schnell wie möglich wieder loswerden.

»Setz dich ruhig, ich hab aber nichts, was ich dir anbieten könnte.«

»Alles gut.«

Ärgerlicherweise ließ sich Benny auf Simons Lieblingssessel fallen. Simon nahm missmutig auf einem Stuhl Platz. Er fand, dass Benny ziemlich müde und abgekämpft aussah. Seine Haare waren wie immer fettig und strähnig, seine Haut blass. Offenbar hatte er in letzter Zeit nicht so oft mit seinem Motorrad herumfahren dürfen, um an die frische Luft zu kommen. Außerdem war sein Gesicht voller Pickel.

»Also, was willst du von mir?«

»Folgendes. Wir haben schon kapiert, dass du nicht zurückkommen willst und den Job hier hast. Aber wir wissen auch, dass du doch eigentlich an unsere Sache glaubst, oder? Zumindest glaubt Franz das. Er meint, du hättest nur gegen ihn ausgesagt, weil dich Sofia Bauman unter Druck gesetzt hat.«

In Simon gingen sofort alle Alarmglocken an. Benny wusste von Oswalds Plänen.

»Und was genau willst du von mir?«

»Na ja, alles, was Elvira und Sofia vor Gericht gegen Franz ausgesagt haben, ist eine Lüge. Nur, dass du es weißt. Ich habe Dokumente dabei, die das beweisen können …«

Er blätterte in seinem vollen Ordner. Simon hob abwehrend die Hand.

»Hör auf mit dem Scheiß und komm zur Sache.«

»Wir wollen wissen, ob du Kontakt zu Sofia hattest?«

»Warum?«

»Franz möchte die Missverständnisse zwischen ihnen aus dem Weg räumen. Dinge klären.«

Simon seufzte. Die dachten wirklich, dass er so dämlich war. Ein Depp, den sie für dumm verkaufen konnten.

»Wir wissen, dass Sofia dich gemocht hat.«

»Und was soll ich machen?«

Benny rieb sich nervös die Hände. Er schwitzte stark. Und er roch streng, wahrscheinlich aufgrund von Stress und Nervosität. Simon konnte sich gut vorstellen, was passiert war. Oswald hatte sich in einem Gespräch mit Madeleine darüber echauffiert, dass es keine nennenswerten Fortschritte im Sofia-Bauman-Projekt gab. Woraufhin Madeleine Benny eine Abreibung verpasst hatte.

Du fährst jetzt auf der Stelle zu diesem Idioten – Simon! Vorher gehst du nicht ins Bett! Benny hatte es ganz bestimmt nicht leicht auf ViaTerra.

»Hast du Kontakt zu Sofia?«, wiederholte er seine Frage.

»Natürlich nicht. Du kennst mich doch. Ich bin am liebsten allein.«

»Also, wir haben uns gedacht, dass du dich mal bei ihr melden könntest. Sie ein bisschen aushorchen. Du hast doch Mail?«

Simon ignorierte Bennys abfälligen Tonfall.

»Du willst also, dass ich sie ausspioniere?«

»Nein, nicht direkt, du sollst dich nur mal bei ihr melden. Und uns Informationen geben.«

»Das nennt man, glaube ich, Informant sein, richtig?«

Benny lachte, es klang eher wie ein Bellen – und außerdem falsch.

»Du kannst es nennen, wie du willst. Pass auf, wir wissen, dass von einem Gehalt als Gärtner nicht viel übrig bleibt. Das hier ist deine Chance, eine schöne Summe klarzumachen. Sieh es doch als Nebenjob.«

»Ich habe immer noch nicht begriffen, was du eigentlich von mir willst. Was genau soll ich denn machen?«

»Rausbekommen, was Sofia vorhat. Und wenn Franz nächstes Jahr zurückkommt, könntest du sie zu dir einladen. Ich bin sicher, dass sie sich gern deine Pflänzchen ansehen möchte. Und du warst doch gerade in der Zeitung. Wenn sie dann hier ist, kann Franz sich mit ihr treffen. Verstehst du es jetzt?«

»Warum ruft er sie denn nicht einfach an? Er kann im Gefängnis doch das Telefon benutzen?«

»Ihm ist ein direkter Kontakt lieber, wenn du verstehst, was ich meine.«

Simon wollte keine Fragen mehr stellen. Er wollte kein weiteres Wort mehr hören. Am liebsten würde er diesem verschwitzten, stinkenden Etwas, das da in seinem schönen Sessel saß, eine reinschlagen. Aber er beherrschte sich. Stattdessen sprang er vom Stuhl, worauf auch Benny sofort aufstand.

»Weißt du was, darüber muss ich erst in Ruhe nachdenken. Hast du eine Nummer, unter der ich dich erreichen kann?«

Benny strahlte ihn an, grinste.

»Ja, na klar. Hast du Papier und Stift?«

Simon hielt ihm Notizblock und Stift hin.

»Das bleibt aber unter uns, verstanden?«

»Mit wem sollte ich schon darüber reden?«

»Ja, stimmt.«

Kurz darauf hörte Simon, wie Benny sein Motorrad anwarf. Er trat ans Fenster, um sich zu vergewissern, dass er auch wirklich wegfuhr. Dann ließ er sich in seinen Sessel fallen und stöhnte. Sein Gesicht glühte. *Die spinnen doch alle, die haben doch nicht mehr alle Tassen im Schrank!* Nachdem er sich wieder beruhigt hatte, rief er Sofia an.

Kaum hörte sie seine Stimme, fing sie an zu weinen.

»Was ist los? Ist was passiert, Sofia?«

»Diese Schweine haben mir eine Rauchbombe durch den Briefschlitz geworfen.«

Es sprudelte nur so aus ihr heraus, dann holte sie tief Luft und brach wieder in Tränen aus.

»Vielleicht möchtest du jetzt lieber deine Ruhe haben, ich meine …«, sagte Simon.

»Es gibt niemanden, mit dem ich jetzt lieber reden würde als mit dir. Ich bin bei meinen Eltern. Ich habe mich nicht wieder in meine Wohnung getraut und war schon seit zwei Tagen nicht mehr bei der Arbeit.«

»Ist ja nicht zu fassen! Und was sagt die Polizei?«

»Die hatten die Hausverwaltung überredet, eine Überwachungskamera aufzuhängen, aber der Täter hat etwas über die Linse gehängt. Und zwar von der Seite, man konnte nichts erkennen.«

»Ich fasse das nicht.«

»Ich auch nicht. Aber das ist noch gar nicht das Schlimmste. Die haben ein Foto von meinen Eltern gemacht und es mir geschickt. Was hat das zu bedeuten? Soll das eine Drohung sein? Was meinst du?«

»Ich weiß nicht. Aber ich finde, du solltest den Blog löschen. Dir tut das nicht gut. So kann das doch nicht weitergehen.«

»Das werde ich auf keinen Fall tun.« Sie hatte sich wieder beruhigt, ihre Stimme klang etwas stabiler. »Aber was haben die vor?«

»Die wollen dir Angst einjagen, das Leben zur Hölle machen.«

»Ja, aber eine Rauchbombe. So etwas machen Hooligans.«

»Das stimmt. Apropos Bomben, bist du bereit für eine zweite?«

Er erzählte ihr von Bennys Besuch. Aus einem ihm unerfindlichen Grund fing Sofia schallend an zu lachen. So war das immer bei ihr, man konnte nie vorhersagen, wie sie auf die Dinge reagieren würde. Ihre Stimmung war so schwankend wie ein voll ausschlagendes Metronom. Gerade diese Gefühlsschwankungen fand Simon unwiderstehlich an ihr. Aber ihr Lachen fand er beängstigend.

»Großartig! Das können wir doch ausnutzen.«

»Und … bitte … wie?«

»Siehst du das nicht? Du kannst ihnen doch vormachen, dass du mir nachspionierst, gibst ihnen aber falsche Informationen.«

Er wusste nicht, ob ihm diese neue Rolle gefiel. Er hatte so viel zu tun. Der Sommer kam gerade, und seine ganze Energie hatte er auf den Wettbewerb konzentriert, den er unbedingt gewinnen wollte. Aber sie hatte natürlich recht. Und er würde sich gar nicht besonders anstrengen müssen. Nur den Dummen spielen und alles falsch verstehen.

»Bist du noch dran, Simon?«

»Klar. Ich hab nur nachgedacht.«

»Weißt du was, ich finde, das klingt, als ob er meine Entführung plant.«

»Ist so etwas überhaupt möglich, heutzutage, in Schweden?«

»Das hat er doch schon mal versucht. Weißt du nicht mehr? Als ich mich oben in Norrland versteckt hatte und er Benny und Bosse geschickt hat?«

»Doch, aber ich glaube nicht, dass er es wieder tun würde. Das Risiko ist doch viel zu groß, direkt nach der Entlassung.«

»Oswald kann machen, was er will. Er ist Gott und allmächtig.«

»Warum klingst du auf einmal so fröhlich, gerade eben warst du noch so traurig?«

»Ich bin immer nur dann so verzweifelt, wenn ich nicht weiß, was als Nächstes passieren wird. Aber wir müssen das einfach zu unserem Vorteil nutzen!«

Noch vor einer Stunde war sie am Boden zerstört gewesen. Jetzt war sie Feuer und Flamme und sprudelte vor Leben. Für Simon wäre dieser Wechsel viel zu extrem, er hatte das doofe Gefühl, in eine ganz unangenehme Sache reingezogen zu werden. Wie in einen Strudel.

»Darf ich da kurz drüber nachdenken und zurückrufen?«

»Natürlich.«

Eine Weile saß er reglos in seinem Sessel. Draußen hing ein Halbmond über den Tannenwipfeln. Es war ganz still, auch die Luft hatte sich wieder beruhigt, nachdem Benny gegangen war. Simon schloss die Augen. Ließ seinen Gedanken freien Lauf. Ging das Gespräch mit Benny immer wieder durch. Wurde wütender. Über die Art und Weise, wie Benny ihn behandelt hatte. Wie einen Dorftrottel, dem sie was vormachen konnten.

Seine Gedanken wanderten zurück zu dem Tag, an dem Oswald ihn vor dem gesamten Personal zusammengeschlagen hatte. Jetzt bereute er, dass er nicht zurückgeschlagen hatte. Oswald windelweich geprügelt hatte. Schon damals hätte er diesen Wahnsinn beenden sollen. Alle Aktivitäten in letzter Zeit wirkten so planlos. Der gehackte Mail-Account, die besprayten Türen und Müllcontainer und die Rauchbombe. Oswald war um einiges systematischer. Trotzdem stand er hundertprozentig dahinter, aber das konnte nur ein Teil eines größeren Plans sein. Aber was wollte Oswald eigentlich von Sofia? Warum war sie so wichtig für ihn? Er wusste, dass es dafür eine Erklärung gab, die er nur noch nicht kannte.

Und allein bei dem Gedanken daran lief ihm ein eiskalter Schauer den Rücken hinunter.

KAPITEL 25

Der Juni begann mit einer Hitzewelle. Die Temperaturen stiegen auf Werte über dreißig Grad, es war windstill. Die Hitze lag wie ein flirrendes Gewand über der Stadt, den Straßen und Parks. Die Gerüche des Frühsommers eiferten mit dem Gestank des Verkehrs um die Wette. Sogar im Schatten war es heiß und stickig. Viele alte Menschen erlitten einen Hitzeschlag. Das junge, grüne Gras wurde trocken und gelb, was die Stadt in ein ganz bleiches Licht hüllte. Um sich abzukühlen, dachten sich die Menschen die wildesten Sachen aus. Sie sprangen in Brunnen, gingen mit Regenschirmen spazieren und aßen so viel Eis, dass es zu Lieferschwierigkeiten kam und in den Medien sogar eine *Eiskrise* ausgerufen wurde. Und am Strand bei Lomma lagen sie wie die Ölsardinen in der Sonne. Wer sich nicht ans Meer retten konnte, suchte Kühle in klimatisierten Räumen. Die Besucheranzahl der Bibliothek verdoppelte sich, weil die dicken Mauern des Gebäudes die Hitze abhielten.

Sofia hatte so viel zu tun, dass sie keine Zeit fand, sich dunkle Gedanken zu machen. Sogar Wahlin hatte offenbar vor den Temperaturen kapituliert, sein Wagen war wie vom Erdboden verschwunden. Nach der Arbeit war sie so erschöpft, dass sie die Abende damit verbrachte, Eistee zu trinken und neue Blogeinträge zu schreiben.

Aber sie schlief unruhig. In ihrer Wohnung war es warm, aber sie traute sich nicht, nachts das Fenster offen stehen zu lassen. Stattdessen kaufte sie sich einen Ventilator, der die warme Luft aber nur im Raum verteilte und sie mit seinem Surren beim Schlafen störte. Oft wachte sie nachts auf, bekam schlecht Luft und war verschwitzt und klebrig.

Die Hitze hatte noch einen weiteren unheilvollen Effekt: Ihr Alptraum meldete sich mit neuer Intensität zurück. Es war immer derselbe. Oswald, der sie gegen die Wand drückte. Nur die Details variierten. Manchmal spürte sie seinen keuchenden Atem, dann war er röchelnd und heiser. Ihre Sinne schienen im Traum empfänglicher zu sein. Alles wurde verstärkt. Der Schmerz, wenn er sie in den Hals biss. Das Geräusch der Knöpfe, die auf den Boden fielen, wenn er ihre Bluse aufriss. Wenn sie aufwachte, war sie vollkommen erschöpft. Sie versuchte sich damit zu beruhigen, dass dieser Alptraum eines Tages aufhören würde.

Über dieses Erlebnis hatte sie nie ein Wort verloren, keine Zeile geschrieben. Nur Benjamin und Simon wussten, was damals passiert war. Aber sie war sich sicher, dass der Schlüssel zu Oswalds kranker Jagd nach ihr in seiner Erregung, seinem keuchenden Atem von damals lag. Vielleicht sollte sie doch einen Blogpost darüber schreiben.

Anfänglich zögerte sie noch, war davon überzeugt, ein Muster entdeckt zu haben. Jedes Mal, wenn sie öffentlich über diese Zeit sprach, fand eine neue Attacke statt, die an Heftigkeit zunahm. Benjamin und Simon hatten mit ihren Bedenken recht. Sie müsste einfach nur den Mund halten und aufhören, die alten Sachen aufzuwärmen, dann würde Oswald sie in Ruhe lassen. Aber nicht die Alpträume und die Schuldgefühle. Auf ViaTerra lebten noch Menschen, die ihr was bedeuteten. Die in Zukunft wieder gezwungen werden würden, bei Regelverstößen vom Felsen ins eiskalte Wasser zu springen und jeden Tag Reis und Bohnen zu essen. Sie wusste, dass es Elvira nicht gut ging. Und sie hörte Markus Strids Worte. *Einige Menschen können es eben nicht ertragen, dass die großen Arschlöcher die Schwachen zerdrücken.*

An einem ausgesprochen heißen und stickigen Nachmittag lud sie den besagten Blogpost hoch. Sie hatte lange daran geschrieben, Dinge gelöscht, lektoriert und korrigiert. Mit besonders kritischen Augen hatte sie sich den Text so oft durchgelesen, bis sie nichts mehr darin finden konnte, was sie ändern musste. Da schlief Dilbert bereits seit Stunden auf ihrem Bett und schnarchte.

Als sie am nächsten Morgen die Reaktionen darauf überprüfte, fand sie ganz unterschiedliche Einträge. Die meisten schrieben *Du Arme* und *Wie mutig von dir, deine Geschichte zu teilen.* Aber es gab auch Kommentare, die wehtaten. *Du hättest dem Sack in die Eier treten sollen. Das ist doch deine Schuld, dass du nicht nein gesagt hast.* Der Absender dieses Kommentars nannte sich *ultrafemina*. Sofia regte sich wahnsinnig darüber auf, vor allem, weil die Autorin nicht ganz unrecht damit hatte. Aber dann entschied sie, dass diese *ultrafemina* sie mal gernhaben konnte, außerdem hatte die doch keine Ahnung, wie das Leben auf der Insel gewesen war. Welche Konsequenzen Sofia hätte befürchten müssen, wenn sie gegen Oswald aufbegehrt hätte. In ihren Augen war *ultrafemina* eine alte Tante, die ihren Frust im Netz loswerden musste.

Was Sofia nicht erwartet hatte, war, dass die Zeitungen ihre Geschichte nutzen würden und Artikel mit reißerischen, verdrehten Schlagzeilen druckten.

FRANZ OSWALDS BRUTALE
VERGEWALTIGUNG VON SOFIA

oder

SOFIA BAUMAN SPRICHT OFFEN ÜBER IHRE VERGEWALTIGUNG

Sie hatten ihren Text fast vollständig kopiert und ihn um knallige Überschriften und ein Foto von ihr ergänzt. Benjamin rief sie bei der Arbeit an, obwohl er wusste, dass es verboten war.

»Was soll das jetzt bitte?«

»Das kannst du die Zeitungen fragen. Die haben einfach meinen Beitrag kopiert. Ich kann doch auf meinem Blog schreiben, was ich will.«

»Hat er dich wirklich vergewaltigt?«

»Nein, und das habe ich auch nicht geschrieben.«

Am anderen Ende der Leitung hörte sie ein erleichtertes Seufzen.

»Du weißt schon, dass er dich anzeigen kann?«

»Nein, er kann die Zeitungsredaktionen anzeigen. Kannst du bitte aufhören, auf mir rumzuhacken? Das ist doch nicht meine Schuld, dass die Medien einem immer alle Worte im Mund herumdrehen. Ich muss jetzt weiterarbeiten. Wir sehen uns am Wochenende.«

»Pass auf, da ist was dazwischengekommen …«

»Was denn?«

»Am Samstag haben wir Betriebsfeier. Du kannst ruhig auch kommen, allerdings ist es eher ausschließlich für Mitarbeiter.«

Das Bild der leicht bekleideten Sienna tauchte wieder auf, da sah sie den ermahnenden Blick von Edith Bergman. An ihrem Tresen hatte sich auch schon eine kleine Schlange gebildet.

»Ich muss jetzt weitermachen. Viel Spaß auf der Betriebsfeier.«

Sie drückte das Gespräch weg, bevor Benjamin antworten konnte.

Nur eine Frage der Zeit ...

Sie lächelte dem Mann ganz vorn in der Schlange entschuldigend zu.

»Was kann ich für Sie tun?«

»Ich bin auf der Suche nach einem bestimmten Buch und kann es nicht finden. Aber sagen Sie, Sie sind doch die auf der Titelseite des Expressen von heute?«

Und so ging es den ganzen Tag weiter.

Endlich ließ die Hitze nach, und kühlere Luft strömte durch die Stadt. Im Gepäck hatte sie feuchte Luft, dann begann es zu regnen. Zuerst ein paar Tropfen am Abend, gefolgt von einem kräftigen Platzregen am darauffolgenden Morgen. Aber gegen Mittag hatte der Himmel wieder aufgeklart, und die Luft war klar und frisch.

Es war Freitag. Sie hatte den Ärger über das Telefonat mit Benjamin verdrängt, aber jetzt meldete er sich wieder. Er hatte nicht mehr angerufen, und sie würde garantiert nicht darauf kommen, ihm hinterherzulaufen. Die Spannung zwischen ihnen erstreckte sich wie eine Stromleitung von Göteborg bis Lund. Sie lief durch den Park nach Hause und kickte gedankenversunken kleine Steine mit der Schuhspitze. Als Sofia sich dem Haus näherte, stand Alma am Fenster ihrer Wohnung. Sie konnte Almas Gesicht nicht sehen, spürte aber sofort, dass etwas nicht stimmte, und rannte los.

»Was ist passiert?«

»Dilbert, jemand hat ihn mitgenommen.«

»Was?«

»Alles ist meine Schuld. Ich wollte nur ein bisschen Milch kaufen und habe ihn vor dem Laden angebunden. Das hätte normalerweise nur ein paar Minuten gedauert, aber die Schlange war so lang, und dann gab es Probleme mit dem Kartengerät. Und als ich wieder rauskam, war er weg.« Sie weinte. »Ich hätte doch nie gedacht, dass … Die Leine war auch weg.«

Wahrscheinlich hatte Alma ihn nur nicht richtig festgebunden, dachte Sofia. Wahrscheinlich saß Dilbert jetzt vor dem Laden und wartete.

»Komm, Alma. Wir gehen ihn suchen. Vielleicht hat er sich losgerissen und ist längst wieder zurück und sitzt vor dem Laden.«

Aber dort saß kein Hund. Alma zeigte ihr den Fahrradständer, an dem sie Dilbert festgebunden hatte. Da bekam auch Sofia langsam Angst, versuchte aber, nicht panisch zu werden. Sie war nach wie vor davon überzeugt, dass Almas Knoten nicht fest genug gewesen war. Der Hund hatte sich losgerissen, etwas Spannendes gewittert, war abgehauen und hatte sich dann verlaufen.

Die Panik nahm zu, nachdem sie Alma nach Hause gebracht und weiter nach Dilbert gesucht hatte. Ihr wurde bewusst, wie sehr sie das kleine Wesen inzwischen liebte. Vor ihrem inneren Auge tauchten die schlimmsten Bilder auf. Dilbert, der sich mit der Leine irgendwo verheddert hatte und nicht freikam. Dilbert, der auf der Landstraße von einem Auto überfahren wurde. Dilbert, der vergiftetes Fleisch gegessen hatte und Höllenqualen litt. Dilbert, der von einer Gruppe von Halbstarken gesteinigt wurde.

Sie rief ihren Vater an, der sofort mit dem Auto vorbeikam. Stundenlang fuhren sie durch die Gegend und suchten nach Dilbert. Sofia heftete ihren Blick an den Straßenrand, weil sie befürchtete, dass sein lebloser Körper irgendwo dort liegen könnte. Am Ende brachte ihr Vater sie zur Polizei, um das Verschwinden des Hundes zu melden, und versuchte vergeblich, sie zu beruhigen, als er sie wieder zu Hause absetzte.

»Mach dir keine Sorgen. Er wird wiederauftauchen. Hunde haben einen unglaublich guten Orientierungssinn und finden immer den Weg nach Hause. Und Dilbert hat einen besonders guten Geruchssinn.«

Kaum war sie in ihrer Wohnung, postete sie Suchanzeigen auf Instagram und Facebook. »Hat jemand meinen kleinen Hund gesehen?«

Es war schon dunkel, trotzdem druckte sie ein unscharfes Foto von Dilbert aus und klebte es an den Kiosk und an Bäume und Hauswände in der unmittelbaren Umgebung. Die Erkenntnis, dass sie nur ein verschwommenes Foto zur Erinnerung an ihren Hund hatte, schnürte ihr die Kehle zu.

Sie konnte nicht einschlafen. Lag mit aufgerissenen Augen im Bett und starrte bis tief in die Nacht an die Decke. Bildete sich ein, Hundegebell zu hören, rannte ans Fenster und sah hinaus in die Dunkelheit, die sich auf das trostlose Wohngebiet gelegt hatte. Sie hatte Benjamin nicht angerufen, war noch zu ärgerlich, dass ihm seine Betriebsfeier wichtiger gewesen war als sie.

Am nächsten Tag ging die Suche weiter. Mit dem Fahrrad. Sie sprach mit den Anwohnern. Alle waren freundlich und hilfsbereit, aber niemand hatte Dilbert gesehen. Sie vergaß zu essen, betete und versprach Gott, dass sie alles tun würde, wenn ihr kleiner Hund wiederkäme.

Es war ein grauer Tag, und der schiefergraue Himmel hing tief über der Stadt, was alles nur noch trauriger und aussichtsloser machte. Als es auch noch zu regnen anfing, setzte sie sich auf eine Parkbank und weinte. Sie zog sich die

Kapuze ins Gesicht, biss die Zähne zusammen und beschloss, noch einmal zu dem Laden zu gehen, wo Alma ihn angebunden hatte.

Sie pfiff nach ihm und rief seinen Namen. Da klingelte ihr Handy, eine neue SMS. Ihr erster Impuls war es, das zu ignorieren. Aber dann nahm sie es doch aus der Jackentasche. Es war ein Foto. Von Dilbert. Auf einer Treppe. Ihr Herz schlug wie wild. Hatte ihn jemand gefunden? Warum hatte er keinen Text dazugeschrieben? Aber es war nur das Foto, die Nummer war unterdrückt. Ihre Hoffnung fiel in sich zusammen. War das eine weitere Drohung? Da kam eine zweite Nachricht. Zuerst verstand sie nicht, was sie da sah, dann ließ sie vor Schreck das Telefon fallen. Es war ein Gesicht mit Sturmhaube, man konnte nur die Augen sehen. Und darunter die unmissverständliche Nachricht. AUF JEDE LÜGE FOLGT EINE NEUE VERSTÜMMELUNG.

Sie schnappte sich das Handy und rannte los, denn sie wusste, wo das erste Foto aufgenommen worden war. Sie hatte den Hintergrund wiedererkannt: die Tür ihres Wohnhauses. Sie war sich jetzt ganz sicher, dass sie Dilberts leblosen Körper dort finden würde, und wimmerte und schluchzte bei jedem Schritt.

Von Weitem schon sah sie etwas Weißes. Sie konnte die braunen Flecken auf seinem Fell sehen. Das Tier bewegte sich, hob den Kopf, als Sofia auf ihn zugestürmt kam. Sie fiel auf die Knie, vergrub ihr Gesicht in seinem Fell und weinte vor Freude. Aber irgendetwas stimmte nicht. Dilbert hatte sich kaum gerührt, war nicht an ihr hochgesprungen. Und sein Schwanz, der sonst ständig wedelte, lag schlaff auf dem Treppenabsatz. Sein kleiner Körper zitterte vollkommen unkontrolliert.

Da spürte sie etwas Warmes und Klebriges an ihrer Hand.

Ihre Hand war voller Blut, es tropfte auf ihre Jeans. Sie hatten ihm die Spitze seines hochgestellten Ohres abgeschnitten. Das Blut an der Wunde war getrocknet. Sie wollte sich das gar nicht vorstellen. Dazu musste ihn jemand festgehalten haben. Dilbert musste furchtbare Schmerzen gehabt haben. Und er hatte sich bestimmt gefragt, warum sie ihn nicht gerettet hatte.

Nach und nach begriff der Hund, dass er wieder zu Hause war. Er leckte ihr übers Gesicht und hörte auf zu zittern. Sie hob ihn hoch und hielt ihn krampfhaft im Arm, während sie in ihrer Tasche nach dem Schlüssel kramte. In der Wohnung ließ sie alles fallen und setzte sich mit ihm aufs Sofa, streichelte ihm unentwegt übers Fell. Nach einer Weile schaffte sie es, die Tierärztin anzurufen, die ihr erklärte, wie sie die Wunde versorgen sollte, und mit ihr einen Termin für den nächsten Tag vereinbarte. Sofia reinigte vorsichtig das verletzte Ohr, dabei musste sie so laut weinen und schluchzen, dass Dilbert sich unruhig in ihren Händen wand und sie sich zusammenriss und auf die Lippen biss.

Die nächste SMS wollte sie nicht mehr lesen, tat es dann aber doch. Vielleicht war es ein Hinweis auf die Täter.

Es war eine Aufnahme, auf der sie zu sehen war. Halb nackt und im Begriff, sich eine Jeans anzuziehen. Sie sah ihr Sofa und die schwarzen Jalousien, dann die Nachricht: WIR SEHEN DICH. IMMER. Sie hatte die wenigen Worte noch nicht ganz gelesen, da war sie schon aufgesprungen. Das Foto war aus der Vogelperspektive aufgenommen, und zwar in ihrer Wohnung.

Sie legte eine Decke über Dilbert, der vor sich hin döste, sie aber mit einem Auge beobachtete. Dann suchte sie die Decke nach einem Ventil ab, schließlich kannte sie die Vorgehensweise auf ViaTerra. Wusste, wo die wachsamen

Augen angebracht worden waren. Sie zog einen Stuhl unter das Ventil und stellte sich darauf. Die Kamera war schnell entdeckt. Außer sich vor Wut riss sie das Gerät aus seiner Halterung, es fiel ihr aus der Hand und landete auf dem Boden. Als sie vom Stuhl stieg und die Kamera aufheben wollte, verlor sie fast das Gleichgewicht. Sie hatte schwarze Punkte vor den Augen, ihre Beine zitterten, und ein starker Schwindel packte sie und zwang sie in die Knie. Alles drehte sich. Sie hörte sich lachen, unheimlich, schrill, dann schrie sie laut, Dilbert sprang vom Sofa und wollte auf ihren Schoß klettern, aber sie konnte ihn nicht in den Arm nehmen. Ihr Körper gehorchte ihr nicht mehr. Die Arme hatten sich wie in einem spastischen Krampf um ihren Körper geschlungen. Ihre zitternden Beine fühlten sich wie Gelee an. Ihr Blut schien heißer zu sein als sonst, und es pochte in ihren Adern. Sie versuchte sich zusammenzureißen. Den Kontakt zu ihrer inneren Stärke aufzunehmen. Die eine letzte Reserve, auf die sie sich immer verlassen konnte.

Aber es war unmöglich.

In ihr war alles in sich zusammengestürzt, lautlos und qualvoll zerbrochen.

KAPITEL 26

Oswald war bester Laune, freundlich und liebevoll. Er wollte nicht über die Geschäfte sprechen, sondern über ihre Zukunft. Deshalb nahm er etwas aus seiner Jackentasche. Anna-Maria zuckte zusammen, befürchtete wieder Lebensmittelreste, wie die Wurst. Aber es war eine Wäscheklammer.

»Die habe ich seit meiner Ankunft hier in meiner Tasche«, sagte er. »Die Alte hatte sie überall im Haus herumliegen. Und sie erinnert mich daran, wie ärmlich das Leben werden kann, wenn man nicht zugreift. Wir hatten damals nicht mal eine Waschmaschine.«

»Welche Alte denn?«

»Meine Mutter. Sie war ein Mensch, ohne den die Welt eine bessere gewesen wäre.«

»Ist sie schon tot?«

Er hatte noch nie über seine Familie gesprochen, also wollte sie mehr wissen.

»Nein, aber so gut wie. Und für mich ist sie tot. Du wirst mich doch jetzt nicht ausfragen, oder?«

»Nein, natürlich nicht«, erwiderte sie und senkte den Blick.

»Außerdem ist sie hervorragend geeignet, um den gestörten Insassen hier das Maul zu verschließen.«

Er lachte und tat so, als drückte er ihre Lippen mit der Wäscheklammer zu.

»Aber ehrlich gesagt, es hat auch schöne Zeiten gegeben.«

Und dann erzählte er ihr von seiner Kindheit auf Dimö.

Von der wunderbaren Natur. Von Orten, die er ihr zeigen wollte. Davon, dass er schon als Kind gewusst hatte, dass das Leben große Pläne mit ihm hatte. Dann ließ er sich über seine Analogie der Spinne aus. Und wie er als Kind einer Hummel die Flügel ausgerissen hatte. Und selbstverständlich klang das jetzt scheußlich, aber machten so was nicht alle kleinen Jungen? Wie hätte er sonst je begreifen sollen, dass es zwei Sorten von Insekten gab. Die gefährlichen, wie zum Beispiel Skorpione. Ob sie wisse, dass jährlich etwa fünftausend Menschen am Stich eines Skorpions starben? Oder die lebensgefährliche japanische Riesenhornisse, die im Schwarm ein ganzes Tier in wenigen Minuten vertilgen kann. Und dann gäbe es da noch die Spinne, die Alleinherrscherin in ihrem Netz. Die kleine dicke Hummel war so gutgläubig, sie ließ sich so leicht überlisten. Und da habe er begriffen, dass es sich so ähnlich auch in der Welt der Menschen verhielt. Man müsse sich entscheiden, wie man sein Leben gestalten wolle, sonst endete man unter Umständen auch eines Tages so und hatte keine Flügel mehr.

»Das fühlt sich an, als wäre es erst gestern gewesen«, sagte er und lächelte wehmütig. »Das Traurige sind nicht die schrecklichen Dinge, die einem passieren, sondern dass unser Leben an uns vorbeizieht, ehe wir darüber nachdenken. Im Vergleich zur Ewigkeit leben wir nur einen Atemzug lang auf dieser Erde. Deshalb ist es auch so wichtig, die Lehre von ViaTerra zu verbreiten. Sie zu einem Teil der Ewigkeit zu machen.«

Anna-Maria war so berührt, dass ihr Hals wie zugeschnürt war. Er hatte sich geöffnet. Und sie war sich ganz sicher, dass er das noch nie zuvor bei jemandem getan hatte.

Eine Stunde lang saßen sie zusammen und unterhielten sich.

Er nahm ihre Hand, zog sie zu sich hoch und umarmte sie. Dann knöpfte er ihr die Bluse auf, aber als sie ihren Kopf in den Nacken warf, um geküsst zu werden, wandte er sein Gesicht ab.

»Es ist bestimmt besser, jetzt nichts auf Spiel zu setzen. Wir haben doch noch ein ganzes Leben vor uns, wenn ich entlassen werde.« Er lächelte sie an und knöpfte die Bluse wieder zu. Zwinkerte ihr vielsagend zu.

Schließlich verabschiedete er sich, er wollte an seiner Biographie weiterarbeiten, kam gut voran. Sie konnte berichten, dass es schon mehrere Verlage gab, die sich um die Rechte rissen. Diese Neuigkeiten schienen ihn tief zu berühren.

»Du bist eine Perle, Annie. Wie gut, dass ich dich habe.«

Als sie in ihre Wohnung zurückkam, war sie so fröhlich, dass sie das Piepen zuerst gar nicht bemerkte. Erst als sie Schuhe und Jacke ausgezogen hatte, hörte sie einen schwachen, aber durchdringenden Ton, wie ein Pfeifton in Dauerschleife. Fieberhaft durchsuchte sie ihre Wohnung, bis ihr das Aufnahmegerät wieder einfiel. Das Geräusch war das Alarmsignal. Und tatsächlich, die rote Lampe leuchtete. Es dauerte eine Weile, bis ihr dämmerte, was das Signal bedeutete.

Verdammte Riesenscheiße!

Mit zitternden Händen nahm sie das Gerät und legte es in ihre Handtasche im Flur. Dann zog sie sich die Schuhe wieder an und warf sich einen Mantel über. Im Treppenhaus bemerkte sie zu ihrem Entsetzen, dass sie zwei verschiedene Schuhe trug, aber sie hatte es jetzt eilig und keine Zeit dafür.

Sie wusste nicht, wo sie hinfahren sollte, kurvte ziellos durch die Gegend, dann erinnerte sie sich an den kleinen See, an den sie manchmal mit dem Fahrrad fuhr. Die Stimme in ihrem Kopf lenkte sie ab, fast wäre sie von der Straße abgekommen.

Das ist die Strafe. Jetzt ist dein Leben zerstört.

Keine Menschenseele war am See. Das Wasser unter dem kleinen Steg war tiefblau und spiegelglatt. Sie nahm das Gerät aus der Tasche und warf es auf den Boden, zertrat es mit ihren Hacken, bis es nur noch eine unförmige Blechkiste war. Dann lief sie bis ans Ende des Stegs und warf sie ins Wasser. Sah, wie sie langsam versank und in der Tiefe des Sees verschwand. Reglos stand sie dort eine ganze Weile. Ihr Atem ging schnell. Dann sah sie sich nervös um, aber sie war allein.

An diesem Abend blieb alles ruhig. Am nächsten Morgen, es war ein Samstag, stand sie am Fenster und sah über die Stadt. Die Sonne glitzerte auf den Dächern von Göteborg, und sie atmete tief aus. Die Polizei arbeitete nicht am Wochenende. Dass sie gestern Abend nicht gekommen waren, ließ den Schluss zu, dass sie die Kamera nicht zurückverfolgen konnten. Jetzt musste sie sich nur noch überlegen, wie sie es Franz erklärte. Er musste die DVDs beseitigen. Sie beschloss, im Gefängnis anzurufen und um eine Sonderbesuchszeit zu bitten. Hela McLean war schon misstrauisch geworden. Ihr rutschten Kommentare heraus wie: »Wozu braucht er so häufigen Besuch von seiner Anwältin?« Aber diesen Besuch konnte sie nicht aufschieben. Sie musste Franz warnen.

Doch ehe sie ihr Handy nehmen konnte, klingelte es an der Tür. Sie wusste sofort, was jetzt kam. Sie hatte die Tür noch nicht geöffnet, da hatte sich in ihrem Inneren schon ein Großteil des bevorstehenden Gesprächs durchgespielt. Entscheidend war, dass sie überzeugend wirkte.

Es waren zwei Polizeibeamte. Der eine zeigte seinen Ausweis und stellte sich und den Kollegen vor.

»Sind Sie Anna-Maria Callini?«

»Ja, das bin ich.«

»Dürfen wir bitte reinkommen?«

Sie öffnete die Tür. Machte ein überraschtes Gesicht.

»Ist etwas passiert? Oh Gott, es ist doch niemand gestorben?«

»Nein, nichts dergleichen«, sagte der eine Beamte und setzte sich auf ihr weißes Sofa. Der andere lehnte sich gegen die Wand.

»Können Sie sich bitte setzen, wir wollen Ihnen etwas zeigen«, sagte der erste und zeigte auf den Sessel gegenüber vom Sofa. Sie setzte sich. Drückte die Beine zusammen und zog ihren Rock über die Knie, damit niemand sehen konnte, wie sehr sie zitterten.

»Kennen Sie eine Sofia Bauman?«

Anna-Marie spielte die Verdutzte. Runzelte die Stirn und tat so, als würde sie nachdenken.

»Meinen Sie die junge Frau, die gegen einen meiner Mandanten ausgesagt hat?«

»Ganz genau. Jemand hat in ihrer Wohnung eine Überwachungskamera installiert. Jetzt wurden ihr Aufnahmen davon zugespielt.«

Er zeigte ihr ein Foto auf dem Display seines Handys, auf dem sich Sofia Bauman eine Jeans anzog. Sie starrte das Foto an, bis sie die Details aus Baumans Wohnung wiedererkannte. Die Jalousien. Das billige Sofa.

Während ihr die verschiedensten Szenarien durch den Kopf gingen, verlor Anna-Maria die Fassung. Die Geschichte mit der Kamera und die damit verbundene Lüge war die eine Sache. Aber die Erkenntnis, dass diese Aufnahme ausschließlich auf eine einzige erklärliche Weise weitergeleitet worden sein konnte, war so überwältigend, dass es ihr in der Kehle stecken blieb und sie einen Hustenanfall bekam. Sie bekam keine Luft mehr. Der Beamte, der sich gegen die Wand gelehnt hatte, klopfte ihr auf den Rücken.

»Alles in Ordnung?«

»Das ist einfach so unfassbar und schrecklich«, fiepte sie. »Aber warum kommen Sie damit zu mir?«

»Weil die Kamera von unseren IT-Experten zurückverfolgt wurde, und zwar zu Ihrer Wohnung.«

»Das ist vollkommen unmöglich. Das ist doch total absurd! Sie glauben ja wohl nicht, dass ich damit etwas zu tun habe? Sie können gerne meine Wohnung durchsuchen.«

»Das hatten wir auch vor«, sagte er und hielt ihr den Durchsuchungsbeschluss hin.

Über eine Stunde lang durchsuchten die beiden Beamten ihre Wohnung. Sie öffneten sämtliche Schubladen und Schränke, während sie zusah und ihre Tränen zurückhielt. Und jedes Mal, wenn sie sich verteidigen wollte, hielt einer der Polizisten abwehrend die Hand hin und ließ sie verstummen.

»Wir besprechen das später«, sagte er.

Ihre Gedanken jagten durcheinander. Hatte sie vielleicht einen Fehler gemacht? Hatte sie noch Teile von der Kamera oder eine vergessene DVD aufbewahrt? Die Polizisten stellten ihre Wohnung buchstäblich auf den Kopf. Am Ende setzte sich einer zu ihr aufs Sofa.

»Wir haben nichts gefunden. Sie haben das Aufnahmegerät nicht irgendwo versteckt oder entsorgt?«

Sie hatte die Zeit genutzt, um ihre Fassung zurückzugewinnen. Und hatte auch wieder Zugang zu ihrer Anwaltshaltung gefunden.

»Ihr Verdacht und Ihre Anschuldigungen sind in der Tat ungeheuerlich. Warum sollte ich denn um alles in der Welt eine Kamera in der Wohnung einer Person installieren, die ich gar nicht kenne? Himmel! Ich bin Anwältin. Wissen Sie, was das bedeutet?«

»Natürlich, aber es ist ja nicht so, dass Sofia Bauman zu den Lieblingsmenschen Ihres Mandanten gehört.«

»Begreifen Sie das denn nicht? Das hier ist ein abgekartetes Spiel. Irgend so ein Computerfreak hat das gemacht, um mich anzuschwärzen. Jeder weiß, dass ich Franz Oswald verteidige. Sie sollten lieber überprüfen, was Sofia Bauman für Kontakte hat.«

»Sie wurde in letzter Zeit ziemlich viel schikaniert, wussten Sie das?«

»Nein, davon wusste ich nichts. Aber es überrascht mich auch nicht, in Anbetracht der Lügen, die sie über Franz Oswald verbreitet hat. Mein Mandant erfreut sich in bedeutenden Kreisen großer Beliebtheit und genießt hohes Ansehen.«

Der Beamte seufzte geräuschvoll.

»Ja, verstanden. Wir haben nichts gefunden. Aber Sie haben bestimmt Verständnis dafür, dass wir dem nachgehen mussten. Wollen Sie, dass wir alles wieder aufräumen?«

»Nein, darum kümmere ich mich selbst.«

Sie sah dem Streifenwagen hinterher, wie er den Parkplatz verließ und die Straße hinunterfuhr. Sie fühlte sich wie ausgehöhlt, ein hartnäckiger Tinnitus klingelte ihr in beiden Ohren. Das war verdammt knapp gewesen. Ihr ganzes Leben wäre den Bach runtergegangen. Aber ein Gedanke hatte sich in ihr festgebissen. Außer ihr hatte nur noch Franz Zugang zu den Aufnahmen. Es gab keine andere Erklärung. Ohne zu zögern, rief sie in Skogome an.

McLean ging ans Telefon.

»Sie wollen schon wieder vorbeikommen? Sie waren doch gestern erst da.«

»Als würde Sie das etwas angehen«, fauchte Anna-Maria. »Ich habe eine wichtige Angelegenheit und muss ihn heute Vormittag besuchen können.«

McLean seufzte.

»Meinetwegen. Kommen Sie vorbei.«

Kaum hatte der Wärter die Tür des Besuchsraums hinter ihnen geschlossen, brüllte sie los. Oswald reagierte weder überrascht noch verärgert. Er fing an zu lachen.

»Sollen die Wachen gleich wieder hereinkommen, bevor wir geredet haben?«

»Pfui Teufel, was du getan hast, ist so abstoßend und ekelerregend.«

Sie warf sich mit geballten Fäusten auf ihn und trommelte damit auf ihn ein. War von sich überrascht, dass sie das überhaupt wagte. Aber er lachte nur lauter.

»Jetzt hör mal auf damit. Was ist denn passiert?«

»Wie ist es dir überhaupt gelungen, die Aufnahmen hier herauszuschmuggeln? Ich hab doch alle Umschläge abgetastet, die du mir mitgegeben hast. Da war nie etwas drin.«

»Ja, das ist richtig. Warum sollte ich so etwas Dämliches auch tun?«

»Jemand hat eine der Aufnahme kopiert und sie Bauman geschickt. Die Polizei hat meine Wohnung durchsucht und alles rausgerissen. Hätte ich das Aufnahmegerät nicht rechtzeitig entsorgt, wäre ich am Ende gewesen. Kannst du mir das bitte erklären?«

Im Eifer des Gefechts hatte sie beim Sprechen gespuckt und dabei Oswalds Wange getroffen. Sofort schämte sie sich dafür und fühlte sich nur noch schlechter.

»Vielleicht solltest du dich mal mit deinem Buddy unterhalten. Damian heißt er doch, stimmt's? Für ein bisschen Kohle macht der doch alles. Außerdem kommt er in jede Wohnung rein. Oder hast du ihm einen Schlüssel gegeben?«

»Was? Und wie hast du mit ihm Kontakt aufnehmen können?«

»Kannst du dir doch denken, Fräulein Neunmalklug. Du bist doch meine Botin.«

Anna-Maria fiel auf den gelben Sessel, verbarg ihr Gesicht in den Händen und weinte. Etwas anderes konnte sie nicht tun. Sie war ohnmächtig.

»Du kannst ihn fragen, aber wahrscheinlich wird er alles abstreiten«, hörte sie Oswalds Stimme, zynisch und nüchtern.

»Und ich habe dir vertraut«, flüsterte sie. Ihre Stimme klang piepsig, wie die eines kleinen Kindes, und sie hatte sie nicht unter Kontrolle.

Oswald zog sie hoch, damit sie stand, nahm sie in seine Arme, wiegte sie hin und her. Tat das, wonach sie sich so lange gesehnt hatte.

»Komm, jetzt beruhig dich mal wieder. Ich kann dir erklären, warum das notwendig war. Du glaubst mir doch, dass ich dir niemals absichtlich etwas Böses antun würde?«

»Aber so kann das wirklich nicht weitergehen«, schniefte sie. Sie hatte den Kopf in seiner Gefängniskluft vergraben, die verbrannt und nach billigem Waschmittel roch. Sie atmete tief ein, wollte seinen ganz eigenen Körpergeruch inhalieren, der doch so klar und frisch war. Da legte er ihr einen Finger unter das Kinn und hob ihr Gesicht an.

»Aber, meine süße Annie. Es hat doch gerade erst angefangen. Von jetzt an wird es richtig lustig!«

KAPITEL 27

Das Erste, was Sofia sah, waren die grünen flachen Berge entlang der Küste, die im Landesinneren in sanfte Hügel übergingen. In der Ferne erstreckte sich, so weit das Auge reichte, ein breites, tiefes Tal. Dann tauchte die Golden Gate Bridge auf und dahinter die Skyline von San Francisco. Hohe Wolkenkratzer an der Küste, eingehüllt in einen feinen Nebel, aber vielleicht spielten ihr auch die Augen einen Streich, weil sie sich noch nicht an das neue Licht gewöhnt hatten und unscharf sahen. Vor der Küste lagen mehrere Inseln, eine davon beherbergte ein burgähnliches Gebäude, vermutlich war das Alcatraz.

Es war ein sonniger Tag, trotzdem hing eine Nebelwand hinter der Golden Gate Bridge über dem Meer, als würde sie nur darauf warten, sich heimlich unter der Brücke in die Stadt schleichen zu können, um sie zu verschlingen. Als das Flugzeug über die Halbinsel flog, sah die Stadt riesig aus, aber sie hatte gelesen, dass die Orte entlang der Bucht alle ineinander übergingen und man nicht erkennen konnte, wo der eine aufhörte und der andere anfing. Genau genommen konnte sie sich nur an den Wolkenkratzern von San Francisco als Anhaltspunkte orientieren. Beide Seiten der Bucht waren von einem wilden Durcheinander von Villen, Hochhäusern, Straßen und Autobahnen gesäumt.

Sie überquerten noch eine zweite Brücke, die so hoch war, dass ein Containerschiff ohne Schwierigkeiten darunter passieren konnte. Das Wasser schimmerte grün unter ihr. Sie sah, wie sich die kleinen Wellen kräuselten, so nah waren sie. Ihr wurde ganz schwindelig, aber da setzte das Flugzeug zur Landung an. Zehn Stunden hatte sie im Flugzeug gesessen, kein Auge zugetan – und trotzdem war sie nicht müde.

Jetzt fängt es an, mein neues Leben.

Alles war so schnell gegangen. An dem Abend, als sie Dilbert verstümmelt hatten, hatte sie sich entschieden, das Land zu verlassen. Das Konstrukt, das sie in ihrem Inneren errichtet hatte – das Leugnen ihres schlechten Zustands und dass ihr Oswalds Manöver etwas anhaben konnten –, war in dieser Nacht in sich zusammengestürzt. Nachdem sie ihren Körper wieder einigermaßen unter Kontrolle gehabt hatte, ob das nach zehn Minuten oder einer Stunde gewesen war, wusste sie nicht mehr, hatte sie sich mit Dilbert aufs Sofa gelegt und sich in seinem Fell heiser geweint und geschluchzt. Mit krächzender Stimme hatte sie dann ihre Eltern angerufen und sie gebeten, sie abzuholen. Sie wollte weder warten, bis die Polizei kam, noch eine Minute länger in ihrer Wohnung bleiben.

Die Tatsache, dass die Polizei zwar die Kamera bis in die Wohnung der Anwältin Anna-Maria Callini zurückverfolgen, vor Ort aber keine Beweise entdecken konnte, hatte auch nicht gerade zu ihrem Wohlbefinden beigetragen. Sie gingen von einem Irrtum aus, unter Umständen auch von einem Komplott. Ihre Entscheidung stand fest, als sie überlegte, was Oswalds nächster Schachzug sein könnte. Sie würde auch um ihretwillen gehen, aber vor allem, um ihre Familie und den Hund zu schützen.

Aus lauter Verzweiflung hatte sie abends Markus Strid angerufen und ihm alles erzählt. Er schwärmte von San

Francisco, einer Stadt, über die er vor Kurzem eine Reportage geschrieben hatte. Sie würde in der multikulturellen Millionenstadt an der Bucht untertauchen können und sich sowohl anonym als auch geborgen fühlen.

Auch mit Benjamin hatte sie sich ausgesprochen und versöhnt. Er wollte zwar nicht, dass sie ging, erkannte aber auch die Notwendigkeit. Sie hatten sich versprochen: keine Fehltritte, keine Unaufrichtigkeiten, solange sie fort war.

Die Stellenanzeige hatte sie ausgerechnet auf der berüchtigten Anzeigenwebseite Craigslist gefunden, auf der man alles kaufen und verkaufen konnte, vom Hamster über Sex bis zu Einfamilienhäusern: »Bibliotheksassistentin gesucht, Palo Alto Bibliothek«. Sie hatte sofort ihre Bewerbung mit Lebenslauf dorthin gemailt und schon am nächsten Tag eine Antwort im Posteingang gehabt. Eine Melissa Arbor hatte ihr geantwortet, um ihr mitzuteilen, dass sie sehr gern jemanden mit Sofias Erfahrung im Team begrüßen würden. Der Ton der Mail klang wie der einer Freundin und nicht, als käme sie von einer Arbeitgeberin. Sofia machte das sofort misstrauisch, aber sie googelte ihren neuen Arbeitsplatz und fand tatsächlich eine Melissa Arbor als Personalchefin der Bibliothek. Und sie war es auch, die Sofia in kürzester Zeit bei der Beschaffung ihrer Aufenthalts- und Arbeitsgenehmigung half.

Als Sofia die Passkontrolle passiert, ihr Gepäck geholt und durch den Zoll gegangen war, stand Melissa Arbor bereits dort und wartete auf sie. Sie hielt ein kleines Plakat mit der Aufschrift *Willkommen in San Francisco, Sofia Bauman!* hoch.

Melissa war afroamerikanisch, groß und kurvenreich. Sie trug einen grünen Rock mit weißer Bluse und Stilettostiefeln. Mit strahlenden Augen kam sie auf Sofia zu und umarmte sie herzlich.

»Du musst hungrig und müde sein«, sagte Melissa Arbor. »Wir essen einen Happen auf dem Weg, bevor ich dich zur Wohnung fahre.«

Die Wohnung hatte Arbor ihr besorgt, und Sofia hatte sie sofort genommen, obwohl sie nur ein Foto vom Wohnzimmer gesehen hatte. Aber die Zeit drängte. Ihr Job ging bald los. Und die Bibliothek war von der Wohnung aus zu Fuß erreichbar.

Sofia erzählte ihrer zukünftigen Chefin, dass sie keine Zeit mehr gehabt habe, sich um Möbel zu kümmern, und darum die ersten Tage in einem Hotel unterkommen würde. Aber da lachte Melissa Arbor nur.

»Wir haben dir einfach schon mal das Nötigste besorgt, ein Bett und so was. Nichts Edles, aber für den Anfang reicht es vielleicht. Wir können am Wochenende gern zusammen zu IKEA fahren und den Rest besorgen.«

Melissa Arbor redete wie ein Wasserfall, Sofia hörte ihr zu und genoss die Landschaft.

Ihr erster Eindruck war, dass das Licht viel stärker und die Sonne viel wärmer war und dass sie noch nie so viele Autos gesehen hatte. Wenn sie an einem Einkaufscenter vorbeifuhren, tauchten immer dieselben Firmenschilder auf, die Wiederholung vermittelte den Eindruck, als stünden sie still und würden sich keinen Millimeter vorwärtsbewegen. Aber dann bogen sie von der Autobahn ab und waren von den grünen Hügeln umgeben, die sie vom Flieger aus gesehen hatte. Die Landschaft war offen und frei.

Sie waren etwa eine halbe Stunde gefahren, als Melissa an einem japanischen Restaurant anhielt, das hervorragendes Essen zubereitete: Schalen mit Reis, Fleisch und Gemüse. Sie aßen draußen. Die Sonne ging gerade unter und tauchte den Himmel in ein sattes Orange und Rosa. Sofia war überwältigt von den vielen neuen Eindrücken. Sie spürte keine Sehnsucht und keinen Kloß im Hals, weil alles noch so neu und aufregend war.

Nach dem Essen ging die Fahrt weiter. Sie fuhren über eine Brücke, unter der Eisenbahngleise verliefen, und hatten kurz darauf ihr Ziel erreicht. Das Haus hatte vier Stockwerke, eine weiße Fassade und längliche Balkone. Arbor fuhr in die Tiefgarage, in der ihr ein fremder Geruch entgegenschlug. Es roch etwas nach Abfall, und dies mischte sich mit exotischen Düften nach Akazien und Eukalyptus. Arbor zeigte ihr den hauseigenen Pool, die Liegestühle und die Sauna.

»Der Pool ist den ganzen Tag zugänglich«, erklärte sie, »du wirst sehen, manchmal ist das ein Segen, weil du in deiner Wohnung keine Klimaanlage hast. Und du wohnst unterm Dach, da kann es richtig warm werden, wenn die Sonne den ganzen Tag draufknallt.«

Der Fahrstuhl knirschte und erinnerte sie an einen Lastenaufzug. Das Haus wirkte etwas heruntergekommen, aber nicht verkommen. Und als sie die Wohnung betraten, dachte Sofia zuerst, dass sie in der falschen waren. Arbor hatte sie als eine Einzimmerwohnung beschrieben, aber jetzt begriff sie, dass sich das in Amerika auf die Anzahl der Schlafzimmer bezog und es immer ein Wohnzimmer dazu gab. Was wiederum die schamlos hohe Miete erklärte. Die leere Wohnung wirkte riesig. Die Wände waren frisch gestrichen, der Boden mit einem beigen Teppich ausgelegt. Die Küchenschränke waren aus braunem Holz. Vom Wohnzimmer aus kam man auf den Balkon.

Melissa Arbor verabschiedete sich, drehte sich aber noch einmal in der Tür um.

»Eine Sache noch, das ist mir ein bisschen peinlich, aber

manchmal gibt es hier Kakerlaken. Die beißen zwar nicht, sind aber irre eklig. Das Einzige, was man machen kann, ist keine Essensreste herumliegen zu lassen und alles sauber zu halten. Wenn sie doch kommen, ruf bei dem Vermieter an.«

Nachdem Melissa Arbor gegangen war, wurde es ganz still in der Wohnung. Sofia packte ihre Koffer und Taschen aus und musste dabei an ihre Ankunft auf ViaTerra vor drei Jahren denken. Irgendwie unheimlich. Auch damals war sie allein in einer fremden Welt gewesen.

Als alles verstaut war, ging sie auf den Balkon. Direkt vor dem Geländer wuchs ein Baum, den sie später als Olivenbaum zuordnen konnte und der ihr die Sicht auf die Straße versperrte. Die Wohngegend war ruhig, obwohl Autobahn und Eisenbahntrasse nicht besonders weit entfernt waren. Das Einzige, was sie im Augenblick hörte, waren der Verkehr, der als sanftes Rauschen in der Ferne präsent war, und die Stimmen zweier Passanten unten auf dem Bürgersteig.

Erst jetzt spürte sie die Müdigkeit. Wie ein taubes Gefühl im Kopf, das ihr die Konzentration nahm. Sie dachte an alle, die sie zurückgelassen hatte. An Benjamin, der beim Abschied geweint hatte. An Simon, der bestimmt schon längst wieder wach war und in seinen Beeten herumstocherte. Sie dachte auch an Dilbert, der in Almas Obhut wahrscheinlich ziemlich pummelig werden würde. Sie stellte sie sich als kleine, kaum sichtbare Punkte vor, fast zehntausend Kilometer entfernt.

Auch an Franz Oswald dachte sie und spürte, dass auch er ganz weit entfernt war. Vielleicht war das böse Auge, das sie immer bewacht hatte, endlich geschlossen worden.

Sie hatte zwei Tage, bevor ihr neuer Job anfing, und sie nutzte die Zeit, um ihre Wohnung auf Vordermann zu bringen.

Am ersten Tag ließ sie sich WLAN und Festnetz mit geheimer Nummer installieren. Der Handwerker benötigte den Vormittag dafür, danach lief sie zu dem nächsten Einkaufszentrum und kaufte sich ein Handy, das weder mit ihrem Namen noch mit ihrer neuen Adresse in Verbindung gebracht werden konnte. Sie kaufte sich auch ein billiges Fahrrad, das sie in der Tiefgarage an einem Pfeiler abschloss. Bevor sie in ihre Wohnung zurückkehrte, sprang sie in den Pool. Die morgendliche Frische hatte sich mittlerweile in drückende Hitze verwandelt. Sie richtete sich zwei Mail-Accounts ein. Ein Hushmail-Konto nur für Familie und engste Freunde in Schweden und einen normalen Account für neue Kontakte in den USA. Den Namen ihres Kontos leitete sie von einem Straßenschild ab, das ihr gefallen hatte, woodsideroad99@gmail.com. Es war unmöglich, das zurückzuverfolgen.

Mit dem Fahrrad fuhr sie durch die nähere Umgebung, um sich etwas zu essen zu kaufen. Schließlich fand sie ein Delikatessengeschäft, in dem sie sich ein Sandwich kaufte und es zu Hause in der Küche aß, während sie den Blick durch die leere Wohnung wandern ließ. Sie beschloss, Melissa zu fragen, ob ihr Angebot noch galt, mit ihr zu IKEA zu fahren.

Es dauerte nicht lange, und Melissa stand in Jeansshorts, roter Leinenbluse und Flipflops vor ihr und wedelte mit dem Autoschlüssel. Auf dem Weg zu IKEA fragte Sofia, ob es vielleicht möglich wäre, dass ihr Name nicht auf der Homepage der Bibliothek zu sehen wäre. Als Arbor mit einem sehr langen Schweigen reagierte, wusste Sofia, dass es unvermeidbar war, ihr von ViaTerra zu erzählen. Während sie im Stau steckten, was Melissa nichts auszumachen schien, erzählte Sofia ihre Geschichte. Als sie mit ihrem Bericht fertig war, legte Melissa ihren Kopf auf eine Seite und dachte mit leicht geöffneten Lippen einen Moment lang nach. Die Sonne schien auf ihre braunen Hände, die mit protzigen Ringen geschmückt waren.

»Das wird kein Problem sein«, sagte sie schließlich. »Wir nennen dich einfach Sofia Andersson, so heißen doch fast alle in Schweden, oder? Und auf ein Foto von dir verzichten wir einfach. Aber deine Handynummer können wir doch rausgeben?«

»Ja, das ist in Ordnung. Ich habe mir ein neues Handy gekauft und einen neuen Mail-Account eingerichtet.«

Bei IKEA fanden sie alles, was Sofia brauchte. Einen kleinen Küchentisch mit zwei Hockern, ein paar Lampen, ein Sofa, Bücherregale und Küchenzeug. Das würde ihr schon am nächsten Tag geliefert werden.

Auf dem Nachhauseweg fragte sich Sofia, wann in den USA das Gehalt wohl ausgezahlt wurde, denn sie wollte ihren Eltern, die ihr auf unbestimmte Zeit Geld geliehen hatten, nicht so lange auf der Tasche liegen. Die Lebenshaltungskosten waren vergleichbar mit denen in Schweden, aber das Gehalt war etwas geringer als das in Lund.

»Es gibt viele Möglichkeiten, Geld zu sparen«, sagte Melissa, die ihre Gedanken erraten hatte. »Ganz in der Nähe gibt es einen Markt, in dem man günstig Früchte und Gemüse kaufen kann, ich zeige ihn dir in den nächsten Tagen mal. Und man bekommt täglich neue Kupons für Supermärkte in den Briefkasten geworfen.«

Am nächsten Tag fuhr Sofia einkaufen und entdeckte auch den kleinen Markt, von dem Melissa erzählt hatte. Er war wie ein großes Zelt, in dem es Früchte und Gemüse in Farben und Größen gab, wie sie Sofia noch nie zuvor gesehen hatte. Sie kam mit zwei vollen Tüten zurück, die sie an ihrem Lenkrad transportierte. Als sie um die Ecke bog, hielt gerade der Lieferservice von IKEA vor ihrem Haus.

Gegen fünf Uhr war sie mit allem fertig. Sie hatte vergessen, zu Mittag zu essen, weil sie so damit beschäftigt gewesen war, alles zusammenzubauen und einzurichten. Ihr tropfte der Schweiß nur so herunter, und sie beschloss, den Abend im Liegestuhl am Pool zu verbringen, bis es sich in ihrer Wohnung wieder abgekühlt hatte.

Das Klingeln ihres Festnetzanschlusses war so schrill, dass sie zusammenzuckte. Diese Nummer hatten nur ihre Eltern. In Schweden war es jetzt zwei Uhr morgens. Bilder von schweren Unfällen und möglichen Todesfällen schossen ihr durch den Kopf.

»Hej! Ist ja schwerer, dich zu erwischen, als ein Date mit einem Mafiaboss. Du bist wirklich abgetaucht. Ich musste deine Eltern förmlich erpressen, damit sie mir deine Nummer geben. Ich hoffe, das war jetzt okay?«

Sie hatte Wilmas Stimme sofort erkannt.

»Solange du sie niemandem weitergibst. Warum bist du morgens um zwei Uhr noch wach?«

»Ich genieße die Stockholmer Schären nach einem Krebsfest, das leider etwas ausgeartet ist, nachdem sich neunzig Prozent der Gäste haben volllaufen lassen. Den Rest kannst du dir ja denken.«

»Mann, tut das gut, deine Stimme zu hören, Wilma. Das ist alles so anders und aufregend hier.«

Sie setzte an, um ihrer Freundin alles zu erzählen, aber Wilma unterbrach sie.

»Das will ich gleich alles hören, aber ich muss dir erst noch etwas erzählen. Ist zwar nicht so cool und willst du bestimmt auch nichts von wissen, musst du aber.«

»Was ist denn los? Ist was passiert?«

»Nein, nicht wirklich, oder doch. Ich bin heute von einem Typen angerufen worden, der sich als Åke Svensson ausgegeben hat. Er hat gesagt, er sei ein alter Klassenkamerad von dir, und wollte deine neue Adresse haben. Aber ich habe die Lüge sofort durchschaut.«

Sofia hörte Wilmas Stimme einen Moment lang nur ganz dumpf, wie das Hintergrundbrummen eines Staubsaugers. Sie zuckte zusammen, als Wilma hustete.

»Oh Gott! Was hast du da gesagt?«

»Ich habe ihm so feinfühlig wie möglich zu verstehen gegeben, dass er mich mal kreuzweise kann. Und da hat er mir dann Geld angeboten, wenn ich ihm deine Nummer gebe. Tausend Euro, um genau zu sein.«

»Das ist ja verrückt!«

»Und als ich ihm gesagt habe, dass ich deine Nummer gar nicht habe, sie ihm aber auch nie geben würde, hat er die Summe verdoppelt.«

»Und dann?«

»Ja, das war das eigentlich Sonderbare, denn als ich ihm erzählt habe, dass du ins Ausland gegangen bist, wirkte er richtig froh. Und hat sofort aufgehört, mir weitere Angebote zu machen.«

»Die müssen ja vollkommen verzweifelt sein. Warum bloß?«

»Das kannst du sicher viel besser beantworten als ich. Aber jetzt erzähl mal von San Francisco.«

»Wilma, ich möchte, dass du damit zur Polizei gehst. In Lund gibt es eine Beamtin, die heißt Andrea Claesson. Die ist super, ich gebe dir ihre Nummer.«

Sie hörte ihre eigene Stimme, die an Kraft verlor, während sie sprach. Sie spürte die widersprüchlichen Signale ihres

Körpers, sie schwitzte, und gleichzeitig war ihr Mund wie ausgetrocknet. Ihr lief es eiskalt den Rücken hinunter. Sie spürte Oswalds Existenz, obwohl er zigtausend Kilometer weit entfernt war. Und ihr wurde klar, dass er die ganze Zeit da sein würde, wie eine unterirdische Strömung, wie ein leises Surren in ihrem Bewusstsein, das niemals verstummte.

Sie zwang sich, Wilma mit fröhlicher Stimme von ihren ersten Tagen in der Stadt zu erzählen, aber innerlich war sie mit etwas ganz anderem beschäftigt. Nachdem sie aufgelegt hatte, ging sie auf den Balkon. Und jetzt sah sie auch die vielen kleinen Früchte, die am Olivenbaum hingen, und roch den herzhaften Duft, der von den Blättern aufstieg. Lange stand sie so dort und hing ihren Gedanken nach, die sie zu Simon führten. Und sie wusste, warum sie dringend mit ihm reden musste.

KAPITEL 28

Am Morgen hatte Simon eine seiner seltenen Reisen aufs Festland angetreten, um Dinge zu kaufen, die er auf der Insel nicht mehr bekam, weil die meisten Geschäfte in der Nebensaison geschlossen hatten. Da er sie aber für seine Arbeit brauchte, hatte er sich auf den Weg gemacht. Auf der Überfahrt plauderte er mit Edwin Björk.

»Es ist wirklich wahr, ich würde sagen, die Anzahl der Besucher hat sich verdoppelt, seit du in der Pension arbeitest«, sagte Björk. »Die kommen ja das ganze Jahr über. Letzten Winter musste ich in den Winterferien eine zusätzliche Fähre einsetzen. Wie geht es Sofia?«

»Keine Ahnung«, antwortete Simon. »Sie ist vor ein paar Tagen ins Ausland gegangen. Und seitdem habe ich nichts mehr von ihr gehört.«

»Ihr ist das alles zu viel geworden, was? Der ganze Druck von diesen ViaTerra-Idioten?«

»Ja, sie konnte nicht mehr. Das war so widerlich, was die ihr angetan haben. Sie haben eine Überwachungskamera in ihrer Wohnung installiert und ihren Hund verstümmelt.«

Der letzte Punkt machte Björk, der selbst Hundeliebhaber aus Überzeugung war, so wütend, dass er die gesamte Überfahrt mit Fluchen und Verwünschungen verbrachte. Er drohte mit der wilden Rachefantasie, das Herrenhaus niederzubrennen. Simon legte ihm eine Hand auf die Schulter und beruhigte ihn mit der Versicherung, die Gerechtigkeit werde am Ende siegen. Er fand zwar selbst, dass das vollkommen idiotisch klang, aber es hatte auf Björk die richtige Wirkung.

Nachdem Simon seine Besorgungen erledigt hatte, musste er noch eine Stunde bis zur nächsten Fähre überbrücken. Er ging in eine Buchhandlung, und dort sah er es sofort: Das Buch stand im Regal mit den Neuerscheinungen, mitten im Raum.

So wandere ich auf dem Weg der Erde von Franz Oswald-Bärenstein.

Das Foto auf der Rückseite des Buches war jüngeren Datums. Oswald trug einen hellgrauen Anzug und sein Haar offen, und sein blendend weißes, einzementiertes Lächeln umspielte seine Lippen. Die Aufnahme war ganz offensichtlich im Gefängnis gemacht worden, denn er war bei Weitem nicht so braun gebrannt wie früher. Er sah sogar eher blass aus. Simon freute sich, dass ihm wenigstens untersagt war, ins Solarium zu gehen. Er wollte das Buch nicht kaufen, hatte schon bei dem Gedanken daran, eine Krone dafür ausgeben zu müssen, mit Übelkeit zu kämpfen. Aber er konnte nicht anders.

Auf der Fähre suchte er sich achtern einen Platz, möglichst weit entfernt von Edwin, und begann zu lesen. Der Wind hatte zugenommen. Als sie im Hafen ankamen, riss er Simon fast das Buch aus der Hand.

Langsam machte er sich auf den Weg zur Pension, genoss die frische Luft. Sein Blick wanderte auf dem Spaziergang zu den Wipfeln der Kiefern. Gezupfte Wolken zogen über sie hinweg, als hätten sie es eilig. Jedes Mal, wenn er auf die Insel zurückkehrte, fühlte es sich an, als beträte er durch eine Pforte eine fremde Welt. Und das, obwohl er schon seit vier Jahren hier lebte. Das Gefühl von Heimat stellte sich erst ein, wenn er die spitzen Dächer seiner Gewächshäuser sah.

Zu Hause machte er es sich auf dem Sofa gemütlich und las weiter. Er unterbrach die Lektüre nur, um sich was zu essen zu machen. Gegen neun Uhr abends hatte er das Buch ausgelesen. Es war eine Art Autobiographie, in der auch aufgeräumte Tipps für ein besseres Leben Platz hatten. Was Simon am meisten störte, waren die vielen Lügen. Die Behauptung zum Beispiel, dass Elvira Oswald verführt und ihr wahres Alter verheimlicht hätte. Und dass er in konstanter Sorge um seine Familie lebte.

Aber die allerschlimmste Passage war die, in der es um Sofia ging. Es waren nicht viele Zeilen, aber das genügte.

Sofia Bauman ist zwei Jahre lang meine Sekretärin gewesen. Sie war effektiv, kompetent und scharfsinnig. Allerdings hatte Sofia ein unersättliches sexuelles Verlangen. Aufgrund von beruflicher Integrität bin ich natürlich nie auf ihre Angebote eingegangen. Möglicherweise hat sie sich deshalb am Ende gegen mich gewandt. Ich hege keinerlei Hass gegen sie und bin mir sicher, dass wir uns eines Tages unter anderen, besseren Umständen wiedersehen werden.

Simons erster Gedanke war, dass er unbedingt dafür sorgen musste, dass Sofia das Buch auf keinen Fall in die Hände bekam. Sie würde sofort explodieren. Das war alles so ungerecht, Oswald saß im Gefängnis und konnte von dort aus seine Lügen verbreiten. Im Netz fand Simon Tausende von Einträgen über das Machwerk, das schon in fast allen Medien besprochen worden war. Worte wie *Pageturner des Jahres* und *Hochexplosive Schilderungen aus Franz Oswalds Leben* tauchten in den Texten und Werbeanzeigen des Verlags auf.

Simon starrte Oswalds Foto an. Konnte einfach keinen Frieden damit machen, dass dieser Mann die Menschen magisch anzog. Und das, obwohl er verurteilt im Gefängnis saß. Er beschloss, Markus Strid anzurufen. Mit ihm hatte er zwar noch nie telefonischen Kontakt gehabt, aber jetzt war ihm eine Idee gekommen.

Strid klang schnell wie immer.

»Simon! Das ist ja lange her, was haben Sie auf dem Herzen?«

»Haben Sie schon Oswalds Buch gesehen?«

»Ja, das ist der größte Blödsinn, den ich jemals gelesen habe.«

»Finde ich auch. Es macht mich so wütend, dass so viele seine Lügen lesen werden. Aber ich habe gehört, dass Sie auch ein Buch über ViaTerra schreiben. Wann wird das rauskommen?«

»Irgendwann im Frühjahr.«

Das passte gut. Dann hatte er mehrere Monate Zeit, um für Sofia zu spionieren.

»Ich wollte Ihnen ein Interview mit mir anbieten.«

»Hervorragend! Das würde mich freuen. So viele gibt es ja nicht, die freimütig und offen mit mir über die Sekte reden wollen.«

Nach dem Telefonat fühlte sich Simon viel besser und konnte in Ruhe seine Abendroutinen erledigen.

Auf dem Weg ins Bett fiel sein Blick auf die Tageszeitung, die er noch gar nicht gelesen hatte. Und das widersprach in so großem Maße seinen Prinzipien, dass er sich jetzt wieder hinsetzte und sie aufschlug. Der Artikel war auf der Kulturseite abgedruckt. Die erste Auflage der Oswald'schen Biographie war bereits ausverkauft, und der Verlag erwartete, dass sein Buch alle Verkaufsrekorde einer Biographie in Schweden brechen würde. Es gab eine Rezension, die nicht besonders positiv ausfiel, aber was spielte das noch für eine Rolle?

Für Simon gab es keine himmelschreiendere Ungerechtigkeit. Ein Mörder, Vergewaltiger und Sektenführer saß verurteilt im Gefängnis und konnte ungehindert Bücher veröffentlichen und sich im Anzug fotografieren lassen.

Sofias Anruf kam am nächsten Morgen pünktlich um sechs Uhr, als er sich gerade aus dem Bett geschält hatte. Die Nummer war zwar unterdrückt, aber Simon wusste sofort, wer ihn da anrief.

Sie verlor kein Wort darüber, wie es ihr ging, wie ihr Flug gewesen war oder der neue Job anlief. Wie immer kam sie gleich zur Sache.

»Ich brauche deine Hilfe, lieber Simon!«

»Hallo Sofia. Aber du hast mir noch gar nicht gesagt, wobei ich dir helfen kann oder wie es dir geht.«

»Mir geht es ausgezeichnet, aber Oswald hat seine Tentakeln schon nach mir ausgestreckt, und das kann gefährlich werden.«

»Er hat ein Buch geschrieben.«

»Wie bitte?«

»Ja, leider. Und es ist furchtbar. Einfach abscheulich. Ich möchte nicht, dass du es liest. Das wird dich so wütend machen, ich will gar nicht daran denken. Gerade bin ich ganz froh, dass du auf der anderen Seite des Atlantiks lebst. Darin melden sich sogar Promis zu Wort und besingen ihn in den höchsten Tönen, obwohl er im Gefängnis sitzt.«

»Schickst du es mir bitte?«

»Niemals werde ich das tun!«

»Doch, ich will es haben.«

»Okay, wenn du unbedingt willst. Ich ziehe es für dich gerne wieder aus dem Müll und schick es dir. Aber es wird nach Abfall und Dreck stinken.«

Sie lachte.

»Simon, Wilma wurde von einem Typen angerufen, der ihr für meine Adresse und Telefonnummer Geld angeboten hat.«

»Oh, nein! Aber das überrascht mich gar nicht. Du musst wirklich vorsichtig sein, Sofia. Da stimmt was nicht. Ich habe so ein Bauchgefühl, und das wird immer stärker.«

»Was glaubst du denn, was die vorhaben? Warum lassen die mich nicht in Ruhe?«

»Keine Ahnung, aber es ist gut, dass du in den Staaten bist. Ich vermisse dich, aber für dich ist es besser so.«

»Was soll ich denn deiner Meinung nach jetzt tun?«

»Dich still verhalten. Die finden dich dort nicht«, sagte Simon und fragte sich gleichzeitig, ob er da so sicher sein konnte. Er erzählte ihr von Strids Buch und dem Interview, das er Strid geben würde. Ihre Freude darüber machte ihn ganz stolz.

»Aber du wolltest doch meine Hilfe. Wobei denn?«

»Ich möchte, dass du Benny noch mal kontaktierst.«

»Warum das? Ich habe ihn gerade vor Kurzem erst angerufen und ihm meinen Entschluss mitgeteilt, dass ich nicht für sie arbeiten will.«

»Dann sagst du ihm eben, dass du es dir anders überlegt hast und außerdem das Geld brauchst.«

»Und dann?«

»Dann wird er dich fragen, wo ich bin.«

»Und was sage ich dann?«

»Du sagst ihm, dass ich mich aus Italien gemeldet habe. Erst einmal nur das. Du wüsstest auch nicht mehr. Und dann meldest du dich wieder bei mir.«

»Das kann ich schon machen, aber ich will kein Geld von denen.«

»Dann verbrenn es doch!«

»Nein, das will ich auch nicht. Ich sage dann irgendwann, dass ich dein Geheule nicht mehr aushalte und den Kontakt abgebrochen habe.«

Sie telefonierten noch lange. Sie schlug ihm vor, dass er sie besuchen sollte, woraufhin er lachte und gestand, dass eine Fahrt nach Stockholm seine bisher weiteste Reise gewesen sei. Und diese Stadt hätte ihn mit ihren vielen hohen Häusern ganz schwindelig gemacht. Gleichzeitig spürte er aber eine ihm bisher unbekannte Neugierde, so eine Reise auf die andere Seite der Erde zu machen.

Nach dem Telefonat wollte er es sich in seinem Sessel gemütlich machen, als es an der Tür klopfte. Inga Hermansson verkündete, dass er sich jetzt schick anziehen müsse, weil sich die Jury der Ekogruppe angekündigt hätte, um seine Setzlinge zu inspizieren. Das wusste Simon zwar, aber er hatte sich abends nur seine übliche Arbeitskleidung bereitgelegt. Seiner Meinung nach fand es eine Jury bestimmt besser, wenn es natürlich aussah. Mit erdigen Handschuhen und lehmigen Gummistiefeln. Er nickte zustimmend, war eigentlich aber noch von dem Gespräch mit Sofia abgelenkt. Wie es wohl wäre, eine solche weite Reise anzutreten? Wie viel PS hatte ein Flugzeug, das einmal über den Atlantik fliegen konnte?

KAPITEL 29

Das Telefonat mit Wilma hatte Sofia ziemlich erschüttert. Sie rief sofort ihre Eltern, Benjamin, Alma und sogar ihre ehemalige Chefin Edith Bergman an. Aber bei ihnen hatte sich niemand gemeldet. Da kam ihr der Gedanke, dass die Sekte ihre Anrufe vielleicht als neue Anhaltspunkte nutzen konnte, und sie beschloss, den Ball lieber flach zu halten. Hoffentlich suchten sie irgendwo in Italien nach ihr.

Das Leben in Palo Alto bekam langsam Routine. Morgens fuhr sie mit dem Fahrrad zur Arbeit. Sie fragte einen Kollegen, ob die Sonne dort immer schien und wie unter diesen Umständen überhaupt etwas wachsen konnte – und erfuhr, dass es vor allem in den Monaten Dezember bis März regnete. Und auf ihre Frage, ob es immer so heiß war, bekam sie die Antwort, dass die Hitze manchmal bis spät in den Oktober hineinreichte.

Die Abende verbrachte sie meistens am Pool, las Bücher im Liegestuhl und sprang immer wieder ins Wasser. Zwischendurch war es nachts so warm in ihrer Wohnung, dass sie ihre Matratze auf den Balkon legte, um dort zu schlafen. Dann wachte sie morgens vom Vogelgezwitscher auf. Die Vögel sangen offenbar nur in der Morgendämmerung, tagsüber verstummten auch sie in der Hitze.

Ihr neuer Arbeitsplatz war eine moderne, erst kürzlich errichtete Bibliothek, und sie hatte freundliche Kollegen, die ihr die Eingewöhnung erleichterten. Melissa Arbor bemühte sich mit großem Enthusiasmus auch um ihre sozialen Kontakte, lud sie auf Dinnerpartys ein und ging mit ihr zu Konzerten und in Musikclubs.

Das Fahrrad eignete sich hervorragend, um Palo Alto zu erobern. Manchmal fuhr sie den ganzen Tag durch die Stadt und entdeckte neue Viertel. Sie kam durch Villengegenden mit protzigen Häusern, die im Schatten riesiger Eichen, Ulmen und Ahornbäume standen und an deren Wänden sich blühende Kletterpflanzen rankten. Fast alle dieser Häuser waren von hohen Mauern umgeben, wie kleine Oasen.

Sie streifte durch Parkanlagen, umarmte die gewaltigen Stämme der Mammutbäume und legte den Kopf in den Nacken, um die Wipfel weit oben in dem immer blau wirkenden Himmel zu sehen. Sie liebte den Geruch von Pinien und Eukalyptus, der alles einhüllte. Oft schlenderte sie die University Avenue im Zentrum von Palo Alto hinunter, die eigentlich nur aus einer langen Reihe von Geschäften, Cafés und Restaurants bestand. Es überraschte sie, wie freundlich und zugewandt alle wirkten und wie häufig sie angelächelt wurde. Die Männer waren wesentlich direkter als in Schweden, und sie ließ sich auch das eine oder andere Mal von Studenten der Stanford University ausführen, genoss die Aufmerksamkeit, lehnte aber die eindeutigen Angebote immer dankend ab.

Hier fühle ich mich wohl, hier passe ich gut hin, hier könnte ich mir vorstellen zu leben, dachte sie.

Oft saß sie im Starbucks oder in Peet's Coffee mit einem Becher Kaffee und surfte im Internet. Unterhielt sich mit anderen Gästen. Es war so leicht, ins Gespräch zu kommen. *Du stammst aus Schweden? Oh, wow! Wie ist es da? Schneit es die ganze Zeit?*

Während ihrer Pausen im Café kümmerte sie sich um den Blog, aus Angst, dass man die Herkunft der Texte zurückverfolgen könnte. Und dann kam der Tag, an dem sie Oswalds E-Book kaufte und herunterlud. Dafür Geld zu bezahlen tat zwar weh, aber Simon hatte ihr doch kein Exemplar geschickt, und sie war einfach zu neugierig. Was sie am meisten überraschte, war, dass der Text sie nicht berührte. Die Lügen über seine Kindheit und Familie, sein Gefasel, wie er die Thesen entwickelte. Als sie das Kapitel las, in dem er von den bahnbrechenden Erkenntnissen erzählte, die er im Gefängnis gehabt und aus denen er neue Thesen entwickelt habe, musste sie sogar lachen, weil das alles so lächerlich und durchschaubar war.

Aber das änderte sich schlagartig, als sie den Absatz über sich selbst gelesen hatte. Mehrmals sogar, während sich eine lähmende Nervosität in ihr ausbreitete. Vor allem der letzte Satz: *dass wir uns eines Tages unter anderen, besseren Umständen wiedersehen*. Wie konnte er nur? Sie versuchte, einen bösen Beitrag für den Blog zu schreiben, aber es misslang ihr. Erst dann kam die dunkle, alles verschlingende Wut, dass er auch noch nach einer so langen Zeit diesen Einfluss auf sie hatte.

Sie lief unruhig in ihrer Wohnung hin und her und verpasste deshalb den betörenden Sonnenuntergang. Dann rief sie trotz der späten Uhrzeit Melissa an und fragte sie, ob sie ihr ein paar Tipps für Sehenswürdigkeiten in San Francisco geben könnte. Melissa bot sich sofort an, Sofia bei dem Ausflug zu begleiten und ihr alles zu zeigen.

Am nächsten Tag fuhren sie mit dem Zug in die Stadt und waren in weniger als einer Stunde in San Francisco. Sie besichtigten alle üblichen Touristenziele, liefen über die Golden Gate Bridge und schoben sich mit den anderen Besuchern durch das Hafenviertel Fisherman's Wharf. Sie setzten sich ans Ende einer der Piers, beobachteten Robben, aßen eine sämige Muschelsuppe in Schalen aus Brot und blieben bei den Straßenmusikern stehen. Sie gingen auch shoppen und beendeten den Tagesausflug mit einem Abendessen in Chinatown.

Sofia war von den vielen neuen Eindrücken so erschöpft, dass sie dankend ablehnte, als Melissa sie einlud, sie am nächsten Tag zu einem Baseballmatch zu begleiten.

Ihren nächsten Ausflug nach San Francisco meisterte sie allein. Sie nahm ihr Fahrrad mit und fuhr ziellos durch die Stadt. Schob das Rad so oft die steilen Hügel hoch und rollte auf der anderen Seite mit schwindelerregender Geschwindigkeit wieder hinunter, bis sie schließlich am Wasser war. Das Meer war auf dieser Seite tiefer und gewaltiger. Sie setzte sich an den Strand und genoss die frische Brise. Dann rollte sie sich ihre Hose hoch und steckte die Füße ins Wasser. Es war eiskalt, und die Wellen zogen ihr fast den Boden unter den Füßen weg. Enttäuscht setzte sie sich wieder in den Sand, zog die Beine hoch, legte die Arme um sie und sah einem Hund zu, wie der sich immer wieder in die Wellen warf, um einen Stock zu apportieren. Man konnte den Horizont nicht scharf erkennen, er verschwand in einem Nebelstreifen, der immer blasser wurde und in den weißen Himmel überging.

Da setzte sich ein Mann neben sie in den Sand. Um die vierzig, schulterlanges, sonnengebleichtes Haar, braun gebrannt mit tiefen Falten um Augen und Mund.

»Ist das nicht unglaublich, da haben wir diese Schönheit direkt vor der Tür und können nicht darin baden! Ich habe es auch versucht, aber es ist schweinekalt.«

»Ist das Wasser immer so eisig?«

»Ja, meistens schon. Obwohl es jetzt im Herbst wärmer ist als im Sommer.«

»Und warum das?«

»Im Sommer bildet sich abends dichter Nebel, der die ganze Stadt einhüllt und die Temperaturen deutlich senkt. Dann wird es hier an der Küste etwa fünf bis zehn Grad kälter als im Landesinneren. Kommen Sie aus Schweden?«

»Kann man das so deutlich hören?«

»Ja, ich mag den Akzent. Wie kann das sein, dass ihr Schweden so gut Englisch sprecht?«

»Fernsehen und Musik, wir surfen viel auf amerikanischen Seiten rum und so.«

Sie kamen ins Plaudern, Orson King war ein angenehmer Gesprächspartner, und ehe sie es sich versah, hatte sie ihre Geschichte erzählt.

»Ich habe sie schon vorher gekannt«, gestand er. »Ich habe ein bisschen geschummelt.«

Ihr Herz blieb stehen. *Jetzt haben sie mich doch gefunden. Jetzt ist alles vorbei.*

»Machen Sie sich keine Sorgen«, sagte King, als er ihren panischen Gesichtsausdruck sah. »Ich lese einfach alles, was ich weltweit über Sekten finde. Und über Sie und dieses Schwein Oswald stand etwas in einer amerikanischen Zeitung. Ich arbeite in einer Einrichtung für Aussteiger, die befindet sich im Landesinneren. Ich habe Sie gleich wiedererkannt.«

»O Gott, haben Sie mir einen Schrecken eingejagt! Ich dachte schon, Sie sind ein Privatdetektiv, den man mir auf den Hals gehetzt hat.«

»Nein, das Gegenteil ist der Fall. Mehr Anti-Sekte als ich kann man wahrscheinlich nicht sein. Es wäre großartig, wenn Sie mal bei uns vorbeikämen und den Jugendlichen dort Ihre Geschichte erzählten. Ich glaube, das würde denen gefallen.«

»Aber vielleicht macht es ihnen auch nur noch mehr Angst, wenn sie hören, was ich erlebt habe.«

»Nein, das glaube ich nicht. Ich könnte mir vorstellen, dass sich ihre Probleme dann ein wenig relativieren und nicht mehr so übermächtig erscheinen. Damit sie neue Kraft bekommen, um weiterzukämpfen.«

»Aber dann möchte ich anonym bleiben, niemand darf davon erfahren, dass ich da war.«

»Das können wir einrichten.«

Und so kam es, dass Sofia eines Samstags in die Einrichtung von Orson King fuhr, um sich mit jugendlichen Sektenaussteigern zu unterhalten. Das Haus lag in einem grünen Tal mitten in der Wüste, umringt von einer unwirtlichen Landschaft aus Sand, kaktusähnlichen Gewächsen und Steppenläufern. Das Wohnhaus war so rot gestrichen wie ein schwedisches Sommerhaus und wirkte in dieser kargen Gegend irgendwie fehl am Platz. Auf einer Koppel standen Pferde und rupften an dem nicht vorhandenen Gras herum. Es war ganz still, als Orson und Sofia aus dem Wagen ausstiegen. Viel zu still.

»Einige unserer Jugendlichen haben eine schwere Zeit«, sagte King. »Sie kämpfen gegen ihre religiösen Überzeugungen, die ihnen ein Leben lang eingetrichtert wurden und die sie nie gewagt haben, infrage zu stellen.«

Er zeigte ihr den Stall und das Wohnhaus. Dort lebten fast ausschließlich Jugendliche. Sie begegneten Sofia mit Neugier, einige lächelten vorsichtig, einige sahen auch weg. Sie erkundigte sich nach den Eltern der Kinder, und King berichtete, dass sie alle in ihren Sekten geblieben sind.

»Shunning« nannte man es, wenn die eigene Familie einen verstieß.

Sie versammelten sich im Speisesaal, etwa zwanzig Jugendliche, King, eine Betreuerin und Sofia, die ihre Geschichte erzählen sollte. Aber die Bilder, die dabei entstanden, schienen jemand anderem zu gehören, nicht mehr ihr. Ihre Zuhörer waren gebannt. Danach schloss sich eine Fragerunde an. Ein rothaariger, sommersprossiger Junge, der Sofia an eine jüngere Version von Benjamin erinnerte, meldete sich.

»Stimmt es, dass Elvira nicht zur Beerdigung ihrer Mutter gehen durfte?«

Sofia war von dieser Frage so überrumpelt, dass sie erst kein Wort herausbekam.

»Woher weißt du von Elvira?«

Ein dünnes Mädchen um die fünfzehn mit großen Augen und schmalen Lippen erhob sich.

»Ich bin eine halbe Schwedin oder wie man das nennt. Meine Mutter kommt aus Schweden, mein Vater aus den USA. Ich habe Teile von Elviras Blog übersetzt, damit es hier alle lesen können. Uns gefiel der so gut. Was ist aus ihr geworden?«

In Sofias Innerem fand ein unsichtbarer Kampf statt. Sollte sie die Wahrheit erzählen und damit vielleicht die letzte Hoffnung dieser jungen Menschen zerstören, oder sollte sie sich schnell eine glaubwürdige Lüge ausdenken? Aber dann musste sie diesen Kampf doch nicht selbst austragen, das übernahm der Junge mit den Sommersprossen, der heftig den Kopf schüttelte.

»Sie ist zurück zur Sekte gegangen, stimmt's? Sie hat aufgegeben. Was sollte sie auch tun mit den Babys. Sie hatte gar keine andere Wahl.«

»Man hat immer eine Wahl«, entgegnete Sofia. »Aber Elvira hat trotzdem einen Sieg errungen. Sie ist jetzt versorgt und muss dafür kein Sektenmitglied mehr sein. Und den Kindern geht es gut.«

»Klar, aber die werden hundertprozentig als ViaTerra-Kinder großgezogen«, sagte das Mädchen. »Und das ist überhaupt nicht gut.«

»Nein, das ist es nicht«, nickte Sofia. Am liebsten hätte sie noch gesagt, was für ein Glück die Mädchen unter ihnen hätten, nicht von einem der Sektenführer schwanger zu sein, aber dann überlegte sie es sich anders.

Eine andere junge Frau, etwas älter als die Halbschwedin, hatte still im hinteren Teil des Raumes gesessen und stand jetzt auf.

»Wir wissen, dass Sie auch einen Blog schreiben. Wir wollen den gern lesen, aber das ist mit dem Schwedischen nicht so einfach. Könnten Sie nicht Teile davon übersetzen? Es gibt doch Google Translate, es wäre wirklich toll, wenn wir Ihnen folgen könnten.«

»Das kann ich gern machen. Ich hatte ja keine Ahnung, dass ihr die Blogs … Ich hatte keine Ahnung, dass es euch … dass es so eine Einrichtung gibt.«

Plötzlich kam ihr der Gedanke, wie unvorsichtig ihr Verhalten war. Wie groß die Gefahr war, dass einer der Jugendlichen etwas ausplauderte und von ihrem Besuch erzählte.

»Ich hoffe, ihr versteht, dass niemand erfahren darf, dass ich hier gewesen bin.«

Der junge Benjamin fing an zu lachen.

»Was glauben Sie denn? Ich kann Ihnen versichern, dass es hier keinen einzigen Oswald-Fan gibt. Außerdem würde Orson uns umbringen, würden wir den kleinsten Piep von uns geben.«

Ein befreiendes Lachen füllte den Saal. Das war ein hervorragender Moment, um ihren Vortrag zu beenden.

Es war bereits dunkel, als sie aufbrachen. Zum Abschluss hatten sie auf einer Bank im Garten gesessen, den Sternenhimmel angesehen und der Serenade der Grillen gelauscht. Eine Sternschnuppe löste die nächste ab. Die Luft war trocken, kühl, und bald würde es noch kälter werden. Sie dachte an die Jugendlichen, an den Verrat der Eltern an ihren Kindern. Es berührte sie tief, dass sie Elviras Blog gefunden und ihn gelesen hatten.

»Dass so etwas passieren kann«, sagte sie. »Dass Eltern ihre eigenen Kinder verstoßen. Ich habe mich vorhin so ohnmächtig gefühlt.«

King schwieg eine Weile.

»Dieser Job hier hat mir meinen letzten Funken Respekt vor Religionen genommen«, sagte er. Sie konnte sein Gesicht im Dunkeln nicht sehen. Er roch stark nach Tabak. Nicht unangenehm, aber es bildete einen starken Kontrast zu dem süßen Duft von Akazien, der vorbeizog.

»Ach, entschuldigen Sie bitte, da bin ich gerade etwas schwermütig geworden. Es war großartig, dass Sie uns hier besucht und mit den Kids gesprochen haben. Das hat denen sehr gefallen, das kann ich Ihnen versichern.«

»Es war auch für mich ein tolles Erlebnis. Obwohl es mir ein Rätsel ist, wie man einem Kind erklären soll, dass die eigenen Eltern es nicht haben wollen. Kann man ihnen denn überhaupt helfen?«

»Doch«, sagte er. »Wir können ihnen dabei helfen, den Weg ins wirkliche Leben zurückzufinden.«

Bevor Orson sie vor ihrem Haus absetzte und sich verabschiedete, gab er ihr ein paar Informationsblätter und Broschüren über die Einrichtung mit sowie eine Telefonnummer, unter der sie ihn erreichen konnte.

»Sollte Ihnen wider Erwarten etwas zustoßen oder wenn Sie Hilfe brauchen, dann rufen Sie mich an«, gab er ihr mit auf den Weg.

Sie hatte gerade die Wohnungstür hinter sich geschlossen, als Benjamin anrief.

»Ich liebe dich, Sofia«, hauchte er in den Hörer.

»Ich liebe dich auch. Zwischen uns hat sich nichts geändert.«

KAPITEL 30

Der Winter ging so schnell und leise vorbei, dass in Simon die Hoffnung keimte, Oswald könne seine kranke Jagd auf Sofia aufgegeben haben. Den ganzen Dezember über herrschte schon Weihnachtsstimmung in der Pension. In den Bäumen hingen Lichterketten, und überall flackerten Gartenkerzen. Nach einem massiven Kälteeinbruch war der Schnee so dicht gefallen, dass Simon jeden Tag schaufeln musste.

Auch die Besuche von ViaTerra-Gesandten waren ausgeblieben. Und wenn Sofia anrief, hatte sie immer gute Laune. Sie meinte, dass Oswald vielleicht jemand anderen gefunden hatte, den er terrorisieren konnte. Und sie wollte auch nicht über ihn sprechen. Stattdessen erzählte sie ihm, wie wohl sie sich in San Francisco fühlte, was Simon ganz sehnsüchtig machte.

Dieses Bauchgefühl meldete sich auch nur, wenn er am Herrenhaus vorbeiging. Und er blieb wachsam. Er hatte seinem Gefühl bereits einmal nicht vertraut, das würde ihm nie wieder passieren.

Die Mail kam Ende Februar. Es war die sonderbarste Mail, die er je bekommen hatte. Zuerst dachte er, es sei SPAM, denn der Text war vollkommen unverständlich. Aber die Mail-Adresse ließ ihn sofort aufhorchen.

info@viaterra.se

Simon wusste, dass die Ethikabteilung diese Adresse benutzte, um die Anfragen der besorgten Familienangehörigen jener Mitglieder zu beantworten, die in Ungnade gefallen waren und mit der Außenwelt keinen Kontakt aufnehmen durften. Dann antwortete die Ethikabteilung stellvertretend und teilte mit, dass es der betreffenden Person gut gehe, sie zurzeit aber leider beschäftigt und nicht abkömmlich sei. Das war eine Art Standardprozedur. Und von dieser Mail-Adresse hatte er jetzt eine Nachricht erhalten. Vielleicht kam sie von Benny, aber warum – um Himmels willen – sollte er ihm einen Haufen Buchstaben und Ziffern schicken, die keinen Sinn ergaben?

E21H H3UB

LL9W SU1R

Nicht antworten

An der letzten Zeile blieb Simon hängen. *Nicht antworten.* Warum eine Mail senden, wenn man keine Antwort wollte? Wenn jemand anderes als Benny diese Mail geschrieben hatte, war die Person damit ein hohes Risiko eingegangen. Er oder sie musste ins Wachhäuschen oder ins Personalbüro geschlichen sein und den Rechner dort benutzt haben. Aber was sollte diese Nachricht?

Er überlegte, ob die Buchstaben durch Zahlen ersetzt wurden oder andersherum. Darum nahm er Notizblock und Stift und schrieb die Ziffern- und Zahlenabfolge ab. Er ersetzte die Zahlen mit den Buchstaben des Alphabets. 1 entsprach A, 2 dem B, aus 3 wurde C und so weiter. Trotzdem blieb es unverständlich. Simon war sich sicher, dass es sich um einen Kode handelte und die Nachricht gezielt an ihn geschickt worden war. Hilflos drehte und wendete er das Papier, aber erst als er es wieder auf den Tisch legte, sah er das Wort BUCH. Doch es war rückwärts geschrieben. Sofort war auch der Rest lesbar.

HABE BUCH

WILL RAUS

Nicht antworten

Jacob hatte mit ihm Kontakt aufgenommen. Am liebsten wäre er aufgesprungen, zum Herrenhaus gerannt und hätte seine Freilassung gefordert. Aber er wusste, dass es nicht so einfach war. Die Gewissheit, dass Jacob ViaTerra verlassen wollte, ließ sein Herz sofort schneller schlagen. Er hatte gehofft, dass sich noch andere von diesen Sklaventreibern befreien wollten, sie aber nicht wussten, wie sie entkommen konnten. Jetzt war Vorsicht geboten. Er musste in Ruhe nachdenken und durfte keine überstürzten Aktionen unternehmen.

Am nächsten Tag ging er nach der Arbeit ins Dorf und kaufte eine Einladungskarte für eine Taufe, in die man nur noch das Datum und eine kurze Notiz für den Empfänger eintrug. Lange grübelte er, was er schreiben sollte. Dann nahm er den Stift und verstellte seine Handschrift, damit sie zierlich und weiblich aussah. Der Termin für die Taufe war in einer Woche um 17 Uhr. Die Uhrzeit war sicher ungewöhnlich spät, aber das ging nicht anders. Auf die rechte Seite der Karte schrieb er die kurze Notiz.

Lieber Jacob,
ich hoffe sehr, dass du zur Taufe unserer kleinen Elin kommen kannst.
Wir treffen uns bei der kleinen Pforte vor der Kirche.
Mit lieben Grüßen,
deine Cousine Beata.

Bevor er die Karte in den Umschlag steckte, las er sie noch einmal sorgfältig durch. Er war sich sicher, dass die Wachen Jacob diese Einladung aushändigen würden. Nicht etwa, weil sie so unschuldig war, sondern gerade weil solche Einladungen eine schmerzliche Prüfung für die Betreffenden waren. Sie mussten ablehnen und wurden dadurch daran erinnert, dass sie sich von ihrer Familie abgewandt hatten. Und die Wachen liebten es, das Personal zu quälen. Außerdem waren die viel zu faul, um zu überprüfen, ob Jacob tatsächlich eine Cousine namens Beata hatte.

Der Brief fühlte sich warm und lebendig an, als er ihn adressierte und frankierte. Der nächste Briefkasten war ganz in der Nähe, und als er hörte, wie der Brief in den Kasten fiel, hoffte er inständig, dass es im Herrenhaus so hektisch und chaotisch wie sonst auch zuging und die Wachen nicht registrierten, dass der Brief auf der Insel abgestempelt wurde. Außerdem hoffte er, dass der Brief die Zensur passierte.

Dann folgte eine Woche ungeduldigen Wartens. Was war, wenn sie zu wenig Zeit hatten, sich um die Post zu kümmern? Oder wenn sie Jacob fragten, wer denn diese Beata ist? Vielleicht war die Mail auch eine Falle, und Jacob machte mit Benny gemeinsame Sache, um Simon als Verräter zu entlarven. So vieles konnte schiefgehen. Aber er hatte große Hoffnung.

Eine Woche später stand er schon um Viertel vor fünf an der kleinen Pforte, aufgeregt und außer Atem. Zuerst wollte er draußen bleiben, fand es dann aber idiotisch, die Mauer zwischen sich zu haben. Seine Gedanken überschlugen sich. *Er kommt nicht, er hat meinen Brief nicht bekommen, das ist verrückt, was ich hier mache. Als wäre das hier ein Gefängnis, in das ich eindringe, nein, schlimmer noch, als würde ich mich über die Grenze nach Nordkorea schleichen.*

Er hatte sich hinter seine Eiche gestellt. Der Innenhof war leer, nur eine einsame Ente watschelte über den Rasen. Zitterpappel und Ahorn hatten die Farbe ihres Laubes gewechselt und bildeten eine rotgelbe Kuppel.

Plötzlich knackte es neben ihm. Jacob stand bloß da, mit aufgerissenen Augen, als hätte er ein Gespenst gesehen.

»Mann, hast du mich erschreckt!«, schimpfte Simon. Jacob sah aus wie immer, bis auf den verängstigten Gesichtsausdruck. Er trug seine Arbeitskleidung, war braun gebrannt und roch nach Kuhstall.

Simon hätte ihn am liebsten umarmt, aber das fühlte sich zu aufdringlich an.

»Wie bist du denn reingekommen?«

»Ich hab einen Schlüssel.«

»Wirklich? Du bist unglaublich!«

»Gut, oder? Du kannst jetzt gleich mit mir mitkommen, wenn du willst. Es ist nur ein kleiner Schritt in die Freiheit.«

»Simon, ich kann noch gar nicht fassen, dass du jetzt vor mir stehst. Das ist einfach verrückt.«

»Kommst du mit?«

»Das ist ein bisschen komplizierter. Ich habe die ganze Nacht darüber nachgedacht. Die Tiere. Um die kümmert sich ja niemand, wenn ich gehe. Sie werden sie vernachlässigen oder gleich alle schlachten. Was soll ich bloß tun?«

Jacob hatte die Stimme erhoben, Simon legte einen Finger auf die Lippen.

»Konntest du die Karte leicht zuordnen, die ich dir geschickt habe?«

»Ich habe zuerst gedacht, ich hätte meinen Verstand verloren, weil ich nichts von einer Cousine Beata wusste. Aber dann habe ich es kapiert. Das ist alles wahnsinnig. Dass du hier bist und einfach so die Pforte öffnen kannst.«

»Gibt es sonst noch jemanden, der raus will? Das ist ein freier Durchgang, ohne Alarmanlage, man hinterlässt keine Spuren, und ihr könnt euch bei mir zu Hause verstecken.«

Simon wunderte sich selbst über seine Worte, aber er fand die Idee trotzdem gut.

»Ich werde mich umhören. Kannst du in ein paar Tagen noch mal wiederkommen?«

»Klar. Aber du darfst kein Wort darüber sagen. Weder über mich noch über die Pforte. Ist Oswald schon zurück?«

»Er kommt erst Anfang April. Madde hat den ganzen Laden umgekrempelt, alles musste geputzt und gewienert werden, sogar die Türgriffe. Ich hatte kaum Zeit, mich um die Tiere zu kümmern, und im Stall steht der Dung kniehoch.«

Dazu sagte Simon nichts, obwohl der Geruch geradezu erdrückend war, den Jacob ausströmte.

»Sag, Simon, wie ist es denn da draußen? Kann man das schaffen?«

»Absolut. Du würdest sofort einen Job auf einem der Bauernhöfe auf der Insel bekommen. Die Pension läuft besser als je zuvor, und Fleisch, Eier und so etwas bekommen wir alles von den umliegenden Höfen. Ich bin mir ganz sicher, dass die gute Leute brauchen.«

»Ja, ich will raus hier, aber die Tiere … Die Kühe sehen mich so traurig an, als wüssten die schon, dass ich weg will.«

»Ist ja kein Grund zur Eile. Überleg es dir.«

Da hörten sie ein Motorrad, das angeworfen wurde.

»Ich muss los. Wir sehen uns übermorgen. Gleiche Zeit. Leg einen Zettel neben die Pforte, wenn du nicht kommen kannst. Benutz deinen Code wieder.«

Jacob grinste, hielt den Daumen hoch und ging.

Als Simon zwei Tage später wiederkam, hatte er sich ein bisschen verspätet. Aus gutem Grund. Inga Hermansson kam jubelnd zu ihm aufs Feld gerannt.

»Einer von der Jury hat eben angerufen und gefragt, ob wir beide heute Abend zu Hause sind. Das werden wir auf jeden Fall sein, oder?«

»Ich habe noch eine Kleinigkeit zu erledigen. Aber zum Abendessen bin ich zurück.«

»Stell dir vor …«, flüsterte sie begeistert.

»Wir werden sehen.«

Als Simon die Pforte aufschloss, spürte er sofort, dass etwas nicht stimmte. Es war so leise. Keinen einzigen Laut konnte er hören. Jacob konnte nicht kommen, er hatte es sich anders überlegt, oder es war etwas passiert. Sie sind ihm auf die Schliche gekommen. All diese Gedanken schossen ihm durch den Kopf. Trotzdem schloss er auf und schlich sich leise auf das Anwesen.

Plötzlich standen sie vor ihm, steif wie Statuen. Jacob mit offenem Mund und Anna neben ihm, mit aufgerissenen Augen. Sie trug einen Rucksack über der Schulter. Eine Art Fiepen entwich ihrem Mund, als sie Simon sah, aber Jacob schüttelte ermahnend den Kopf.

»Ich halte es hier nicht länger aus«, flüsterte Anna.

Und Simon sah ihr an, dass sie die Wahrheit sagte.

KAPITEL 31

Im Laufe des Winters wurde alles leichter. Oswald hatte sich verändert. Seine fanatische Besessenheit von Sofia Bauman hatte sich aufgelöst. Er hörte auch auf, dem Loser geheime Briefe zu schicken, und war ganz vertieft in die Arbeit an seinen neuen Thesen.

Euphorisiert und mit leuchtenden Augen las er Anna-Maria mitunter Auszüge daraus vor.

»Weißt du, dass die meisten Menschen mehr Zeit in ihrem Kopf als auf der Erde verbringen?«, sagte er eines Tages. »Deshalb gibt es ViaTerra, um den Menschen ihr Leben zurückzugeben.«

Sie verstand nicht immer, was er meinte, aber sie war davon überzeugt, dass er über einen fast übermenschlichen Tiefsinn verfügte, und pflichtete seinen Worten mit Lobeshymnen und begeisterten Ausrufen bei.

Oswald war so zugewandt und freundlich, dass es Anna-Maria geradezu verunsicherte. Die Besuchszeiten, die immer eher hektisch und geschäftsmäßig verliefen, waren zu gemütlichen Stunden geworden, in denen sie sich unterhielten oder gemeinsam die Fanpost lasen. Seit dem Erscheinen seiner Biographie hatte der Stapel mit Fanpost deutlich zugenommen. Frauen schickten ihm Fotos von sich, halb nackt, einige davon waren unglaublich attraktiv. Aber Oswald lachte nur darüber.

»Sieh dir doch diese Tante an. Es ist ja widerlich, wie sie

sich anbietet. Zum Glück habe ich eine Frau mit Stil an meiner Seite«, sagte er und streichelte mit einem Finger über ihre Wange.

Er war so zärtlich, dass Anna-Maria misstrauisch wurde. Sie sehnte sich fast zu den Zeiten zurück, in denen er grob gewesen war und sie zurechtgewiesen hatte. Sie wollte sich vergewissern, ob diese Seite noch in ihm existierte. Deshalb brachte sie das Thema Sofia Bauman auf, das ihn in der Regel rasend machte. Aber noch nicht einmal darauf reagierte er.

»Man muss auch loslassen können, stimmt's? Du hast doch die DVDs geschnitten, du hast sie ja gesehen. Unfassbar. Die Lügen, die sie über mich verbreitet hat, werden sie von ganz allein erledigen. Das müssen nicht wir übernehmen. Glaub mir, eines Tages wird sie zusammenbrechen.«

An einem dieser Tage zog Anna-Maria einen tief dekolletierten Pullover an, der so gerade eben ihre Brustwarzen bedeckte, und verzichtete auf den BH. Die Haare trug sie hochgesteckt, um Hals und Nacken zu betonen, und kam in einer Duftwolke des Parfums, das er an ihr mochte. Sie täuschte vor, sich den Hals einrenken zu wollen, und warf den Kopf in den Nacken. Denn sie wusste, dass er auf Sex mit Strangulieren stand, und wollte ihm ihren Hals auf dem Tablett servieren.

Und er biss sofort an. Legte seine Hände um ihren Hals und drückte sie gegen die Wand. Das erregte sie sehr, sie stöhnte auf, und er verstärkte den Druck um ihren Hals. Genau richtig, so mochte sie es, bis ihr schwindelig wurde.

Zu mehr kam es zwar nicht, aber es hatte ihr gereicht, um sicher zu sein, dass er noch nicht das Interesse verloren hatte. Trotzdem fragte sie sich ab und zu, was er eigentlich mit seinen körperlichen Gelüsten machte. Er saß schließlich schon seit über einem Jahr im Gefängnis. Ein Quickie an der Wand wäre ein Leichtes gewesen. Ihre Besuchstermine waren noch nie von einem Wärter unterbrochen worden, der unangekündigt hereingeplatzt gekommen wäre. Aber Oswald hielt sich immer in letzter Sekunde zurück. Kam mit Ausflüchten, dass er ihre gemeinsame Zukunft nicht aufs Spiel setzen wolle – und das von einem Mann, der gerne die Sachen auf die Spitze trieb und alle Grenzen austesten wollte.

Aber trotz dieser störenden Momente verging der Winter wie in einem schönen, warmen Rausch. Ab und zu schickte er sie auf die Insel, um bei ViaTerra nach dem Rechten zu sehen, was in der Tat keine große Freude war. Die Idioten dort verstanden alles falsch. Sie sahen alle wie Zombies aus und bekamen nichts auf die Reihe. Und allmählich begann das Anwesen zu zerfallen. Sie war froh, nach Oswalds Entlassung nicht in Bosses oder Madeleines Schuhen zu stecken. Er verwandelte das Herrenhaus garantiert in ein Inferno.

Weihnachten und Neujahr kamen und gingen. Sie verbrachten eine Stunde zu Weihnachten, allerdings ganz ohne die traditionellen Elemente. Oswald hasste Weihnachten. Und dennoch gab er ihr einen Kuss auf den Mund und wünschte ihr: »Frohe Weihnachten, meine Schöne!« Sie wäre auf dem kalten Betonboden vor Glück fast geschmolzen.

Seine Rastlosigkeit meldete sich erst Ende Februar wieder, gut einen Monat vor seiner Entlassung. Er wollte mehrmals den Termin von ihr und das Prozedere erklärt und bestätigt haben. Er beschloss, die erste Nacht in Freiheit in einem Hotel in Göteborg zu verbringen und erst am nächsten Tag nach ViaTerra überzusetzen. Er fing schon an, peinliche Fragen zu stellen. Wie es auf dem Landsitz aussehe, ob das Personal die tiefere Bedeutung seines literarischen Erfolgs begriffen habe. Sie sagte ihm die ungeschminkte Wahrheit. Ihr Eindruck war, dass es der Belegschaft an Führung fehlte. Das Anwesen machte einen heruntergekommenen Eindruck, obwohl sie Madde mehrmals darauf hingewiesen hatte. Das löste eine Tirade an Beschimpfungen aus, die sich aber zum Glück nicht gegen sie richteten, sondern gegen die Inkompetenz des Personals.

»Ich möchte, dass du mir einen Gefallen tust«, sagte er eines Tages.

»Alles, was du willst.«

»Ich hätte gern einen Termin mit diesem Damian. Ich möchte ihn privat treffen.«

»Niemals!«, entfuhr es ihr. »Ich meine, ich habe seit der Sache mit der Kamera den Kontakt mit ihm abgebrochen«, fügte sie schnell hinzu.

»Dann musst du ihn halt wiederaufnehmen.«

»Aber warum denn?«

»Sag mal, wirst du dich so auch in meine Angelegenheiten einmischen, wenn ich wieder draußen bin?«, fuhr er sie an.

»Nein, natürlich nicht. Ich verstehe es nur nicht. Du hast doch diesen Typen, dem du immer die Briefe schickst. Warum musst du dich dann mit Damian treffen?«

»Zum einen arbeitet dieser Typ nicht mehr für mich. Zum anderen ist das ein Sachverhalt, den man nicht auf einen Zettel kritzelt.«

»Und worum geht es? Warum kannst du mir nicht davon erzählen?«

»Weil es eine höchstpersönliche Angelegenheit ist.«

»Ich verstehe einfach nicht, warum er in deine höchstpersönlichen Angelegenheiten involviert ist und ich nicht.«

»Das musst du auch nicht verstehen«, sagte er und sah sie

mit diesem Blick an, der keine Widerworte duldete. Wenn sie jetzt nicht aufpasste, war alles zerstört, was sie in den letzten Monaten aufgebaut hatten.

»Und du verstehst es nicht, weil du mir nach wie vor nicht vertraust. Und das betrachte ich als Beleidigung.«

Sein Gesichtsausdruck hatte sich verändert, er sah frech aus, verspielt. Mit einer Welle der Erleichterung begriff sie endlich. Dass sie das nicht gleich gesehen hatte! Er bereitete natürlich etwas für sie beide vor, für die Zeit nach seiner Entlassung. Als Dank für ihre Hilfe, Freundschaft und vielleicht sogar, um ihre Liebe zu feiern. Natürlich, so war es. Sie lächelte ihn unsicher an.

»Ich kann ihn ja mal anrufen. Und das Gespräch findet nur zwischen euch beiden statt?«

»Ganz genau. Ich möchte dich nicht dabeihaben.«

»Aber was sage ich den Wachen, ihr seid doch weder verwandt noch befreundet?«

»Sag ihnen einfach, dass er dein Assistent ist. Dein Stellvertreter für diesen einen Tag.«

Anna-Maria wusste schon, was Hela McLean dazu sagen würde, und ihr drehte sich der Magen um.

»Okay, meinetwegen«, seufzte sie, und in derselben Sekunde veränderte sich seine Laune, so wie ein Chamäleon seine Farbe wechselte. Auf einmal war er zuckersüß zu ihr.

Bevor sie ging, nahm er ihren Kopf in seine Hände und sah ihr lange in die Augen.

»Du bist doch meine Annie, meine Allerbeste«, sagte er und küsste sie auf den Mund. »Und grüß das Gesindel auf ViaTerra von mir und sag ihnen, dass alles tipptopp aussehen soll, wenn ich nach Hause komme. Das Wasser am Teufelsfelsen ist um diese Jahreszeit noch ziemlich kalt.«

KAPITEL 32

Sie spürte ihn. Seinen Blick. Wie ein Magnet zog er sie an, vom anderen Ende des Raumes. Sofia musste nicht einmal den Kopf heben, sie wusste, dass er sie ansah. Seit drei Tagen kam er in die Bibliothek, setzte sich mit einer Zeitung in die Leseecke und tat so, als läse er. In Wirklichkeit aber ließ er sie nicht aus den Augen und folgte jeder ihrer Bewegungen.

Unter normalen Umständen wäre sie zu ihm gegangen und hätte ihn gebeten, mit dem Starren aufzuhören. Aber sein Verhalten hatte nichts Bedrohliches, und er sah ausgesprochen gut aus. Halb langes, leicht zerzaustes Haar. Augen, die ziemlich sicher blau waren. Elegante Gesichtszüge, die Nase war etwas lang, aber seine Lippen waren voll und sinnlich. Seine Ausstrahlung wirkte lässig und träge. Er schien selbstbewusst und zufrieden zu sein. Außerdem hatte Sofia das Gefühl, dass sie sich diese Gelegenheit nicht entgehen lassen durfte.

Der Winter in Kalifornien hatte ihre Erwartungen übertroffen. Die Arbeit ging ihr leicht von der Hand, sie hatte Freunde gefunden, und die Sonne schien fast immer von einem blauen Himmel. Nur der Morgennebel hüllte Palo Alto täglich ein, löste sich aber in der Sonne langsam auf. Der Niederschlag kam erst Ende Januar, in Form eines hartnäckigen Starkregens, der ein paar Wochen anhielt.

Dann aber kam die Sonne zurück. Sofia war in einem Glücksrausch, den sie seit der Zeit in der Sekte so nicht mehr erlebt hatte. Die Tage waren lang und warm, die Nächte kurz und mild. Ihre Alpträume waren verschwunden. Jetzt brauchte sie nur noch das berühmte i-Tüpfelchen. Sie wollte etwas Besonderes erleben, bevor sie wieder nach Schweden zurückkehrte. Etwas Aufregendes, Unanständiges.

Und ausgerechnet da tauchte dieser gut aussehende Typ in ihrem Leben auf, setzte sich in die Leseecke und warf ein Auge auf sie.

Sie versuchte sich auf ihre Arbeit zu konzentrieren. Sie musste die Neuzugänge einarbeiten. Da hörte sie ein Räuspern und sah auf. Er stand direkt vor ihr. Seine Augen waren definitiv blau. Als sie sein freches Grinsen sah, schoss ihr die Röte ins Gesicht.

»Du bist Schwedin, stimmt's?«, sagte er auf Schwedisch.

Ihr Herz sank ihr in den Magen.

Sie nickte. Versuchte, sich professionell zu verhalten, als hätte er nach einem Buch gefragt.

»Womit kann ich helfen?«

»Ich habe ein massives Problem. Ich kann nicht aufhören, dich anzusehen.«

Sie lachte. Was für ein Klischee. Es war ihr ein bisschen peinlich, mit so einem hollywoodreifen Satz angemacht zu werden.

»Dann würde ich lieber zu einem Optiker gehen. Ich habe grad zu tun.«

Er streckte ihr seine Hand hin, automatisch griff sie danach.

»Mattias Wilander, Göteborg.«

Sie wollte ihre Hand wegziehen, aber er hielt sie fest. Seine Dreistigkeit befremdete sie, sie ging einen Flirt lieber langsam an. Verstohlene Blicke, zufällige Berührungen, so was eben. Aber er kam gleich zur Sache.

Trotzdem war es aufregend, dass sie sich begegnet waren. Ihr erster Schwede, den sie hier in Kalifornien traf.

Sie versuchte ihn mit Blicken zum Gehen zu bewegen. Aber er blieb unverwandt vor ihr stehen. Sie hatte das ungute Gefühl, dass er gefährlich war. Genau der Typ, zu dem sie sich hingezogen fühlte. Wie Oswald und Ellis. Männer, die ihr Leben am Ende immer als Trümmerhaufen zurückließen.

»Verzeih, dass ich so dreist bin«, sagte er. »Du bist mir sofort aufgefallen, als ich dich vor ein paar Tagen das erste Mal gesehen habe. Ich habe sofort eine große Anziehung gespürt. Als wären wir uns schon einmal begegnet. Sind wir das vielleicht wirklich? Sind wir uns schon einmal begegnet?«

»Das glaube ich nicht.«

»Wie lange lebst du schon hier?«

»Fast acht Monate.«

»Ich bin ganz neu hier. Bin erst vor ein paar Wochen gekommen und fühle mich noch ein bisschen verloren und könnte ein paar Tipps gebrauchen. Clubs, in denen sie gute Musik spielen. So was. Können wir später nicht was zusammen essen gehen?«

Du hast dir ein Versprechen abgenommen.

Du hast Benjamin ein Versprechen gegeben.

Keine Affäre, kein Seitensprung in der Zeit, in der du hier bist!

Aber essen gehen war doch nicht verboten. Es war schließlich kein Vergehen, Leute kennenzulernen.

Er wartete, bis sie Feierabend machte. Dann gingen sie in ein Café ganz in der Nähe. Es machte Spaß, sich mit ihm zu unterhalten. Er hatte vor Kurzem erst sein Examen in Psychologie gemacht, ein Sabbatjahr eingelegt und wollte nun ein paar Monate in Palo Alto verbringen. Allerdings hatte er keine einzige Kontaktadresse, wollte auf eigenen Beinen stehen.

»Eigentlich bin ich ein ziemlicher Langweiler. Ein richtiger Bücherwurm. Ich hatte das ewige Saufen und Vögeln satt. Entschuldige meine Wortwahl.«

Ein Schauer lief durch ihren Körper.

»Ich bin entweder an oder aus«, fuhr er fort. »Entweder will ich es ganz entspannt und easy oder ich gehe bis ans Äußerste, suche meine Grenze. So will ich leben.«

Sie gab ihm wie gewünscht ein paar Tipps für Palo Alto und San Francisco, aber er wollte am liebsten nur über sie sprechen. Sie konnte sich nicht erinnern, jemals einen Mann kennengelernt zu haben, der so an ihrem Leben interessiert war. Nicht einmal Benjamin.

Und als sie sich verabschiedeten, bedankte er sich für den Abend und ging. Er fragte weder nach ihrer Nummer noch nach einem nächsten Date, was ein schales Gefühl in ihr hinterließ.

An diesem Abend konnte sie nicht einschlafen, wollte aber auch nicht bei Benjamin anrufen. Am Ende entschied sie sich, sich bei Ellis über Skype zu melden, weil sie mit ihm schon länger nicht mehr gesprochen hatte. Ellis freute sich über den Anruf und redete wie ein Wasserfall. Er hatte eine neue Datingplattform ins Leben gerufen, die »FeelYou« hieß. Die Idee dahinter war, sich ohne viele Worte und Fotos kennenzulernen. Man richtete ein Konto ein und gab lediglich Geschlecht und Alter an. Dann suchte man sich ein Wort, das einen charakterisierte. Wer anbiss, antwortete ebenfalls mit nur einem Wort, und dann warf man sich gegenseitig den Ball zu, bis gute oder schlechte Vibes entstanden. Verblüffenderweise waren mithilfe dieses Portals viele glückliche Beziehungen entstanden, und Ellis hatte damit schon ein kleines Vermögen verdient. Sofia sollte sich unbedingt die aktuelle Ausgabe der Computerzeitschrift Wired kaufen, weil da ein Artikel über ihn drinstünde.

Das klang so großartig, da wollte Sofia auch was erzählen und schilderte ihm deshalb die Geschichte mit Mattias.

»Ach, komm, mach dich locker, da ist doch nichts dabei«, war Ellis' Reaktion. »Du bist erst dreiundzwanzig, hab ein bisschen Spaß, Sofia. Du bist verdammt noch mal sexy. Du willst doch keine alte Schachtel werden, die Benjamin ewige Treue schwört? Diese Sekte hat dir in den Kopf gesetzt, dass du leben musst wie eine Nonne.«

Obwohl dieser Ratschlag von jemandem kam, der eine etwas problematische sexuelle Vergangenheit hatte, war die Wirkung tröstlich.

Mattias kam am nächsten Tag nicht in die Bibliothek, was Sofia sehr enttäuschte. Unaufhörlich starrte sie in die Leseecke und wurde richtig wütend, als sich ein übergewichtiger Mann auf den Sessel setzte, auf dem Mattias immer gesessen hatte. Als sie nach der Arbeit das Gebäude verließ, stand er draußen und wartete auf sie. Mit einem frechen Grinsen im Gesicht lehnte er sich gegen einen Baum. Er trug Jeans und Lederjacke. Seine Augen waren so blau, dass sie sich fragte, ob er vielleicht gefärbte Kontaktlinsen benutzte. Er nahm ihre Hände in die seinen. Was hatte er für ein unwiderstehliches Lächeln.

Das ist jetzt der Moment, wo ich dankend ablehnen muss, dachte sie. Wenn ich es nämlich nicht tue, geht alles den Bach runter. Am liebsten hätte sie zwei parallele Leben geführt. Das eine hätte sie mit Benjamin verbracht, und in dem anderen hätte sie sich auf diesen Fremden eingelassen und ihre wildesten sexuellen Fantasien ausgelebt. Aber man konnte nur ein einziges Leben führen. Und Benjamin war so weit weg.

»Ich habe ein Auto gemietet«, verkündete Mattias. »Komm mit, wir fahren an die Half Moon Bay und gehen dort am Meer spazieren.«

»Ich muss morgen arbeiten.«

»Wir bleiben doch bloß ein paar Stunden. Ich lade dich zum Essen ein.«

Sie hatte bisher nur gehört, wie schön es in Half Moon Bay war. Das klang verführerisch.

»Verzeih, dass ich gestern so aufdringlich war«, sagte er, als sie im Auto saßen. »Wir lassen es ganz langsam angehen, okay? Bis auf Weiteres.«

Warum erzähle ich nichts von Benjamin?, fragte sie sich. Ich habe doch sonst nie Probleme, was zu sagen.

»Woran hast du erkannt, dass ich Schwedin bin?«, fragte sie stattdessen.

»Dein Akzent. Ich hab dir zugehört, wenn du mit den Besuchern gesprochen hast.«

Der Weg durchs Land ans Meer schlängelte sich in scharfen Kurven zwischen riesigen Mammutbäumen hindurch, deren würziger Geruch durch die halb geöffneten Fenster drang.

Half Moon Bay war in einen sonnigen Dunst gehüllt, der die Landschaft mit einem sanften, zarten Glanz überzog. Sie gingen an der Strandpromenade spazieren, setzten sich auf eine Bank und sahen auf das offene Meer hinaus, das in der Sonne glitzerte. Ein paar Pelikane flogen wie Segelflugzeuge vorbei und landeten draußen auf dem Wasser. Die Wellen waren groß und warfen die Surfer immer wieder von ihren Brettern.

»Ich surfe auch«, sagte er. »Deswegen bin ich auch schon ein paar Male hier gewesen. Kennst du Mavericks? Das sind enorme Wellen, die sich hier in der Nähe im Winter in etwa drei Kilometern Entfernung vom Strand bilden. Der Ort heißt Pillar Point Harbor und liegt nördlich von hier. Die Wellen dort werden bis zu sieben Meter hoch. Jedes Jahr finden dort Wettkämpfe mit den besten Surfern der Welt statt. Aber man kann da nur mitmachen, wenn man eingeladen wird. Ich habe immer davon geträumt, da einmal teilnehmen zu dürfen. Ich kann dir Surfen beibringen, wenn du magst.«

»Gerne, das wär cool.«

Welcher Teufel hatte sie da gerade geritten, sie hatte sich noch nie fürs Surfen interessiert. Aber in seiner Nähe war es ihr fast unmöglich, klar zu denken. In seiner Gegenwart fühlte sie sich anders. Schwindlig und albern. Als wären alle Grenzen aufgehoben. Surfen? Klar, warum nicht gleich Fallschirmspringen, wenn wir schon mal dabei sind?

»Aber warum bist du eigentlich nach Palo Alto gekommen?«, fragte er. »Nur wegen des Jobs?«

Sie zögerte. Sie hatte eigentlich das sichere Gefühl, ihm vertrauen zu können. Vielleicht weil er so unkompliziert war. Ohne Vorurteile. Sie bekam schon einen roten Kopf, bevor sie den ersten Satz nur gesagt hatte.

»Das ist ein bisschen kompliziert. Das darfst du nicht auf Facebook oder Twitter oder so posten. Ich bin vor einer Sekte geflohen.«

Er lachte laut auf.

»Dafür musst du dich doch nicht schämen. Sind wir nicht alle in einer Art Sekte? Hey, wir beide könnten doch auch eine gründen.«

Lange blieben sie auf der Bank sitzen und redeten. Der Wind ließ nach, die Wellen wurden schwächer, und am Ende blieben nur kleine Schaumkronen. Die Sonne versank blutrot zwischen zarten Wolken, schickte rotgoldene Strahlen, die auf dem Wasser schimmerten. Als die Sonne im Meer versank, nahm er einen tiefen Atemzug und seufzte. Dann zog er sie an sich. Sie spürte seine Wärme, wollte ihre Hand auf seine legen. Aber in diesem Moment stand er auf und fragte, ob sie jetzt was essen gehen wollten.

Auch im Restaurant war er sehr zurückhaltend. Nur ein einziges Mal fasste er sie an, eine flüchtige Berührung mit der Hand an ihrem Oberschenkel unterm Tisch. Sie war so zart und kurz, dass es auch Einbildung hätte sein können. Und dass sie in Wirklichkeit mit dem Bein an das Tischtuch gekommen war.

Auf dem Nachhauseweg saßen sie schweigend im Auto, aber es war ein angenehmes Schweigen. Er brachte sie nach Hause, sie tauschten Nummern aus, und er strich ihr mit dem Finger über die Nase und küsste sie auf den Mund. Ein kurzer, vorsichtiger Kuss mit kühlen Lippen. Aber der zündete ein Feuerwerk in ihrem Inneren.

Der Druck auf ihrer Brust wurde immer größer, sie musste Benjamin anrufen, obwohl sie wusste, dass er bei der Arbeit war. Er klang gereizt.

»Du, ich sitz grad im Auto, Sofia. Ich kann jetzt nicht sprechen.«

»Nur eine Minute, bitte.«

»Ja, was gibt es denn?«

»Sag, könntest du dir vorstellen, eine offene Beziehung zu führen?«

»Wie bitte?«

»Ich meine, ob wir auch mit anderen zusammen sein können. Und dass wir als Paar eine kleine Pause machen?«

»Spinnst du? Hast du jemanden kennengelernt?«

»Nein, es ist noch überhaupt nichts passiert! Also, nichts Ernstes!«

»Wie kannst du anrufen und mir so was sagen?«

»Tschuldige, aber könntest du dir vorstellen, dass wir das schaffen?«

»Niemals. Du kannst mich mal«, brüllte er und legte auf. Sie fing an zu weinen, fühlte sich schlecht und schämte sich. Eine kleine Verschnaufpause wäre für ihre Beziehung bestimmt das Richtige. Sie ließ sich aufs Sofa fallen und schickte ein kleines Stoßgebet zum Himmel, bat um Hilfe, die richtige Entscheidung zu treffen. Eine Antwort kam prompt, denn das Telefon klingelte.

»Wir haben gewonnen!«, rief Simon.

»Was?«

»Wir haben den Wettbewerb gewonnen.«

»Oh, herzlichen Glückwunsch, Simon!«

»Ja, danke. Ich hab so viel Geld bekommen, das ist mir richtig peinlich. Und deswegen habe ich mir gedacht, dass ich dich in San Francisco besuche.«

KAPITEL 33

Sie flohen durch den Wald. Anna versuchte, mit Simon Schritt zu halten, stolperte immer wieder, rappelte sich aber sofort auf und schnaubte nur, als er fragte, ob er langsamer laufen sollte.

In Simons Apartment angekommen warf sich Anna keuchend aufs Sofa. Er wusste nicht so recht, was er sagen sollte, er kannte Anna doch kaum. Damals in der Sekte hatte er fast keinen Kontakt zu ihr gehabt, sie war eine wunderschöne junge Frau mit hohen Wangenknochen, Stupsnase, dunklen Augen und langen, schwarzen Wimpern in einem Gesicht, das gerahmt war von einem Wasserfall aus dunkelblonden Haaren, die sie sich immer strähnchenweise um den Finger wickelte. Für ihn war sie unerreichbar und unzugänglich gewesen, hatte fast unterkühlt gewirkt. Aber kaum war sie wieder zu Atem gekommen, entdeckte er eine andere Seite an ihr, die ihm gefiel. Sie begann zu erzählen und hörte nicht mehr auf.

»Madde hat vollkommen den Verstand verloren. Ich sag es dir, die ist wirklich verrückt geworden. Obwohl wir alle wissen, dass *er* ihr die Befehle gibt. Sie hat ihn im Gefängnis besucht. Und Oswalds Anwältin, diese Callini, ist bei uns vorbeigekommen und hat herumgepoltert, als würde ihr das alles gehören. Das ist voll der Nazistil. Überall hängen Fotos von Oswald, und wir müssen uns davor aufstellen und ihm zujubeln, bevor wir schlafen gehen. Irgendein unmusikalischer Idiot hat ein Kampflied mit dem Titel *ViaTerra wird siegen* geschrieben, das wir bei der Morgenversammlung unisono krächzen. Klingt schrecklich.

Und seine Biographie mussten wir ungefähr hundert Mal durchlesen, und dann kam Madde und hat überprüft, ob wir alles verstanden haben, und wer es nicht kapiert hat, der musste vom Felsen springen. Obwohl es so kalt ist. Der Tagesablauf ist auch geändert worden, wir dürfen jetzt nur noch fünf Stunden pro Nacht schlafen. Und wenn man verschläft, gibt es eine Woche lang Reis und Bohnen.«

Simon legte eine Hand auf ihre Schultern, versuchte sie zu beruhigen. Aber sie konnte nicht aufhören.

»Außerdem hat Franz angeordnet, dass wir das Marschieren lernen, als eine Art disziplinarische Maßnahme. Deshalb mussten wir mehrmals am Tag über den Hof gehen – also marschieren. Das musste alles im Takt passieren, als geschlossenes Team. Wir Frauen mussten dabei hochhackige Schuhe tragen, das sieht total gestört aus.«

Simon versuchte es noch einmal, aber sie ließ sich nicht beirren.

»Sobald er zurückkommt, wird es neue Regeln geben. Wenn wir ihm dann über den Weg laufen, müssen wir salutieren. In seinen Augen ist es unsere Schuld, dass die Medien negative Dinge über ihn schreiben. Wir haben deshalb alle Schulden bei ihm, nämlich in Höhe von fünfzig Stunden, du kennst ja seine Wiedergutmachungsprojekte. Und zwar jeder von uns. Wir müssen seine Hemden bügeln, seine Zimmer putzen und ihm außerdem von unserem knappen Lohn, den wir sowieso nur selten ausgezahlt bekommen haben, ein Willkommensgeschenk kaufen. Eine wahnsinnig teure Kamera mit Objektiv und allem Drum und Dran. Nicht zu vergessen, dass wir Tag und Nacht schuften, um das Herrenhaus und das Anwesen auf Vordermann zu bringen. Wir haben sogar die Türklinken poliert.«

»Ja, das hat Jacob mir schon erzählt«, sagte Simon. »Du musst hungrig sein. Jetzt essen wir was, und danach kannst du weitererzählen.«

Anna verstummte für eine Weile, nachdem Simon aus der Pensionsküche Essen geholt hatte. Sie schien schon lange nichts mehr bekommen zu haben, denn sie verschlang ihre Portion und Simons halbe noch hinterher.

»Aber das Schlimmste werden seine neuen Richtlinien sein«, sagte sie, als sie alles aufgegessen und hinter vorgehaltener Hand aufgestoßen hatte. »Die hat er im Gefängnis verfasst. Und darin geht es darum, wie man die Feinde von Via-Terra bekämpfen kann. Er hat geschrieben, dass jede Methode erlaubt ist, um die Gegner zum Schweigen zu bringen, denn sie seien der Abschaum der Erde.«

»Aber sag mir, Anna, wie lange geht es dir schon so? Wie lange weißt du schon, dass seine Lehre nicht richtig ist?«

Da fing sie an zu weinen und zu schluchzen, während er ratlos danebenstand. Er fühlte sich immer so unbeholfen und ohnmächtig, wenn Frauen weinten. Er wusste nicht, wie man sie tröstete.

»Ich weiß nicht«, schniefte sie. »Ich weiß auch jetzt nicht, was richtig ist und was falsch. Ich weiß bloß, dass ich das nicht länger aushalte.«

»Eins nach dem anderen, okay?«, beruhigte Simon sie und setzte sich dann neben sie. »Jetzt gehst du duschen, und dann schläfst du dich aus. Du siehst müde aus. Morgen gebe ich dir was zum Lesen. Ein paar Artikel und Seiten im Internet, damit du dir ein eigenes Bild von alldem machen kannst.«

Als Anna in Simons Morgenmantel aus dem Badezimmer kam, stürmte Inga Hermansson herein. Normalerweise klopfte sie immer an, aber jetzt hatte sie etwas Wichtiges zu verkünden und es darum vergessen.

»Simon, ich habe gerade eine Mail mit Fragen geschickt bekommen. Wir sind eindeutig in der engeren Wahl.«

Sie zuckte zusammen, als sie Anna sah.

»Oh, Verzeihung. Ich wusste nicht, dass du Besuch hast. Oh Simon, du hast eine Freundin, wie schön!«

»Sie ist nicht meine Freundin. Sie ist eine Aussteigerin. Von ViaTerra.«

Diese Information löste etwas ganz anderes in Inga Hermansson aus. Sie umarmte Anna warm und innig. Das hätte er vielleicht auch machen sollen, ging Simon durch den Kopf. Inga stürmte wieder aus dem Zimmer und kam wenige Minuten später mit einer heißen Suppe, einem Nachthemd, Anziehsachen und einer Zahnbürste zurück.

Anna schlief auf Simons Sofa und wachte erst auf, als er am nächsten Vormittag nach dem Rechten sah. Die Suche nach ihr lief auf Hochtouren, er hörte Hundegebell und Schreie aus dem Wald und Motorräder, die durch den Ort patrouillierten.

Inga Hermansson kam ins Gewächshaus und erzählte, dass sich ein Mann in Wachuniform nach Anna erkundigt habe. Aber niemand fragte Simon, was er etwas befremdlich fand. Er wusste, warum sie Anna unbedingt finden wollten. Sie hatte für Oswald gearbeitet und kannte einige seiner Geheimnisse. Außerdem war sie eine schöne Frau, und die Medien würden sich auf ihre Geschichte stürzen. Oswald hatte bestimmt keine Lust auf eine zweite Sofia Bauman. Und ausgerechnet er hielt sie bei sich versteckt und konnte noch nicht einordnen, ob ihm das gefiel. Am liebsten hatte er seine Ruhe. Er musste versuchen, Anna zu beschäftigen und sie an einem Ort unterzubringen, an dem sie sich sicher fühlte. Als er sich aber nach ihren Eltern erkundigte, winkte sie ab. Sie schämte sich zu sehr, um jetzt schon Kontakt mit ihnen aufzunehmen.

»Wofür schämst du dich denn?«

»Für mein Versagen. Sie haben mich so oft gewarnt, aber ich habe ihnen nicht zugehört. Habe ihnen Hunderte von Briefen geschrieben und davon geschwärmt, wie toll es auf ViaTerra ist. Wenn ich jetzt nach Hause gehen würde, wäre ich wie ein Hund mit eingezogenem Schwanz.«

»Anna, das ist denen doch egal. Die freuen sich nur darüber, dass du ausgestiegen bist.«

»Ja, vielleicht hast du recht – darf ich trotzdem noch ein paar Tage hier bei dir bleiben?«

Simon konnte ihr diesen Wunsch nicht abschlagen. Er gab ihr seinen Rechner, als er zur Arbeit ging, damit sie im Netz und in Sofias Blog alles über ViaTerra lesen konnte. Er gab ihr auch die Zeitungsartikel, die er gesammelt hatte. Nach der Lektüre wirkte Anna verändert, lebhafter. Aber sie verbrachte auch die nächsten Tage in Inga Hermanssons Nachthemd und schlief zwölf Stunden am Stück.

»Ich weiß etwas, was dir vielleicht helfen könnte«, sagte er. »Sofia hat es zumindest geholfen. Schreib deine Geschichte auf, von Anfang bis Ende. Von deiner ersten Berührung mit ViaTerra bis zum Tag deiner Flucht.«

Als er nach der Arbeit nach Hause kam, saß Anna noch immer am Rechner. Sie drehte sich zu ihm um und lächelte übers ganze Gesicht.

»Das hier ist doch verrückt!«

»Allerdings! Wenn du fertig bist, können wir deinen Text hochladen. Anonym, wenn du willst. Wir können ihn auch als Kommentar auf Sofias Blog posten. Du kannst ihn ja in mehrere Teile splitten und einen pro Tag veröffentlichen.«

Mit großem Interesse las Simon Annas Bericht. Besonders den Abschnitt über das Sofia-Bauman-Projekt. Sie erzählte, dass Franz Oswald das Projekt im Gefängnis formuliert hatte. Niemand außer den Wachen des Sicherheitspersonals und der Ethikchef durften das Dokument lesen. Als das Projekt nicht so lief wie gewünscht, hatte er seine Anwältin Callini angewiesen, die Wachen rauszuwerfen, und das Projekt selbst in die Hand genommen. Es ging das Gerücht, dass er Privatdetektive und andere Mittelsmänner für die Aufgabe angeheuert hätte. Simon fragte sich ernsthaft, wie man so etwas organisieren konnte, wenn man im Gefängnis saß.

»Dann wurden Benny und Bosse auch bestraft und mussten in das Büßerprogramm?«

»Eine Weile schon, jetzt sind sie wieder vorn am Tor und patrouillieren das Anwesen. Ich habe gehört, dass Franz andere Leute auf Sofia angesetzt hat.«

»Anna, warum ist der so besessen von ihr?«

»Das kann man doch ganz gut verstehen, nach dem, was sie ihm angetan hat. Ihretwegen ist er ins Gefängnis gekommen.«

Aber Simon ahnte, dass es weitaus komplizierter war. Er überlegte ernsthaft, ob er die Polizei einschalten sollte, denn das klang alles ziemlich unangenehm und illegal. Aber er fand es überstürzt, Anna jetzt schon zu drängen, damit zur Polizei zu gehen.

Nach einer Woche mit Bloglektüre, Internetsurfen und Gesprächen bis tief in die Nacht sah Anna langsam wieder aus wie ein Mensch. Als Nächstes gab er ihr die Bücher aus dem Regal, die sich mit anderen Sekten beschäftigten. Die

Autoren waren Psychologen und Aussteiger. Eine weitere Woche später rief sie ihre Eltern an und bat darum, nach Hause kommen zu dürfen. So wie Simon es vorhergesagt hatte, waren sie außer sich vor Freude und Erleichterung.

Aber Anna fand immer wieder eine Begründung, noch einen Tag länger zu bleiben. Vielleicht hatte sie Angst, wie Sofia verfolgt zu werden, oder sie befürchtete, dass es mittlerweile auch ein »Anna-Hedberg-Projekt« gab. Bei Simon hatte sie einen sicheren Unterschlupf gefunden und wollte diesen nicht aufgeben.

»Anna«, sagte er eines Tages, als er von der Arbeit nach Hause kam. »Die können dir nichts tun, das wäre gegen das Gesetz. Verstehst du? Ich glaube, es ist an der Zeit, dass du zu deinen Eltern fährst. Die vermissen dich.«

Sie kam nicht dazu, ihm zu antworten, denn Inga Hermansson war wieder ins Zimmer gestürmt und verkündete freudestrahlend, dass sie den Wettbewerb gewonnen hatten. Sie umarmte Simon voller Leidenschaft, was ihm furchtbar peinlich war.

»Ich bleibe noch ein bisschen«, sagte er, »falls die Interviews machen wollen. Aber dann mach ich Urlaub, und du darfst es ganz allein genießen.«

Nachdem Inga wieder gegangen war, drehte sich Simon zu Anna.

»Morgen leih ich mir das Auto von Inga und bring dich zu deinen Eltern. Und danach werde ich mich auf eine kleine Reise begeben.«

Er sah, dass sie jetzt endlich zu diesem Schritt bereit war.

Zwei Tage vor seinem Flug nach San Francisco brach Simon zu einem seiner Spaziergänge auf, die ihn am Herrenhaus vorbeiführten. Er wollte sich mit Jacob treffen. Es hatte angefangen zu schneien – dichter Schneefall versperrte die Sicht. Es dauerte länger als sonst. Simon war ganz durchnässt und fror, als er dort ankam. Als Jacob auftauchte, trug er nur seinen Overall.

»Hast du keine Jacke?«

»Das ist Teil des neuen Programms, das uns noch besser abhärten soll. Keine Jacken und Mäntel, weil wir uns dann schneller bewegen. Wir sollen auch nicht mehr gehen, sondern rennen. An uns arme Teufel, die draußen arbeiten müssen, denkt wieder niemand. Franz kommt nächste Woche. Es gibt eine Liste von über hundert nicht zu bewältigenden Aufgaben, die wir bis dahin erledigen sollen.«

»Warum haust du nicht einfach ab?«

»Für die Tiere ist es viel schlimmer in der Kälte. Ich habe mich für sie entschieden, Simon. Wenn der Frühling kommt, gehe ich auch.«

Simon fasste sich kurz, damit Jacob nicht zu lange im Schnee stehen und frieren musste. Er hatte einen Winter lang im Stall gearbeitet und wusste, wie das war. Ihn machte es wütend, dass Jacob diese Arbeit ohne wärmende Jacke erledigen musste. Das nächste Mal würde er ihn einfach mitnehmen. Jacob schien seine Gedanken lesen zu können.

»Ich verspreche es dir, Simon. Wenn es keinen Bodenfrost mehr gibt, bin ich weg.«

»Wenn du es so lange aushältst.«

»Das tue ich. Den Tieren zuliebe.«

Simon dachte an Anna, die bei ihren Eltern gut aufgehoben war. Sie hatten sich so gefreut. Er wollte, dass auch Jacob so etwas erlebte.

»Ich werde verreisen, aber nur eine knappe Woche«, sagte er. »Danach bin ich für den nächsten Aussteiger bereit.«

KAPITEL 34

Sofia hatte sich eine Woche freigenommen und Mattias eine Nachricht geschickt, dass sie ein paar Tage nicht zur Verfügung stehe. Als sie im Flughafen darauf wartete, dass Simon durch die Absperrung kam, meldete sich die Befürchtung, dass die Reise unter Umständen doch zu viel für ihn war. Zum ersten Mal im Flugzeug. So viele Menschen auf engstem Raum, eine große Stadt, jede Menge Autos, eine fremde Sprache.

Aber Simon sah überhaupt nicht überwältigt aus, als er mit seiner kleinen Reisetasche über der Schulter auf sie zukam. Auf dem Weg zum Taxi redete er pausenlos von dem Flugzeug, den PS, der Spannweite der Tragflächen, alles Einzelheiten, auf die Sofia auf ihrem ersten Flug garantiert nicht geachtet hatte.

Sie hatten sich gegenseitig das Versprechen abgenommen, nicht über ViaTerra zu reden, sondern den gemeinsamen Urlaub zu genießen, aber kaum saßen sie im Taxi, da fragte Sofia ihn schon über Anna und Jacob aus.

»Lass uns das auf der Autofahrt klären«, sagte sie. »Danach verwandeln wir uns für eine Woche in Touristen, und ViaTerra kann uns den Buckel runterrutschen. Was passiert jetzt, nach Annas Heimkehr?«

»Ich bin für den nächsten Aussteiger bereit.«

»Meinst du das ernst?«

»Warum nicht? Ich finde, das hat was, dass sie direkt vor

Oswalds Nase verschwinden. Mir gefällt es, ihn zum Narren zu halten, und außerdem fühlt es sich gut an zu helfen. Anna geht es schon viel besser. Zuerst hat sie sich alles im Netz durchgelesen, dann meine Bücher über Sekten verschlungen und danach hat sie alles aufgeschrieben. Sie hat auch was auf deinen Blog hochgeladen.«

»Wahnsinn! Ich habe den Blog schon eine Weile nicht mehr gepflegt. Aber Oswald wird es trotzdem eines Tages herausbekommen, Simon!«

»Ich habe keine Angst vor ihm.«

»Wer steht als Nächstes auf der Liste?«

»Das werde ich sehen, wenn ich zurückkomme.«

»Weißt du was, manchmal vermisse ich die Insel sehr. Das klingt bestimmt total verrückt, aber es ist so schön dort. Ein magischer Ort. Das Meer und die Felsen, der Leuchtturm, dessen Nebelhorn man hört, wenn etwas Schlimmes bevorsteht. Und man hört es wirklich, ich schwöre es. Wenn die Fenster beim Sturm klappern oder man im Nebel seine Hand vor Augen nicht sehen kann. Ich habe mich auf der Insel lebendig gefühlt. Wenn ich tun dürfte, was ich will, dann würde ich das Herrenhaus dem Erdboden gleichmachen und dort eine Einrichtung für Sektenaussteiger bauen. Und du würdest dich um die Landwirtschaft kümmern und Jacob sich um die Tiere, und …«

»Und das Foto von Oswald würde an jeder Wand hängen, verziert mit Hörnern und Schnurrbart, und wenn man daran vorbeigeht, muss man buhen.«

Wie vereinbart sprachen sie über ViaTerra, bis sie Sofias Wohnung erreicht hatten.

»So, und ab jetzt sind wir Touristen«, sagte sie.

»Ich will nur noch eine Sache sagen.«

»Raus damit.«

»Anna hat da etwas angedeutet. Vielleicht hat es auch nichts zu bedeuten, aber Oswald hat Privatdetektive und andere Typen angeheuert, um dich aufzuspüren und zu beschatten. Das hört sich nicht so an, als hätte er dich aufgegeben.«

»Doch, das glaube ich schon. Anna hat wahrscheinlich nur alte Informationen. Ich habe nichts mehr von irgendjemandem gehört, seit du Benny das mit Italien gesagt hast. Ich bin überzeugt, dass er das Interesse an mir verloren hat.«

»Wenn du meinst.«

Auf dem Spaziergang durch den Golden Gate Park am nächsten Tag bemerkte Sofia die Blicke zweier Frauen, die Simon hinterhersahen. Eine Stunde später drehte sich die nächste Frau nach ihm um. Simon passte auch optisch perfekt in diesen Teil der Welt. Er hatte einen kräftigen Körperbau, seine Jeans hing ihm auf den Hüften, er trug karierte Hemden, und außerdem war sein blondes Haar zerzaust.

»Hey, dir glotzen die ganze Zeit die Frauen hinterher.«

»Als würde mich das interessieren.«

Sofia erzählte Simon erst von Mattias, als sie am Geländer der Golden Gate Bridge standen und nach unten aufs Wasser sahen. Sie hatte ihn gefragt, ob ihm dabei schwindelig werde, aber Simon hatte den Kopf geschüttelt und gelacht. Ihr hingegen wurde etwas mulmig. Die Häuser waren auf einmal so winzig und sahen aus wie Spielzeug, und die Menschen waren noch kleiner als Ameisen. Das Wasser hatte eine magische Anziehungskraft, als würde es einen auffordern zu springen.

»Ich möchte, dass du mir ehrlich antwortest«, sagte sie, als sie mit ihrem Bericht über Mattias fertig war. »Was soll ich machen?«

»Hat sich Benjamin noch mal gemeldet, nachdem du ihm das auf so feinsinnige Art mitgeteilt hattest?«

»Es gibt keinen Grund, jetzt sarkastisch zu werden.«

Simon schnitt eine Grimasse.

»Und nein, er hat sich nicht gemeldet. Ich habe ihn bestimmt hundert Mal angerufen, ihm gemailt und SMS geschickt. Er ist so unfassbar stur. Genau genommen habe ich ja noch gar nichts getan.«

Simon legte seine Hand auf ihre.

»Es ist doch so, Sofia. Es scheint mir vollkommen egal, was ich dazu sage, du wirst sowieso das tun, was du willst und für das Richtige hältst, stimmt's? Das renkt sich am Ende doch immer wieder ein.«

»Das Problem ist, dass ein kleiner Teufel in mir lebt, der freigelassen werden will. Ich war nie sexuell gehemmt, und die erzwungene Keuschheit auf ViaTerra hat mir zu schaffen gemacht. Es gab so viel, was man nicht tun durfte. Die Bluse musste bis zum obersten Knopf geschlossen sein. Der Rock musste die Knie bedecken. Parfum war verboten. Roter Lippenstift sowieso. Aber Oswald hatte die ganze Zeit seine Hände an mir. Am Ende hatte ich das Gefühl, dass ich platze.«

»Das war ja alles so gewollt, Sofia.«

»Ich weiß doch. Oh, das erinnert mich an die Geschichte mit Mira, die mit dem Promi rumgemacht hat, den Oswald mit auf die Insel geschleppt hat. Da warst du, glaube ich, gerade in dem Büßerprogramm.«

»Du meinst Alvin Johle?«

»Genau den. Oswald wurde stinksauer, weil Alvin im Fernsehen geschwärmt hat, wie scharf die Mädchen von ViaTerra seien. Erst da kam raus, dass Mira mit ihm rumgeknutscht hatte. Die Wachen haben ein Geständnis aus ihr herausgepresst, mit allen schlüpfrigen Details. Alles wurde akribisch notiert, und eines Tages hat Oswald das Personal zusammengetrommelt. Mira musste in der Ecke stehen, wie ein Schulmädchen, mit dem Gesicht zur Wand. ›Ich will euch vorlesen, was Mira so getrieben hat‹, sagte er und las Miras Geständnis vor, wobei er die sexuellen Ausdrücke wie ›geil‹ und ›Muschi‹ besonders betonte. Immer wieder hob er den Kopf und sah uns bedeutsam an. Die Frauen mussten alle vorn in der ersten Reihe sitzen. Es war schrecklich und peinlich, und trotzdem befürchte ich, waren sie alle danach furchtbar erregt. Wahrscheinlich war das auch seine Absicht.«

»Ganz bestimmt.«

»Psychologen nennen das das ›Stockholm-Syndrom‹. Ich glaube aber nicht, dass es ein Syndrom war. Nur die Fantasien eines perversen Mistkerls, der sich einen Spaß daraus macht, Menschen zu quälen.«

»Aber was ist sein Beweggrund?«

Simon sah aufrichtig interessiert aus.

»Gute Frage. Solche Menschen haben Macht über andere und sind Experten darin, diese zu missbrauchen. Aber das bedeutet ja nicht, dass alle, die sich in ihrer Nähe aufhalten, gleich eine Diagnose bekommen müssen.«

»Ganz genau.«

Sie fing ganz plötzlich an zu weinen, die Tränen liefen ihr nur so übers Gesicht. Sie lehnte sich weit über das Brückengeländer.

»Sofia, was ist denn?«

»Ich weiß nicht, ich kann ihn nicht aus meinem System bekommen. Da ist dieser Widerspruch. Er konnte manchmal so nett sein, Simon. Wirklich. Hat mich mit den Worten davon zurückgehalten, eine Wespe zu töten, dass auch sie ein wichtiger Bestandteil der Natur ist. Wenn ich gefroren hab, legte er mir seine Jacke über die Schultern. So was eben. Und wenn er nett war, dann gleich so, dass man geschmolzen ist. Ich kann das noch immer nicht verstehen.«

»Diese Freundlichkeit oder Zärtlichkeit ist doch nur Teil eines Spiels, Sofia. Und das verwirrt, das ist das Ziel. Denn verwirrte Menschen können leichter getäuscht und betrogen werden.«

»Mensch, Simon, du bist immer so souverän«, lachte sie durch die Tränen. »Wollen wir beide nicht einfach auf Sex verzichten und eine glückliche platonische Beziehung führen?«

»Ich lebe doch schon im Zölibat.«

»Ja, hast recht. Ach, es tut so gut, dich an meiner Seite zu wissen. Ich glaube wirklich, dass er seine Jagd auf mich aufgegeben hat.«

»Aber das tu ich nicht.«

»Warum?«

»Ich hatte einen jüngeren Bruder, Daniel. Unsere Eltern sind Anhänger einer religiösen Gemeinschaft, die sich Gottes Weg nennt. Er wusste schon früh, dass er schwul ist, als er das aber unseren Eltern erzählt hat, weigerten sie sich, es zu akzeptieren. Sie waren davon überzeugt, dass man ihm den Teufel austreiben musste. Das hat ihn gebrochen.«

»Das hast du mir noch nie erzählt!«

»Nein, aber das tu ich ja jetzt. Daniel hat beschlossen, den Hof zu verlassen und nach Stockholm zu gehen, und ich habe ihn zum Bahnhof gebracht. Ein paar Stunden später rief er mich an und bat mich darum, ihn nicht zu verurteilen. Leider habe ich das total missverstanden, bezog es auf sein Schwulsein. Die Polizei klingelte am selben Abend bei uns. Daniel war vor den Zug gesprungen.«

»Oh Gott, wie schrecklich! Warum hast du mir das nie erzählt? Das ist furchtbar traurig.«

»Aber deshalb erzähle ich dir das gar nicht. Ich erinnere mich genau an seinen Blick, als ich ihn am Bahnhof abgesetzt habe. Ich werde diesen Blick niemals vergessen. Wie ein Tier, das in die Enge getrieben wurde und auf seinen Gnadenschuss wartet. Aber ich habe es mir schöngeredet, obwohl ich dieses merkwürdige Gefühl hatte. Das Gefühl, dass etwas passieren wird. Und dieses Gefühl habe ich auch, wenn ich an dich und Oswald denke. Mann, Sofia, ich will dir keine Angst einjagen! Aber ich will, dass du vorsichtig bist.«

Sofia stand schweigend am Geländer und starrte auf das blaugrüne Wasser. San Francisco schwebte wie eine Fata Morgana im Nebeldunst auf der anderen Seite des Sundes. Eine schwache Brise streichelte ihr übers Haar. Sie versuchte, dieses Gefühl in sich wachzurufen, holte Bilder von Oswald aus ihrem Gedächtnis. Aber es fühlte sich überhaupt nicht mehr bedrohlich an, als hätte das Gespräch mit Simon auch die letzte Verbindung gekappt.

»Das ist ganz normal«, sagte sie. »Wenn man so etwas mitgemacht hat, wird man damit bis ans Ende seines Lebens zurechtkommen müssen. Aber mein Bauchgefühl sagt mir, dass Oswald aufgegeben hat.«

»Dann ist das beschlossene Sache. Komm, lass uns auf die andere Seite der Brücke laufen, dann kann ich wenigstens sagen, dass ich das auch einmal gemacht habe.«

Schweigend liefen sie nebeneinanderher, und als sie auf der anderen Seite angekommen waren, räusperte sich Simon verlegen.

»Ich muss was gestehen, ich habe ein paar Pläne für diese Woche gemacht.«

»Was denn für Pläne?«

»In Palo Alto gibt es eine Organisation, die heißt ›Common Ground‹, die bieten da Kurse in ökologischer Landwirtschaft an, und ich möchte mir das Center mal ansehen. Das scheint ganz in der Nähe von deiner Wohnung zu sein. Außerdem will ich ins Napa Valley fahren und zusehen, wie die dort die Weinranken schneiden und für den Frühling vorbereiten. Und dann möchte ich mir die Orangenplantagen auf dem Weg nach Los Angeles ansehen. Ich weiß, da fährt man ein paar Stunden hin, aber dort stehen Tausende von Bäumen, und die tragen jetzt gerade alle Früchte. Wir mieten einen Wagen, und ich fahre die ganze Strecke, versprochen.«

»Simon, ich dachte, du bist gekommen, um mich zu sehen.«

»Das stimmt ja auch. Aber das bedeutet doch nicht, dass wir nicht ein paar interessante Sachen einbauen können, oder?«

Sie verbrachten sieben herrliche Tage zusammen. Sie schafften es zwar nicht, alle Touristenattraktionen abzuklappern, aber als Sofia Simon in den kilometerlangen Reihen der Orangenhaine fotografierte, sah er aus, als hätte er den Mount Everest bestiegen. Am letzten Abend waren sie bei Melissa Arbor zum Essen eingeladen. Sie war begeistert von Simon, denn sie interessierte sich auch sehr für die ökologische Landwirtschaft. Die beiden redeten ununterbrochen. Sofia beobachtete ihren Freund, er hatte sich verändert, sprach mit Händen und Füßen und wirkte jetzt gelöst. Ob er das auch so empfand?

Nachdem sie ihn am nächsten Tag zum Flughafen gebracht

hatte, fühlte sie sich leer und melancholisch. In drei Monaten lief ihr Visum aus.

Und zum ersten Mal seit langer Zeit hatte sie das Gefühl, dass es Zeit war, nach Schweden zurückzukehren.

KAPITEL 35

»Heute ist der erste Tag meines neuen Lebens.« Mit diesem Gedanken schlug Anna-Maria die Augen auf. Sie hatte kaum geschlafen, sich unruhig im Bett hin und her gewälzt, hellwach und erwartungsvoll. Aber das machte nichts, sie fühlte sich an diesem Tag bildschön und ausgeruht.

Heute wurde Franz entlassen.

Es kribbelte ihr in den Händen. Am liebsten hätte sie sich ihr Handy geschnappt und in allen sozialen Medien die großen Neuigkeiten verkündet. Facebook, Instagram, Twitter. Aber natürlich wäre das noch besser mit Fotos von ihnen. Sie könnte ja ein kleines Gerücht in die Welt setzen, eine Andeutung machen, dass Großes geschehen werde. Sie hatte ihm versprochen, niemandem von ihrer Beziehung zu erzählen, noch nicht einmal ihren Eltern. Das würde nur ein falsches Bild zeichnen, solange er im Gefängnis säße, hatte er gesagt. Aber jetzt gab es keine Hindernisse mehr. Was ihre Freundinnen wohl dazu sagen würden? Vielleicht, dass er gefährlich sei. Aber dann würde sie ihnen die ganze Wahrheit erzählen. Dass er zuckersüß und wunderbar sein konnte. Und das würde sie neidisch machen. Denn er war trotz allem der beste Fang von allen. Oder?

Lange stand sie unter der Dusche, sang, obwohl die Natur sie mit keiner schönen Singstimme ausgestattet hatte. Sie rubbelte sich die Haare trocken und sah in den Spiegel. Ihre Augen funkelten.

Das Handy klingelte, als sie ins Wohnzimmer kam. Die Nummer war anonym, aber sie wusste, wer es sein musste. Seine Stimme klang wie ein sanftes Flüstern.

»Ich bin's, ich bin frei.«

Sie öffnete den Mund, aber kein Laut kam heraus. Auf diese Tatsache, die er mit so viel Gefühl ausdrückte, fand sie keine Worte.

»Annie, bist du noch dran?«

»Ja, natürlich, ich weiß nicht, was ich sagen soll. Das ist wunderbar, fantastisch.«

»Herzlichen Glückwunsch, sagt man, glaube ich.«

»Natürlich, verzeih. Herzlichen Glückwunsch! Soll ich dich abholen?«

»Nein, aber ich würde dich gern um einen anderen Gefallen bitten, wenn es dir nicht zu viel wird.«

»Alles, was du willst.«

»Ich werde im Hotel Upper House einchecken und eine Nacht dort bleiben. Will mich am Pool rekeln und was Ordentliches essen, nach zwei Jahren Knastverpflegung, du weißt ja. Ich möchte mich ein bisschen erholen, bevor ich zum Zombieclub auf ViaTerra fahre. Und da dachte ich, ach, das klingt jetzt bestimmt total albern …«

»Jetzt sag schon.«

»Ich hätte Lust, mit dem Motorrad auf die Insel zu fahren. Ich bin schon so lange nicht mehr damit gefahren, und das Wetter soll so gut bleiben. Könntest du die Maschine vielleicht für mich abholen? Wir bleiben eine Nacht zusammen im Hotel und fahren dann morgen nach Hause.«

»Meinst du die Harley? Ist das okay für dich, wenn ich damit fahre?«

»Wie oft muss ich dir noch sagen, dass ich mich hundertprozentig auf dich verlassen kann und dir traue?«

Sie war zutiefst gerührt. Den Gedanken hatte sie nämlich auch schon gehabt, dass sie sich seiner Liebe gewiss sein konnte, wenn er sie mit seiner Harley fahren ließ. Die war sein absoluter Liebling, und sein Vertrauen konnte nur das eine bedeuten.

»Ich hole sie gern für dich ab. Wann soll ich bei dir sein?«

»So schnell wie möglich. Ich möchte dich sehen. Meinst du, du schaffst die Morgenfähre? Dann könntest du die Fünfuhrfähre am Nachmittag zurück nehmen.«

»Kein Problem. Dann bin ich heute Abend bei dir.«

»Danke, Annie. Und eins noch, ich habe eine Überraschung für dich.«

»Echt? Was denn? Oh, komm, verrat es mir, bitte.«

»Das kann ich nicht mit Worten beschreiben, das musst du erleben.«

Als sie das Telefonat beendet hatten, war sie für einen Augenblick handlungsunfähig. Denn das sexy Outfit, für das sie sich entschieden hatte, konnte sie jetzt nicht tragen. Aber hatte er nicht sogar angedeutet, dass sie Sex haben würden? Dann müsste sie sich nicht zwingend verführerisch anziehen. Die Wahl ihrer Unterwäsche fiel auf die schönste Kombination, aber sie brauchte noch eine Hülle zwischen ihrer Haut und der Lederkombi. Sie entschied sich für ein hautenges, tief ausgeschnittenes Kleid, das knapp über den Po ging. Dann rannte sie wie aufgescheucht durch die Wohnung und warf alles, was sie brauchte, in ihre Handtasche. Sie musste sich beeilen, hatte nur noch gut eine Stunde Zeit, um die Morgenfähre zu bekommen.

Während der Überfahrt dachte sie an seine Hände, die sie bald an allen Stellen ihres Körpers berühren würden. Sie konnte sich nicht länger beherrschen und textete einen

Tweet auf Twitter: *Heute beginnt ein neues Leben. Große Ereignisse stehen bevor.* Es dauerte nur wenige Sekunden, und sie bekam neugierige Fragen gestellt, aber sie würde ihre Follower ordentlich auf die Folter spannen. Der nächste Tweet wäre ein Foto von Franz und ihr.

Das Anwesen wirkte verlassen. Wie immer. Große Streifen der Grünfläche waren welk, überall wuchs Löwenzahn. Am liebsten wollte sie mit niemandem reden. Würde Franz später weitersagen, dass sie ihre Anweisungen einfach nicht befolgt hatten. Sie bat die Wache im Pförtnerhäuschen um den Schlüssel für die Harley. Der sah sie verblüfft an, wagte aber keinen Widerspruch.

Sie hatte noch ein paar Stunden Zeit, ehe die Fähre ablegen würde, darum drehte sie eine Runde über die Insel. Franz hatte bestimmt nichts dagegen. Mittags machte sie eine Pause in einem kleinen, verschlafenen Café im Dorf, das trockene Sandwiches im Angebot hatte. Von dort erledigte sie die Mails ihrer anderen Mandanten, die in letzter Zeit etwas zu kurz gekommen waren. Ihre Ungeduld machte ihr zu schaffen, sie konnte es kaum erwarten. Fast hätte sie sich aus Nervosität einen Nagel abgebissen. Wie würde Franz das wohl finden? In dieser Sekunde klingelte ihr Handy, und sein Name stand auf dem Display. Er wollte sich nur erkundigen, ob sie die Fähre pünktlich schaffen würde. Denn er sehnte sich so sehr nach ihr. Dann beschrieb er ihr einen Schleichweg zurück in die Stadt, wo man ein bisschen aufs Gaspedal drücken konnte.

»Fahr doch da lang und denk an mich«, flüsterte er.

Obwohl die Sonne noch hoch am Himmel stand, war die Luft kühl, als sie im Hafen anlegten. Sie machte die Lederjacke bis obenhin zu. Auf einmal hatte sie es eilig, wollte in Göteborg sein, bevor es anfing zu dämmern.

Auf der Straße war sie ganz allein. Die frische Luft kribbelte auf dem Gesicht. Das Laub der Bäume, die an ihr vorbeisausten, war wie ein hellgrüner Schleier. Noch nie war sie so glücklich gewesen.

Was sie verwunderte, war nur, dass sich nicht wie sonst die Gedanken klärten und sie leicht wurde, sondern dass sich auch düstere Gedanken meldeten. Oswalds Analogie mit der Spinne tauchte unerwartet auf. Daran stimmte etwas nicht. Oder vielmehr daran, wie er es ausgedrückt hatte. Sie schob den Gedanken beiseite, aber er kam mit nur noch größerer Kraft zurück. Die Spinne, die niemals ihr Netz verließ, aus dem keine Fliege entkam. So hatte er es ausgedrückt. Und trotzdem war das eingetreten. Mit dem Loser und mit Bauman. Ohne es zu merken, hatte sie die Geschwindigkeit gedrosselt und gab jetzt irritiert wieder Gas. Für einen kurzen Moment verließ sie ihren Körper. Erlebte einen flüchtigen Wimpernschlag von unendlicher Freiheit, wie eine Raupe, die sich aus ihrem Kokon befreit hatte. Da klärte sich das Bild, so wie der Nebel auf Dimö, der sich verzog. Aber dieser kurze Augenblick genügte, obwohl er nicht länger dauerte als eine Millisekunde. Ihre Aufmerksamkeit galt nicht mehr der Straße. Und als sie wieder im Hier und Jetzt auftauchte und die Kontrolle über die Maschine zurückgewann, da tauchte vor ihr das gespannte Drahtseil auf. Glitzernd und glänzend schwebte es über dem Asphalt in der Sonne. Einen kurzen, magischen Moment lang schwebte auch sie, hoch oben im blauen Himmel. Blau, es war überall blau. Und ehe sie begriff, was passiert war, wurde alles um sie herum schwarz.

KAPITEL 36

Simon hätte den Fernsehbeitrag verpasst, wenn ihn Wilma nicht angerufen hätte. Den Fernseher hatte ihm Inga aufgedrängt, damit er sich abends nicht allein fühlte. Aber er schaltete ihn nie ein. Stattdessen las er die Zeitung, surfte im Netz oder las ein Buch. Inga ging ihm manchmal auf die Nerven mit ihrer Sorge, dass er nicht unter Leute ging. Sie wollte nicht verstehen, dass es ihm gefiel, und schleppte manchmal sogar Modezeitschriften für Männer an. Als würde er sich dann schicke Klamotten anziehen und auf der Insel Bräute aufreißen.

Sofias Freundin musste irgendwie an seine Nummer gekommen sein. Zwar war er Wilma noch nie begegnet, aber Sofia hatte oft von ihr erzählt. Wilma stellte sich kurz vor. Im Hintergrund hörte er Stimmen und Musik aus einer Bar oder einem Restaurant.

»Ich bin in einer Sportbar und habe eben die Nachrichten gesehen, das wollte ich dir schnell weitergeben. Euer Guru ist gerade aus dem Knast entlassen worden, und schon geht der Wahnsinn wieder von vorne los. Gleich kommt die nächste Sendung, da kannst du es sehen. Ich muss jetzt auflegen. Kannst du Sofia bitte den Link zur SVT-Mediathek schicken? Du entscheidest, ob sie es schafft, den Scheiß zu sehen. Obwohl, genau genommen ist es unvermeidbar: Sie muss.«

Simon kam nicht mehr dazu, etwas darauf zu erwidern, sie

hatte das Telefonat schon beendet. Er wusste nicht einmal, ob der Koloss von Fernseher überhaupt funktionierte, aber tatsächlich musste er nur den Schalter bedienen, und schon kam ein Bild. Die nächste Nachrichtensendung würde in fünf Minuten gesendet werden. Simon war jetzt ziemlich neugierig. Was hatte Oswald wieder angestellt? Als wäre seine Entlassung nicht schon Meldung genug. Und dazu die Tatsache, dass er auf die schöne Insel zurückkehren durfte und dort leben würde. Simon musste an Jacob denken, und dabei wurde er ganz schwermütig. Vielleicht war es jetzt zu spät, um noch zu fliehen.

Die lokalen Nachrichten hatten einen Motorradunfall außerhalb von Göteborg als Aufmacher. Man sah eine Straße, die von blühenden Feldern und Birken gesäumt war, und dort standen Polizei, der Notarztwagen und die Feuerwehr. Simon konnte nichts damit anfangen, aber dann sagte die Reporterin, dass die Anwältin Anna-Maria Callini, der juristische Beistand des geistigen Oberhaupts von ViaTerra, Franz Oswald, bei einem Motorradunfall tödlich verunglückt sei. Ihr Fahrzeug war von der Fahrbahn abgekommen, sie war gestürzt und sofort tot gewesen. Simon hörte seine Stimme wie aus weiter Ferne rufen. *Verdammt, verdammt, verdammt noch mal!*, schrie er und schlug sich mit der Handfläche gegen die Stirn.

Aber er war sofort wieder hellwach und ganz bei sich, als er Oswald mit Bügelfalte und Blazer sah, der in einer Hotellobby von einer Schar von Reportern auf dem Weg nach draußen aufgehalten wurde.

»Können Sie erklären, warum Anna-Maria Callini ausgerechnet mit Ihrem Motorrad tödlich verunglückt ist?«, fragte einer der Reporter und hielt ihm ein Mikrofon unter die Nase.

»Sie sollte es für mich von Dimö abholen. Das ist alles. Ein Gefallen war das, sonst nichts.«

»Was hatten Sie für ein Verhältnis zueinander?«

»Ein rein geschäftsmäßiges«, sagte Oswald, während sich eine kleine Falte auf seiner Stirn bildete. »Jetzt hört mir mal zu, ihr Lieben«, sagte er. »Anna-Maria war eine der besten Anwältinnen des Landes, ihr Tod ist ein großer Verlust, nicht nur für mich, sondern für das gesamte Rechtswesen von Schweden. Ich werde jetzt nach ViaTerra zurückkehren. Wir werden alle Arbeiten eine Woche lang ruhen lassen. Und ich möchte Sie bitten, unsere Privatsphäre in dieser Zeit der Trauer zu respektieren.«

Ihm gelang es sogar, sich eine Träne herauszudrücken, stellte Simon angewidert fest.

Von hinten meldete sich ein zweiter Reporter zu Wort.

»Wie geht es Ihnen damit, dass Ihr Motorrad praktisch unversehrt geblieben ist, Ihre Anwältin den Unfall aber mit einem Genickbruch bezahlt hat? Soweit ich verstanden habe, ist Ihre Maschine ein Vermögen wert?«

Oswalds Gesichtsfarbe veränderte sich in Sekundenschnelle, von ziemlich blass zu erstaunlich rot.

»Verdammt noch mal, dass Sie es überhaupt wagen!«, schnaubte er. »Haben Sie keinen Funken Anstand im Leib?«

Ja, er fluchte, aber das klang sogar gut und richtig. Simon wurde eiskalt, als ihm klar wurde, dass dieser Nachrichtenbeitrag Oswald helfen würde, sein Image aufzupolieren. Dass er sich auch dieses Mal einer unangenehmen, schwierigen Situation elegant entziehen konnte. Simons Puls galoppierte, er bemerkte es erst, als ihm der Schweiß in den Handflächen ausbrach. Er musste sofort Sofia anrufen, und es war völlig egal, dass es in Kalifornien erst vier Uhr morgens war. Aber sie ging nicht ans Handy, vermutlich schlief sie tief und fest.

Als er am nächsten Morgen aufwachte, versuchte er noch einmal, sie zu erreichen. Auch dieses Mal blieb sein Anruf unbeantwortet. Aber noch machte er sich keine Sorgen, wahrscheinlich war sie mit Freunden unterwegs. Da erinnerte er sich daran, dass Wilma ihn gebeten hatte, Sofia den Link zur Nachrichtensendung zu mailen. Das tat er und bat sie darum, sich möglichst schnell bei ihm zu melden.

Als Simon an diesem Abend nach Hause kam, hatte er noch immer keine Antwort von ihr. Da stimmte etwas nicht. Er konnte nicht den Finger darauflegen, aber es fühlte sich an, als wäre diese magische Verbindung zwischen ihnen gekappt worden.

In dieser Nacht schlief Simon mit einem Gefühl der Bedrückung ein.

KAPITEL 37

Damian Dwight machte es sich in seinem Liegestuhl bequem. Versuchte, sich zu entspannen. Wollte den Pool, die Palmen und den blauen Himmel genießen. Die Ruhe und die Stille. Aber sein ganzer Körper kribbelte. Sein Drink war warm geworden und schmeckte schal. Auch die Frau, die vor Sonnencreme glänzend neben ihm auf einem Liegestuhl lag, nervte ihn wahnsinnig. Sie waren die Einzigen am Pool, um den an die hundert Liegestühle standen. Aber sie hatte sich ausgerechnet den neben ihm ausgesucht. Unter normalen Umständen hätte er sie mit Sicherheit angemacht, aber die Umstände waren alles andere als normal. Diese Ungewissheit machte ihn geradezu panisch. Sogar die Ekzeme, die er als Kind so oft in Arm- und Kniebeugen gehabt hatte, waren wieder aufgeblüht. Seine Gedanken drehten sich unablässig im Kreis und überboten sich darin, die schlimmsten Szenarien zu entwerfen.

Er war in der Nacht mehrmals aufgewacht und hatte jedes Mal seinen Kontostand online überprüft, aber er hatte immer auf dieselben Zahlen gestarrt. Das Netz war voller reißerischer Überschriften und Fotos vom Unfallort, die ihm zum Teil zu schaffen machten. Er hätte nicht gedacht, dass ihm ihr Tod so naheginge. Schließlich war sie nicht sein Lieblingsmensch gewesen. Aber der zugedeckte Körper auf der Bahre, das auf der Seite liegende Motorrad, das wurde auf einmal persönlich. Er war wirklich niemand, der besonders leicht warme, weiche Gefühle für andere Menschen hegte. Warum lief ihm dann aber eine einsame Träne die Wange herunter? Wahrscheinlich lag das auch viel eher daran, dass er sich hintergangen fühlte. Die schwindelerregende Summe war nicht ausgesprochen, sondern nur aufgeschrieben worden. Die durchdringenden Augen, die ihn als kleinen Fisch durchschaut hatten, der auch im großen Becken schwimmen wollte. Er hatte die Herausforderung angenommen und damit geprahlt, dass er auch was Großes, Risikoreiches auf die Beine stellen könnte. Und plötzlich stand er mit einer dicken Rolle Drahtseil auf einer verlassenen Landstraße. Dass die Polizei von einem Unfall ausging, war der einzige Lichtblick in dem ganzen Elend.

Die Frau im Liegestuhl neben ihm lächelte ihn an. Er nahm sein Glas und goss den Rest seines Drinks in den Pool, um sie zu provozieren. Aber sie lachte nur. Dann nahm er sein Handtuch und ging in die Hotellobby zurück.

Die Frau am Empfang lächelte ihn an.

»Sir, da ist eine Expresssendung für Sie eingetroffen«, sagte sie in gebrochenem Englisch.

Damian spürte etwas Kaltes auf seinem schweißnassen Rücken. Und das wanderte den Nacken hinauf und kribbelte auf dem ganzen Schädel.

»Ein Brief. Hier, bitte sehr!« Sie hielt ihm einen braunen Umschlag hin. Zögernd näherte er sich dem Empfangstresen. Der Umschlag war leicht, fast schwerelos. Aber er fühlte, dass ein härterer Gegenstand darin lag. Er traute sich nicht, den Umschlag sofort aufzureißen, wollte nur so schnell wie möglich in sein Hotelzimmer.

»Darf ich Ihnen noch mit etwas anderem behilflich sein?«

»Nein, vielen Dank. Ach ja, wer hat den Umschlag zugestellt?«

»Der Expressbote von DHL.«

Die Erkenntnis, dass seine Illusion von totaler Anonymität soeben zerplatzt war, ließ ihn noch panischer werden. Reglos stand er eine gefühlte Unendlichkeit vor seinem Hotelzimmer. Er hatte Horrorfantasien von Pistolenmündungen, die ihn hinter der Tür erwarteten. Langsam steckte er die Karte ins Türschloss und öffnete noch langsamer die Tür. Aber niemand war im Zimmer. Durch das gekippte Fenster zog eine sanfte Brise. Es war fast so, als würde der Raum seine Einsamkeit ein- und ausatmen. Sein Laptop stand unberührt auf dem Tisch. Da fiel ihm wieder der Umschlag in seiner Hand ein. Beschriftet war er nur mit seinem Namen und der Anschrift des Hotels. Kein Absender, aber er war eindeutig in Schweden abgestempelt worden. Er tastete und befühlte den Umschlag, dann riss er ihn mit dem Finger auf und starrte auf die Wäscheklammer. Keine Nachricht, nur eine alte Wäscheklammer aus ausgebleichtem Holz. Er untersuchte sie wie eine potenzielle Bombe.

Das ist die Nachricht, erkannte er. Klarer kann man es gar nicht ausdrücken.

Die Panik saß ihm im Nacken, als er sich an seinen Rechner setzte und sich einloggte. Er fluchte laut, als der Server der Bank einen Fehler meldete und um Geduld und Verständnis bat. Dann versuchte er es erneut. Er öffnete sein Konto und brauchte einen Moment, um das Gesehene zu verarbeiten. Denn die Zahlen, auf die er starrte, waren so atemberaubend, dass er mit offenem Mund davorsaß.

Eine ganze Weile hatte er die schwindelerregende Summe angestarrt, bevor er wagte, einen leisen Seufzer der Erleichterung von sich zu geben.

Vor seinem inneren Auge nahm ein neues Leben Form an. Er spürte aber auch Wehmut. Dachte an Schweden, das er nie wiedersehen würde. Aber daran war nichts zu ändern. Und in der Tat war es auch ein kleines Opfer. Außerdem hatte er keine Wahl gehabt. Franz Oswald war kein Mann, dem man Widerworte gab.

Er sah aus dem Fenster. Die Palmen bogen sich im Wind. Seit mehreren Tagen fühlte er sich zum ersten Mal im Hier und Jetzt. Dann wurde ihm bewusst, dass er schon seit einer Weile ein dämliches Grinsen auf den Lippen hatte.

KAPITEL 38

Jacob sah, wie der schwarze Mercedes auf den Hof rollte. Er hatte den ganzen Tag die Pforte im Auge behalten. Er konnte nicht anders. Denn er wusste, dass sich alles ändern würde, sobald Oswald seinen Fuß auf ViaTerra setzte. Vor seiner Anreise war es schon unheimlich still geworden. Die Luft flirrte förmlich vor Scham und Angst. Das Personal hatte aufgehört, über den Hof zu hetzen und Aufgaben zu erledigen wie fleißige Ameisen. Jetzt war es zu spät, um den Schein zu erwecken, dass in Abwesenheit des Oberhaupts alles reibungslos gelaufen war. Und niemand wollte ihm als Erster begegnen. Darum blieb nur das Warten. Und Hoffen.

Jacob fragte sich, wie es in Zukunft ablaufen würde. Schlimmer als mit Madde als Chefin konnte es nicht werden. War das physisch überhaupt möglich? Das hatte was mit Maddes nervöser Ausstrahlung zu tun. Es klang nie richtig überzeugend, wenn sie ihre Sätze aufsagte: »Franz hat gesagt« oder »Franz will dies oder das«. Einige ihrer Anweisungen klangen nicht nach Franz, so etwas würde er nie sagen. Aber die beiden, Madde und Bosse, waren ja praktisch die Einzigen, die mit ihm Kontakt gehabt hatten. Also konnte man nie sicher sein.

Der Wagen hielt vor dem Haupteingang des Herrenhauses. Die zwei Wachen Benny und Bosse kamen angerannt und rissen beide Autotüren auf. Was für Idioten! Oswald stieg auf der Fahrerseite aus, Jacob konnte ihn nur von der

Seite sehen. Er trug einen Blazer und die Haare zum Pferdeschwanz gebunden. Die Autoschlüssel warf er Bosse zu. Benny rannte zur Eingangstür und hielt sie ihm auf. Oswald hob den Kopf und las die Banderole, die sie gesprayt und aufgehängt hatten. »Willkommen zu Hause, Sir!«, stand dort. Alles musste perfekt sein. Kein einziger Farbtropfen durfte danebengehen. Aber Oswald schüttelte nur abfällig den Kopf und ging wortlos ins Haus. Sogar von seinem Versteck aus, das über fünfzig Meter entfernt lag, konnte Jacob die unterdrückte Wut in Oswalds Gesicht erkennen.

Warum war er nur so wütend? Er war doch gerade aus dem Gefängnis entlassen worden und endlich wieder zu Hause? Nur ein paar Sekunden, und schon hatten sie ihn gegen sich aufgebracht.

Oswald knallte die Tür hinter sich zu. Wieder senkte sich eine Stille über das Anwesen. Aber es war eine unnatürliche Stille, als stünde das Jüngste Gericht bevor. Jacob hatte das Gefühl, am falschen Ort zu sein. Als wäre er in einem bösen Traum gefangen, aus dem er aber bald aufwachen würde.

Er fühlte sich verloren. Schon seit Jahren. Er war nicht wie Simon auf einem Bauernhof groß geworden, hatte sich aber, seit er denken konnte, für Tiere interessiert. Nach seiner Ausbildung und der Landwirtschaftsschule war es naheliegend, auf einem Hof zu arbeiten. Aber das hatte sich vom ersten Tag an falsch angefühlt. Er nahm den Kontakt zu den Tieren viel zu persönlich. Er litt wie ein Hund, wenn die Schweine zum Schlachthaus gebracht wurden, war nicht in der Lage, kranke Tiere zu töten, und fand ohnehin, dass die Tiere viel zu wenig Bewegungsfreiraum hatten. Und dann hatte er etwas festgestellt, was er niemandem je erzählt hatte. Er hatte den Eindruck, dass er mit Tieren telepathisch kommunizieren konnte. Vor allem mit den Kühen. Und obwohl er wusste, dass es physikalisch nicht möglich war, konnte er ihre wortlosen Botschaften nicht verdrängen.

Deshalb war ViaTerra der geeignete Ort für ihn gewesen. Zumindest am Anfang. Eine Organisation, die an das Übernatürliche glaubte und Tiere bei sich hielt. Wenn er es nur gewusst hätte. Und jetzt saß er hier fest. Er hatte ein persönliches Verhältnis zu jeder einzelnen Kuh, zum Eber und zum Schafbock. Es war undenkbar, sie dieser vollkommen chaotischen und unberechenbaren Umgebung hilflos auszusetzen. Jacob konnte nicht einmal sicher sein, dass sie gefüttert werden würden, wenn er nicht mehr da war.

Die Stille hielt mehrere Stunden lang an – so lange, bis Corinne aus der Hauswirtschaftsabteilung in den Stall gerannt kam.

»Das gesamte Personal soll sich im Speisesaal versammeln!«

»Warum kommst *du* mit der Nachricht und nicht Madde?«

»Ich bin Franz' neue Sekretärin, los, komm schon, Jacob, beeil dich.«

»Hoppala, das ging aber schnell. Was ist mit Madde?«

Jacob hoffte inständig, dass Oswald sie nicht in den Stall versetzte, denn dann würde er sich auch um sie kümmern müssen.

»Ich habe keine Ahnung, Franz wird es uns schon noch mitteilen.«

Gemeinsam rannten sie in den Speisesaal, er schielte zu ihr rüber. Sie wirkte recht nervös, ahnte wahrscheinlich schon, was da auf sie zukam. Aber sie war eindeutig Oswalds Typ. Dünn, fast anorektisch. Und erst siebzehn. Das richtige Alter, um von Oswald gepflückt zu werden. Schön, aber nicht so taff wie Sofia. Jacob fragte sich ernsthaft, wie lange Corinne den Druck aushalten würde.

Als sie in den Speisesaal kamen, war es totenstill. Ein paar angestrengte Gesichter sahen hoch. Fast jeder Stuhl war besetzt, sie mussten die beiden freien in der ersten Reihe nehmen. Oswald war schon da. Er lehnte an seinem Pult, das er für seine Reden benutzte. Er würdigte sie keines Blickes, als sie auf ihre Plätze schlichen. Jacob war sich nicht einmal sicher, ob Oswald wusste, wer er war. Sie hatten noch nie ein Gespräch unter vier Augen geführt. Und gerade das verstärkte Jacobs Angst vor ihm noch. Denn er würde seine Gedanken lesen können, wenn er ihm in die Augen sah.

»Sind alle da?« Oswald sah Corinne an, und sie nickte.

Er fing sofort an zu brüllen. So laut, dass einige aus dem Personal wie Soldaten von ihren Stühlen aufsprangen. Das war ungewöhnlich, Oswald leitete seine Reden in der Regel mit milder Stimme ein. Dann folgten ein paar sarkastische Bemerkungen, bevor er richtig loslegte.

»Ihr seid wie eine Schar verirrter, dämlicher Gänse. Unter euch ist keine einzige Nase, auf die ich mich verlassen kann. Ihr habt nicht kapiert, was ich eigentlich will!«

Er machte eine Pause und holte tief Luft.

»Ich weiß wirklich nicht, was ich mit euch anfangen soll. Ihr seid eine einzige Last, wie ein riesiger Blutegel, der mich aussaugt.«

Jacob hörte Corinnes hektisches Atmen neben sich. Sie krallte sich mit solcher Kraft an der Stuhllehne fest, dass ihre Knöchel ganz weiß wurden. Die Arme. Jacob fühlte sich von alldem nicht mehr betroffen, weil er mit Simon gesprochen hatte und von einem Leben außerhalb der Mauern wusste.

Oswald verstummte. Musterte einen nach dem anderen. Schüttelte den Kopf. Es roch nach Scham. Dann holte er ein zweites Mal aus, aber jetzt sprach er so schnell, dass ihn Jacob zuerst nicht verstand. Seine Stimme erklang nun eine halbe Oktave tiefer. Er brüllte zwar nicht mehr, aber die Stimme war jetzt schneidend und unzufrieden. Für ihn sei es eine Selbstverständlichkeit gewesen, dass die Wohnhäuser für die Gäste fertig sind, wenn er zurückkommt. Ob sie eigentlich wüssten, wie viele Briefe er im Gefängnis bekommen habe? Hunderte. Jeden Tag. Aus der ganzen Welt. Und alle waren an einer Sache interessiert. Sie wollten mehr über die Philosophie von ViaTerra erfahren. Ob sie überhaupt das Ausmaß begriffen, wie groß das Interesse für ViaTerra weltweit sei? Ob sie wüssten, wie viele Exemplare von seinem Buch verkauft worden seien? Nein, offensichtlich nicht. Im Übrigen wären ihm polierte Türklinken vollkommen egal – scheißegal. Und dann die Tatsache, dass ihnen Anna direkt vor der Nase weggelaufen sei. Wahrscheinlich hatten die Wachen wieder gepennt. Wie immer. Zwei Dinge hatten in seiner Auszeit erledigt werden sollen: die Wohnhäuser in einen guten Zustand versetzen und Sofia Bauman zum Schweigen bringen. Einen einzigen Menschen. Obwohl sie mehr Mumm hatte als alle zusammen, das musste er ihr lassen. Noch nicht einmal das hatten sie geschafft. Das bedeutete: Er würde es jetzt selbst in die Hand nehmen müssen. So wie immer. Und Madde, die würde ab heute vom Teufelsfelsen springen dürfen, morgens, mittags und abends, bis endlich ein einziges kluges Wort aus ihrem Mund käme. Für alle anderen hieße es jetzt: Ärmel hochkrempeln. Sie müssten sich beeilen, die ersten Gäste kämen bald. In zwei Wochen schon würde er die Pforte für sie öffnen. Darum wäre es in der Tat besser. Für sie alle. Wenn alles gut aussähe. Außerdem würde er diesen lächerlichen Hund abknallen, den sie da angeschleppt hätten.

Mit diesem letzten, harten Schlag verließ Oswald den Saal. Corinne trippelte ihm pflichtbewusst hinterher. Jacob hatte einen Kloß im Hals und konnte sich nicht bewegen. Auch als alle nach und nach den Speiseaal verließen, blieb er reglos sitzen. Vor ihnen lagen zwei Höllenwochen, er sah sich schon auf dem Boden kniend die Böden in den Seitengebäuden schrubben. Ihm war zum Heulen zumute, er war erschöpft und enttäuscht. Im Saal war es still, aber er hörte das Geschrei auf dem Hof, antreibende Rufe in »Alle Mann an Deck«-Versionen. Sie hatten eine Aufgabe bekommen, die es so lange zu erfüllen galt, bis Oswald zufrieden war. Jacob hoffte inständig, dass die Wachen nicht überreagierten und den armen Hund sofort erschossen. Manchmal stieß Oswald nur zum Spaß Drohungen aus, man konnte sich aber nie sicher sein. Vielleicht sollte er den Hund im Stall verstecken, bis sich alles wieder beruhigt hatte?

Jacob hörte, wie die Tür zum Speisesaal geöffnet wurde, und drehte sich langsam um. Es war Bosse.

»Jacob, wir beide sind heute Nacht fürs Putzen eingeteilt.«

Statt einer Antwort schüttelte Jacob den Kopf. Bosse kam auf ihn zu.

»Warum sitzt du hier noch?«

»Ich überlege mir, wie ich das mit den Tieren schaffen soll, ich muss sie füttern, die Boxen sauber machen und so. Ich kann die nicht einfach sich selbst überlassen.«

»Dann tu das doch.«

»Wie, was denn?«

»Na, dich um die Tiere kümmern. Ich übernehme das andere für dich. Wenn jemand fragt, sage ich, dass du angeschlagen bist und dich ausruhen musst. Denn das Letzte, was wir hier jetzt gebrauchen können, ist eine Epidemie.«

Jacob traute seinen Ohren nicht. Starrte Bosse fassungslos

an. Vor ihm stand kein Mensch, sondern eher ein menschliches Wrack. Rote Augen, fettige, ungekämmte Haare und Dreitagebart auf gräulicher, blasser Haut. Bosse ging es ganz offensichtlich nicht gut. Seit Oswalds Rückkehr war auch der letzte Funken Hoffnung auf seine Zukunft auf ViaTerra erloschen. Denn Bosse war fürs Personal zuständig, und nach der Abkanzelung, die gerade stattgefunden hatte, blieb ihm wahrscheinlich nur noch der Sprung mit Madde vom Teufelsfelsen. Morgens, mittags, abends.

Trotzdem hatte Jacob den Eindruck, dass ein anderer, ein neuer Bosse vor ihm stand. Er strahlte eine fast schon unangemessene Ruhe aus, ohne jede Wut oder Hysterie.

Da begriff er.

Als würde er mit Bosse ein telepathisches Gespräch führen, wie mit seinen Kühen.

»Ich möchte dir noch eine Sache sagen, bevor ich in den Stall gehe.«

»Ja, was denn?«

»Es gibt eine Lösung. Mehr sage ich jetzt nicht dazu. Also, frag nicht weiter.«

»Daran wäre ich sehr interessiert«, erwiderte Bosse.

Dieser Wortwechsel hatte etwas Magisches, fand Jacob. Jeder wusste genau, was der andere dachte, gleichzeitig gab es nichts Verräterisches, keine Beweise, keine Worte, die man gegen sie verwenden könnte, nur ein fast gespenstisches, wunderbares Einvernehmen.

»In ein paar Wochen gibt es die Gelegenheit wieder.«

»Sag mir Bescheid.«

»Das mache ich, aber jetzt muss ich in den Stall. Vielen Dank, dass du das für mich tust.«

KAPITEL 39

Als sie im Zug vom Flughafen nach Hause saß, zog sich der Himmel zusammen. Zwischen schweren Regenwolken blitzte immer wieder die Sonne hindurch und schien ihr ins Gesicht. Sie vermisste Simon jetzt schon. Am liebsten hätte sie ihn gleich angerufen, um mit ihm reden zu können. Plötzlich überkam sie Heimweh. In Kalifornien zogen die Jahreszeiten viel schneller und unbemerkter vorbei, wie ein nicht enden wollender Frühling und Sommer. Sie vermisste den stürmischen Herbst und den harten Winter in Schweden. Sehnte sich so sehr nach ihren Eltern und Freunden zu Hause, dass es wehtat.

Sie hatte noch nicht mit Benjamin gesprochen. Er hatte ihr eine Mail in einem etwas beleidigten Tonfall geschrieben und ihr mitgeteilt, dass sie machen solle, was sie für richtig halte, und dass sie dann eben nach ihrer Rückkehr in ihrer Beziehung aufräumen würden. Aufräumen. Wie in einem unordentlichen Zimmer. Als würde man das bei einer Tasse Kaffee besprechen können und danach wäre alles wieder wie vorher.

Automatisch dachte sie an Mattias, und offenbar gab es eine telepathische Verbindung zwischen ihnen, denn in diesem Moment klingelte ihr Handy, und sein Name stand auf ihrem Display.

»Ist dein Freund schon abgereist?«

»Ja, gerade eben, ich sitze im Zug nach Hause, warum?«

»Weil ich vor deiner Wohnung stehe.«

»Warum das?«

»Weil ich mich seit einer Woche nach dir verzehre.«

»Du kannst aber nicht mit in die Wohnung kommen.«

»Warum nicht?«

»Ich kenne dich doch gar nicht. Weiß nicht, ob ich dir vertrauen kann.«

»Oder willst du lieber sagen, dass dir das Vertrauen in dich selbst fehlt? Wenn du mit mir allein bist?«

Sie drückte das Gespräch weg, aber eigentlich nur, um zu verbergen, wie sehr es sie erregt hatte. Und das konnte man garantiert in ihrer Stimme hören. Sie war nicht in der Lage einzuschätzen, ob er sie verführen würde, wenn sie ihn zu sich nach Hause einlud. Aber vielleicht hatte er auch ganz andere Pläne gehabt und wollte sie zu etwas Spannendem einladen? Beide Versionen waren erregend und stachelten ihre Neugier an.

Sie rief ihn zurück.

»Ich glaube, die Verbindung wurde unterbrochen. Wir sind durch einen Tunnel gefahren.«

»Es gibt keinen Tunnel zwischen dem Flughafen und Palo Alto.«

»Ja, ja, schon gut. Du kannst mit hochkommen. Aber nur kurz. Dann sollte ich unbedingt schlafen gehen, ich muss morgen früh zur Arbeit.«

Er saß vor dem Hauseingang auf der Bank neben dem Blumenbeet bei dem kleinen Springbrunnen. Schon sein Anblick löste ein schlechtes Gewissen in ihr aus. Sie spielte ein doppeltes Spiel. Sie war weder ihm noch Benjamin gegenüber ehrlich. Auf einmal hatte sie das dringende Bedürfnis, die Wahrheit zu sagen.

»Mattias, ich habe einen Freund in Schweden – und es ist etwas Ernstes.«

Er stand auf und kam langsam auf sie zu.

»Das muss ja ein verdammter Loser sein.«

»Was? Du kennst ihn doch gar nicht.«

»Er ist ein Idiot, dich allein nach Kalifornien gehen zu lassen. Das meine ich damit.«

»Ich habe kein Interesse an einer neuen Beziehung.«

»Hey! Alles gut. Ich suche auch nichts Ernstes. Ich mag es, die Sachen einfach auf mich zukommen zu lassen.«

»Okay, maximal eine halbe Stunde, okay? Dann muss ich wirklich schlafen gehen, ich bin so erledigt.«

»Abgemacht.«

Sie hoffte inständig, dass sie nicht allein im Fahrstuhl sein würden, aber er war leer. Es roch nach Abfall, einer der Hausbewohner hatte offenbar gerade seinen Müll in die Container in der Tiefgarage gebracht. Er lehnte sich gegen die Fahrstuhlwand und musterte sie. Wortlos. Die Fahrt in den vierten Stock dauerte eine gefühlte Ewigkeit, aber sie hielt seinen Blicken stand. Versuchte in seinen Augen einen berechtigten Grund für ihr Misstrauen zu finden. Aber sie konnte nicht in sein Inneres sehen, es war, als hätte sich etwas anderes davorgeschoben. Erregung? Begierde? Es kribbelte überall in ihrem Körper.

Sie ging vor, wollte die Wohnungstür aufschließen, aber das Schloss war widerspenstig. Schließlich nahm er ihr den Schlüssel aus der Hand und schloss auf. Sie mochte nicht zugeben, dass ihre Hand zu sehr gezittert hatte, und schnauzte ihn an, dass sie das sehr wohl auch allein könne.

Es war warm in der Wohnung, die Luft wirkte abgestanden, und sie öffnete die Balkontür. Das Wohnzimmer atmete förmlich erleichtert auf, als die kühle Abendluft in den Raum strömte. Im Flur zog sie sich Schuhe und Jacke aus. Er hatte sich von der Eingangstür nicht wegbewegt, gab ihr den Schlüssel, den sie an seinen Stammplatz an den Haken hängte. Ihre Hand zitterte nicht mehr. Sehr gut, sie hatte sich wieder unter Kontrolle. Jetzt bloß nichts Überstürztes tun. Sie würden einen Kaffee trinken, dann wollte sie ihn nach Hause schicken. Sie musste einen kühlen Kopf bewahren, logisch denken. Sie wusste doch eigentlich nichts von ihm. Er könnte ansteckende Krankheiten haben oder ein Serienmörder sein. Zugegebenermaßen hatte sie ihn gegoogelt. Alles, was er ihr erzählt hatte, schien zu stimmen. Sein Studium, die Herkunft. Er hatte auch eine Facebookseite, die alles andere als suspekt war.

Da hörte sie Ellis' Worte.

Du willst doch keine alte Schachtel werden, die Benjamin ewige Treue schwört? Diese Sekte hat dir in den Kopf gesetzt, dass du leben musst wie eine Nonne.

Ein einziger Seitensprung. Sonst nichts, danach würde sie sich wieder mit Benjamin versöhnen. Wenn er sie dann noch wollte.

Mattias war dicht hinter ihr, die Stille in der Wohnung wirkte wie ein Vakuum, das sie unweigerlich aneinanderpresste. Er roch nach Seife und Leder. Sie rückte ein Stück von ihm ab, aber er war sofort wieder hinter ihr. Sie spürte seinen Atem im Nacken und die Wärme seines Körpers an ihrem Rücken.

Sie kapitulierte, lehnte sich gegen ihn. Er küsste ihren Hals, sie spürte, wie ihr Körper jede Spannung verlor. Sie räusperte sich, wollte etwas sagen, weil er sonst die Kontrolle übernahm.

Aber es kam kein Wort aus ihrem Mund.

Seine Hände wanderten von ihren Schultern hinunter zur

Taille, dann waren sie überall. An Gesäß, Oberschenkel, Bauch. Sie hatte gewollt, dass es passiert, trotzdem wurde sie ganz steif. Er schob seine Finger unter ihre Bluse, knöpfte sie auf, schob ihren BH beiseite und streichelte ihre Brüste. Kurz darauf glitt ihr Rock zu Boden, ihre Unterhose folgte. Er ließ die Finger seiner rechten Hand erneut auf Wanderschaft gehen, die Innenseite der Beine hinauf, bis ganz nach oben, bis sie tief in ihr verschwanden. Als sie vor Erregung stöhnte, legte er ihr seine andere Hand auf den Mund. Sie versuchte, sich zu ihm umzudrehen, aber er drückte seinen Körper gegen ihren, sie spürte seine Erregung.

»Nicht bewegen!«, flüsterte er. »Sei ganz still.«

Die Sonne schob sich hinter den Wolken hervor und schien ins Wohnzimmer. Blendete sie, betonte ihre Nacktheit. Seine Hände waren überall, sie zitterte wieder, am ganzen Körper. Sie musste sich einfach umdrehen, sonst würde sie implodieren. Aber er wehrte ihre Bewegung ab, wie in einem Tanz mit vorgegebener Schrittfolge.

»Ganz ruhig. Schließ die Augen, du sollst nichts sehen, nur fühlen.«

Er zog sich auch aus, das konnte sie hören. Schnell und ungeduldig. Seine Jacke fiel zu Boden, es polterte, als er die Schuhe wegschleuderte, sie hörte, wie er den Gürtel öffnete, den Reißverschluss auch.

Ein leichter Windstoß wehte durch die geöffnete Balkontür, sie bekam eine Gänsehaut. Es erregte sie unbeschreiblich, nackt vor ihm zu stehen. Das kannte sie so nicht.

Er legte seine Hände auf ihre Schultern und schob sie zum Sofa, stieß sie förmlich vor sich her. Sie wollte sich hinlegen, aber da packte er sie an der Taille, hielt sie fest und nahm das dünne Tuch, das über der Sofalehne hing. Sie verstand sofort, was er wollte, noch bevor er ihr damit die Augen verband. Wie frech, so ein Spiel gleich beim ersten Mal. Dann erst drehte er sie zu sich um und dirigierte sie zum Sofa. Sie legte sich auf den Rücken, er platzierte ihre Beine, sie ließ es geschehen. Durch das Tuch konnte sie nur schemenhafte Konturen erkennen, seine Gestalt, die sich wie eine Decke über ihr ausbreitete.

In diesem Augenblick entluden sich die Regenwolken, es wurde dunkel, und der Regen schlug gegen die Fensterscheiben. Wie entfesselt, hemmungslos. Die Spannung zwischen ihnen und das plötzliche Gewitter nahmen ihr den Atem. Sie hob die Arme, wollte ihn berühren, aber er schob sie vorsichtig beiseite.

»Du sollst nur fühlen, was ich mit dir mache, nicht sehen, nicht berühren.«

Wieder strichen zwei Finger an der Innenseite ihrer Oberschenkel entlang, glitten in sie hinein. Sie wimmerte. Seine Hände entdeckten Stellen an ihrem Körper, die sie bis dahin nicht gekannt hatte. Seine Zunge folgte den Händen, sie war auf ihrem Bauch, an ihren Schenkeln, in ihr. Erst als er in sie eindrang, riss er ihr die Augenbinde vom Kopf.

»Sieh mich an!« Seine Augen waren voller Wildheit und Gier. Die sehnigen Muskeln seiner Arme waren angespannt, auf seiner Brust hatten sich Schweißperlen gebildet. Er fluchte, rief ihren Namen. Und das klang wunderschön.

Danach war sie so erschöpft, dass sie praktisch sofort einschlief. Ihr Körper war gerade noch gespannt wie ein Bogen gewesen, dann kollabiert und zu einem weichen, warmen Etwas geworden. Sie öffnete den Mund, wollte etwas sagen, aber auch jetzt kam kein Laut über ihre Lippen.

Sie musste lange geschlafen haben, denn als sie aufwachte, war es pechschwarz im Zimmer. Der Regen trommelte noch gegen die Scheiben. Das Tuch, mit dem ihre Augen verbunden gewesen waren, lag auf dem Tisch. Zerknittert, aber ordentlich zusammengefaltet. Er hatte ihr eine Decke übergelegt und die Balkontür geschlossen. Sie wusste sofort, dass er nicht mehr da war. Er hatte eine Leere hinterlassen, und es roch auch schon nicht mehr nach ihm.

Sie stand auf, war unglaublich durstig, ging an den Kühlschrank und trank den Orangensaft direkt aus der Packung. Sie schwitzte, obwohl es kalt war. In ihr kämpften Schuldgefühle und eine tiefe sexuelle Erregung miteinander. Sie war enttäuscht, dass er verschwunden war, ohne ein Wort zu hinterlassen. In dieser Sekunde klingelte ihr Handy.

»Ich wollte dich nicht wecken. Du warst sofort weg und hast so schön geschlafen.«

»Ich bin gerade aufgewacht.«

»Dann hast du über drei Stunden geschlafen.«

»Oh je! Ich muss ja vollkommen ausgeknockt gewesen sein!«

»Zwei Monate.«

»Was?«

»In zwei Monaten gehe ich zurück nach Schweden.«

»Ach ja?«

»Darum würde ich die Zeit hier mit dir gern ausnutzen. Dann werden wir ja sehen. Ich weiß schon, was ich alles mit dir machen will.«

Ein Schauer durchlief ihren Körper. Gleichzeitig fingen die Alarmglocken an zu läuten. Seine Dominanz. Sie hatte nicht gedacht, dass Unterwerfung sie erregen könnte. Dennoch zitterte sie bei dem Gedanken an seine Hände am ganzen Körper. Diese Zerrissenheit war erregend. Als würde sie sich zwischen zwei Polen befinden, und dazwischen schlugen die Funken.

Mattias ist gefährlich. Gefährlich in Sachen Sex. Wahrscheinlich vollkommen ungefährlich in allen anderen Bereichen.

»Bist du noch dran, Sofia?«

»Ich muss morgen arbeiten.«

»Und am Wochenende?«

Sie ließ ihn einen Augenblick lang zappeln.

»Da hab ich noch nichts vor. Da können wir uns sehen.«

KAPITEL 40

Eine fast greifbare Stille lag über dem Anwesen. Simon erinnerte sich gut daran, wie tief man schlief, wenn man tagelang ohne Schlaf auskommen und hart arbeiten musste. Er hatte noch den Schweißgeruch aus den Schlafsälen in der Nase. Denn der Schlaf war so kostbar, dass man lieber gleich ins Bett fiel, anstatt noch duschen zu gehen. Schlechter Atem aus ungeputzten Mündern, der als Luftzug an einem vorbeizog.

Es war zwar schon Ende April, aber noch ziemlich kalt. Ein kräftiger Frühlingsregen war heruntergekommen und hatte eine feuchte Kälte hinterlassen, die unter die Jacke kroch. Unter anderen Umständen wäre er nicht vor die Tür gegangen, aber er hatte keine Wahl. Die Pflicht rief oder eher das nächste Abenteuer, je nachdem, wie man die Sache betrachtete.

In dem Wachhäuschen brannte Licht, also machte er einen großen Bogen darum und war besonders vorsichtig. Er wartete vor der kleinen Pforte, wollte sicher sein, dass sie ihm keine Falle gestellt hatten. Das Bevorstehende war nämlich ungeheuerlich. Aber die Stille hielt an und wurde nur von dem Geräusch der Wassertropfen gestört, die von den Bäumen fielen. Da hörte er ein leises Flüstern, wie das Rascheln von Laub.

Sie waren da.

Und als er die Pforte aufschloss, standen sie direkt vor ihm, an Simons Eiche.

Bosse zuckte zusammen, als Simon auf ihn zukam.

»Ich fasse nicht, du bist es ja wirklich!«, flüsterte er.

Bosse trug nur das Uniformhemd, keine Jacke, und über seiner Schulter hing ein kleiner Rucksack. Simon sah, wie nervös er war. Sein Zittern beruhte nicht nur auf der Kälte.

»Bist du sicher, dass du das hier auch wirklich tun willst?«, fragte Simon.

»Ganz sicher. Ich halte das nicht länger aus.«

»Wie sieht es aus? Wie viel Zeit haben wir?« Die Frage galt Jacob.

»Wir haben nach einer schlaflosen Woche alle Schlaferlaubnis bekommen. Die Wohnhäuser müssen in ein paar Tagen für die Gäste fertig werden. Hier pennen alle. Solange ihr keinen Alarm auslöst, wird euch niemand bemerken. Sten ist vorn im Wachhäuschen, ich gehe zu ihm und lenke ihn ab. Obwohl er wahrscheinlich schon längst tief und fest schläft.«

Am liebsten hätte Simon ihn gepackt und mitgenommen. Wie er das alles aushalten konnte! Jacob las seine Gedanken.

»Ich komme auch bald, aber heute ist Bosse an der Reihe.«

Sie liefen schweigend durch den Wald, bis sie außer Sichtweite vom Herrenhaus waren. Simon sah, dass Bosse humpelte.

»Hast du dir den Fuß verletzt?«

»Nein, ist nichts. Nur ein bisschen verstaucht.«

»Wie ist das denn passiert?«

»Ich bin oben beim Teufelsfelsen ausgerutscht. Beim Eisschwimmen.«

»Was ist Eisschwimmen?«

»Das ist eine neue Strafe für alle, die in der Zeit, als Franz weg war, nicht ordentlich gearbeitet haben. Wir gehen jeden Tag in Begleitung einer Wache zu den Felsen und springen ins Wasser.«

»Das glaube ich nicht, Bosse. Das Wasser ist doch schweinekalt.«

»Franz sagt, dass sogar die alten Knacker Winterschwimmen machen, dann können wir das auch.«

»Ja, aber die gehen hinterher in die Sauna und schlafen nachts. Der ist ja vollkommen verrückt geworden.«

»Ja, da hast du recht.«

In den ersten Tagen nach der Flucht war Bosse wie gelähmt. Dieses Energiebündel von einem Mann, der früher wie ein fanatischer Heilsbringer auf ViaTerra herumgerannt war, der am härtesten von allen gearbeitet hatte und die verkörperte Hingabe war – jetzt saß er stumm wie ein Fisch auf Simons Sofa und starrte vor sich hin.

Simon wusste, warum es ihm so ging. Bosse wusste nicht, was er als Nächstes tun sollte, er hatte kein Leben außerhalb der Mauern. Simon kannte Bosses Herkunftsgeschichte. Er war mit vier Jahren Vollwaise geworden, seine Eltern waren bei einem Autounfall ums Leben gekommen. Es folgten Jahre in den unterschiedlichsten Pflegefamilien, im Teenageralter kam die Karriere als Halbstarker dazu. Oswald hatte ihn bei einem seiner Vorträge aufgegabelt. Später hatte er einmal gesagt, dass er an Bosses hingebungsvollem Blick hängen geblieben sei.

Für Bosse war ViaTerra die Rettung gewesen. Er verkörperte die Sekte sowohl mit seinem Ehrgeiz als auch mit seiner Ergebenheit. Wurde schnell zu Oswalds rechter Hand. Allerdings änderte sich das, als Franz anfing, sich über ihn aufzuregen. Was am Ende alle vom Personal traf. Bosse hatte unzählige erniedrigende Spitznamen von Oswald bekommen, wurde vor allen gedemütigt und mehrmals zusammengeschlagen.

Simon wusste genau, dass man Menschen zwar befreien

konnte, dass diese Freiheit aber auch gestaltet werden musste. Und für Bosse existierte keine Welt außerhalb der Mauern.

Bosse schlief, wie Anna auch, in den ersten Tagen fast die ganze Zeit über. Und aß genauso gierig. Am dritten Tag fing er zu reden an und hörte nicht mehr auf. Er erzählte im Großen und Ganzen dasselbe wie Anna, berichtete aber auch von den Ereignissen auf ViaTerra nach Oswalds Rückkehr. Madeleine war seine erste Zielscheibe, dann kam Bosse. Die schlimmste Strafe war, als Oswald sie zwang, einen Tag und eine Nacht lang reglos auf einem Stuhl zu sitzen. Die Wachen begossen sie mit kaltem Wasser, sobald sie wegdösten. Er wollte, dass sie sich der Konsequenzen ihrer Verantwortungslosigkeit bewusst wurden.

Es wäre ein Leichtes gewesen, Bosse darauf hinzuweisen, wie absurd das alles war. Aber Simon wusste auch, dass Bosse an seiner Flucht zweifelte und selbst zu dieser Erkenntnis kommen musste. Simon konnte ihn nicht dazu zwingen.

Er versuchte ihn jeden Tag vor die Tür zu locken, an die frische Luft. Aber das war nicht so einfach, Oswald hatte einen Großeinsatz ausgerufen. Viel länger noch als bei Anna, eine ganze Woche. Sie hörten die Motorräder auf der Straße, die Rufe der Suchtrupps im Wald. Am laufenden Band kamen die Wachen zur Pension und bekamen von Inga mit unendlicher Geduld versichert, dass sie ganz bestimmt keinen Ausreißer beherberge. Aber bei Simon klopfte niemand an, was ihn auch dieses Mal sehr verwunderte.

Bosses Lese- und Rechtschreibfähigkeiten waren beschränkt, deshalb gab ihm Simon auch keine Bücher zu lesen. Er sollte im Netz surfen. Am fünften Tag sah Bosse ungewöhnlich aufgeräumt und ausgeruht aus, als er morgens aufwachte.

»Wenn ich es mir genau überlege, ist es ein Wahnsinn, dass ich diesen Quatsch so lange mitgemacht habe. Aber wo soll ich hin? Wenn sie mich entdecken, wird es noch schlimmer als für Sofia.«

»Apropos, erzähl mir doch bitte was von diesem Sofia-Bauman-Projekt.«

Bosse zuckte zusammen.

»Woher weißt du davon?«

»Ist doch egal. Erzähl!«

»Das Ziel des Projekts war, Sofia einzuschüchtern. Sie lange genug zu schikanieren, dass sie nie wieder etwas Negatives über Franz sagt.«

»Bist du daran beteiligt gewesen?«

»Ja, am Anfang schon. Benny, Sten und ich. Aber Franz wurde stinksauer, als er erfuhr, was wir getan hatten. Ich gebe zu, als wir ihre Tür besprüht haben, ist es ein bisschen ausgeartet. Das gefiel Franz überhaupt nicht, das war nicht sein Stil. Callini kam nach ViaTerra und hat uns einen ordentlichen Einlauf verpasst. Das war nicht gut. Benny und Sten mussten in das Büßerprogramm. Und mir hat Franz mitteilen lassen, dass er sich nach seiner Entlassung um mich kümmern werde. Und das hat er dann ja auch, wie du weißt.«

»Was habt ihr denn alles gemacht?«

»Computersachen. Vom Wachhäuschen aus. Wir haben mit einem Hacker zusammengearbeitet. Und wir haben ihrer alten Nachbarin einen Dildo geschickt.«

»Mann, echt jetzt, Bosse, das ist widerlich! Und was ist mit dem Hund?«

»Was? Was für ein Hund? Meinst du den, den Benny mitgebracht hat?«

Simon seufzte erleichtert auf.

»Nee, ein anderer Hund, aber ist nicht wichtig. Ich finde, du solltest das alles bei der Polizei melden.«

Bosse wurde blass.

»Das kann ich nicht. Dann kann ich mich doch auch gleich selbst anzeigen. Ich war völlig durch den Wind, außerdem ist es doch jetzt auch egal, Sofia ist in den USA.«

»Wie bitte? Oswald weiß, dass sie drüben ist?«

»Ja, Madde hat es bei einer Morgenversammlung erzählt. Dass Sofia mit eingezogenem Schwanz in die Staaten abgehauen ist. Das hörte sich so an, als wäre das ein Sieg. Also, für ViaTerra.«

»Aber sie hat von denen nichts mehr gehört, seit sie da ist.«

»Nein, aber vergessen hat Franz sie bestimmt nicht. Da kannst du dir sicher sein.«

»Warum ist er so besessen von Sofia?«

»Ist das nicht offensichtlich? Nach dem, was sie ihm angetan hat?«

»Ja, aber da muss doch noch mehr sein. Ich kann das spüren.«

Bosse dachte nach.

»Weißt du noch, als Sofia und Benjamin abhauen wollten?«

Allerdings erinnerte sich Simon noch daran. Oswald hatte in Sofias und Benjamins Zimmer Kameras installiert und sie dabei ertappt, wie sie ihre Fluchtpläne besprochen hatten.

»Nach dem Vorfall hat mich Franz zu sich gerufen. Er hatte beschlossen, Sofia sollte unter ständiger Beobachtung stehen und durfte das Anwesen nicht verlassen. Er sagte, dass sie ein wichtiger Teil seiner Zukunftspläne ist. Aber mehr weiß ich auch nicht.«

»Ja, aber warum hat er sie dann in Ruhe gelassen, seit sie ins Ausland gezogen ist?«

»Das weiß ich nicht, Simon. Vielleicht hat er keine Lust mehr auf das Katz-und-Maus-Spiel. Am Ende hatte er doch auf nichts und niemanden mehr Lust.«

Simon dachte an Sofia, die ein paar Tage zuvor endlich auf seine Mail geantwortet hatte. Nachdem sie telefoniert hatten, wusste er auch, warum sie so lange geschwiegen hatte. Sie hatte doch was mit diesem Mattias angefangen und sich geschämt, Simon davon zu erzählen. Hatte ihm versichert, dass es nur was Temporäres war. Dass sie die Sache nach ihrer Rückkehr sofort mit Benjamin klären würde. Er hatte darauf erwidert, dass er schließlich nicht ihr Vater sei, sie könne doch tun, was sie wolle. Aber es hatte ihn trotzdem stutzig gemacht.

Die Erkenntnis, dass Oswald ihren Aufenthaltsort kannte, löste Panik in ihm aus. Er spürte, dass er das Thema wechseln musste.

»Bosse, lass uns über deine Zukunft sprechen.«

»Ich mach alles. Hauptsache, sie finden mich nicht. Aber wo kann ich mich verstecken? Ich hab das Gefühl, dass ich dich ausnutze. Ich habe kein Geld und nichts. Wo soll ich hin? Wo soll ich arbeiten? Ich muss doch irgendwo einen Job finden.«

Bosse hatte ein bisschen Farbe bekommen, fand Simon. Und in seinen Augen brannte wieder ein kleines Feuer. Arbeiten konnte Bosse, da bestand kein Zweifel. Simon sah aus dem Fenster, blickte über die Felder, die zu der Pension gehörten und weit hinten von dem Wald abgelöst wurden. Alles grünte und blühte, die weißen Spitzen der Gewächshäuser ragten in den blauen Frühlingshimmel. Als Simon sich zu Bosse umdrehte, hatte sich ohne sein Zutun eine Idee in ihm geformt.

Er sprang vom Sofa auf, schnappte sich das Telefon und

wählte die Nummer seines elterlichen Bauernhofs. Seine Mutter ging an den Apparat. Sie freute sich sehr, als sie Simons Stimme hörte, und fing sofort an zu schluchzen. Selbstverständlich konnten sie immer eine zusätzliche Hand gebrauchen, vor allem jetzt im Frühling. Hauptsache, der junge Mann konnte gut zupacken und hart arbeiten. Würde Simon auch vorbeikommen?

»Nein, ich kann nicht«, sagte Simon. »Aber bitte versprich mir eine Sache. Ihr werdet keine Anstalten machen, ihn zu bekehren, keine Andachten, kein Handauflegen oder Gespräche über Gottes Weg oder so etwas.«

Und so kam es, dass Bosse nach Småland ziehen würde, um eine Zeit lang auf dem Hof von Simons Eltern zu arbeiten.

Am nächsten Tag legte Simon ein paar Kleidungsstücke für Bosse raus. Dann kaufte er im Dorf eine Jacke, Zahnpasta und Shampoo und hob Geld am Automaten ab. Genug, damit Bosse über die Runden kam, bis er seinen ersten Lohn bekäme.

Sie saßen in Simons Wohnzimmer und warteten, bis es Zeit war, zur Fähre aufzubrechen. Björk hatte versprochen, Bosse auf der Überfahrt zu verstecken. Beide waren wehmütig. Simon vermisste Bosse schon jetzt. Wünschte ihm von Herzen, dass alles gut ging. Da klopfte es an der Tür. Es war definitiv nicht Inga, denn es klang hart und ungeduldig.

Jetzt haben die Idioten herausbekommen, wo er sich versteckt hält. Das hatte aber lange gedauert. Er sah auf die Uhr. Sie hatten noch eine Viertelstunde Zeit, bevor sie aufbrechen mussten. Zeit genug, um sie abzuwimmeln.

»Los, versteck dich im Badezimmer«, flüsterte er. »Wahrscheinlich sind das Benny und Sten, ich schick sie wieder weg.«

Als Simon die Tür öffnete, dachte er, er hätte sich versehen. Im Reflex hatte er die Tür wieder zugeknallt. Denn er hatte Benny und Sten erwartet.

Doch als er sie erneut öffnete, stand nach wie vor Franz Oswald davor.

KAPITEL 41

Sie sahen sich mehrmals in der Woche, aber er blieb nie über Nacht. Verschwand, während sie schlief, und morgens wachte sie mit einem fast schmerzhaften Verlangen auf. Benjamin war im Bett wie ein Hundewelpe, der mit seiner Zunge und den Pfoten überall herumtapste. Mattias war viel berechnender und methodischer. Erst im allerletzten Moment gab er sich hin, und das Fiebern auf diesen Augenblick hin trieb sie fast in den Wahnsinn. Er löste eine Qual und auch eine Art Genuss in ihr aus. Zog sie langsam aus, fesselte sie, entfesselte, war nie gewalttätig, aber immer dominant.

Obwohl sie auch andere Dinge miteinander unternahmen, hatten sie doch in erster Linie eine sexuelle Beziehung. Sie fing an, süchtig nach ihm zu werden, wie nach einer Droge. Dazu kam das erregende Gefühl, ein Geheimnis zu haben, was ein wunderbares, erotisches Schuldgefühl auslöste.

Als er eines Tages vorschlug, dass sie zusammen nach Schweden zurückfliegen könnten, war sie ziemlich überrascht.

»Warum? Dann ist man doch nicht so allein im Flieger. Außerdem werde ich dich ganz schön vermissen, das kann ich dir sagen.«

»Aber du weißt doch, dass ich die Sache mit Benjamin zuerst klären muss, bevor …«

»Ja, ich weiß, mit dieser Spaßbremse.«

Schließlich entschied sie sich aber doch dafür, mit Mattias

die Rückreise anzutreten. Ihr Visum würde ohnehin in ein paar Monaten ablaufen, außerdem hatte sie Heimweh. Sie schrieb allen, wann sie nach Hause käme. Sie hatte ihre Wohnung in Lund vermietet, also würde sie vorerst bei ihren Eltern wohnen, damit der Untermieter sich in Ruhe was Neues suchen konnte.

Eine Woche vor ihrer Abreise rief Mattias an.

»Sofia, ich habe Flugtickets für den halben Preis gefunden, da müssten wir aber einen Tag früher losfliegen. Kannst du das?«

Ihre Gedanken waren sofort bei ihrem bereits geplünderten Konto.

»Klar, dann muss ich aber zu Hause allen Bescheid sagen, dass ich früher komme.«

»Tu das nicht. Ich möchte noch einen Tag mit dir in Göteborg verbringen, nur wir beide in meiner Wohnung.«

»Das kann ich nicht, du weißt doch genau, dass ich …«

»Mit Benjamin reden muss, bla bla bla … Ach komm, ein letzter Tag. Bei mir zu Hause. Danach fährst du mit dem Zug weiter und kannst selbst entscheiden, ob wir uns wiedersehen oder nicht.«

Schon bei der Erwähnung seiner Wohnung war sie erregt gewesen. Es klang, als hätte er etwas Bestimmtes vor.

»Ich bezahl das neue Ticket und kümmere mich um die Umbuchungen, einverstanden? Was sagst du?«

»Okay, meinetwegen.«

»Super, aber bitte erzähl niemandem, dass wir früher ankommen. Ich möchte dich ganz für mich allein haben. Versprichst du es mir?«

»Wir werden doch den Hammer-Jetlag kriegen.«

»Ich mag es, wenn du schläfrig und gefügsam bist.«

Das war einfach alles zu gut, um wahr zu sein. Sie würde

noch ein letztes Mal mit ihm schlafen können und mit zehntausend Kronen extra auf dem Konto nach Hause kommen. Am nächsten Tag würde sie dann mit dem Zug nach Lund fahren, zu ihren Eltern. Das Gespräch mit Benjamin gleich nach ihrer Ankunft in Göteborg zu führen ergab unter diesen Umständen sowieso keinen Sinn.

An ihrem letzten Abend in Palo Alto saß sie lange auf ihrem Balkon und hing ihren Gedanken nach. Sie hatte alle Möbel verkauft und den Rest einem Secondhandladen geschenkt. Sie hatte nur ihr Bett behalten, das der Käufer am nächsten Morgen abholen würde, und ihre beiden Koffer.

Der Frühlingshimmel verdunkelte sich und verwandelte sich in einen blutroten Sonnenuntergang. Die Luft schien stillzustehen. Sie dachte an Melissa, die geweint hatte, als sie sich verabschiedet hatten. Sie dachte auch an ihre Arbeitskollegen. An die Freiheit, die sie hier in Palo Alto erlebt und genossen hatte. An das schöne Licht und die immergrüne Vegetation. Trotzdem hatte sie immer gefühlt, dass es nicht ihr richtiges Leben war. Plötzlich wurde ihr klar, dass sie seit Wochen nicht mehr von Oswald geträumt hatte. Dass sie in letzter Zeit nicht einmal mehr an ihn gedacht hatte. Das musste bedeuten, dass er aufgegeben hatte. Ja, so musste es sein. Und mit dieser Erkenntnis löste sich ein innerer Druck, von dessen Existenz sie bis dahin nichts gewusst hatte.

Absurderweise meldete sich noch ein anderes Gefühl, eine diffuse Sehnsucht. Sie fand das so unlogisch, dass sie darüber nicht weiter nachdenken wollte. Er war der einzige Mensch gewesen, den sie jemals kennengelernt hatte, dem ein Selbstzweifel vollkommen fremd war. Er hatte immer einen Plan, von dem er nie auch nur einen Millimeter abwich. Sie hingegen hatte sich in den vergangenen zwei Jahren wie ein Insekt gefühlt, das sein Gleichgewicht verloren hatte und nur im Kreis geflogen war. Aber dieser Höllenritt war jetzt vorbei. Sie würde nach Schweden zurückkehren und wieder ein normales Leben führen.

Sie flogen direkt von San Francisco nach Kopenhagen und von dort weiter nach Göteborg. Mattias war auf dem Flug ungewöhnlich still gewesen. Er hatte sich Kopfhörer aufgesetzt, Musik gehört und aus dem Fenster gesehen. Er aß auch kaum etwas. Dafür schlief er ein paar Stunden mit offenem Mund, den Kopf an ihre Schulter gelehnt. Der sexuellen Anziehung zwischen ihnen hatte sich noch etwas anderes hinzugesellt. Eine Spannung. Er wirkte nervös, trommelte immer mit den Fingern auf der Armlehne herum. Wippte mit den Beinen.

»Was ist denn?«, fragte sie.

»Wie?« Er nahm die Kopfhörer ab.

»Was ist mit dir los? Du wirkst so angespannt.«

»Nein, alles in Ordnung. Ich bin mir bloß unsicher, ob ich Lust habe, wieder in Schweden zu sein. Was ist denn, wenn ich nicht mehr ohne dich leben kann?«

»Ach, jetzt hör auf! Wir wohnen doch gar nicht so weit entfernt voneinander.«

Sie machte kein Auge zu, ihr Nacken wurde steif, sie fror und musste von der trockenen Luft niesen.

Vom Flughafen nahmen sie ein Taxi in die Stadt zu Mattias' Wohnung, die mitten im Zentrum lag. Als Sofia die Wohnung betrat, fühlte sie sich, als wäre sie in eine Zeitfalte geraten: den einen Ort hatte sie noch nicht verlassen, den anderen noch nicht erreicht. Die Wohnung war so außergewöhnlich, dass sie schon fast surreal wirkte. An die vier Meter Deckenhöhe, alles war in Weiß und Grau eingerichtet und sah frisch renoviert aus, hier war skandinavischer minimalistischer Luxus auf die äußerste Spitze getrieben worden, kein Schnickschnack, und jedes Möbelstück kostete ein Vermögen.

Im Wohnzimmer stand ein antiker Kachelofen, flankiert von zwei großen Bronzeskulpturen, einem Phallussymbol und einem Vogel mit ausgebreiteten Flügeln. Der Raum war sparsam möbliert, nur eine Sitzgruppe und eine Musik- und Fernsehanlage. An den Wänden hingen drei gerahmte Fotografien mit erotischen Motiven, die sich an der Grenze zum Pornographischen bewegten. Auf der ersten saß eine nackte Frau in der Hocke und hielt ihre gefesselten Hände hoch. Nur ihre Augen waren scharf zu sehen. Auf dem zweiten Foto sah man den Rücken eines Mannes und eine geknebelte Frau, die unter ihm lag. Die dritte Aufnahme war das Porträt eines weiblichen Gesichts. Die Frau trug ein ledernes Halsband mit Nieten, ihre Augen waren geschlossen, der Mund leicht geöffnet.

»Die sind von einem berühmten Fotografen. Dieter Rysch heißt der. Kennst du ihn?«

Sofia war noch nicht richtig zu sich gekommen, die Fotos hatten ihr auch ein bisschen den Atem geraubt. Sie erkannte, dass Mattias' dominante sexuelle Neigung ein Lebensstil war und nicht etwa ein Abenteuer, das sie zusammen ausgelebt hatten. Sie musste schlucken.

»Nein, den kenn ich nicht«, antwortete sie. Fühlte sich plötzlich gar nicht mehr wohl.

Er legte seine Hände auf ihre Schultern. Schob sie ins Schlafzimmer, das genau genommen nur aus einem riesigen Bett und Tausenden von Spiegelbildern von ihr bestand – denn Wände und Decke waren komplett mit Spiegeln ausgekleidet.

Er drückte sich von hinten gegen sie und legte seine Hände auf ihre Brüste.

»Ich hoffe, dir gefällt unsere kleine Höhle.«

»Unsere? Wohnst du hier mit jemandem zusammen?«

»Nein, die Wohnung gehört einem Freund von mir. Aber er ist nur selten hier, ist meist auf Geschäftsreise. Wir teilen sie uns.«

»Die Miete ist doch bestimmt unfassbar teuer?«

»Ich bezahle überhaupt keine Miete. Dafür helfe ich ihm manchmal bei irgendwelchen Sachen, wir sind richtig gute Kumpel.«

»Das hast du ja geschickt eingefädelt. Wer ist der Typ? Kennt man den?«

»Nee, Geschäftsmann halt. Ziemlich erfolgreich.«

»Und was macht ihr hier?«

»Na, das liegt doch auf der Hand. Wir haben hier mit Mädels Spaß. Du bist doch nicht etwa eifersüchtig?«

»Wohl kaum. Ich wollte nur sichergehen, dass ich nicht in einem Bordell gelandet bin.«

Er kniff ihr in die Wange.

»Das ist unfair. Du musst zugeben, dass es eine ziemlich coole Location ist.«

Sie murmelte eine Antwort – und wusste nicht, ob sie schockiert oder beeindruckt sein sollte. War zu müde, um sich zu entscheiden.

»Weißt du was, ich möchte jetzt schlafen. Ich bin so was von müde.«

»Klar, aber nimm ein Bad, um den Dreck von der Reise loszuwerden.«

»Warum das denn?«

»Komm, ich zeig dir das Badezimmer.«

Es lag direkt hinter dem Schlafzimmer, war ganz in Marmor gekleidet, und die Badewanne stand auf einem Podest, sodass man über zwei Stufen einsteigen musste. Über der Badewanne war ein Dachfenster angebracht. Er ließ ihr Wasser ein, während sie sich auszog und ihre Sachen ordentlich gefaltet auf eine kleine Bank legte. Als sie ins Wasser tauchte, befürchtete sie, sofort einzuschlafen, aber dann sah sie durch das Dachfenster in den Himmel. Von dort konnte man die Sterne erkennen. Als würde man im Weltall baden.

Der Genuss wurde nur getrübt, als Mattias plötzlich anfing laut zu fluchen. Er kam ins Badezimmer.

»Mein Computer hat gerade die Grätsche gemacht, und ich habe mein Ladekabel im Flieger liegen lassen. Darf ich deinen kurz benutzen?«

»Klar, liegt neben dem Sofa im Wohnzimmer.«

Eine Weile hörte man nur das Klappern der Tastatur. Sie hatte das Gefühl, Sand in den Augen zu haben. Ihr Kinn kippte immer wieder auf die Brust. Das Wasser war kalt geworden, sie hievte sich aus der Wanne und wickelte sich in ein Handtuch. Sie schickte ein kurzes Stoßgebet in den Himmel, dass er jetzt keinen Sex mehr haben wollte, weil sie viel zu müde war. Er war in der Küche, wo er gerade zwei Gläser mit Wein füllte.

»Komm, trink das Glas aus, dann wirst du schlafen wie ein Stein. Ich muss auch schlafen. Muss nur noch ein paar Dinge erledigen. Und morgen haben wir den ganzen Tag nur für uns.«

Der Wein schmeckte würzig und stark. Sie trank ein halbes Glas, aber dann wurde ihr übel, und sie krabbelte ins Bett, ihr war ein bisschen schwindelig. Kurz bevor sie einschlief, kam ihr der komische Gedanke, dass sie nicht zum ersten Mal in dieser Wohnung war.

Sie wachte in Etappen auf. Ihr Kopf war schwer, und sie hatte Schwierigkeiten, die Augen zu öffnen.

Heute Abend fahr ich nach Hause, dachte sie, aber ihre Vorfreude wurde von einer Welle aus Übelkeit getrübt. Ihre Arme und Beine gehorchten ihr nicht, das Gehirn sendete Impulse, die ihre Muskeln nicht umsetzen konnten. Sie war wie gelähmt, konnte sich vom Hals abwärts nicht bewegen.

Da hörte sie Mattias' Stimme. Gedämpft, flüsternd. Und dann hörte sie eine zweite, tiefere Stimme.

Da war noch jemand in der Wohnung.

KAPITEL 42

Jacob hatte ein gutes Gespür dafür entwickelt, wie die Stimmung auf ViaTerra war. An diesem Tag merkte er sofort, dass etwas im Gange war. Er stand an der Stalltür, sah auf den Hof und wusste: Es würde etwas passieren.

Oswald hatte das gesamte Personal zum Teich geschickt, der im nördlichen Teil des Anwesens lag. Sie hatten den Auftrag bekommen, das Areal aufzuräumen, weil »es dort furchtbar aussah«. Alle mussten daran teilnehmen, mit Ausnahme der Wachen. Außerdem sei es gut für die Gesundheit, einen Tag an der frischen Luft zu verbringen, hatte Oswald gesagt. Aber Jacob konnte er damit nicht täuschen. Oswald interessierte sich ebenso wenig für den Wald und den Teich wie für die Gesundheit seines Personals. Nämlich gar nicht.

Oswalds Interesse an seinen Anhängern war in den Wochen seit seiner Rückkehr massiv zurückgegangen. Er schrie sie immer wieder an, wie nutzlos und überflüssig sie waren. Sie sollten ruhig tun, was sie wollten, er habe keine Lust mehr, seine Zeit mit ihnen zu verschwenden. Auf die Betroffenen hatte dieses Desinteresse immer die stärkste Wirkung. Damit nahm er ihnen die Orientierung, und sie rannten herum wie Zombies, mutlos und verzweifelt.

Oswalds Wutanfall war durch eine Bagatelle ausgelöst worden. Erik aus der Ethikabteilung hatte bei einer Versammlung vergessen, Oswald mit »Sir« zu titulieren. Oswald hatte ihn daraufhin gefragt: »Was meinst du, wer ist dein Boss hier?« Woraufhin Erik geantwortet hatte: »Bosse.« Dies hatte eine Tirade an wüstesten Beschimpfungen ausgelöst. Oswald war im Herrenhaus verschwunden, hatte die Tür hinter sich zugeknallt und das Personal ratlos zurückgelassen. Aber nur, um kurz darauf wieder auf dem Hof zu erscheinen.

»Wenn ihr noch immer nicht begriffen habt, wer hier das Sagen hat, könnt ihr alle genauso gut nach Hause zu Mama und Papa zurückkriechen und bei McDonald's arbeiten.«

»Sir, bitte verzeihen Sie. Ich meinte meinen direkten Chef«, versuchte Erik sich zu entschuldigen. Aber das verstärkte Oswalds Wut nur noch, er warf die Hände in die Luft und stürmte wieder davon. Dieses Mal kam er nicht zurück.

Kurz darauf stand Erik an der Mauer und war damit beschäftigt, einen tiefen Graben auszuheben. Als Bosse verschwand, wurde die Situation noch schlimmer. Denn das wurde ihnen allen angelastet. Jacob aber fühlte sich nicht im Entferntesten schuldig. Seine Unentschlossenheit hatte sich aufgelöst, seit er mit Simon in Kontakt stand. Er wusste, dass er auch die Option hatte, jederzeit fliehen zu können. Hoffentlich würde es ihm bis dahin gelingen, Oswalds durchbohrendem Blick aus dem Weg zu gehen. Bloß keinen Ärger machen oder zu viel Aufmerksamkeit erregen und am Ende permanent überwacht werden.

Elvira befand sich an diesem Tag nicht auf dem Anwesen. Sie war mit den Kindern aufs Festland zu ihrer Tante geschickt worden. Elvira schien es doch ganz gut getroffen zu haben. Kindermädchen kümmerten sich den ganzen Tag um die Zwillinge, und sie bekam dasselbe Essen wie Oswald, also nur vom Feinsten. Jacob war auch zu Ohren gekommen, dass ihr jeden Monat eine stattliche Summe ausgezahlt wurde. Gerüchte hatten in dieser kleinen Gemeinschaft schnelle Beine, und es gab einige, die neidisch auf sie waren. Jacob gehörte nicht dazu. Er bekam mit, dass Oswald sie ab und zu in ihrer kleinen Hütte besuchte, und da wollte er nicht in Elviras Haut stecken. Auf gar keinen Fall.

Jacob hatte den Arbeitsauftrag am Teich umgehen können, weil er behauptet hatte, dass eine der Kühe jederzeit kalben könnte, obwohl er wusste, dass es mindestens noch eine Woche dauern würde. Und da sich Oswald nicht um eine kalbende Kuh kümmern wollte, durfte Jacob bleiben. Er hatte beschlossen, die Zeit dafür zu nutzen, um sich um die Tiere zu kümmern, was in letzter Zeit zu kurz gekommen war. Er musste ausmisten und frisches Stroh in den Boxen verteilen, aber zwischendurch warf er auch immer wieder einen Blick nach draußen auf den Hof.

Deshalb sah er den Wagen durch das Tor fahren, schwarz mit getönten Scheiben. Er kam wie schleichend auf den Hof gerollt, wie ein Raubtier auf der Jagd, und hielt vor dem Eingang des Herrenhauses an.

Zwei Männer stiegen aus dem Wagen. Benny und ein Dunkelhaariger, den Jacob noch nie zuvor gesehen hatte. Da kam Oswald aus dem Haus, gehetzt und genervt. Er schnauzte Benny an, der zurückwich und den Blick senkte.

Es war ein grauer, verhangener Tag mit Nieselregen, der wie feine Asche vom Himmel fiel. Der Frühling machte eine Pause, die Insel war in eine dicke, graue Decke gehüllt, die sich nicht heben wollte. Oswald schüttelte irritiert den Kopf, seine Haare waren mit feinen Wassertropfen bedeckt.

»Verdammt noch mal, jetzt beeilt euch doch!« Jacob konnte ihn auch drüben im Stall hören.

Die beiden Männer öffneten die hintere Tür auf der Fahrerseite, zogen einen in ein weißes Laken gewickelten Gegenstand vom Rücksitz und hoben ihn hoch. Jacob vermutete, dass sich Oswald ein neues Gerät für seinen Fitnessraum gekauft hatte, den er sich gerade einrichtete.

Er hielt die Eingangstür auf, und Benny und sein Begleiter schleppten den Gegenstand ins Haus. Etwa zehn Minuten waren sie im Inneren verschwunden, Jacob hatte gewartet, bis sie wieder herauskamen. Der Unbekannte sprang in den Wagen, Benny öffnete ihm die Pforte, und das Auto verschwand im Nebel.

Jacob warf einen Blick auf seine Armbanduhr. Viertel nach eins. Er hatte Hunger und beschloss, sich in der Küche nach etwas Essbarem umzusehen. Das Personal hatte zum Arbeitseinsatz Brote mitgenommen, und er hoffte, dass sie ihm noch etwas übrig gelassen hatten. Während er über den Hof ging, dachte er darüber nach, was sich wohl unter dem Laken befunden hatte. Normalerweise war Oswald sehr stolz auf seine neuen Errungenschaften und versäumte keine Gelegenheit zu betonen, dass nur er sie benutzen durfte. Aber dieses Mal hatte er alle weggeschickt, und das machte Jacob neugierig.

In der Küche brannte Licht, das Personal hatte den Hof offenbar in großer Eile verlassen, denn überall lagen noch Lebensmittel und Küchengeräte herum. Jacob schmierte sich ein paar Brote, die er sich in die Jackentasche steckte. Er wollte gerade das Licht ausmachen und gehen, als ihm einfiel, dass er Durst hatte. Er holte eine Wasserflasche aus dem Kühlschrank und steckte sie sich in die andere Jackentasche.

Es hatte aufgehört zu regnen, der Nebel löste sich allmählich auf und schien nach oben in den Himmel zu schweben. Jacob blieb am Gewächshaus stehen, das ganz verwahrlost und heruntergekommen war, seit Simon ViaTerra verlassen hatte. Es beherbergte nur noch verwelkte, vertrocknete Pflanzen, denn sie hatten keinen Ersatz für Simon gefunden. Die Stimmung hatte sehr gelitten, als Oswald hatte erkennen müssen, dass sie in Zukunft auf das selbst angebaute ökologische Gemüse verzichten mussten.

Jacob stand an der Tür zum Gewächshaus, als er den Schrei hörte. Die dicken Mauern des Herrenhauses dämpften ihn zwar, trotzdem erstarrte Jacob vor Schreck. Ein langgezogener Schrei, ein zweiter folgte – und dann eine erdrückende Stille. Es wurde so still, dass Jacob das Zwitschern eines Vogels auf der anderen Seite der Mauer hören konnte.

KAPITEL 43

Beim Anblick von Franz Oswald vor seiner Zimmertür wurde Simon ganz weich in den Knien. Er hatte zwar keine Angst vor ihm, aber der Mann erinnerte ihn doch an das klaustrophobische Gefühl in seiner Zeit bei der Sekte. Außerdem wirkte Oswald vor dem Hintergrund der Gewächshäuser und Felder in seiner teuren Kleidung fehl am Platz. Wie ein Modeshooting in falscher Kulisse. Außerdem war er braun gebrannt, was Simon unmöglich fand, denn das bedeutete doch, dass er sein Solarium offenbar schon wieder benutzte.

»Ich grüße dich, Simon. Es ist schon eine Weile her.«

»Das kann man wohl sagen.«

»Du, ich möchte auch nicht weiter stören. Ich will nur fragen, ob du Bosse gesehen hast? Er treibt sich draußen herum, und wir machen uns allmählich Sorgen um ihn.«

»Bosse? Nein, den hab ich nicht gesehen.«

Oswald bohrte seinen Blick geradezu in Simon hinein, aber der starrte unverwandt zurück. Er fühlte sich nicht im Geringsten schuldig. Im Gegenteil gefiel es ihm, Oswald anzulügen.

»Wenn du das sagst.«

Oswald sah über Simons Schulter in das Zimmer hinter ihm.

»Schön hast du es hier. Aber du weißt, die Dinge können sich jederzeit ändern.«

»Inwiefern?«

»Wer weiß. Vielleicht kaufe ich die Pension. Ich habe darüber nachgedacht, in Landwirtschaft zu investieren. Jetzt, nachdem ihr Preise gewinnt und so. Dann würdest du wieder für mich arbeiten. So wie in den guten alten Zeiten.«

Wagte es dieser Mistkerl tatsächlich, ihm zu drohen?

»Ich glaube nicht, dass Inga daran interessiert ist zu verkaufen.«

»Und wenn sie gar keine Wahl hätte? Ach komm, war doch nur Spaß, Simon. Du siehst ja ganz verzweifelt aus. Dann kannst du dir in etwa vorstellen, wie große Sorgen ich mir wegen Bosse mache. Er war in letzter Zeit ein bisschen durch den Wind. Wenn er sich meldet, kannst du ihm sagen, dass er sich keine Gedanken machen muss. Er soll mich einfach bloß anrufen, wir finden für alles eine Lösung.«

Oswald streckte Simon seine Visitenkarte hin. Automatisch griff er danach.

»Sonst noch was?«

»Nein, jetzt kannst du wieder das machen, was du hier so zu tun hast«, sagte er und zeigte auf die Felder und Gewächshäuser. Dann nickte er.

Simon hatte begriffen, dass sich Oswald nicht nur wegen Bosse bei ihm gemeldet hatte, er brauchte auch dringend einen Gärtner. Deshalb war er für ihn wieder interessant geworden. Der Gedanke verursachte ihm Übelkeit.

Er sah dem Mann hinterher, wie er in seinen Wagen stieg und davonfuhr. Sein Blick fiel auf die Visitenkarte in seiner Hand. Jetzt habe ich wenigstens seine Handynummer, dachte er. Vielleicht brauche ich die eines Tages noch mal.

Er rief Bosse, der mit entgeistertem Gesichtsausdruck aus dem Badezimmer kam. Wenige Minuten später saßen sie im Auto und waren auf dem Weg zur Fähre, die sie zum Festland brachte, von wo aus er den Zug nach Småland nehmen würde.

Bosse war sehr schweigsam, antwortete kaum und war ziemlich blass geworden.

»Hier auf der Fähre ist niemand von ViaTerra«, beruhigte ihn Simon. »Ich habe eine Runde gedreht und alles überprüft. Und wenn wir angelegt haben, fahren wir direkt weiter zum Bahnhof.«

»Darum geht es gar nicht«, sagte Bosse. »Ich habe seine Stimme gehört, er klang vollkommen ruhig, und ich fühle mich wie ein Feigling, der einfach abhaut. Wie ein Verräter.«

»Ganz ehrlich, Bosse, der macht sich keine Sekunde Sorgen um dich, er hatte tierisch Angst, dass du nicht den Mund halten könntest und Geheimnisse von ViaTerra verrätst. Verstehst du?«

»Ja, du hast bestimmt recht. Es ist sicher schwer für andere, das zu verstehen, aber er hat mir geholfen, als sich niemand um mich gekümmert hat. Das ist kompliziert.«

Simon seufzte.

»Du entscheidest. Wir können auch wieder umdrehen.«

»Nein, bloß nicht. Es ist nur so … Ich kann nicht zurück zu ihm, ich mag aber auch nicht gehen. Das ist wie eine Sackgasse. Und egal, was ich tue, alles geht immer kaputt.«

Bosse schüttelte sich, als würde er etwas loswerden wollen. Dann drehte er sich zu Simon und lachte ein heiseres Lachen, das sofort von dem Nebel verschluckt wurde, durch den sie fuhren.

»Natürlich fahre ich zu deinen Eltern auf den Hof, Simon. In mir kommen nur ab und zu diese traurigen, dunklen Gedanken hoch. Vielen Dank, dass du mir so hilfst.«

Aber seine Sätze klangen nicht, als kämen sie aus dem Herzen. Schon Oswalds Nähe hatte Bosse vollkommen durcheinandergebracht. Simon wurde unruhig, redete sich aber ein, dass bestimmt alles besser werden würde, wenn er erst einmal mit der Arbeit angefangen hatte.

Das Schweigen im Auto war fast unerträglich. Simon schaltete das Radio ein. Konzentrierte sich auf die Straße und die Nachrichten, aber ausgerechnet jetzt kam etwas über Anna-Maria Callinis Tod. Offenbar gab es neue Erkenntnisse über die Todesursache, die mit Genickbruch angegeben wurde. Bosse stöhnte auf.

»Hat euch Franz nichts von ihrem Tod erzählt?«, fragte Simon.

Bosse schüttelte ungläubig den Kopf.

»Nein? Also es geht um Franz' Anwältin, die mit seinem Motorrad tödlich verunglückt ist.«

Sie unterhielten sich eine Weile darüber, dann verfiel Bosse wieder ins Grübeln.

Der Bahnhof war voller Menschen. Simon hoffte, dass Bosse das mochte, die Wärme der Mitmenschen spüren zu können. Aber tatsächlich wirkte es eher so, als würde er aus der Menge hervorstechen, nicht dazugehören. Er sah sich immer wieder nervös über die Schulter, kaute auf der Unterlippe.

Der Zug hatte eine halbe Stunde Verspätung.

»Ich warte mit dir, kein Problem«, sagte Simon.

»Nein, das tust du nicht. Ich komme schon allein zurecht. Ich setz mich auf eine Bank und denke nach. Vielen Dank, Simon, für alles, was du für mich getan hast. Ich werde es hoffentlich eines Tages wiedergutmachen können.«

»Kein Wort darüber. Aber tu mir einen Gefallen: Lass nicht zu, dass meine Mutter dich bekehrt.«

Bosse lachte.

»Wer weiß. Ich finde, ›Gottes Weg‹ klingt eigentlich ganz gut.«

»Oh, bloß nicht, aber meine Mutter hat mir auch versprochen, dich in Ruhe zu lassen. Mein Vater ist zwar etwas seltsam, aber er wird dich sicher beschützen. Wenn euch einer von den Oswald-Klonen zu nahe kommt, wird er garantiert seine Schrotflinte rausholen.«

Sie umarmten sich unbeholfen. Bosse war so mager, dass Simon seine Rippen unter der Jacke spürte. Er roch nach Simons Shampoo und der neuen Jacke aus Synthetik, als hätte er seinen ganz eigenen Geruch noch nicht gefunden. Bosse zeigte auf das Handy, das ihm Simon gegeben hatte.

»Bist du dir ganz sicher, dass du mir das überlassen willst?«

»Selbstverständlich, damit du mich anrufen kannst. Aber das ist ein Prepaidhandy, das musst du wieder aufladen.«

»Und du? Das ist doch deine Nummer.«

»Ich besorge mir ein neues. Mein Freundeskreis ist überschaubar.«

Bosse lächelte zaghaft. Konnte sich nicht recht von Simons Anblick lösen.

»Also, mach's gut. Wir sehen uns.«

Bevor Simon das Gleis verließ, drehte er sich noch einmal um. Bosse war aufgestanden und den Bahnsteig hinuntergelaufen. Er wurde immer kleiner und kleiner, bis er ganz verschwamm.

Das sonderbare Gefühl meldete sich erst, als er hinter dem Steuer saß. Trotzdem startete er den Wagen und fuhr vom Parkplatz. Als er auf der Straße war, war aus dem Gefühl Beklemmung geworden, seine Hand zitterte. Er war sogar kurz davor, die Kontrolle über das Auto zu verlieren, und sah sich gezwungen, rechts ranzufahren und anzuhalten. Er begriff nicht ganz, warum ihn eine solche Panik erfasst hatte, sein ganzer Körper zitterte. So hatte er sich noch nie gefühlt. Oder doch? Ein Bild flimmerte vorbei. Bosses Augen. Da wusste Simon, was Bosse hinter dem gezwungenen Lächeln versteckt hatte. Sein Blick warf Simon um vier Jahre zurück, sein Magen rebellierte, und alles um ihn herum drehte sich. Daniel und Bosse. Derselbe Blick – und er kannte ihn.

Er musste sich wahnsinnig zusammenreißen, um den Motor wieder zu starten, einen U-Turn zu machen und zurück zum Bahnhof zu fahren. Er nahm die anderen Autofahrer kaum wahr, fuhr auch viel zu schnell. Er hatte jedes Gefühl verloren. Er hatte es nur eilig. Furchtbar eilig.

Als er nicht auf Anhieb einen Parkplatz fand, stellte er sich kurzerhand auf den Behindertenparkplatz. Er riss die Tür auf, ließ den Schlüssel stecken und rannte los. Rempelte auf seinem Weg Passanten an, ihm wurden wütende Beschimpfungen hinterhergerufen, aber Simon hörte das alles nicht. Er stürmte nur weiter. Hielt erst auf dem Bahnsteig an, von dem Bosses Zug fahren sollte. Aber er konnte Bosse nirgendwo sehen. Da rannte er los, den Bahnsteig hinunter, wusste es jetzt ganz sicher. Er stolperte über Koffer, musste sich an den Wartenden vorbeidrängen, und da endlich sah er ihn, einen Schatten ... ganz hinten, am Ende des Bahnsteigs. Die Stimme im Lautsprecher kündigte den einfahrenden Zug auf diesem Gleis an. Bosses Zug.

»Nein!«, schrie Simon. Aber der Schatten reagierte nicht. Simon rannte nicht mehr, er flog wie ein Pfeil, während das Surren der Gleise lauter wurde. Der Schatten war zu einem Körper geworden, der viel zu nah am Rand stand. Gerader Rücken, starr und steif wie ein Stock. Simon schrie wieder. Noch lauter. Das letzte Stück hechtete er, warf sich nach vorn und packte Bosses Unterschenkel, riss ihn zur Seite. Simon knallte mit dem Kopf auf den Bahnsteig, und Zehntelsekunden später fiel Bosse auf ihn.

Sie spürten den Windzug des einfahrenden Zuges. Das

Zischen und Knirschen der Bremsen auf den Schienen war so laut, dass es Bosses Schreie übertönte. Sie blieben eine Weile so liegen, umschlungen, Simon keuchte, Bosse heulte wie ein kleines Kind.

Einige der wartenden Fahrgäste reagierten sofort, kamen angerannt. Der Zug fauchte und quietschte, als er langsam zum Stehen kam. Simon schob Bosse von sich runter und setzte sich auf. Bevor Simon etwas sagen konnte, hörte er Bosses wimmernde Stimme.

»Er hat mich angerufen. Der miese Kerl hat mich angerufen.«

KAPITEL 44

Simon hatte sich bis zu diesem Tag immer als Feigling empfunden. Aber ihm war es nicht nur gelungen, Bosse zu retten, sondern auch die freundlichen Fahrgäste und helfenden Hände am Bahnsteig davon zu überzeugen, dass Bosse an Epilepsie litt. Dass er ihn angerufen hatte, weil er den nahenden Anfall gespürt und die Kontrolle über seinen Körper verloren hatte. Die zunächst skeptischen, verwirrten Blicke verwandelten sich in welche von Mitgefühl und Verständnis. Simon sammelte Bosses Gepäck zusammen, packte seinen Arm und ging mit ihm zum Auto. Sie wechselten kein weiteres Wort, Bosse schluchzte und schniefte.

Die Fahrertür stand offen, der Schlüssel steckte noch. Zum Glück. Schweigend saßen sie eine Weile im Wagen, dann ergriff Simon das Wort: »Erzähl, was hat er gesagt?«

»Ich möchte eigentlich gar nicht sterben«, sagte Bosse, statt zu antworten. »Aber ich stand da am Gleis, habe auf die Schienen gestarrt und gehört, wie sie anfingen zu summen, wie sie mich runtergezogen haben, ich habe auch Franz' Stimme gehört, mein Kopf war kurz vorm Platzen, ich hatte keine andere Wahl. Ich musste einfach springen.«

»Aber was hat er dir denn gesagt?«

»Woher wusste er, dass ich dein Handy habe?«

»Vielleicht hat er es geraten. Und meine Nummer findet man im Netz.«

»Er klang richtig nett. Hat gesagt, dass unsere Schicksale

unwiederbringlich miteinander verbunden sind. Dass ich unersetzlich bin und er mich an seiner Seite braucht.«

Simon konnte sich in letzter Sekunde davon zurückhalten, einen zynischen Kommentar abzugeben, und ließ Bosse weitererzählen.

»Er hat gesagt, dass ich am Bahnhof warten soll, er schickt jemanden, der mich abholen kommt. Und dass alles wieder gut wird. Ich wusste aber, dass ich das nicht kann. Ich kann nicht wieder zurück. Deswegen habe ich jetzt am Rand des Bahnsteigs gestanden und wollte noch einen letzten Schritt machen. Wenn du nicht gekommen wärst …«

Bosse brach wieder in Tränen aus. Er sank in sich zusammen, schlug die Hände vors Gesicht und zitterte am ganzen Körper. Die Tränen tropften ihm auf seine Hosenbeine.

»Oh Gott, Simon, bitte verzeih mir«, wimmerte er. »Entschuldigung, Entschuldigung …«

Simon stand unter Schock, ihn hatten die Ereignisse zutiefst erschüttert, aber sie hatten ihn auch hellwach werden lassen. Das Auto, das Oswald angekündigt hatte, könnte, mit Benny und Sten bestückt, jederzeit auftauchen. Und das Letzte, was er jetzt wollte, war, den beiden zu begegnen. Er legte Bosse eine Hand auf die Schulter.

»Wir können uns gern in Ruhe darüber unterhalten, versprochen. Aber jetzt musst du dich entscheiden, hier am Bahnhof können wir nicht bleiben. Ich kann dich in die Stadt fahren, dort kannst du – wenn du das willst – psychologische Betreuung bekommen und wirst irgendwo untergebracht, damit du dich erholen kannst. Wenn nicht, dann musst du jetzt wählen: ViaTerra oder der Bauernhof in Småland.«

»Bitte bring mich nach Småland«, sagte er mit belegter Stimme.

»Okay, aber wir fahren mit dem Auto.«

Nachdem sie eine Weile unterwegs gewesen waren, fing Bosse an zu reden. Nicht über das, was gerade passiert war, sondern über seine Gedanken. Die Unentschlossenheit, die ihn fast wahnsinnig gemacht hatte. War ViaTerra nicht vielleicht doch die einzige Rettung der Erde? Und wären dann Oswalds Bestrafungssystem und seine Wutausbrüche nicht gerechtfertigt? Wie sollte man eine Welt vor dem Untergang retten, wenn solche Idioten wie er alles immer falsch machten? Als sie anhielten, um zu tanken und sich was zu essen zu holen, unterbrach Simon seinen Redeschwall.

»Ich glaube, das dauert einfach noch eine Weile, bis du dir da ein detaillierteres Bild machen kannst. Sofia und ich hatten uns eine Meinung gebildet, bevor wir geflohen sind. Du hattest ja keine richtige Wahl, als du abgehauen bist. Niemand hat das Recht, sich in deine Gedanken und Schlussfolgerungen einzumischen. Dafür kannst du dir alle Zeit der Welt lassen.«

Bosse lächelte über das ganze Gesicht. Er hob den Kopf und sah in den klaren Himmel.

»Verdammt, du hast recht. Ein Tag nach dem anderen. Stimmt's?«

»Stimmt.«

Das Wiedersehen mit seinen Eltern gestaltete sich verkrampft. Simon schüttelte seinem Vater die Hand und schob seine Mutter sanft von sich, weil ihm die Umarmung zu lange dauerte. Er hatte ihr noch lange nicht verziehen, das spürte er, als er sie ansah, aber immerhin konnte er ihre Nähe jetzt ertragen. Dankend nahm er die Einladung zu Kaffee und Kuchen an, der schon auf dem gedeckten Tisch stand. Bosse, der von den Spannungen zwischen Simon und seinen Eltern weder wusste noch sie spürte, sprach höflich über das

Wetter und lobte die Gepflegtheit des Hofs. Simon überlegte kurz, ob er seinen Eltern von dem Vorfall am Bahnhof erzählen sollte, entschied sich dann aber dagegen. Er war sich ziemlich sicher, dass Bosse es so schnell nicht wieder versuchen würde. Seine Augen strahlten wieder, es war zwar nur ein kleines Feuer, aber Simon war zuversichtlich, dass es mit der Zeit größer werden würde.

Als Simon aufstand und gehen wollte, ergriff seine Mutter seine Hand.

»Wir … bei Gottes Weg … praktizieren keine Teufelsaustreibung mehr.«

»Sehr gut. Kümmere dich um Bosse. Und lasst … nichts Böses auf den Hof.«

Zurück auf der Insel, machte er sich sofort an die Arbeit. Er ließ das Mittagessen ausfallen und arbeitete bis zum Einbruch der Dämmerung. Am liebsten hätte er sich sofort ins Bett gelegt, aber dann setzte er sich doch noch kurz an den Rechner, um seine Mails zu checken. Die Mail war ganz oben im Posteingang. Simon wusste schon nach der ersten Zeile, dass irgendetwas nicht stimmte. Nicht das Impulsive der Nachricht hatte ihn misstrauisch gemacht, Sofia neigte durchaus dazu, überstürzte Entscheidungen zu treffen. Nein, die Abwesenheit von Humor hatte ihn aufhorchen lassen. Die Mail klang, als hätte ein Roboter sie an ihn geschrieben. Sofia hätte niemals einen so entseelten Text formuliert.

Hallo, Simon!
Ich habe jemanden kennengelernt.
Brauche ein bisschen Abstand.
Ich fahre mit meinem neuen Freund an einen geheimen Ort in Europa.

Ich melde mich, wenn ich mehr weiß.
Küsschen, Sofia

Küsschen? Neuen Freund? Jedes einzelne Wort dieser Mail klang künstlich. Sogar das *Hallo, Simon!* passte nicht, denn Sofia verzichtete immer auf Höflichkeitsfloskeln.

Als er darüber nachdachte, was das zu bedeuten hatte, lief es ihm eiskalt den Rücken hinunter. Er rief sie sofort an, bekam aber nur die Mobilbox. Zweimal versuchte er es noch – ohne Erfolg. Er war außerstande, etwas auf Band zu sprechen. Dann suchte er die Mail, die sie ihm geschrieben hatte, um ihre Ankunft anzukündigen. Das Flugzeug sollte schon längst in Göteborg gelandet sein. Warum hatte sie dann diese Mail geschrieben? Oder hatte sie das im Flieger getan? Bei ihrem letzten Telefonat hatte sie noch gesagt, wie sehr sie sich auf zu Hause freute und wie groß ihr Heimweh gewesen war. Konnte man seine Meinung so kurz vor der Ankunft plötzlich ändern?

Es war schon nach elf, eigentlich zu spät, aber darauf konnte er jetzt keine Rücksicht nehmen. Er ließ es ein paarmal klingeln, erst dann ging Benjamin ran. Simon erzählte ihm von der Mail, es folgte ein ausgedehntes Schweigen.

»Bist du noch dran, Benjamin?«

»Ja, ja, ich habe keine Mail bekommen. Warte mal, ich checke das grad. Doch, tatsächlich, hier!«

Er las sie laut vor:

»Ich brauche ein bisschen Abstand. Fühle mich noch nicht bereit für ein Wiedersehen. Ich fahre erst einmal für eine Weile mit einem Freund nach Südeuropa. Ich liebe dich, aber ich weiß nicht, ob wir unsere Beziehung retten können. Ich melde mich bald wieder. Küsschen, Sofia. Häh, was soll das denn jetzt?«, brüllte Benjamin.

»Tut mir leid, dass ich dich mit einer solchen Nachricht geweckt habe«, sagte Simon.

Aus dem Hintergrund war eine helle Stimme zu hören. »Wer ist da dran?« Es knisterte, als Benjamin seine Hand über das Mikrofon legte, aber Simon konnte ihn trotzdem verstehen. »Niemand, ich erzähl es dir später.«

Als Benjamin wieder am Telefon war, klang seine Stimme kräftiger, wacher.

»Was ist das für ein Scheiß? Wer ist dieser Freund?«

»Um den mach ich mir gerade keine Sorgen, ich glaube aber nicht, dass Sofia diese Mails selbst geschrieben hat. Ich habe auch eine bekommen, und die klingt einfach nicht nach ihr.«

»Aber die sind doch von ihrem Account gesendet worden, oder? Es wäre ja nicht das erste Mal, dass sie auf komische Gedanken gekommen ist.«

»Benjamin. Hör mir zu, die sind nicht von ihr. Ich weiß das.«

»Okay, und was sollen wir deiner Meinung nach tun? Was glaubst du, was passiert ist?«

»Jemand hat ihren Mail-Account gehackt. Und wo sie ist, weiß ich nicht. Keine Ahnung. Ich finde, wir sollten ihre Eltern anrufen.«

»Bloß nicht, dann flippt ihre Mutter völlig aus. Die macht sich doch sowieso immer zu viel Sorgen. Hast du es schon auf Sofias Handy versucht?«

»Klar, mehrmals. Nur die Mailbox. Da stimmt was nicht. Ich bin mir ganz sicher. Kannst du ihre Eltern nicht mal anrufen? Ein bisschen Smalltalk. Vielleicht haben die was von ihr gehört.«

»Klar, mach ich. Ich melde mich morgen bei dir, wenn ich mit ihnen gesprochen habe.«

Simon hatte den ganzen Vormittag einen Kloß im Hals. Er hatte gehofft, dass ihn schwere körperliche Arbeit ablenken würde, aber er hatte sich nicht konzentrieren können. Erst hatte er eine Schubkarre mit Erde gefüllt, war dann aber damit über einen Stein gefahren und hatte die Schubkarre umgekippt. Wütend hatte er gegen den Haufen getreten.

Am späten Vormittag rief Benjamin an.

»Ich habe mit Sofias Mutter telefoniert. Sie haben auch so eine Mail bekommen. Darin stand, dass sie noch für ein paar Wochen auf Reisen ist. Sie macht sich furchtbare Gedanken, weil sie eigentlich nie mailen und Sofia noch nicht angerufen hat. Auf der anderen Seite ist sie noch über einen Monat freigestellt. Ich habe ihr zur Sicherheit nichts von unserem Verdacht erzählt, wollte sie nicht unnötig beunruhigen. Aber du hast recht, die Mail klingt wirklich nicht nach Sofia. Was sollen wir jetzt tun?«

Simon musste nachdenken. Die Stille, die dann entstand, wurde von gedämpften Schluchzern unterbrochen.

»Was ist los, Benjamin? Warum weinst du?«

»Mann, das ist alles so ein Scheiß! Sie ist wie so ein schleimiger Aal, der einem immer wieder durch die Finger rutscht. Aber ich mach mir tierische Sorgen. Ich vermisse sie wirklich.«

»Wir kriegen das wieder hin. Ich finde, das riecht gefährlich nach ViaTerra. Aber wir können doch nicht zur Polizei gehen, nur weil wir finden, dass die Mail komisch geschrieben ist, oder?«

»Nee, aber wenn wir nicht bald was von ihr hören, dann tun wir genau das.«

»Wir können auch auf ihre Mail antworten. Du sagst, dass du nicht glaubst, dass sie es ist, und ich tue so, als würde ich es glauben.«

»Simon, meinst du, dass ihr jemand was angetan hat?«

»Nein, ich hoffe nicht. Aber Oswald ist entlassen worden, und ich habe kein gutes Gefühl bei der Sache.«

KAPITEL 45

Der Schrei suchte sich seinen Weg aus ihren Tiefen, als Luftzug von der Lunge kommend, stieg er durch den Hals in ihren Rachen und erreichte ein Crescendo, das so laut war, dass es in den Ohren klingelte. Der zweite folgte gleich darauf. Er war so scharf und schneidend wie Glassplitter im Herzen. Auch als der Schrei schon längst verstummt war, hallte er noch weiter in ihr nach. Am liebsten hätte sie ihren Körper verlassen.

Die Gewissheit, dass ihr schlimmster Alptraum wahr geworden war, die Gewissheit, dass er da war, pumpte sie so voller Panik und Adrenalin, dass sie zu explodieren drohte. Das Licht blendete sie, sie war gezwungen, die Augen zusammenzukneifen. Für einen kurzen Augenblick konnte sie alles wie von oben sehen. Ihren zusammengekrümmten Körper und seinen, der sich neben ihr Bett auf einen Stuhl setzte.

Ihr erster Impuls war, noch einmal zu schreien. Ihm ins Gesicht zu schlagen. Ihn anzubrüllen, dass er damit niemals davonkommen würde. Aber sie konnte ihren Körper nicht bewegen. Die Panik lähmte sie. Mit aller Gewalt gewann sie wieder die Kontrolle über ihren Geist und Körper zurück und drehte den Kopf weg. Starrte die Spinnenweben an, die hinter dem Bett an der Wand herunterhingen.

»Sofia, du bist sehr unartig gewesen«, hörte sie ihn hinter sich sagen. »Ich hoffe, du hast etwas zu deiner Verteidigung zu sagen.«

Sie schloss die Augen und schwieg.

»Du musst antworten, wenn du angesprochen wirst. Ich hole am besten mal die Regeln hervor, die für dieses Loch hier gelten.«

Da wusste sie, wo sie war. Der modrige Geruch, der leichte Zug, sie kannte das aus den Kellern im Herrenhaus. Das Gestell federte, als er sich zu ihr aufs Bett setzte. Sein Bein berührte ihres. Seine kalte Hand packte ihr Handgelenk. Er war so nah, dass sie sein Rasierwasser riechen konnte. Ihr wurde übel.

Er nahm ihr Gesicht in seine Hände und drehte ihren Kopf zu sich. Sie kniff die Augen fest zusammen, wie ein ungezogenes Kind, das sich weigerte zu gehorchen.

»Sieh mich an!«

Sie kniff sie noch fester zusammen. Ihr Körper zitterte. Ihr Herz schlug wild und laut gegen ihre Rippen. Sie musste sich unbedingt unter Kontrolle bekommen, aber ihr Körper schien auf Autopilot geschaltet zu haben.

»Ich möchte, dass du mir sehr genau zuhörst, Sofia. Denn was ich dir jetzt sage, ist lebenswichtig für dich, ob du es glaubst oder nicht. Du bist in meiner Gewalt. Vielleicht hoffst du, dass sie dich vermissen werden. Aber das wird nicht der Fall sein. Mattias reist mit einer Frau durch Europa, die aussieht wie eine exakte Kopie von dir. Er benutzt dein Mailkonto und schickt ab und zu fröhliche Nachrichten an deine Familie und Freunde. Mit Fotos vom Eiffelturm und so was. Niemand wird dich vermissen. Du musst dich fügen, sonst wirst du hier nie mehr wegkommen. Wir beide haben einiges zu klären.«

Sie öffnete die Augen, starrte an die Decke. Wollte ihn nicht ansehen, ihm nicht mal einen Platz in ihrem Gesichtsfeld einräumen und sich damit eingestehen, dass er auf dieser Welt war.

Seine Hand wanderte ihren Arm hinauf, schob sich unter ihren Pullover und packte ihre Brust. Quetschte sie. Der Schmerz war unerträglich. Sie öffnete den Mund, konnte aber nicht schreien. Langsam löste er seinen Griff. Ihre Brust pochte. Dann legte er seine Hände um ihren Hals und drückte zu. Sie bekam keine Luft mehr, griff nach dem Kopfteil des Bettgestells, versuchte sich abzustoßen, von ihm wegzukommen, aber er lehnte sich vor und drückte noch fester. Sie hörte ein rasselndes Geräusch, das ihrer Kehle entwich. Da löste er auch diesen Griff, und sie konnte nach Luft schnappen. Aber nur kurz, denn dann drückte er erneut zu. Sie hatte das Gefühl, gleich ohnmächtig zu werden. Wollte sich aus seinem Griff winden, saß aber fest wie in einem Schraubstock. Ihr stiegen die Tränen in die Augen. Sie sah Blitze und Sterne. Und genau da ließ er los, und sie konnte endlich nach Luft schnappen.

»Ich warte noch. Zuerst sollst du mir erzählen, wie es war, als wir uns kennengelernt haben«, sagte er. »Wie geil es dich gemacht hat, als ich dich berührt habe. Ich will deine schmutzigen Fantasien über mich hören. Dass du feucht geworden bist, als ich mich im Büro von hinten gegen dich gedrückt habe. Erinnerst du dich? Und glaub nicht, dass ich es nicht weiß. Mattias hat mir alles erzählt. Du denkst den ganzen Tag nur an Sex, stimmt's?«

»Perverses Schwein!«

Am liebsten hätte sie ihm ins Gesicht gespuckt, aber seine Hände gruben sich in ihren Hals. Seine Augen waren in der spärlichen Beleuchtung so schwarz wie Kohlegruben.

»Du wirst dich mir unterwerfen, Sofia. Ganz und gar. Ich werde dein vorlautes Feuer in den Augen mit meinem Lederriemen zum Erlöschen bringen. So wie bei allen Frauen, die ich bisher haben wollte. Und danach können wir über deine Konditionen hier auf dem Anwesen sprechen. Denn du wirst schon noch begreifen, dass dein Zuhause hier ist. Vielleicht arbeiten wir sogar wieder zusammen. Das wäre doch großartig? Allerdings musst du dich dafür in der Hierarchie nach oben arbeiten. Du wirst die Drecksarbeit machen müssen, bis du mich auf Knien anflehst, dass ich dich wieder bei mir aufnehme. Und spar dir deine Kräfte und brüll nicht so rum, wenn das Personal von seinem Arbeitseinsatz zurück ist. Niemand wird hierherkommen.«

»Du kannst mich auch gleich erwürgen«, fauchte sie. »Bring es hinter dich.«

Er lachte und ließ ihren Hals los.

»Du kleines, dummes Ding. Du hattest es immer viel zu eilig im Leben. Das hier wird dir eine wichtige Lektion sein. Wirst schon noch sehen.«

»Damit kommst du nicht davon. Ich werde dich umbringen …« Ihre Stimme brach, der Rest war Röcheln.

»Versuch es ruhig«, sagte er. »Das wird bestimmt lustig.«

Das Bett knarrte, als er aufstand. Seine Schritte hallten über den Boden. Eine Weile herrschte Schweigen, aber er war nicht gegangen.

»Darüber kannst du jetzt ein bisschen nachdenken. Hier drüben auf dem Tisch steht was zu essen.«

Dann schaltete er das Licht aus.

Das letzte Geräusch, das sie hörte, war ein Schlüssel, der sich im Schloss drehte.

Sie bekam einen Hustenanfall, musste wieder nach Luft schnappen. Versuchte, ihre Atmung unter Kontrolle zu bringen. Ihr Puls hämmerte im Brustkorb und dröhnte in den Ohren. Lange blieb sie reglos auf dem Rücken liegen. Sah sich in dem kleinen Zimmer um. Strich mit der Hand über das fabrikneue, noch steife Bettlaken und die gestrickte

Überdecke. Sie war überrascht, nicht vor Angst gelähmt zu sein. Das Gegenteil war der Fall, ihr Kopf suchte fieberhaft nach Lösungen.

Dennoch gab es einen schwachen Trost in dem ganzen Elend. Er wollte sie nicht sofort töten. Also hatte sie noch Zeit. Und wenn sie die vorübergehende Klarheit in ihr jetzt nutzen konnte, würde ihr auch einfallen, wie sie von dort wegkam.

Sie setzte sich im Bett auf. Sie war barfuß und ließ die Füße auf den kalten Betonboden gleiten. Ihre Beine trugen sie, stellte sie beruhigt fest. Jetzt erkannte sie auch den Raum wieder. Das war früher der Quarantäneraum gewesen, wenn ein Mitglied der Sekte eine ansteckende Krankheit gehabt hatte. Die Etagenbetten hatten so dicht beieinandergestanden, dass man die Deckenlampe nicht hatte sehen können. Es hatte dort schrecklich gestunken, nach Schweiß und vergorenen Kräutern. Aber jetzt stand nur ihr Bett in dem Raum, ein Kleiderschrank und ein kleiner Tisch, auf dem ein Brot in Frischhaltefolie lag.

Sie öffnete den Kleiderschrank. An mehreren Bügeln hingen Kleider. Alle in ihrer Größe. In einer Schublade lag die Unterwäsche, Spitze und Seide. Und unten im Schrank stand ein Paar Ballerinas.

Das Badezimmer, das von dem Zimmer abging, war sauber und frisch geputzt. Es gab Handtücher, Seife, Shampoo und eine Zahnbürste. Hinter dem Badezimmer schloss sich eine kleine Kammer an, in der Putzzeug und Gartengeräte standen. Aber dann war Schluss. Die Tür nach draußen war solide und fest verschlossen.

Es roch säuerlich, sie hob den Arm. Ihr eigener Schweißgeruch ekelte sie. Sie ging zurück ins Badezimmer und entdeckte, dass sie die Tür nicht abschließen konnte. Das Risiko musste sie jetzt eingehen. Sie zog sich T-Shirt und Unterhose aus und warf sie auf den Boden. Zitternd wartete sie, bis das Wasser warm war. Sie stellte es so heiß ein, wie sie es gerade noch ertragen konnte, und setzte sich auf den Boden der Dusche. Trotz der Hitze fror sie unter dem Strahl. Sie wickelte sich in ein Handtuch und ging ins Zimmer zurück. Dann stopfte sie sich gierig das Brot in den Mund und trank eine Flasche Wasser dazu.

Ich muss das hier durchhalten.

Das Licht der untergehenden Sonne drang durchs Fenster. Sie setzte sich aufs Bett und versuchte, die Panik in Schach zu halten, die sich mit der hereinbrechenden Dunkelheit meldete. Dann schaltete sie das Licht ein.

Auf dem Hof hörte sie die Stimme des Personals. Das Fenster war zu hoch, sie konnte nicht raussehen. Mehrmals schrie sie um Hilfe, bis sie einen erneuten Hustenanfall bekam.

Dann wurde es draußen wieder still. Sie wusste nicht, wie spät es war. Ihre Armbanduhr hatte sie abgenommen, bevor sie in Mattias' Wohnung in die Badewanne gestiegen war. *Mattias. Wie hatte sie nur so naiv und dämlich sein können?* Sie schämte sich so wahnsinnig, dass es wehtat und sie wimmerte. Sie warf sich nicht vor, dass er ein leichtes Spiel mit ihr gehabt hatte, sondern dass ihr zu keinem Zeitpunkt ein Verdacht gekommen war. So etwas musste man doch merken? Aber sie hatte nichts gemerkt. Und das konnte nur bedeuten, dass sie eine hohle, erbärmliche Null war. Sie erinnerte sich an die Mail, die er von ihrem Rechner schicken wollte, und fühlte sich unendlich machtlos und elend. Sie zog die Knie ans Kinn, umarmte sich mit den Armen und wiegte sich, während sie leise weinte.

Ausschnitte ihres Lebens außerhalb von ViaTerra zogen

vorbei. Und jedes Mal, wenn Benjamin darin vorkam, versetzte es ihr einen Stich ins Herz. Obwohl sie sich an die kleinsten Details in seinem Gesicht erinnern konnte, die Lachfalten um seine Augen, an seinen immer offenen Mund oder die Sommersprossen, die sich zu größeren Flecken verbanden, konnte sie nicht das Ganze sehen. Sein ganzes Gesicht.

Sie konnte nicht schlafen, obwohl sie so erschöpft war. Die Angst und die Ungewissheit hielten sie hellwach. Die Panik, was noch kommen würde. Der Raum wurde auf einmal winzig. Sie hörte das Blut in ihren Ohren rauschen. Die Einsamkeit kauerte in den Ecken der grottenähnlichen Kammer. Flüsterte ihr Dinge zu, verspottete sie. Sie wusste, dass sie dort keine einzige Nacht verbringen konnte. Versuchte sich das Ende vorzustellen.

Er wird mich töten. Hier werde ich sterben.

KAPITEL 46

Eine neue Mail von Sofia berichtete, dass sie in Paris war. Sie hatte ein Foto vom Eiffelturm angehängt, auf dem man im Hintergrund eine Frau sehen konnte, deren Gesicht aber nicht zu erkennen war. Das konnte Sofia sein, aber auch nicht.

Wer steigt nach einem Zehn-Stunden-Flug auf dem Weg in die Heimat sofort in den nächsten Flieger?, fragte sich Simon. Glaubten die wirklich, dass er und die anderen so dumm waren und das einfach schluckten? Vor allem, dass Sofia zu den Idioten gehörte, die sofort zum Eiffelturm rannten, wenn sie in Paris ankamen. Und sich dann so fotografieren ließ, dass man ihr Gesicht nicht sehen konnte. Als wären Selfies am Tag davor aus der Mode gekommen.

Das musste jemand eingefädelt haben, der Sofia überhaupt nicht kannte. Leider verursachte ausgerechnet diese Erkenntnis Simon besonders starke Magenschmerzen. Ihm ging es schlechter als jemals zuvor.

Er hatte gerade Abendbrot gegessen und es sich in seinem Sessel bequem gemacht. Um in Ruhe nachdenken zu können, hatte er den ganzen Tag seinen Rechner nicht berührt. Allerdings gab es nicht so viel, über das er sich weitere Gedanken machen musste. Denn sein Bauchgefühl wurde immer deutlicher. Oswald hatte eindeutig seine Klauen in Sofia gestoßen. Das war die einzig mögliche Erklärung, aber sie war so unerfreulich, dass er fieberhaft nach Alternativen suchte. Die es aber leider nicht gab.

Sein Handy klingelte, es war Benjamin.

»Ich habe sie auch bekommen«, sagte Simon statt einer Begrüßung.

»Und was sollen wir jetzt tun? Das ist sie doch auf keinen Fall.«

»Ist die andere heute wieder bei dir?«

»Nein, warum? Mann, Simon, sie war doch nur eine … Ablenkung. Quasi eine Rache an Sofia, sonst nichts.«

»Das ist der anderen Frau gegenüber aber fies, finde ich. Und total unverantwortlich. Typisch!«

»Jetzt hör bitte mal auf! Also sag, was sollen wir tun?«

»Ich finde, dass du zur Polizei gehen musst.«

»Aha, und was soll ich denen dann sagen?«

»Du zeigst ihnen die Mails und sagst, wie es ist. Dass du nicht glaubst, dass sie von Sofia stammen.«

»Meinetwegen. Aber wir müssen ihre Eltern da noch nicht mit reinziehen, oder?«

»Wenn du das nicht willst.«

»Und steckt Oswald dahinter? Was meinst du, Simon? Glaubst du, dass er in der Lage ist, ihr wehzutun?«

»Er ist zu allem imstande«, erwiderte Simon, aber als er hörte, wie Benjamin nach Luft schnappte, fügte er hinzu: »Mach dir keine Sorgen. Das wird alles schon nicht so schlimm sein.«

In zwei Tagen hatte er wieder ein Treffen mit Jacob vereinbart. Vielleicht hatte der irgendetwas gehört oder gesehen. Ich muss aufhören, mir zu viele Gedanken zu machen, sagte er sich.

Das Handy gab einen Ton von sich, Anna hatte ihm eine SMS geschickt.

Danke, Simon!, stand dort, gefolgt von zig Herzchen, Okay-Zeichen und lächelnden Smileys.

KAPITEL 47

Als das Personal vom Arbeitseinsatz am Teich zurückkam, rief Oswald sie zu einer außerordentlichen Versammlung zusammen. Zitternd standen sie an diesem kalten Frühlingsabend auf dem Hof und warteten darauf, in den Saal gelassen zu werden. Hungrig und müde. Aber die Mitteilung konnte nicht warten. Jacob schob sich leise in den Saal und setzte sich in die hinterste Reihe. Sein Kopf quoll über vor Fragen. Wer hatte geschrien? Was war die geheimnisvolle Lieferung? Vielleicht würde ihnen das Oswald jetzt erzählen. Und hoffentlich hatte er gute Laune. Jacob konnte die anfallenden Arbeiten im Stall bewältigen, aber er hatte keine Kapazitäten für weitere Katastrophen.

Aber Oswalds Rede hatte keinen zuversichtlich stimmenden Auftakt. Er hielt sich am Pult fest und stand so eine Weile schweigend vor ihnen, was meistens ein Vorbote für einen nachfolgenden Wutausbruch war. Es war vollkommen still im Saal, nur ein paar vereinzelte Huster. Man hörte den Unmut in seiner Stimme, als er endlich das Wort ergriff.

»Eigentlich ist es unverzeihlich, was ihr in meiner Abwesenheit auf dem Anwesen angerichtet habt. Heute hatte ich schon den Impuls, euch einfach alle rauszuschmeißen, euch zurück aufs Festland zu bringen und mir neue Mitarbeiter zu suchen. Ehrlich gesagt, ich bin sprachlos.«

Das Personal rutschte nervös auf den Stühlen hin und her. Das Schamgefühl der Anwesenden war beinahe greifbar.

Jacob musste innerlich prusten, denn bisher hatte noch niemand ViaTerra verlassen dürfen. Aber genau davor hatten die meisten eine furchtbare Angst. Allerdings fragte sich Jacob, wie viele von ihnen sich insgeheim wünschten, dass er es tatsächlich umsetzte – ihrem Leiden endlich ein Ende machte.

»Während ihr unterwegs wart, hatte ich einen Gutachter hier vor Ort«, fuhr Oswald fort. »Ich fand nämlich, dass es im Keller seltsam riecht. Und richtig, da unten hat sich der Schimmel ausgebreitet. Ihr habt es letzten Herbst reinregnen lassen, das hat aber wie immer niemanden interessiert, und deshalb ist das alles voller Schimmel. Schön, oder?«

Jacob sah schon das gesamte Personal auf Knien den Boden schrubben. Dann war das Ding unter dem Tuch vielleicht ein Gerät, um den Schimmel loszuwerden.

»Jetzt ist es leider zu spät, etwas dagegen zu unternehmen. Außerdem traue ich euch nicht über den Weg. Eine Firma wird kommen, die sich professionell darum kümmert. Bis das alles beseitigt ist, wird der Zutritt zum Keller verboten sein. Verstanden? Niemand von euch hat da etwas verloren. Nicht einmal in der Nähe des Kellers will ich euch sehen.«

Jacob spürte, wie die Spannung von ihm abfiel. Sie würden also doch nicht in den Keller müssen. Das bedeutete nämlich, dass er mehr Zeit für seine Tiere hatte. Und auch mehr Zeit zum Schlafen. Vielleicht auch nur ein paar Nächte, bis sich die nächste Katastrophe anbahnte. Aber immerhin. Auf ViaTerra war Zeit so wertvoll wie Gold.

Oswald schüttelte den Kopf. Zuckte fassungslos mit den Schultern.

»Und wisst ihr, was ich am schlimmsten finde? Wie ihr mich anglotzt. Wie vollkommen hohle Zombies.«

Er wandte sich zu der Tafel um, die hinter ihm hing, und

nahm sich ein Stück Kreide. Dann zeichnete er einen Smiley, allerdings ohne das Lächeln. Nur einen Kreis mit zwei Punkten und einem Strich als Mund.

»So seht ihr aus. Wie Pfannkuchen. Mit dem heutigen Tag fügen wir dem ViaTerra-Vokabular ein neues Wort hinzu. Pfannkuchengesicht. Und ab heute wird es als ein Regelverstoß betrachtet, wenn einer von euch mich mit einem solchen Pfannkuchengesicht ansieht. Und ich sage nur eins: Es ist ziemlich kalt da draußen am Teufelsfelsen.«

Jacob versuchte fieberhaft, Bewegung in sein Gesicht zu bekommen, aber das ging nach hinten los. Denn er spürte, dass er lächelte, und das war bestimmt auch nicht richtig. Stattdessen versuchte er, ein bisschen Feuer in seinen Blick zu zaubern, war sich aber sicher, dass er vollkommen geisteskrank aussah. Glücklicherweise sah Oswald nicht in seine Richtung, er schüttelte nur traurig den Kopf und seufzte.

»Wir lassen das Abendessen heute mal ausfallen. Ich kann die Vorstellung nicht ertragen, euch hier herumsitzen und kichern zu lassen. Wenn ich ehrlich bin, halte ich es kaum aus, dass ihr euch hier auf meinem Eigentum aufhaltet.«

So wurden sie wie ungezogene Kinder ohne Essen ins Bett geschickt.

Zum Glück hatte sich Jacob noch ein Ersatzbrot geschmiert. Und frische Milch bekam er von seinen Kühen.

Er blieb sitzen, während die anderen langsam aus dem Saal schlurften. Normalerweise blieben alle sitzen, wenn Oswald einen seiner Wutanfälle gehabt hatte, aber seit Bosses Flucht war das Personal führerlos. Außerdem waren alle müde und froren, und niemand hatte Lust, diese Aufgabe zu übernehmen.

Jacob ging als Letzter, schlenderte langsam über den Hof, sog die kalte Luft tief in die Lunge. Jetzt war auch für ihn der

Zeitpunkt gekommen, ViaTerra zu verlassen. Übermorgen würde er sich wieder mit Simon treffen, dann konnten sie das planen. Ich werde mich sofort nach meiner Flucht an den Tierschutzverband wenden, beschloss er, damit meine Tiere gerettet werden.

Er verlor sich in der Fantasie, wie sein Leben in Freiheit aussehen könnte. Als Erstes würde er seine Eltern anrufen und ihnen mitteilen, dass jetzt alles vorbei sei. Dass er kein Sektenmitglied mehr war, das nur in Form von kryptischen, seelenlosen Briefen mit ihnen kommuniziert hatte.

Er bog gerade um die Ecke, als er sah, dass im Keller Licht brannte.

Und dann sah er etwas, was ihm den Atem raubte.

KAPITEL 48

Ein Sonnenstrahl, der sich durchs Fenster verirrt hatte, kitzelte sie im Gesicht und weckte sie auf. Sie genoss die Wärme, aber es war nur ein einsamer Sonnenstrahl gewesen, der sich in ihr Gefängnis geschlichen hatte, um auch gleich darauf wieder zu verschwinden. Und das wohlige Gefühl zerplatzte wie eine Seifenblase und wurde von abgrundtiefem Ekel ersetzt.

Sie kniff die Augen wieder zusammen, um die Wirklichkeit zu verjagen. Versuchte sich vorzustellen, dass sie im Flieger eingeschlafen war und einen Alptraum gehabt hatte. Bald würden sie in Göteborg landen, sie würde Mattias sagen, dass sie es sich anders überlegt hatte und gleich nach Lund weiterfahren wollte. Es war einfach undenkbar, unmöglich, dass sie wieder auf ViaTerra war. In Schweden entführten Leute doch nicht einfach ihre Gegner? Allerdings war Oswald anders als die anderen.

Auf dem Hof war alles still, nur ein blökendes Schaf war zu hören. Sie musste an Benjamin denken, sie sehnte sich so sehr nach ihm, dass es im ganzen Körper wehtat. Und je mehr Mühe sie sich gab, den Gedanken an ihn zu verdrängen, desto stärker meldete er sich zurück. So wie man auch eine Wunde nicht in Frieden lassen kann und immer wieder an dem Schorf kratzt. Die Vorstellung, ihn nie wiederzusehen. Diese Angst lag wie ein Eisklotz in ihrem Bauch, der schmolz und das flüssige Gift im ganzen Körper verteilte.

Sie starrte an die Decke. Atmete langsam. Nur so gelang es ihr, genügend Kraft zu sammeln, um sich schließlich aufzusetzen.

Reiß dich zusammen, Bauman, reiß dich verdammt noch mal zusammen.

Ich werde heute hier rauskommen, sagte sie sich. Ich habe das einmal geschafft, ich kann das noch mal schaffen. Sie war von sich überrascht, dass sie tatsächlich hatte schlafen können, aber wahrscheinlich hatte er ihr irgendwelche Drogen gegeben. Ihr Körper hatte sich so schwach angefühlt, aber inzwischen hatte sie wieder ihre alte Kraft zurückgewonnen. Als sie aufstand, blieben auch ihre Beine fest, obwohl ihr ein bisschen schwindelig wurde.

Auf dem Tisch neben der Tür stand ein Tablett. Er war also in ihrem Zimmer gewesen. Kaltes Rührei und verbrannter Toast, auf dem die Butter geschmolzen und wieder fest geworden war. Schon beim ersten Bissen wurde ihr übel, aber sie aß alles auf, denn sie würde die Energie für ihre Flucht benötigen.

Sie ging auf die Toilette, wusch sich und putzte sich die Zähne. Dann beschloss sie, eines der Kleider aus dem Schrank anzuziehen, weil ihr sonst nur das Handtuch blieb, mit dem sie nicht durch den Wald rennen wollte. Sie strich mit der Hand über die Auswahl an Kleidern, die alle sehr kurz und hauteng waren. Sie nahm eines, das wenigstens bis über die Knie ging. Der Stoff war dünn, aber darauf konnte sie jetzt keine Rücksicht nehmen. Dann schlüpfte sie in die Ballerinas.

Es gab zwei Wege aus dem Keller. Durch die Tür, die verschlossen war, und durchs Fenster. Das saß so weit oben, dass sie auf etwas draufklettern müsste, um es zu erreichen. Aber es sah so aus, als könnte sie sich hindurchquetschen. Sie holte die Leiter aus der Kammer, die sie bei ihrer Inspektion entdeckt hatte, und schleppte sie ins Zimmer. Zitternd vor Aufregung klappte sie die Leiter auf und kletterte die Sprossen hoch. Sie konnte den Hof sehen, es musste noch früh am Morgen sein, die Sonne ging gerade auf. So schön, wie sie es in Erinnerung hatte, war es gar nicht. Das Wasser im großen Teich wirkte irgendwie verschlammt, der Rasen war offenbar nicht gemäht worden, und auf den Beeten vor dem Fenster wuchs ein wilder Mix aus Unkraut und Blumen. Aber bei dem Blick in die weite, offene Landschaft machte ihr Herz einen Sprung vor Freude. So nah war die Freiheit. Wenn sie nur das Fenster aufbekäme.

Sie ruckelte an dem Haken, aber als der sich lösen ließ, öffnete sich das Fenster lediglich einen schmalen Spalt und arretierte dann. Der holzige, würzige Geruch des Bodens drang durch die Öffnung. Sie drückte gegen das Fenster, aber es gab nicht nach.

»Das ist von außen gesichert«, hörte sie seine Stimme hinter sich sagen. Sie zuckte zusammen und hätte fast das Gleichgewicht verloren. Noch bevor sie den Fuß auf den Boden gesetzt hatte, war er hinter ihr und riss sie an den Haaren zurück. Sie fiel nach hinten, er aber fing sie auf, packte sie unter den Achseln. Die Leiter stürzte mit einem lauten Knall um. Er warf sie auf den Boden. Ihr Kopf schlug auf, ihr wurde schwarz vor Augen. Er stand über ihr, als sie die Augen wieder öffnete. Der Sonnenschein, der jetzt hinter ihm durchs Fenster fiel, erzeugte eine flammende Aura. Die Beule an ihrem Kopf pochte, und in ihren Ohren rauschte es. Für einen kurzen Moment hatte sie das Gefühl, sie würde ohnmächtig werden, aber er packte ihre Arme und riss sie hoch in den Stand. Seine Augen waren dunkel vor Wut, sein Zorn schoss aus seinen Pupillen.

Die Ohrfeige war präzise, schnell und so fest, dass ihre Ohren klingelten. Er stieß sie nach hinten, und sie flog rücklings aufs Bett. Sie versuchte, sich wieder aufzurichten, sich gegen ihn zu wehren, aber er warf sich mit seinem ganzen Körpergewicht auf sie. Und er war stark, viel stärker als sie. Zerrte ihre Hände über ihren Kopf. Sie strampelte mit den Beinen, versuchte ihn zu treten, traf ihn aber nicht. Sie spuckte ihn an, aber er drehte nur den Kopf weg und lachte höhnisch.

Er schlug ihr noch einmal ins Gesicht. Sagte aber kein Wort. Schnaufte nur laut. Ihn erregte ihr Widerstand. Je mehr sie sich wehrte, desto erregter wurde er. Dann drehte er sie auf den Bauch und legte sich auf sie, während er ihre Hände am Kopfteil des Bettgestells mit einem weichen Tuch fesselte. Zog die Fessel aber so fest, dass es auf der Haut brannte. Sie konnte unter seinem Gewicht nicht atmen, wimmerte, wollte schreien, aber er drückte ihren Kopf ins Kissen, bis sie keine Luft mehr bekam. Dann packte er ihre Haare und riss ihren Kopf hoch.

»Hör auf, hör auf!«, schrie sie.

»Du kannst so viel schreien, wie du willst. Hier kommt niemand hin.«

Er zerrte an ihrem Kleid, der Stoff knisterte, als er ihn zerriss. Wieder trat sie nach ihm, aber da kniete er sich hin, nahm ihre Beine zwischen seine und klemmte sie ein. Sie konnte sich keinen Millimeter mehr bewegen. Plötzlich schämte sie sich, so nackt vor ihm zu liegen. Aber das Gefühl wurde sofort von dem Schmerz überlagert, als er anfing, ihr mit der flachen Hand auf den Hintern zu schlagen. Er schlug immer fester, wie besinnungslos. Die Wut, die dabei aus ihm herausströmte, war von einer Heftigkeit, die sie bisher noch nie an ihm erlebt hatte. Aufgestaute Wut, die er mit schnellen, harten Schlägen an ihrem Körper entlud. Aber viel, viel schlimmer als die Schmerzen war sein Schweigen. Er sagte kein einziges Wort, stöhnte nicht einmal. Sie hörte nur seinen schweren, angestrengten Atem. Als er fertig war, stieß er sie von sich. Sie schlug mit dem Kopf gegen das Kopfteil.

Es war ganz still. Sie hoffte, dass er genug hatte. Aber dann hörte sie, wie er den Gürtel an seiner Hose und danach den Reißverschluss öffnete. Sie wollte ihn anflehen, wusste aber, dass es keinen Sinn hatte. Er schob einen Arm unter ihr Becken und zog sie hoch zu sich. Sie kniff die Muskeln zusammen, wollte ihn wegdrängen, am Schlimmsten hindern. Der Schmerz überwältigte sie so plötzlich, dass sie laut aufschrie. Ihr Unterleib brannte wie Feuer. Ihre Hände krampften sich im Laken fest. Er hatte sie zerrissen, innerlich gespalten. Aber es war noch nicht zu Ende, er stieß wieder zu, immer härter und schneller. Atmete stoßweise. Sie hätte genauso gut eine Puppe sein können. Oder tot. Ihr Schrei wurde zu einem langgezogenen Wimmern. Der Schmerz hatte die Kraft einer langen Welle bekommen, die sie unter sich begrub. Es dauerte lange. Aber ob es zehn Minuten oder eine halbe Stunde war, hätte sie nicht sagen können, ihre Kräfte hatten sie verlassen, und sie hing wie leblos in seinem Griff. Sie hatte den Schmerz zu einem Teil von sich gemacht, und er wurde von einer inneren Stimme übertönt.

So will ich nicht sterben.

Als er kam, griff er in ihre Taille und drückte sie auf die Matratze, sank auf ihr in sich zusammen und ließ sich schwer wie ein Fels auf sie fallen. Sie bekam keine Luft mehr, zappelte und strampelte unter ihm, und erst da rollte er von ihr runter. Das nächste Geräusch war der Reißverschluss, der wieder geschlossen wurde. Er hatte sich gar nicht ausgezogen, nur die Hose heruntergeschoben.

Später kam ihr dieses Bild immer wieder. Und da verstand und begriff sie den Zusammenhang. Er hatte sich nicht ausgezogen, weil es nicht um Sex gegangen war, sondern um Macht. Er hatte sie nur erniedrigen wollen, und auch erst ihre Angst hatte ihm zu einer Erektion verholfen. Später begriff sie, dass er gar nicht in der Lage war, Sex zu genießen. Er konnte das nur mit Gewalt lösen. In diesem Moment der Klarheit konnte sie sich später erklären, warum er sie im Büro gequält hatte, aber nie den ganzen Weg gegangen war. Warum er alle Frauen von sich stieß, die ihm begegneten. Denn er wollte nur erniedrigen und quälen. Aber diese Erkenntnis hatte sie erst viel später. Als sie auf dem Bett lag und er mit ihr fertig war, hatte sie nur diesen einen Gedanken. Nicht sterben zu wollen.

Er band ihre Hände wieder los und drehte sie auf den Rücken. Sah sie an und grinste. Das Bett wippte, als er aufstand. Sie bewegte sich nicht und schwieg. Ihr Körper brannte vor Scham und Demütigung. Jetzt gab es kein Zurück mehr. Alles war zerstört und würde nie wieder sein wie vorher.

»Wir sind hier für heute fertig, aber zwischen uns ist es noch nicht vorbei. Es hat sogar gerade erst angefangen«, sagte er.

»Du bist ein krankes Schwein«, stieß sie hervor und machte sich innerlich bereit für eine zweite Ohrfeige, aber er lachte nur. Warf die Hände in die Luft, als wäre das alles nichts anderes als ein Spiel.

»Ehrlich gesagt, es bringt dich auch nicht weiter, wenn du mir solche Dinge an den Kopf wirfst. Also, wenn ich dir da einen Rat geben darf. Das wird nur dein Leiden verlängern.«

Seine Schritte hallten auf dem Boden. Sie drehte den Kopf weg, damit er ihre Tränen nicht sah. Aber er sah sich gar nicht noch einmal um. Sie hörte den Schlüssel im Schloss, dann wurde alles still. Sie rollte sich zusammen und weinte. Schluchzte, jammerte, schniefte. Sie weinte so lange, bis das Luftholen schmerzte. Rollte sich hin und her, setzte sich auf, wimmerte vor Schmerzen. Pulsierende, spitze Wellen des Schmerzes durchfuhren sie. Ihre Beine wollten sie kaum tragen, als sie aufstand und ins Badezimmer humpelte. Da sah sie ihr Gesicht im Spiegel. Das blaue Auge. Als sie sich auf die Toilette setzte, lief das Sperma aus ihrem Inneren, vermischt mit Blut. Ihr wurde übel. Schnell glitt sie zu Boden, hielt ihren Kopf über die Toilette und wollte sich übergeben, aber es kam nur Schleim. Da legte sie ihre Stirn auf den kühlen Sitz.

Merkwürdige Gedanken meldeten sich. Alles war falsch gelaufen. So hatte sie sich das nicht vorgestellt. Damals im Büro hatte sie durchgespielt, wie sie ihn treten und schlagen und beißen würde, wenn er sich an ihr verging. Wie eine Wildkatze würde sie sich wehren. Sie hatte sogar immer ein kleines Taschenmesser dabeigehabt, eine eher traurige Verteidigungswaffe, falls alles danebenging. Aber er war viel stärker und gewalttätiger gewesen, hatte sie damit vollkommen aus der Fassung gebracht. Sie war leichte Beute für ihn gewesen, und dafür schämte sie sich.

Sofia legte sich auf den kalten Badezimmerboden und weinte. Dann schleppte sie sich zurück aufs Bett, zog sich die Decke über den Kopf und schlief sofort ein. Obwohl es früher Vormittag war. Sie wachte erst auf, als es schon wieder dunkel war. Sie sah den blauschwarzen Himmel, den Mond, der zwischen den Wolken auftauchte und sein glänzendes Licht auf die Erde warf. Schreiend warf sie sich von einer Seite auf die andere.

Aber nichts geschah. Niemand kam.

Nach einer Zeit schlief sie wieder ein. Sie musste die ganze Nacht geschlafen haben, denn als sie aufwachte, war es hell. Sie war überrascht, dass man tatsächlich so viel und so lange schlafen konnte. Sie spürte, wie leer sie war, gefühlsleer. Sie konnte nur noch eine Schwere fühlen. Sie musste sich zusammenreißen. Aber es gab nichts mehr zum Zusammenreißen. Ihr Kopf tat weh, ihr Körper auch, die Haut brannte von seinen Schlägen.

Was soll ich nur tun? Lieber Gott, hilf mir!

Kein neues Essen stand auf dem kleinen Tisch. Er wollte sie also auch noch verhungern lassen. Sie hatte Durst, aber keine Kraft, sich Wasser zu holen. Nach einer Weile döste sie wieder ein.

Sie wurde wach, weil sie spürte, dass er sich im Raum befand. Sie hatte ihn nicht kommen hören, und plötzlich saß er neben ihr auf dem Bett. Sie tat so, als würde sie schlafen. Atmete rhythmisch und langsam. Ihre Nackenhaare stellten sich auf, weil er sie gleich berühren würde. Sie wusste es. Seine kalten Finger strichen über ihren Rücken. Streichelten sie, zärtlich, fast liebevoll. Das war alles so krank und falsch, dass sie erschauderte und zittern musste. Sie unterdrückte den Impuls, sich wegzurollen. Seine kalten Lippen berührten ihre Wange. Er war vollkommen unberechenbar.

»Ich weiß, dass du wach bist«, sagte er. »Ich gehe jetzt wieder, aber ich habe dir da was zum Lesen hingelegt.«

Sie wartete, bis sie den Schlüssel im Schloss hörte.

Erst dann drehte sie sich langsam um.

Auf dem Tisch lag ein Buch.

KAPITEL 49

Das Buch war in Leder gebunden und sah wie ein Tagebuch aus. Sie schlug es auf. Die Schrift war zierlich und mit Tinte geschrieben.

Die Familienchronik
aufgezeichnet von
Sigrid Kristina Augusta von Bärenstein

Dieses Buch endlich in den Händen zu halten war so unglaublich, dass sie für einen Moment ihre aussichtslose Situation vergaß. Ein Jahr lang hatte sie damals nach dieser Familienchronik gesucht. Auch noch nach der Flucht hatte sie davon geträumt, sie eines Tages lesen zu können. Und jetzt lag das Buch in ihrem Schoß und fühlte sich ganz selbstverständlich an. Die Frage aber blieb, warum Oswald es ihr gegeben hatte. Warum er unbedingt wollte, dass sie es las.

Auf dem Tisch stand wieder Essen für sie. Aber nicht irgendein Essen. Ein großer Teller mit Hühnchen in dünnen Scheiben, Brotscheiben, Käse und Weintrauben. Dazu eine Flasche Wasser und eine mit Wein. Und neben diesem Arrangement stand eine kleine Vase mit einer Rose darin. Was sollte das? War das seine Art der Wiedergutmachung? Das gefiel ihr nicht. Sie konnte es besser ertragen, wenn er widerlich war, als wenn er seine zarten Momente hatte. Als sie aber den Zettel las, den er neben die Rose gelegt hatte, hatte sie wieder die Gewissheit, dass er durch und durch ein böser Mensch war. *Vielen Dank für die schöne Zeit mit dir gestern.*

Sie warf die Vase gegen die Wand, die in tausend Scherben zersplitterte. Die Rose fiel zu Boden und verlor alle Blätter. Sofia ließ sich auf den Stuhl sinken, zog die Beine unters Kinn und umarmte sie. Wiegte sich hin und her und versuchte, ihre Tränen zu unterdrücken. Es gelang ihr zumindest, die Verzweiflung zu dämpfen, die in ihr aufstieg. Sie aß etwas, aus Entschlossenheit. Trank die Wasserflasche aus, ließ den Wein aber stehen. Dann holte sie einen Handfeger aus der Kammer, sammelte die Scherben ein, schnappte sich die Familienchronik und setzte sich damit aufs Bett.

Die Familienchronik
aufgezeichnet von
Sigrid Kristina Augusta von Bärenstein

Das ist eine kurze Zusammenfassung meines unbedeutenden Lebens.

Es kursieren so viele Gerüchte und Legenden über das Herrenhaus auf Dimö, dass es vielleicht an der Zeit ist zu erzählen, was dort wirklich passiert ist. Denn auch ich hänge fest in dieser Nacht des großen Brandes im Herrenhaus. In meinen Träumen und Tagträumen hallt die Erinnerung an diese Katastrophe wider. Die Hitze, der Geruch, die Schreie der Tiere, die Flammen, die bis in den Himmel schlugen, und dann der Rauch, der sich über die ganze Insel legte. Aber damit anfangen kann ich nicht.

Es soll ja auch eine Chronik werden, also beginne ich gleich am Anfang. Mit dem Tag, als wir auf dieser gottverlassenen Insel ankamen.

Mein Name ist Sigrid Kristina Augusta von Bärenstein, ich bin die Tochter von Artur und Amelia von Bärenstein. Und ich zeichne diese Familienchronik in der Hoffnung auf, dass der Leser Erkenntnisse darüber gewinnt, warum die Familie der Bärensteins so vom Unglück heimgesucht wurde.

Mein Vater war ein wohlhabender Geschäftsmann aus Göteborg. Er war groß wie ein Bär, mit pechschwarzem Haar, einer Hakennase und einem markanten Kiefer. Er hatte einen bohrenden Blick. Manchmal tat es weh, wenn er einen anstarrte. Meine Mutter war feingliedrig, blond und blass. Sie sah aus wie eine zarte Elfe, wenn mein Vater sich neben ihr aufbaute.

Ich kam am 8. März 1920 zur Welt, zwei Monate, bevor mein Vater das Herrenhaus hier im Westen von Dimö bauen ließ. Warum er ausgerechnet hier leben wollte, konnte niemand verstehen. Es war eine trostlose, karge Landschaft. Zu dieser Zeit gab es auch kein richtiges Dorf. Außerdem zog im Winterhalbjahr immer ein dichter Nebel vom Meer auf die Insel und senkte sich wie eine undurchdringliche Decke darüber.

Aber er hatte das so beschlossen, sein Herrenhaus sollte auf Dimö stehen. Der Tag, an dem wir zum ersten Mal die Insel betraten, ist sogar auf einem Foto festgehalten worden, das ich hier einkleben werde. Mein Vater hält die Schaufel in der Hand, meine Mutter hat mich auf dem Arm, und mein Bruder Oskar steht neben ihr. Er war damals sechs Jahre alt. An diesem Tag bekam auch das Anwesen seinen Namen. Gut und Hof Windlust sollte es heißen.

Jedes Mal, wenn ich dieses Foto sehe, verfluche ich das Schicksal, das uns dorthin gebracht hat.

Die ersten Lebensjahre erinnere ich verständlicherweise nur

verschwommen. Meine erste bewusste Erinnerung ist ein Schrei. Der Schrei meiner Mutter vom Dachboden.

»Warum schreit Mama nachts immer?«, fragte ich mein Kindermädchen Emma.

»Sie hat Alpträume. So wie du manchmal.«

»Aber die Schreie kommen vom Dachboden.«

»Nein, das bildest du dir ein. Niemand darf auf den Dachboden, das weißt du doch. Dein Vater bewahrt dort oben wichtige Papiere auf, die niemand anfassen darf.«

»Ja, aber ich bin mir sicher, dass die Schreie vom Dachboden kommen.«

Meine Neugier machte mich mutig.

In dieser Nacht gewitterte es. Blitze und Donner lösten einander ab. Ich hatte Angst und musste auf die Toilette. Da hörte ich einen Schrei. Zwischen einem Blitz und einem Donnergrollen. Ich klammerte mich am Geländer fest und stieg Stufe für Stufe hoch. Mir stockte der Atem, als ich die Tür zum Dachboden offen stehen sah. Da hörte ich einen zweiten Schrei, aber dieser war gedämpfter, eher ein Stöhnen.

Auf einer Bank lag etwas Weißes. Ein Schwein, war mein erster Gedanke. Ich hatte einmal zugesehen, wie auf dem Hof ein Schwein geschlachtet wurde. Das hatte so ähnlich ausgesehen. Ausgestreckt und an den Beinen gefesselt. Dann ist es das Schwein, das nachts schreit, dachte ich, und in diesem Augenblick drehte sich mein Vater zu mir um. Seine Augen waren wild und leuchteten vor Wut. Er packte mich und trug mich zurück in mein Zimmer. Er war verschwitzt und wirkte anders als sonst, aber ich freute mich, dass er mich im Arm hielt, weil er das so selten tat.

Das war das erste und einzige Mal, dass er mich ins Bett legte und mich zudeckte. Als ich etwas sagen wollte, legte er einen Finger auf meinen Mund.

»Du hast geträumt«, sagte er. »Das war alles nur ein Traum.«

Als er ging, sah ich, dass er nackt war.

Dann hörte ich nur noch, wie der Schlüssel im Schloss umgedreht wurde.

»Auf dem Dachboden lebt ein Schwein, das immer schreit«, erzählte ich Oskar am nächsten Tag beim Abendessen.

Zu mehr kam ich nicht. Mein Vater stand so schnell vor mir, dass ich weder herunterschlucken noch denken konnte. Die Ohrfeige war so kräftig, dass ich rückwärts vom Stuhl flog und auf den Boden stürzte.

Ich fing sofort an zu weinen, Oskar schluchzte, aber niemand unternahm etwas.

»Steh auf«, sagte mein Vater. »Ich will deine Lügen und Fantasiegeschichten nicht mehr hören. Geh sofort in dein Zimmer.«

Ich wartete darauf, dass mich meine Mutter in den Arm nehmen und begleiten würde.

Aber nichts geschah.

Ich zog mich an der Tischkante hoch. Sah, dass ich Essen im Gesicht und an der Kleidung hatte. Ich konnte nicht aufhören zu weinen, aber aus dem Heulen war ein leises Wimmern geworden.

Meine Mutter starrte auf ihren Teller. Die Gabel in ihrer Hand zitterte. Doch sie unternahm nichts.

Oskar war verstummt. Mein Vater zitterte noch vor Wut. Leise verließ ich das Esszimmer.

Das Schwein habe ich nie wieder erwähnt. Wenn es nachts schrie, hielt ich mir die Ohren zu, und wenn das nicht half, sang ich Lieder. Meine Tür war immer abgeschlossen. Mein Vater hatte es so entschieden, weil ich schlafwandelte – und das sei gefährlich. Meine Mutter hatte ihm beigepflichtet.

Ich sah die blauen Flecken auf ihren Armen. Die roten Striemen an ihrem Hals. Manchmal geriet sie beim Gehen ins Schwanken. Als wäre das vorher alles nicht sichtbar gewesen.

Aber ich sagte nichts.

Mama ist krank, erklärte ich mir das selbst, darum sieht sie so aus.

Der erste Schlag meines Vaters blieb nicht der letzte. Manchmal genügte es, ihn falsch anzusehen oder etwas fallen zu lassen, dann schlug er Oskar und mich, aber meistens mich. Am besten war es, sich fernzuhalten. Aber es wurde noch schlimmer.

Manchmal durfte Emma mit uns auf der Insel spazieren gehen. Im Wald gab es einen kleinen Teich, zu dem wir dann gingen. Wenn das Wetter gut war, durften wir dort spielen.

Ich muss fünf oder sechs Jahre alt gewesen sein, als es passierte. Der Bruder meines Vaters, Onkel Markus, kam mit seiner Frau Ofelia zu Besuch. Ich mochte ihn nicht, es tat weh, wenn er mich hochhob und so oft im Kreis herumdrehte, bis mir schlecht wurde. Tante Ofelia war kränklich und durchsichtig.

Ich saß auf der Schaukel und drehte mich im Kreis, bis mir ganz schwindelig wurde. Da sah ich, wie meine Mutter, mein Vater und Onkel Markus aus dem Haus kamen und in den Wald gingen. Ich schlich ihnen hinterher, verlief mich, weil ich einem turnenden Eichhörnchen zusah, aber dann hörte ich ihre Stimmen an unserem kleinen Teich. Versteckt hinter einem Baum an der Böschung konnte ich sie beobachten.

Meine Mutter lag ausgestreckt im Wasser, ihr nackter Körper schimmerte wie Perlmutt. Mein Vater hielt sie fest, mein Onkel stand zwischen ihren gespreizten Beinen. Meine Mutter schrie auf, woraufhin mein Vater ihren Kopf unter Wasser drückte.

Ich vergaß, dass ich gar nicht dort sein durfte, schrie laut auf, aus Angst, sie könnte ertrinken. Vor Schreck rutschte ich die Böschung herunter, rappelte mich wieder auf und wollte wegrennen, aber Onkel Markus packte mich. Er war nackt und klitschnass, setzte sich auf einen Stein, legte mich über seine Beine, zog mir die Unterhose runter und schlug mich, bis meine Haut brannte.

Mein Vater stand mit meiner Mutter im Teich und beschimpfte sie.

»Was hat diese blöde Göre hier zu suchen? Wo ist das Kindermädchen?«

Da drehte er sich zu uns um und sah mich zappelnd und schreiend auf dem Schoß meines Onkels. Meine Unbändigkeit schien etwas in ihm auszulösen, denn er riss mich aus den Armen seines Bruders, trug mich in den Teich und drückte meinen Kopf unter Wasser. Alles wurde schwarz und kalt, und ich sah nur die Blasen aus meinem Mund, als ich versuchte, Entschuldigung zu schreien. Aber seine Hände hielten mich erbarmungslos fest. Dann packte er mich an den Haaren, zog meinen Kopf daran über Wasser, damit ich Luft holen konnte, und tauchte mich erneut unter.

In dem kurzen Augenblick an der Luft hörte ich die Stimme meiner Mutter.

»Arthur, du bringst sie um!«

Aber das tat er nicht, nicht an diesem Tag.

Wir wurden nach Hause geschickt. Durchnässt und gedemütigt liefen wir durch den Wald.

Aber das Schlimmste war, dass meine Mutter auf dem Weg kein einziges Wort sagte.

Der Kapitän tauchte wie aus dem Nichts auf. Immer wenn mein Vater aufs Festland fuhr, kam der Kapitän zu uns. Er hieß Broman und war sehr nett zu Oskar und mir. Brachte uns Geschenke aus fremden Ländern mit, ging mit uns ans Meer und ließ uns dort spielen. Meine Mutter und er unterhielten sich mit gedämpften Stimmen, damit wir sie nicht hören konnten. Aber ich sah und hörte genug. Zum Beispiel, wie er ihre blauen Flecken berührte und sagte: »Amelie, das geht so nicht weiter.«

»Der Kapitän ist unser Geheimnis«, sagte sie zu uns. »Er ist nur ein Traum, versteht ihr? Wie das Schwein auf dem Dachboden, Sigrid. Wenn euer Vater vom Kapitän erfährt, wird er fürchterlich wütend.«

Und das wollte niemand von uns.

Diese Achterbahn der Gefühle dauerte gut ein Jahr lang. Himmlische Zustände, wenn der Kapitän auf die Insel kam. Und die Hölle auf Erden, wenn mein Vater zurückkehrte und seine Wut an uns ausließ.

Aber dann kam der große Brand und beendete alles. Ich erzähle es am Ende, denn alle haben sich geirrt: die Polizei, die Ärzte, die Feuerwehrleute und die Zeitungen. Ich bin die einzige Überlebende, die weiß, was in dieser Nacht wirklich passiert ist, und habe mir geschworen, dass ich es erzählen werde, bevor ich sterbe. Und jetzt habe ich es eilig, denn der Krebs breitet sich in meinem Körper aus wie die Tinte im Wasser.

Das Feuer konnte mit dem Wasser aus dem Teich gelöscht und so das Herrenhaus gerettet werden. Aber die Ställe brannten ab, und der Rauchgeruch legte sich wie ein Nebel über die Insel. Oskar und ich wurden im Dienstbotentrakt untergebracht und durften unter keinen Umständen das Haus verlassen. Emma hielt mich im Arm, beruhigte mich wie ein kleines Baby. Sagte, dass meine Eltern in den Himmel gereist seien, aber alles wieder gut werde. Oskar stand in der Ecke und weinte.

»Oh, was für eine schreckliche Tragödie«, jammerte Emma.

»Aber Mama ist nicht tot«, sagte ich voller Überzeugung. »Ich habe sie gesehen. Sie kommt wieder zurück.«

»Nein, mein Liebling, das wird sie nicht.«

»Doch, das tut sie.«

»Nein, mein Herz.«

Ich presste mir die Hände auf die Ohren und brüllte: »Aufhören! Aufhören!«

In dieser Nacht wurde Oskar krank. Seine Gesichtsfarbe wechselte zu einem blassen Grün. Er zitterte und hatte hohes Fieber. Seine Lunge fiepte, und sein Atem rasselte so laut, dass ich nicht schlafen konnte. Ich lag neben ihm und fror und hatte einen Kloß im Hals. Irgendwann stand ich auf und sah aus dem Fenster hinunter auf den Hof.

Es war dunkel. Die verkohlten Gebäude streckten sich hämisch in den Himmel, der Mond hatte sich hinter den Wolken versteckt, und ein kalter Windzug, der nach Rauch roch, drang durch die Ritzen im Fenster. Und während ich dort am Fenster stand, spürte ich ihren Atem in meinem Nacken. Ich könnte schwören, dass es so war.

Ich hörte sie auch flüstern.

Sigrid, ich komme zurück. Ich komme zu dir zurück.

Mit großem Pomp trafen sie ein. Onkel Markus und Tante Ofelia konnten es kaum erwarten, das Anwesen zu übernehmen. Allerdings waren sie weniger begeistert davon, sich um Oskar und mich zu kümmern. Aber dafür gab es ja zum Glück Kindermädchen.

Am Anfang veränderte sich alles zum Besten, wie in einem Traum. Onkel Markus führte als neuer Besitzer des Herrenhauses auch neue Regeln ein. Am Wochenende wurden große

Feste gefeiert, und die Stimmung war ausgelassener und lebhafter als je zuvor.

Ich ging in die Schule in das Dorf, durfte mich recht frei auf der Insel bewegen, und auch Ausflüge aufs Festland waren in Begleitung eines Kindermädchens erlaubt. Oskar, der sich eine doppelseitige Lungenentzündung zugezogen hatte, konnte von diesen neuen Freiheiten nicht profitieren. Aber für mich war das der Anfang eines wunderbaren Lebens.

Bestimmte Veränderungen waren für mich hingegen nicht nachzuvollziehen. Warum stellte mein Onkel zum Beispiel nur blutjunge Dienstmädchen ein? Warum war Emma verschwunden und durch Hilda ersetzt worden, die erst sechzehn Jahre alt war? Warum wurde sie immer nervös und kicherte, wenn Onkel Markus in der Nähe war? Manchmal begegnete ich ihr mitten in der Nacht, nur mit einem Nachthemd bekleidet. Sie roch fremd, als hätte sich Tabakgeruch in ihren langen Haaren verfangen.

Als Oskar starb, war ich fast elf Jahre alt. Seine Seele verließ die Erde, und langsam verschwand auch er, bis nichts mehr von ihm übrig war.

Tante Ofelia sagte mit ernster Stimme, dass Oskar die Erde verlassen habe und jetzt in Gottes Reich sei, wo er mit den anderen Engeln Harfe spiele. Ich fand das idiotisch, weil Oskar weder besonders musikalisch noch engelsgleich war.

Onkel Markus war da ganz anderer Meinung, was er uns bei einem Abendessen mitteilte.

»So ist es schon immer bei uns Bärensteins gewesen. Die Schwachen, Kränklichen werden aussortiert. Das ist das Gesetz der Natur. Vor diesem Hintergrund ist es zwar sonderbar, dass auch Arthur draufging. Aber da hat Gott offenbar eine Ausnahme gemacht.«

Er warf mir einen Blick zu und lachte, als er sah, dass mir die Suppe im Hals stecken blieb.

»Guck nicht so verstört, Sigrid! An dir ist nichts auszusetzen. Du wirst eine Wildkatze werden, die schwer zu zähmen ist!«

Damit war das Gespräch über Oskars Tod beendet. Über Oskar wurde nach seiner Beerdigung nie wieder gesprochen. Wenn ich das wollte, unterbrach mich Tante Ofelia sofort.

»Wir wollen doch nicht die stören, die in Gottes Reich ihre Ruhe gefunden haben.«

Mit Oskars Tod starb auch etwas in mir. Ich spürte eine tiefe Wunde der Einsamkeit, die nicht heilen wollte. Außerdem weigerte ich mich, den Tod meiner Mutter hinzunehmen. Sie hatte doch versprochen, sich um mich zu kümmern.

Eines Abends ging ich ans Meer, um zur Ruhe zu kommen. Die Sonne war gerade hinter dem Horizont verschwunden, aber ihre letzten blutroten Strahlen hingen noch über der Heide. Ich kletterte hinunter zum Teufelsfelsen und stellte mich an die äußerste Spitze. Der Wind strich mir übers Gesicht. Ich schmeckte das Salz der Luft auf meinen Lippen. Dann rief ich nach ihr, aber meine Stimme wurde vom Wind davongetragen.

Auf dem Nachhauseweg riss mich ein Geräusch aus meinen Gedanken. Im Wald hatte es geknackt, das waren Zweige gewesen, die bei jedem Schritt zerbrachen. Ich blieb stehen, spürte ihre Nähe. Trotzdem wurde mir plötzlich ganz kalt. Ich wusste, ich durfte mich nicht umdrehen. Dann würde ich etwas sehen, was mich zu Tode erschrecken konnte.

Wie mit Scheuklappen lief ich den Weg zurück zum Hof. Und wusste, dass ich noch nicht bereit war, dem Tod ins Gesicht zu sehen.

Ich bin davon überzeugt, dass es im Leben eines jeden Mädchens einen Punkt gibt, an dem sie vom Kind zur Frau wird. Die Bewegungen verändern sich, das ganze Wesen wird weicher und gefälliger. Mit mir geschah dies in jenem Sommer nach meinem vierzehnten Geburtstag.

Ich trug lange, flatternde Kleider und Strohhüte, die einem der Wind manchmal vom Kopf riss und über die Felder schweben ließ. Ich begriff schon, dass etwas anders war, aber ich konnte nicht sagen, was. Verträumt war ich und vergesslich. Und ich fand, dass die Welt auf einmal viel hellere Farben bekommen hatte.

Onkel Markus aber bemerkte es sofort. Er war wie ein Bluthund, der eine Witterung aufgenommen hatte. Ich kann mich sogar an den genauen Moment erinnern, als ihm die Veränderungen an mir bewusst wurden. Wir saßen bei Tisch, ich ließ einen Löffel fallen und bückte mich, um ihn aufzuheben. Als ich wieder hochkam, sah ich, dass sein Blick an meinem Ausschnitt hängen geblieben war. Unsere Blicke begegneten sich, und er sah mich auf eine Art und Weise an, dass ich gezwungen war wegzuschauen. Als ich wieder den Kopf hob, starrte er mich nach wie vor an. Die Spannung war so unerträglich, dass ich den Löffel ein zweites Mal fallen ließ. Jetzt fiel er klirrend auf den Teller.

Meine Tante hatte genau gesehen, was passiert war. Sie bekam rote Flecken am Hals, ein Zeichen von Nervosität. Sie räusperte sich, und erst da wandte mein Onkel den Blick ab. Ich begriff sofort, dass sich unser Verhältnis mit diesem Tag grundlegend verändert hatte.

Schon am selben Abend kam er in mein Zimmer. Ich war kurz vorm Einschlafen. Er setzte sich zu mir an die Bettkante.

»Schlag die Decke beiseite, Sigrid«, sagte er.

»Warum das denn?«

»Sigrid, jetzt hör gut zu, was ich dir sage. Ab jetzt wirst du alles tun, was ich von dir verlange. Sonst zerstöre ich dein Leben. Ich werde behaupten, dass du wie deine Mutter schwachsinnig und geistig verwirrt bist, dann sitzt du in Kürze in der Anstalt für Geisteskranke. Das verspreche ich dir.«

Ich schlug die Decke beiseite, weil ich großen Respekt vor ihm hatte und auch weil er mir mit seinen Worten eine schreckliche Angst eingejagt hatte. Er zog mein Nachthemd hoch und betrachtete meinen Körper. Strich mit den Fingern über meinen Bauch, hoch zu meiner Brust und legte eine Hand um sie. Dann glitt er unter meine Unterhose und schob einen Finger in mein geheimes Innerstes. Es tat schrecklich weh. Ich zuckte zusammen. Das Bild meiner Mutter zog vorbei. Es war meine Mutter gewesen, kein Schwein. Das wusste ich jetzt.

Dann stand er plötzlich auf, zog mein Nachthemd wieder herunter und ging.

Ich blieb mit zusammengekniffenen Augen liegen, versuchte zu verdrängen, was ich soeben erlebt hatte. Ich konnte nicht einmal weinen, weil meine Kehle wie zusammengeschnürt war und ich einen Kloß im Hals hatte. Da spürte ich ein federleichtes Wippen des Bettes und eine kühle Hand auf meiner Stirn. Ich hielt die Augen geschlossen, konnte aber mit jeder Zelle meines Körpers ihre Nähe empfinden. Ich roch sogar die Fliedernote ihres Parfums. Ein kalter Windhauch zog durch den Raum, und ich öffnete vorsichtig die Augen. Sah ihren Schatten in der Dunkelheit verschwinden. Ich konnte nicht sofort einschlafen, denn die Nacht machte mir Angst. Die Stunden vergingen schleppend, und erst als der Tag anbrach, neblig und bewölkt, fiel ich in den Schlaf. Das Rauschen des Meeres wiegte meine aufgewühlten Gedanken zur Ruhe.

Onkel Markus war ein Mann mit festen Routinen. Um Punkt sechs Uhr morgens stand er auf, trank seinen Kaffee und frühstückte, während er die Zeitung las. Vormittags ritt er über das Anwesen und sah nach dem Rechten, nachmittags saß er in seinem Büro und kümmerte sich um die Geschäfte. Um Punkt sieben Uhr abends wurde mit meiner Tante und mir zu Abend gegessen, danach zog er sich mit einem Cognac und einer Zigarre ins Billardzimmer zurück. Und um Punkt zehn Uhr ging er zu Bett.

Zu mir kam er einmal in der Woche. Immer freitags. Pünktlich um Viertel nach zehn. Ich konnte es nicht ertragen, ihn anzusehen, darum tat ich immer so, als würde ich schon schlafen. So war es leichter auszuhalten. Wie eine willenlose Puppe lag ich in meinem Bett. Atmete gleichmäßig und rhythmisch. Kniff die Augen zusammen. Wenn ich schlief, konnte ich mir schließlich einreden, dass doch eigentlich nichts passiert war. Ich versuchte das Geräusch seiner schweren Schritte zu verdrängen, wenn er die Treppe hochschlurfte.

Ich kann das hier aushalten, sagte ich mir, ich schaffe das. Wenn ich das tue, dann kann ich eines Tages mein eigenes Leben führen. Und wenn ich die Augen schließe und an den Wald und das Meer denke, dann geht es schneller vorbei. Wenn er nur das von mir will, dann kann ich das aushalten. Und wenn ich seinen keuchenden Atem hinter mir hörte, dachte ich an den Wind in den Baumwipfeln oder an das beruhigende Geräusch, wenn die Brandung gegen die Felsen schlug.

An meinem fünfzehnten Geburtstag kam er in mein Zimmer. Seine Schritte klangen anders als sonst. Nicht schlurfend, sondern entschlossen. Der Unterschied war so auffallend, dass mir mein Herz ganz schwer wurde.

Sein strenger Körpergeruch schob sich wie ein muffiger Lufthauch in mein Zimmer.

»Zieh dir den Morgenmantel an und komm mit.«

Er blieb stehen und wartete.

Ich befand mich in einem Zustand, der schwer zu beschreiben ist. Es gab keinen Sauerstoff in der Luft, aber ich atmete. Jeder Muskel meines Körpers war gelähmt, aber ich bewegte mich. In diesem Zustand folgte ich ihm schluchzend auf den Dachboden. Ich stieg über die Türschwelle und heulte wie ein Tier, das kurz vorm Ersticken ist.

Der Dachboden war das Königreich, in dem der Herr des Hauses herrschte. Eine Sakristei, so heilig, dass wir Kinder schon bei dem Gedanken daran vor Angst gelähmt waren. Die Geschichten, die man sich erzählte, waren fürchterlich. Ein Gerücht besagte, dass Gott alle die aufs Schrecklichste bestrafte, die unerlaubt über die Schwelle des Dachbodens traten. Denn dieser Ort, der wie eine Kuppel über allem ruhte, war für die Stärksten und Kühnsten geschaffen, um dem grauen Alltag hin und wieder zu entfliehen.

Bisher hatte ich den Dachboden erst einmal gesehen. Jetzt nahmen die Details meiner Erinnerung Form an. Ich kniff die Augen in einem letzten Versuch zu, die Wirklichkeit auszusperren. Aber ich hatte es gesehen, das Himmelbett, das in der Mitte des Raumes thronte, die Peitschen und Seile. Mir brach der Schweiß aus, lief den Rücken hinunter und tropfte in einer letzten, erniedrigenden Geste bis zu meinem Steißbein. Seine Hand drückte sich fest auf meinen Mund, ehe der Schrei meine Lippen erreicht hatte.

»Du wirst mir gehorchen«, sagte er. »Füge dich, dann wird alles gut.«

Als er fertig war, konnte ich kaum noch auf meinen Beinen stehen. Alles drehte sich, es brannte am ganzen Körper. Er sagte, ich würde mich daran gewöhnen. Dann trug er mich die Treppe hinunter und brachte mich ins Bett.

Erst als er gegangen war und die Tür hinter sich zugezogen hatte, bemerkte ich, dass alles anders war als vorher. Das Haus atmete, ächzte und stöhnte, knarrende Dielen und leise klappernde Fenster. Das Ticken der Wanduhr hörte sich hysterisch und angespannt an. Hinter dem Kleiderschrank tauchte ein Schatten auf, der größer wurde und über den Teppich glitt. Ich sah die Silhouette eines Menschen, und dann erkannte ich sie. Ich rief ihren Namen, aber sie sagte, ich solle still sein, sie flüsterte mir zu, dass sie jedes Mal kommen und mich trösten wollte, wenn er mich geschändet hatte. Ich kniff die Augen fest zu. Wenn sie nur mein Bestes wollte, warum jagte sie mir dann einen solchen Schrecken ein? Dann überfiel mich eine große Müdigkeit, die mich verschlang und mit in eine unendliche Dunkelheit nahm.

Die Detailverliebtheit und der manische Ordnungssinn meines Onkels retteten mich vor einer noch größeren Erniedrigung. Es durften nämlich keine blauen Flecken entstehen. Und ich musste mich hinterher waschen. Mir die Haare machen. Kein Tropfen Sperma blieb in mir. Alles war geplant und methodisch, was nichts daran änderte, dass er grob war und mir wehtat.

Seit jenem Tag musste ich mich jeden Freitagabend um Punkt zehn Uhr auf dem Dachboden einfinden. Und jede Freitagnacht weinte ich mich in den Schlaf. Manchmal saß meine Mutter an meiner Seite und tröstete mich. Sie hatte den Brand unfassbarerweise überlebt und versteckte sich im Herrenhaus, um mir beizustehen. Es gab sie nicht, und doch war sie da. Eine Sache wusste ich ganz sicher. Ich würde mit niemandem über sie reden, so vergänglich war ihre Nähe und so unschätzbar wichtig war der Trost, den sie mir gab.

Ich verlor den Appetit, hörte auf zu essen und wurde mager, hatte die Hoffnung, dass mein Onkel dann das Interesse an mir verlieren würde. Aber er zwang mich zu essen, Löffel um Löffel musste ich zu mir nehmen, während Tante Ofelia mich bewachte. Einmal verschloss ich meine Tür, aber er holte den Hauptschlüssel und gab mir zur Strafe eine schallende Ohrfeige. Ich kaute Nägel, aber auch das störte ihn nicht, er befahl Tante Ofelia, meine Hände in Essig zu tauchen.

Mein Körper wurde zu einem klaustrophobischen Gefängnis, aus dem es kein Entrinnen gab. Es fühlte sich an, als schleppte ich einen schweren Stein in mir herum. Onkel Markus verbot mir, aufs Festland zu fahren, ich musste eine bestimmte Kleidung tragen, wenn ich auf der Insel unterwegs war. Und Hilda musste mich jeden Tag zur Schule begleiten. Aber mit wem hätte ich denn reden sollen? Niemand auf der Insel hätte das Verhalten des Grafen von Bärenstein infrage gestellt.

Das Verblüffendste aber war, dass mir niemand ansah, wie es mir ging. Das Leben auf dem Hof ging weiter, als würde das auf dem Dachboden gar nicht stattfinden.

Eines Nachts, als ich vom Dachboden in mein Zimmer zurückkehrte, war meine Mutter nicht da. Wie sehr ich auch nach ihr rief, es blieb leer und einsam. Sie hatte mich verlassen, und jetzt war ich vollkommen auf mich allein gestellt. Da wusste ich, dass mir nur noch die Flucht blieb.

Die große Pforte war immer verschlossen, aber es gab auch eine kleinere Pforte hinter den Wohnhäusern, hinter der sich direkt der Wald anschloss. Mein Plan war, frühmorgens dort vom Landsitz zu schleichen, durch den Wald hinunter zum Hafen zu laufen und dann mit der Fähre aufs Festland überzusetzen.

Und dann? Weiter wusste ich nicht. Die Stadt war ein unbekanntes Terrain für mich. Ich hatte ein paar Habseligkeiten und einen Rucksack gepackt und mir lange Hosen, eine dicke Jacke und schwere Stiefel angezogen. Die Wachen sahen mich nicht, als ich durch die kleine Pforte nach draußen schlich. Ich lief Richtung Hafen, zumindest dachte ich das. Nach einer Stunde etwa wurde mir bewusst, dass ich mich verlaufen hatte. Ich konnte mich nicht an der Sonne orientieren, und die Landschaft sah immer gleich aus. Der Nebel wurde dichter und war schließlich so undurchdringlich, dass ich kaum noch etwas sehen konnte.

Mir war zum Heulen, und ich war müde. Ich setzte mich auf einen Stein, um in Ruhe nachzudenken. Da hörte ich das Hundebellen. Eifrig, gierig, wie Hunde bellen, wenn sie auf der Jagd sind. Ich wusste, dass er es war, sonst ging niemand schon so früh im Herbst auf die Jagd. Ich sprang auf und rannte los, stolperte über Gestrüpp und Wurzeln, zerriss mir Arme und Hände an Zweigen, lief aber immer weiter. Trotzdem kam das Hundebellen näher und näher.

Da wusste ich, dass ich die Beute war.

Der Hund schoss auf mich zu. Ich warf mich auf den Boden. Blieb reglos liegen. Hörte das Knurren über mir, sah die Pfoten vor mir, ich schloss die Augen und bat Gott um Hilfe. Bat ihn inständig darum, mich vor dem zu bewahren, was mir bevorstand.

Er dirigierte sein Pferd so, dass die Hufe direkt neben meinem Kopf zum Halten kamen. Dann sprang er ab und zerrte mich hoch, bis ich stand.

Und schlug zu. Zuerst ins Gesicht, bis es in meinem Kopf laut krachte und ich nach hinten auf den Waldboden geschleudert wurde. Danach setzte er sich rittlings auf mich und schlug immer und immer wieder auf mich ein.

Zum Schluss trat er nach mir. Ein Tritt traf meinen Kopf, dann wurde alles schwarz.

Als ich wieder zu mir kam, wusste ich zuerst nicht, wo ich war. Aber ich konnte mich an alles erinnern, was geschehen war. Ich hatte schreckliche Kopfschmerzen, es pochte und klopfte in meinem Schädel. Meine Augen konnten nicht scharf sehen. Das verschwommene Gesicht meiner Tante schwebte über mir.

»Gott sei Dank, du bist wach, Sigrid. Dir ist etwas Schreckliches passiert.«

»Ich weiß genau, was passiert ist, ich …«

»Pssst, du darfst dich nicht anstrengen. Dich hat ein Mann im Wald überfallen. Ein richtiger Rohling. Onkel Markus hat dich in letzter Sekunde gefunden. Aber der Mann konnte fliehen. Oh, es ist fürchterlich. Du kannst Gott dafür danken, dass dein Onkel auf der Jagd war. Sonst hätte dich der Mann vielleicht sogar umgebracht.«

»Aber es war ganz anders.«

»Wir wissen, was passiert ist. Auch, dass er dir die Kleider vom Körper gerissen hat. Oh Gott, welch ein Unglück!«

»Du musst mir zuhören, Tante.«

»Dein Onkel glaubt, dass es einer von den Knechten war, von einem der Bauernhöfe. Er ist jetzt bei ihnen und sieht sich um. Du musst dich erst mal ausruhen, du darfst noch nicht aufstehen.«

»Aber es ist alles ganz anders gewesen.«

»Nein, meine kleine Sigrid, du bist durcheinander. Der

Doktor war hier und hat uns schon angekündigt, dass du etwas verwirrt sein könntest, weil dir dieser Unmensch gegen den Kopf getreten hat. Aber alles wird wieder gut. Oh, arme kleine Sigrid.«

Die roten Flecken hatten sich wie Nesselfieber auf Hals und Nacken ausgebreitet. Da begriff ich, dass sie sehr wohl wusste, wie es sich wirklich zugetragen hatte. Und auch, was sich nachts auf dem Dachboden abspielte.

Ich drehte mich auf die Seite und tat so, als würde ich einschlafen.

Leise schlich meine Tante aus dem Zimmer.

Ich lag mehrere Wochen lang im Bett. Sagte allen, dass es mir noch sehr schlecht ging. Weigerte mich aufzustehen. Niemand erwähnte meinen Fluchtversuch. Die Wolken zogen draußen an meinem Fenster vorbei. Die Tage wurden zu Nächten. Der Mond nahm zu und wieder ab. Meine Verletzungen heilten, aber ich hatte keine Kraft, aufzustehen und am Leben teilzunehmen.

Eines Tages kam er in mein Zimmer. Ich drehte den Kopf weg.

»Du fährst in die Schweiz«, sagte er. »Für eine Weile.«

Ich wurde in ein Internat geschickt, in dem mich Nonnen mit Adleraugen bewachten. Ständig belagerten sie mich mit ihren Ergüssen über Gottes Barmherzigkeit und zwangen mich zur Beichte. Aber auch dort wagte ich es nicht, mein Geheimnis zu offenbaren. Denn ich wusste von den großzügigen Summen, die mein Onkel der Schule spendete, um sich die Gunst der Nonnen zu erkaufen.

Es war nicht vorgesehen, dass ich in den Ferien nach Hause kam. Mein Onkel fand auch immer wieder neue Ausreden, um seinen Besuch aufzuschieben, was mich sehr erleichterte.

1939 brach der Zweite Weltkrieg aus, und ich bestand meine Matura. An diesem Tag fasste ich, stolz, aber auch beschwert von einer ungewissen Zukunft, einen Entschluss. Alle redeten vom Krieg, auch im Internat. Ich wollte die Vergangenheit hinter mir lassen, die schrecklichen Ereignisse auf dem Dachboden vergessen. Denn das Leben würde sich von nun an grundlegend ändern. Es herrschte Krieg in der Welt, Menschen starben, und das Leben würde nie wieder so sein wie zuvor.

Der Nebel hing tief über dem Sund, als ich nach Dimö zurückkehrte. Die Fähre kämpfte mit dem Seegang, ich wusste, dass es nicht mehr weit war, aber man konnte die Insel noch nicht sehen. Als sie sich schließlich majestätisch vor uns erhob, die Konturen der Baumwipfel, Boote und Dachgipfel des Herrenhauses zum Vorschein traten, da wusste ich, dass dies der Anfang meines neuen Lebens sein würde.

Aber etwas Bedrückendes hing in der Luft. Mein Onkel hatte neue Pläne, und die wollte er mir in seinem Büro umgehend mitteilen.

»Wir müssen uns um einen passenden Ehemann für dich kümmern«, sagte er und musterte mich von oben bis unten.

Ich wusste, dass ich mich verändert hatte. Im Internat hatte es nicht viel mehr zu tun gegeben, als zu studieren und zu essen, und ich hatte zugenommen.

Er legte einen Finger unter mein Kinn und hob meinen Kopf, damit ich ihm in die Augen sah.

»Gut siehst du aus. Vielleicht ein bisschen weniger essen in Zukunft.«

So dachte er, während zur gleichen Zeit ein Krieg in der Welt tobte.

»Und du bist auch nicht mehr unschuldig«, sagte er und

hob die Augenbrauen. »Aber ein nachsichtiger Mann wird Verständnis dafür haben.«

Ich zuckte zusammen.

»Sigrid! Warum nimmst du alles bloß immer so ernst? Ich habe da eine Idee. Du kümmerst dich um dein Aussehen, dann kümmere ich mich um den Rest.«

In diesem Augenblick sah ich, wie sich meine Zukunftspläne in Luft auflösten. Ich wollte arbeiten, auf Reisen gehen, die Welt sehen. Das alles hatte er mit einem Satz zerstört.

»Das war alles. Geh jetzt und ruh dich aus. Du hast eine lange Reise hinter dir.«

Ich spürte, wie mir die Röte ins Gesicht stieg.

»Onkel. Ich möchte mir meinen Zukünftigen am liebsten selbst aussuchen, wenn Sie nichts dagegen haben.«

Er fing an zu lachen.

»Aha? Und wie soll das gehen? Sigrid, du kennst doch überhaupt niemanden. Ich werde dir schon ein paar geeignete Kandidaten vorstellen.«

Ich wusste nicht, was ich darauf erwidern sollte. Also schwieg ich. Wie immer.

Mein Zimmer war gelüftet worden und roch nach Seife. Ich setzte mich auf das Bett. Sah mich um, wollte spüren, ob sie da war. Aber der Raum fühlte sich leer und verlassen an.

Mir wurde dann doch eine eheliche Verschnaufpause von ein paar Jahren gegönnt.

Onkel Markus wurde in die Hauptstadt gerufen, um dort Kriegsgeschäfte zu tätigen, die unser Vermögen beträchtlich vermehrten. Er blieb lange dort, und das Leben fing wieder an, erträglich zu sein.

Aber dann kam er zu Weihnachten nach Hause. An dem Tag schneite es so viel, dass wir ihn mit Pferd und Karren vom

Hafen abholen mussten. Als er von der Fähre kam, bemerkte ich den Mann an seiner Seite. Schlank und hochgewachsen, den Kragen seines Mantels hochgeschlagen. Die rötlichen Haare sahen unter dem Hut hervor, und auch seine Nase hatte von der Kälte dieselbe Farbe. Er lächelte mich schüchtern an und streckte mir die behandschuhte Hand entgegen. Die Schneeflocken blieben an seinen blonden Wimpern hängen.

»Das ist Gustaf Stjernkvist«, sagte mein Onkel. »Er ist mein Buchhalter und wird eine Zeit lang bei uns wohnen.«

Meine Hochzeit mit Gustaf war schon lange davor entschieden worden. Er folgte mir wie ein Schatten über den Landsitz, machte mir mit Nachdruck den Hof. Er hatte etwas Schwaches und Wehrloses, ich konnte es nicht näher bestimmen und verstand auch erst viel später, was es eigentlich war. Aber da war es bereits zu spät.

Ostern 1944 kam Onkel Markus zurück nach Dimö, um zu bleiben. Kaum angekommen, rief er mich zu sich.

»Gustaf hat um deine Hand angehalten, Sigrid. Und ich werde die Verlobung so schnell wie möglich bekannt geben.«

»Und wenn ich ihn gar nicht heiraten will?«

»Das können wir auch anders regeln. Auf dem Dachboden ist alles unverändert. Wir hatten eine gute Zeit, wir beide. Aber ich will, dass du Gustaf heiratest.«

Meine Erschütterung musste man mir angesehen haben.

»Sag mal, Sigrid, verstehst du keine Witze mehr? Also, jetzt geh und sag Ja zu Gustaf.«

»Er hat noch nicht einmal um meine Hand angehalten!«

»Das wird er schon noch.«

Wir heirateten Pfingsten 1945, als der Goldregen in seiner ganzen Pracht blühte. Zwei Wochen nach Kriegsende. Alle freuten sich, und ich ließ mich davon anstecken.

Unsere ehelichen Probleme begannen kurz danach.

Während Onkel Markus' sexuelles Verlangen vollkommen übertrieben und krank war, schien das von Gustaf Stjernkvist geradezu unterentwickelt zu sein. Besonders peinlich war das in unserer Hochzeitsnacht. Unbeholfen streichelte er mich eine Weile lang, dann drehte er sich auf die andere Seite und schlief ein.

Als sich das auch nach einer Woche noch nicht änderte, nahm ich meinen Mut zusammen und fragte ihn, ob ich etwas falsch machte. Gustaf murmelte, dass mit mir alles stimme, dass er aber offenbar mit mangelndem Interesse am weiblichen Körper geboren wurde.

Ich fragte ihn bestürzt, warum er mich dann geheiratet hätte, und er antwortete, dass es eine pragmatische Lösung gewesen sei und er mich sehr gernhabe.

Wir unternahmen mehrere Versuche, um den ehelichen Akt zu vollziehen, aber es war immer hölzern und fühlte sich falsch an. Über uns schwebte das Damoklesschwert der Schande, dass unsere Familie bei Kinderlosigkeit ausgelöscht werden würde. Es galt, einen Erben hervorzubringen.

Bald bekam mein Onkel Wind von den Schwierigkeiten. Gustaf wurde zu ihm zitiert und blieb lange bei Markus im Büro. Ich wartete nervös vor der Tür. Hörte die wütende Stimme meines Onkels und die sanfte Stimme von Gustaf. Als dieser mit einem hochroten Kopf wieder herauskam, wurde ich reingerufen.

»Gustaf wird aufs Festland fahren und in der Stadt einen Doktor aufsuchen«, sagte er. »Du weißt ja schon, worum es geht?«

Niedergeschlagen nickte ich.

»Nicht schmollen, Sigrid, ich will doch nur helfen. Und was

dich anbetrifft, so musst du herausfinden, was dein Mann mag, und es ihm geben.«

Ich weiß nicht mehr, was da in mich fuhr. Ich wurde so wütend – was für eine himmelschreiende Ungerechtigkeit! –, dass ich von ihm wie ein ungezogenes Kind für eine Sache zurechtgewiesen wurde, für die ich nichts konnte. Ich drehte auf dem Absatz um und rannte Türen knallend aus dem Zimmer.

Gustaf brach schon am nächsten Morgen auf. Mein Onkel sprach den ganzen Tag kein Wort mit mir. Es war ein schwelendes Schweigen, der Vorbote für etwas anderes, noch weitaus Schlimmeres. Nach dem Abendessen bekam ich die Nachricht überbracht, dass Gustaf die Fähre verpasst hatte und erst am nächsten Tag erwartet wurde.

Ich schlief spät ein und hatte unruhige Träume. Ich wachte davon auf, dass mir kalt war, wahrscheinlich hatte ich die Decke mit den Füßen weggetreten. Aber dann spürte ich, dass jemand im Raum war, und setzte mich auf. Da packte er mich von hinten und würgte mich.

»Du bist unverschämt gewesen, und jetzt werde ich dich dafür bestrafen«, keuchte er mir ins Ohr. Er schlug mich auf den Bauch, fesselte meine Hände am Kopfteil des Bettes. Und fing sofort an zu schlagen. Aber nicht so unbeherrscht wie damals im Wald nach meinem Fluchtversuch, sondern methodisch. Also schlug er mich so lange, bis ich vor Schmerzen ohnmächtig wurde.

Als ich wieder zu mir kam, hatte er mein Zimmer verlassen.

Ich schleppte mich ins Badezimmer und übergab mich, bis nichts mehr kam. Da spürte ich ihre kalte Hand auf meiner Stirn. Vielleicht bildete ich mir das auch nur ein. Aber es war mir gleich. Alles, was zählte, war ihre Nähe.

Als Gustaf am nächsten Morgen zurückkam, erzählte ich ihm alles, was mir mein Onkel angetan hatte. Vom ersten Mal bis zur gestrigen Nacht. Aber Gustaf drehte mir den Rücken zu.

»Was ist los?«, fragte ich ängstlich. »Hast du nicht vor, mir zu helfen?«

»Ich kann nichts tun«, sagte er. »Wenn ich mich gegen deinen Onkel stelle, werde ich mein Leben lang keine Anstellung mehr bekommen und in Armut leben müssen. Er wird meinen Ruf als Buchhalter vernichten. Du musst einfach dafür sorgen, ihn nicht zu ärgern.«

»Aber Gustaf, du kannst doch nicht zulassen, dass er mir das antut?«

»Du trägst deinen Teil dazu bei, Sigrid. Du provozierst ihn. Wir konzentrieren uns jetzt auf unser Kind. Denn das ist das, was er will.«

Und in der Tat brachte Gustaf den Vollzug des Geschlechtsaktes ein paar Mal über sich – als dann aber mein Onkel nachfragte, wie oft er schon dazu gekommen sei, seinen Samen auf mich zu übertragen, brach die Hölle los. Jetzt musste Gustaf einmal in der Woche aufs Festland zum Arzt fahren, und mein Onkel nahm seine abendlichen Besuche bei mir wieder auf.

Und er war stark. Ich hatte keine Kraft, ihm Widerstand zu leisten. Ich hatte für nichts mehr Kraft. Ich lag nur da wie ein toter Fisch und ließ ihn gewähren.

Verzeiht mir, dass ich mich nicht gewehrt habe. Verzeiht mir meine Angst und Schwäche. Ich hoffe so sehr um Vergebung, bevor ich sterbe. Denn die Konsequenzen meines Schweigens waren verhängnisvoll.

Ein halbes Jahr später war es unverkennbar, dass ich ein Kind erwartete. Aber von dem Zeitpunkt an fraß mich mein schreckliches Geheimnis förmlich von innen auf. Denn mein Onkel hatte schon lange vorher nicht mehr so genau aufgepasst wie früher.

KAPITEL 50

Die Tür wurde mit Schwung geöffnet und knallte gegen die Wand. Sofia zuckte zusammen, hätte fast das Tagebuch fallen lassen. Oswald trug Sportsachen, der Schweiß lief ihm die Stirn hinunter, in der Hand hatte er einen Stapel Papiere. Er sah ungewöhnlich zufrieden aus, seine Augen leuchteten.

»Die neuen Thesen!«, rief er triumphierend und wedelte mit dem Stapel. Nichts an seinem Verhalten erinnerte an die Ereignisse des gestrigen Tages. Dort stand er, ihr Vergewaltiger, und redete mit ihr, als wären sie die besten Freunde. Vielleicht war er so aufgedreht, dass sie ihn überreden konnte, sie gehen zu lassen.

Da sah sie seine Erregung, die trotz Sporthose deutlich zu erkennen war. Hatte ihn sein religiöses Geschwafel so erregt, oder wollte er sich wieder an ihr vergehen?

Während er die Tür zuzog und von innen abschloss, legte sie die Familienchronik neben sich aufs Bett.

»Hast du sie schon durchgelesen?«, fragte er.

»Nein, ich wollte gerade damit anfangen«, log sie. Sie wollte nicht mit ihm über den Inhalt sprechen, bevor sie alles durchgelesen hatte.

Er legte seinen Stapel fast liebevoll auf den kleinen Tisch und setzte sich zu ihr aufs Bett.

»Ich hatte gerade mit meiner Spinning-Einheit angefangen, als mir der Gedanke kam, dass du unbedingt meine neuen Thesen lesen musst. Erst dann nämlich begreifst du das Ausmaß deines Verrats.«

»Lass mich bitte gehen!«, flüsterte sie. »Du hast mich doch jetzt genug gestraft. Bitte lass mich gehen.«

»Mein Herzchen, was du als Strafe bezeichnest, war für mich kein One-Night-Stand. Das bedeutet mir viel mehr, das musst du doch verstehen?«

»Du bist widerlich. Du kannst mich hier doch nicht gefangen halten.«

Seine Augen wurden zu schmalen Schlitzen. Er packte sie an den Haaren und zog sie zu sich, ihr Gesicht berührte fast das seine. Sie versuchte, sich aus seinem Griff zu winden, aber er zog noch fester, bis sie schrie.

»Hingabe. In meinen neuen Thesen geht es um Hingabe. Der schmale Grat zwischen Leben und Tod. Es geht darum, die Rolle anzunehmen, die einem das Leben zugewiesen hat. In deinem Fall sieht deine Rolle vor, dass du dein Leben in meine Hände legst. Erinnerst du dich noch an Lily?«

»An wen?«

»Sie war meine Freundin, als ich jung war. Wir haben mit Peitschen und Seilen und so gespielt. Und dann hat sie sich plötzlich geweigert mitzumachen. Da ist es schiefgegangen. Für sie. Mach nicht denselben Fehler wie Lily.«

»Bäh, du bist so ein Widerling! Das macht mir keine Angst.«

»Und ob es das tut, Sofia. Vielleicht jetzt noch nicht, aber spätestens, wenn ich meinen Lederriemen um deinen Hals gewickelt habe. Das verspreche ich dir.«

Er zog sie noch näher zu sich heran. Berührte ihre Stirn mit seinen kalten Lippen.

»Mein Herzchen. Du bist so voller Leben. Das ist fast zu viel des Guten.«

Er stand auf und holte seinen Thesenstapel. Setzte sich wieder neben sie und legte ihn vor sie aufs Bett.

»Das sind meine Aufzeichnungen, die ich im Gefängnis gemacht habe. Meine neuen Thesen. Ich habe mich damit eingehend beschäftigt und habe dadurch den Kern des Lebens gefunden. Danach habe ich ein paar der Übungen an den anderen Insassen in Skogome überprüft. Die waren vielleicht angestachelt danach, das kann ich dir sagen. Aber ich möchte, dass du zuerst die Zusammenfassung liest.«

Sie sah auf den Stapel vor sich, der bestimmt zehn Zentimeter stark war, und hoffte inständig, dass er sie nicht zwang, es laut vorzulesen. Auf der ersten Seite stand am Rand in großen, roten, krakeligen Buchstaben *Verdammte Analphabetin*. Sie sah ihn überrascht an.

»Ach, darüber musst du dir nicht den Kopf zerbrechen«, sagte er. »Meine neue Sekretärin sollte meine Aufzeichnungen abtippen und ist leider nicht so effektiv, wie du es warst. Wie du sehen wirst. Aber das kannst du später alles in Ruhe lesen. Das hier wollte ich dir zuerst zeigen.«

Er blätterte durch den Stapel und zog ein Blatt von ganz unten heraus. Glättete es und legte es ihr auf den Schoß. Leise las sie die Zeilen.

Alle großen Denker haben bisher diese eine Tatsache übersehen.
Den schmalen Grat zwischen Leben und Tod.
Denn nur auf diesem Grat gibt es wahre Stärke und Macht.
Jesus und seine Schafsköpfe predigten Liebe und Verständnis.
Die Buddhisten wollen das Verlangen abschaffen.
Die Existentialisten sagen: Der Tod ist endgültig, die Flamme kann nie wieder entfacht werden.
Die religiösen Egozentriker rufen: Wiederauferstehung!

Reinkarnation!
Leben ODER Tod.
Schwarz ODER Weiß.
Die Menschheit tappt im Dunkeln.
Nur ich kann diesen Grat sehen.
Die Grenze zwischen den beiden Seiten.
DORT ist die Kraft, alle Kraft.
Dazwischen.
Dort und nirgendwo sonst.

Sie sah zu ihm hoch. Versuchte fieberhaft, ihre Lachmuskeln unter Kontrolle zu behalten und ernst auszusehen. Er sah sie erwartungsvoll an, während sie krampfhaft nach einer guten, vor allem tiefgründigen Antwort suchte. Um sich Zeit zu kaufen. Zeit, um ihre Flucht zu planen. Sie hatte Übung darin bekommen, seine Fangfragen und kleinen Tests zu bestehen. Wichtig war, etwas zu sagen, woran er selbst nicht gedacht hatte.

»Diese Grenze gibt es nicht. Man kann sie weder sehen noch fühlen. Deshalb hat sie bisher keiner gefunden«, presste sie hervor.

Sein Blick war in sich gekehrt. Langsam fing er an zu nicken. Strich sich über seinen Dreitagebart. Dann lächelte er.

»Ganz genau, Sofia! Ganz genau. Du hast es verstanden. Verdammt. Du hast es tatsächlich beim ersten Mal kapiert. Nicht schlecht. Jetzt verstehst du vielleicht auch, warum du hier bist und nicht bei irgendeinem Durchschnittstypen. Gut gemacht!«

Er sprang auf und strich ihr über den Kopf.

»Ich muss jetzt duschen gehen. Wenn du die Familienchronik gelesen hast, unterhalten wir uns darüber. Und danach kannst du meine Thesen lesen. Ich lasse sie dir hier.«

Er legte den Stapel zurück auf den Tisch. Blieb wie verträumt einen Moment lang an der Tür stehen. Dann hob er beide Hände und machte das Victory-Zeichen, bevor er sie wieder allein ließ.

KAPITEL 51

Sofia legte ihren Kopf in die Hände und atmete tief aus. Dann fing sie plötzlich an zu lachen, laut, fast hysterisch. Sie spürte, wie die Anspannung langsam von ihr abfiel. Dieser absurde Thesenquatsch löste einen solchen Lachkrampf aus, dass ihr die Tränen übers Gesicht liefen. Es war aber kein schönes, befreiendes Lachen. Doch es musste raus. Nach einer Weile konnte sie sich wieder beruhigen. Konzentrieren. Sie nahm das Tagebuch zur Hand und las weiter.

Eigentlich sollte es eine Familienchronik werden, aber nun ist es doch eine Beichte geworden. Doch wofür soll das gut sein? Es ist doch sowieso zu spät.

Aber es gab auch gute Zeiten. Mit der Geburt von Henrik wuchs in mir auch die Zuversicht, dass alles gut werden würde. Er war ein Prachtjunge. Gesund und fröhlich. Fast vier Kilo wog er, als er auf die Welt kam, schlief schnell durch und weinte nur, wenn er hungrig oder müde war.

Ich fühlte mich so beschenkt, dass ich um ein Haar die bange Frage nach der Vaterschaft vergaß. Ich wollte so unbedingt das Gute sehen, dass ich über das andere großzügig hinweggesehen habe. Neue, junge Dienstmädchen wurden angestellt. Und die Geräusche vom Dachboden ließen sich nicht leugnen. Aber ich redete mir ein, dass es für die Frauen besser war, als in Armut zu leben.

Dann aber geschah etwas, was einen Dominoeffekt auslöste und schließlich zu einer weiteren Tragödie führte. Mein Onkel hatte sich in den Kopf gesetzt, Henrik sollte Klavier spielen lernen. Wir hatten einen großen Flügel, und mein Onkel war von Henriks Talent überzeugt. Trotz seines jungen Alters. Und so kam es, dass er einen Klavierlehrer anstellte, William Lilja, der sein Haar wesentlich länger trug, als es damals als schicklich galt.

Vom ersten Tag an war Gustaf wie verändert. Dass ich das nicht sofort gesehen habe! Die langen, tiefen Blicke, die William und er wechselten, die zufälligen Berührungen. Auch Gustafs plötzliche Begeisterung über Henriks Klavierspiel war auffällig, obwohl dieser nur auf den Tasten herumklimperte.

Es geschah an einem Tag im Januar. Ein Schneesturm zwang William dazu, über Nacht im Herrenhaus zu bleiben. Ich wachte von Geschrei auf und bemerkte, dass ich allein im Bett lag. Henrik weinte in seinem Kinderbett. Ich hob ihn hoch und wollte nachsehen. Es war mein Onkel, der wie von Sinnen schrie. Vorsichtig schob ich die Tür vom Gästezimmer auf. Bei dem Anblick, der sich mir bot, hätte ich fast mein Kind fallen lassen.

Gustaf lag nackt und mit blutender Nase auf dem Boden, mein Onkel stand mit geballten Fäusten über ihm. Im Bett lag ein vollkommen verstörter William, der sich die Decke bis zur Nasenspitze hochgezogen hatte. Als mein Onkel sich zu mir umdrehte, schossen Pfeile der Wut aus seinen Augen.

»Das treibt dein Jammerlappen von Mann so!«, schrie er außer sich. »Nimm den bloß mit, bevor ich ihn umbringe.«

Ich fragte Gustaf, als wir in unseren Zimmern waren, wie lange das schon so ging. Aber er drehte mir den Rücken zu und weinte sich in den Schlaf.

Meine Gedanken waren aber auch bei dem armen William, der diese Nacht gefangen in den Mauern des dunklen Hauses bis zum Morgengrauen verbringen musste und am nächsten Tag nach Hause geschickt werden würde und seine Karriere als Pianist und Lehrer an den Nagel hängen konnte.

Wir wurden in den frühen Morgenstunden von ungeduldigem, lautem Klopfen geweckt. Mein Onkel stand in voller Reitermontur vor der Tür.

»Steh auf und zieh dich an!«, schrie er Gustaf an. »Jetzt werde ich einen richtigen Mann aus dir machen.«

Und Gustaf gehorchte, er begleitete ihn verängstigt auf die Jagd. Es hatte zwar aufgehört zu schneien, war aber kalt und unfreundlich.

Eine Stunde später hörte ich die Stimme meines Onkels in der Eingangshalle. Henrik befand sich im ersten Stock, hüpfte fröhlich die Treppe hinunter und stürmte auf seinen Großonkel zu. Der aber schob ihn beiseite.

»Schick den Jungen weg, Sigrid. Ich muss mit dir und Ofelia reden.«

Während ich Henrik oben in sein Kinderzimmer brachte, überschlugen sich die Gedanken in meinem Kopf. Warum war mein Onkel allein zurückgekommen? Warum war er so nervös?

»Es hat einen Unfall gegeben«, sagte er, als ich zurückkam. »Es ist Gustaf.«

Ich schrie und fiel auf die Knie.

»Er wollte sein Gewehr reinigen, und dabei hat sich ein Schuss gelöst. Ich habe keine Ahnung, wie dieser Idiot ...«

Er zog mich vom Boden hoch. Nahm mich in den Arm. Wiegte mich hin und her. Nur dieses eine Mal hielt er mich so.

»Ich will ihn sehen«, sagte ich.

»Nein, das geht nicht. Glaube mir, Sigrid. Das wäre zu viel für dich. Es war ein Kopfschuss. Ich rufe jetzt die Polizei, ihr beide bleibt bei Henrik.«

Ich war immer davon überzeugt gewesen, dass Gott die einzige übernatürliche Kraft ist. Aber es gibt noch etwas anderes. Das Unausgesprochene, das Unsichtbare, das nicht greifbar, sondern nur fühlbar ist, weil es in der Luft hängt. In diesem Moment konnte ich es genau spüren. Es tippte mich so lange an, bis es klar vor mir stand.

Denn es war unverkennbar. Eine Lüge.

Im Rückblick würde ich vielleicht sagen, ich hätte es einfach auf sich beruhen lassen sollen. Es brachte mir Gustaf nicht zurück. Alle waren sich einig, dass es ein unglücklicher Unfall gewesen war, sowohl die Polizei als auch der Rechtsmediziner. Ich aber war mir auch ganz sicher. Ich kannte Gustaf und seine Feigheit. Und deshalb war es unvorstellbar, dass er jemals ein Gewehr gereinigt hätte, ohne vorher sicherzugehen, dass es nicht mehr geladen war. Dieses unbedachte Verhalten widersprach seinem tiefsten Wesen so sehr, dass mich dieser Gedanke einfach nicht losließ.

Am Tag nach seiner Beerdigung stand ich deshalb bei meinem Onkel im Büro. Wartete, bis er den Kopf hob.

»Lieber Onkel, mir ist das unbegreiflich, wie Gustaf sterben konnte, er war immer so vorsichtig …«

»Was willst du damit sagen?«

»Gar nichts, ich will hören, wie das passieren konnte.«

»Das Gespräch ist hiermit beendet. Wenn du schlauer bist als die Rechtsmediziner, dann setze dich mit denen in Kontakt.«

Er sah mich mit einem Blick an, den ich schon an ihm

kannte. Wenn er mich so angesehen hatte, war das bisher nie gut für mich ausgegangen.

Ich wachte mitten in der Nacht davon auf, dass ich seinen Atem an meinem Ohr spürte. Dann fesselte er meine Hände am Bett und zerriss mein Nachthemd. Als er anfing mich zu schlagen, wusste ich, dass er die Kontrolle verloren hatte.

Jetzt sterbe ich, dachte ich. Das ist mein Ende.

Aber ich starb nicht, nicht in dieser Nacht. Er schlug mich, bis ich mich nicht mehr rühren konnte. Ich ertrank in einer Welle aus Scham. Aber ich überlebte. Außerdem kam meine Mutter in dieser Nacht und tröstete mich.

Wahrscheinlich fragt sich der Leser, wie ich das aushalten konnte. Warum ich niemanden um Hilfe bat. Hätte ich nicht Henrik mitnehmen und fliehen können? Jedes Leben wäre doch besser als dieses?

Diese Fragen kann man nicht so einfach beantworten. Wäre ich geflohen, hätte ich Henrik zu einem Leben in Armut verdammt. Mein Onkel verfügte über nicht versiegende Ressourcen, um uns zu jagen. Und mein letzter Fluchtversuch war ja auch schon nicht besonders erfolgreich ausgegangen. Ich hatte keine Verwandten, keine Freunde und keine Ausbildung. Alles, was mein Leben ausmachte, spielte sich innerhalb der Mauern des Anwesens ab.

Ich war davon überzeugt, dass ich in einer Falle saß, aus der es kein Entrinnen gab. Deshalb wählte ich den einfachsten Weg. Vollkommene Unterwerfung. Ich würde fügsam und demütig sein, um meinen Onkel nicht in Rage zu bringen. Solange ich stillhielt, mich um Henrik kümmerte und den Blick senkte, würde er mich in Ruhe lassen. Und das war schon ein großer Lichtblick in meinem Leben.

Ich mache das für Henrik, sagte ich mir. Damit er sicher aufwachsen und eines Tages den Hof übernehmen kann und Licht und Wärme verbreitet. Das hier ist mein Los, und ich muss das Beste daraus machen.

Vielleicht werden diese Zeilen eines Tages von einer anderen Frau in einer ähnlichen Situation gelesen. Ihr will ich raten, raffinierter zu handeln. Ich hätte giftige Kräuter pflücken und sie ihm in seinen Likör mischen können. Oder ihm Kletten unter seinen Sattel legen. Ich hätte das tun können und sollen. Wahrscheinlich rufen jetzt alle: »Oh nein, wie schrecklich!« Aber das Leben ist eben nicht immer schön. Und wenn man schweigt, hat das Konsequenzen.

Heute frage ich mich, warum Henrik zu dem Menschen geworden ist, zu dem er dann wurde. Ob es an seiner Kindheit lag oder ob er es schon von Geburt an in sich trug. Aber vielleicht war es auch eine Kombination aus beidem, eine tödliche.

Henrik war sechs Jahre alt, als ich erkannte, dass mit ihm etwas nicht stimmte.

Los ging es mit dem Ameisenhaufen. Ein durchdringender Schrei drang aus dem Wald hinter den Nebengebäuden zu mir auf den Hof. Ich rannte so schnell ich konnte dorthin und fand ihn mit einer Schaufel im Ameisenhaufen stehen, auf den er wie besinnungslos einschlug. Dabei stieß er dieses Gebrüll aus. Ich schnappte ihn mir und versuchte ihn zu beruhigen. Sein Körper war übersät mit den wütenden Ameisen, die ich mit den Händen abklopfte. Als er sich wieder etwas beruhigt hatte, versuchte ich mit ihm zu reden.

»Ameisen sind nicht gefährlich, wenn du sie in Ruhe lässt.«

»Ich habe keine Angst vor ihnen, ich will sie nur töten.«

Zwei Tage später goss er einen Kanister Benzin über den Haufen und zündete ihn an.

Und dieses sonderbare Verhalten setzte sich fort. Zuerst nur mit Insekten, denen er bei lebendigem Leib die Beine und Flügel abriss oder sie mithilfe einer Lupe qualvoll verbrannte. Als Nächstes kamen die Tiere auf dem Hof dran, die er quälte. Da bekam ich endlich die Erlaubnis, mit Henrik aufs Festland zu einem Kinderpsychologen zu fahren. Der Doktor unterhielt sich zuerst mit dem Jungen, der ihm ganz vernünftige Antworten auf seine Fragen gab. Danach erzählte ich dem Arzt, was er schon alles angestellt hatte.

»Herr Doktor, was kann das sein? Ist er krank?«

»Er ist jung«, sagte der Arzt und sah zu Henrik, der seine Nase am Aquarium platt gedrückt hatte und den Fischen Grimassen schnitt. »Das kann ganz von selber wieder vorbeigehen.«

»Aber was ist es, woran leidet er?«

»Wenn er erwachsen wäre, würde ich sagen, dass er eine narzisstische Persönlichkeitsstörung mit leichten psychopathischen Zügen hat. Aber das kann tatsächlich eine Phase sein, die sich wieder verwächst.«

»Ist das erblich?«, fragte ich mit zitternder Stimme.

»Möglicherweise. Aber am häufigsten ist es eine Kombination aus Vererbung und der Wirkung, die das Umfeld auslöst. Wir beobachten das am besten eine Weile. Kommen Sie wieder, wenn es nicht besser wird.«

Und tatsächlich, es ging vorbei. So schnell, wie es gekommen war, hörte es auch wieder auf.

Ich war sehr erleichtert.

Lieber Gott, ich danke dir, dass er nicht so wird wie die.

Henrik hatte oft Freunde zu Besuch. Das freute mich besonders, weil die Kinder diesem verlassenen und düsteren Ort ein bisschen Leben einhauchten. Zum Glück hatte auch mein Onkel nichts dagegen. Hauptsache, Henrik war froh und verhielt sich normal.

Der erste Zwischenfall ereignete sich, als Henrik zehn Jahre alt war. Er hatte zwei Kinder aus der Schule zu Besuch, ein Mädchen und einen Jungen. Als sie keine Lust mehr hatten, durch die Flure und Treppenhäuser zu rennen, zogen sie sich in Henriks Zimmer zurück.

Die Stille machte mich stutzig. Mein Onkel war auf dem Festland, meine Tante lag in ihren Zimmern und ruhte sich aus. Es war so still im Haus, dass das rhythmische Ticken der Standuhr auffällig laut hallte. Zuerst vermutete ich, dass die Kinder wahrscheinlich einfach in ein ruhiges Spiel vertieft waren. Aber auf einmal wurde ich ganz unruhig, ich lief die Treppe hinauf und legte ein Ohr an die Tür zum Kinderzimmer.

Ich hörte nur ein schwaches Murmeln, darum öffnete ich die Tür einen Spalt und steckte meinen Kopf hindurch. Aber von dort sah ich nur ein paar Füße, darum schob ich sie ganz auf.

Das Mädchen lag nackt auf dem Boden. Ihre Hände waren über ihrem Kopf an den Beinen des Schreibtisches gefesselt. Der Junge hielt ihre Füße fest und spreizte ihre Beine. Henrik saß zwischen ihren Beinen und hielt einen Gegenstand in der Hand.

Ich blieb so ruhig wie möglich, um dem Mädchen keine Angst zu machen.

Dann forderte ich Henrik auf, sie loszubinden, und half dem Mädchen beim Anziehen. Als ich Henrik den Gegenstand aus der Hand nahm, sah ich, dass es ein Schraubenzieher war. Keines der Kinder sagte ein Wort. Aber ich fragte das

Mädchen, warum sie das mit sich hatte machen lassen, und sie antwortete, dass Henrik ihr Geld angeboten hatte. Und über Geld verfügte er ausreichend, denn mein Onkel steckte ihm immer wieder etwas zu.

Ich überlegte, ob ich den Eltern des Mädchens davon erzählen sollte, aber sie wirkte alles andere als verstört, und eigentlich war ja auch nichts Schlimmes passiert.

Nachdem seine Freunde gegangen waren, suchte ich das Gespräch mit Henrik, aber er starrte mich nur ausdruckslos an.

Als ich abends zum Schlafen in mein Zimmer kam, merkte ich sofort, dass jemand in meiner Abwesenheit dort gewesen sein musste. Auf den ersten Blick sah alles unverändert aus, aufgeräumt und sauber. Erst dann sah ich den Gegenstand, der auf meinem Bett lag. Eine Schlinge aus einem dicken Seil, die auf meinem Kopfkissen drapiert worden war. Ich schrie, woraufhin alle angerannt kamen, Henrik, mein Onkel – der wieder bei uns war – und ein paar der Dienstmädchen. Ich schüttelte Henrik an den Schultern, denn es war das gleiche Seil, mit dem er seine Klassenkameradin gefesselt hatte. Aber Henrik wand sich aus meinem Griff und stritt alles ab. Und mein Onkel stand wie immer hinter ihm.

»Du hattest schon immer eine lebhafte Fantasie, Sigrid!«

Erst als ich im Bett lag, kam mir der Gedanke, dass sie vielleicht in meinem Zimmer gewesen war. Alles war so unnatürlich still. Das Fenster stand offen. Das vom Wind gestreichelte Meer schickte sein flüsterndes Rauschen. Und ich könnte schwören, dass ich auch ihr Flüstern in der Ferne gehört habe.

In den darauffolgenden Jahren verhielt sich Henrik wie ein ganz normaler Junge. Das war offensichtlich ein sich wiederholendes Muster bei ihm. Er stellte etwas an, dann passierte sehr lange gar nichts.

Im Alter von nur zweiundfünfzig Jahren starb meine Tante Ofelia in dieser Zeit an einem Herzinfarkt. Mein Onkel war erst fünfundfünfzig, ein Mann besten Alters und bei guter Gesundheit. Jetzt lebten nur noch mein Onkel, Henrik und ich auf dem Anwesen. Und die Bediensteten natürlich, von denen wir zahlreiche hatten.

Ich wurde immer unausgeglichener. Da hatte mein Onkel in einem seiner guten Momente die Idee, dass ich mich in der Wohltätigkeitsarbeit verdient machen sollte. Vielleicht würde ich dann wieder meinen Schwung und meine Energie zurückbekommen. Also gründete ich die Sigrid-Bärenstein-Stiftung, die auch heute noch finanziell benachteiligte Mädchen mit Schulstipendien unterstützt.

Aber eigentlich wollte ich von Henrik erzählen. Es geschah an seinem fünfzehnten Geburtstag. Er wollte ihn feiern und seine Freunde einladen, und mein Onkel tischte groß auf. Selten war es so pompös auf unserem Familiensitz zugegangen.

Das Mädchen war vierzehn oder fünfzehn Jahre alt. Es war unmöglich, sie zu übersehen. Sie trug weiße Stiefel, die bis über die Knie gingen, ein hautenges, gemustertes Kleid, und obwohl in den 60ern tiefe Ausschnitte noch nicht modern waren, konnte man den Ansatz ihrer Brüste sehen.

Außerdem war sie bildhübsch.

Henrik war wie hypnotisiert von ihr, und auch meinem Onkel war das nicht entgangen. Ich hörte sie miteinander flüstern, als ich an ihnen vorbeiging.

»Willst du sie haben?«, fragte er Henrik. »Du kannst dir wünschen, was du willst, schließlich ist heute dein Geburtstag. Frag sie doch, ob sie über Nacht bleiben möchte.«

Und überraschenderweise willigte sie ein.

Mein Onkel interessierte sich schon lange nicht mehr dafür, die Vorgänge auf dem Dachboden geheim zu halten. Wenn er nachts mit seinen jungen Frauen dort oben zugange war, stand die Tür auch meistens offen. Darum dachte ich mir auch an diesem Abend zuerst nichts dabei, als ich den Schrei hörte. Aber dann folgte ein zweiter Schrei, und der klang wie von jemandem, der in großer Not war.

Ich rannte die Treppen hoch. Das Mädchen lag auf einem Sessel, mein Onkel hielt ihre Arme fest, Henrik stand zwischen ihren gespreizten Beinen. Ihre zerrissenen Sachen lagen auf dem Boden zerstreut.

Ich machte kehrt und ging wieder nach unten. Gott vergib mir, aber was hätte ich tun sollen?

Ich wartete, bis die Schreie verstummten und ich Schritte auf der Treppe hörte.

»Onkel, was habt ihr mit dem armen Ding gemacht?«

»Nichts, was sie nicht auch wollte. Sie wird wiederkommen. Ihre Familie ist arm, und wir haben ihr eine Menge zu bieten.«

»Henrik darf auf keinen Fall … Oh Himmel, sie ist doch noch minderjährig.«

Die Ohrfeige kam so unerwartet, dass ich mich an der Wand abstützen musste, um nicht umzufallen.

»Geh doch und frag sie selbst! Los, geh! Sie schläft in einem der Gästezimmer. Los, geh jetzt, sag ich!«

Ich ging aber nicht zu ihr, denn ich kannte ihre Antwort schon. Wollte gar nicht erfahren, womit sie sie bestochen hatten. Also schwieg ich. Schon wieder. Aber ich wusste nicht, ob ich das lange aushalten würde. Ich fühlte mich so schlecht und erbärmlich und einsam, dass ich am liebsten sterben wollte.

Beim nächsten Mal hatte ich genug Mut gesammelt. Mein schlechtes Gewissen trieb mich an. Mein Schuldgefühl war unerträglich groß. Die Mädchen waren noch so jung.

Sie hatten auch an diesem Abend die Tür offen stehen lassen. Ich setzte mich nach unten in den Pavillon und stickte. Mich interessierte die Stickarbeit überhaupt nicht, aber so waren meine Finger wenigstens beschäftigt, und es beruhigte meine Nerven.

Ich hatte das Mädchen gesehen, wie sie durch die Eingangshalle nach oben gegangen war. Hochhackige Stiefel, ein eng anliegendes Strickkleid, schwarzer Eyeliner und rote Lippen, die ihr zartes Alter vertuschen sollten.

Der erste Schrei kam eine halbe Stunde später.

»Ich will das nicht!«, schrie sie.

Ich legte meine Stickarbeit beiseite und stieg die Treppe nach oben zum Dachboden hoch. Ihr Schreien war inzwischen zu einem verzweifelten Wimmern geworden. Sie stand nackt mit dem Gesicht zur Wand. Ihre Hände waren weit über ihrem Kopf an einen Haken gefesselt. Henrik hatte eine Peitsche in der Hand. Und mein Onkel stand in der Ecke und sah zu.

Mich überkam ein fast triefendes Schamgefühl.

Schnell rannte ich hinunter in mein Zimmer und holte meine Kamera, die mir ironischerweise mein Onkel zu Weihnachten geschenkt hatte. Damit schlich ich wieder unters Dach und blieb vor der Tür stehen.

Sie sahen mich nicht. Henrik hatte sich von hinten gegen das Mädchen gepresst und drang gerade in sie ein. Sie war verstummt. Ließ ihn gewähren. Henrik sah zu meinem Onkel hinüber. Sein Blick hatte etwas Triumphierendes.

Ich fotografierte sie.

Sie bemerkten mich nicht.

Dann machte ich noch eine zweite Aufnahme.

Als ich in die Augen des Polizeiwachmanns sah, wusste ich sofort, dass etwas nicht stimmte. Er sah nervös aus, als würde er sich entschuldigen wollen.

»Sehr geehrte Frau Bärenstein, wir haben den Film entwickeln lassen, den Sie uns zur Verfügung gestellt haben, aber es gibt da Schwierigkeiten.«

Jämmerlich sank mir das Herz.

»Man kann Ihren Onkel auf den Aufnahmen nicht erkennen, man sieht nur einen Schatten. Das könnte jeder sein. Man kann bloß Ihren Sohn und das Mädchen erkennen, aber ich habe sie befragt und sie hat ausgesagt, dass es auf gegenseitigem Einverständnis beruhte. Sie gab ebenfalls zu Protokoll, dass sie mit Henrik allein auf dem Dachboden war und Ihren Onkel gar nicht gesehen hat. Es tut mir sehr leid, aber ich kann da nicht viel für Sie tun. Sie wollen doch auch bestimmt nicht Ihren Sohn anzeigen? Schließlich ist er erst fünfzehn. Vielleicht sollten Sie lieber versuchen, ihn besser im Griff zu haben?«

Er gab ihr die Fotoabzüge. Man konnte meinen Onkel tatsächlich nicht sehen, nur Henrik und das Mädchen in dieser erniedrigenden Position, die ich mit der Kamera hervorragend eingefangen hatte.

»Aber was dort oben auf dem Dachboden geschieht, kann so nicht weitergehen«, sagte ich. »Sie müssen das doch ernst nehmen.«

Der Wachmann legte seine Hand auf meine.

»Kommen Sie, Frau Bärenstein, Jungen in dem Alter sind neugierig. Diese Phase ist bestimmt bald wieder vorbei. Aber natürlich nehme ich Ihre Anzeige auf, wenn Sie das wollen …«

»Und was werden Sie dann tun?«

»Wir werden mit Ihrem Onkel sprechen und hören, was er dazu zu sagen hat.«

Der junge Mann sprang von seinem Stuhl auf.

»Wenn Sie meine ehrliche Meinung hören wollen, dann hören Sie auf, Detektivin zu spielen, und klären Sie das Ganze mit Ihrem Jungen.«

Da packte eine kalte Hand mein Herz. Ich hatte mich noch nie so einsam gefühlt.

Aber auch nach diesem Zwischenfall wurde alles wieder besser. Henrik kam in ein Internat nach Frankreich, und mein Onkel machte Geschäfte in der Hauptstadt und besuchte nur am Wochenende die Insel. Viele Jahre lang war es still und friedlich auf dem Landsitz. Ich engagierte mich sehr für verschiedene Wohltätigkeitszwecke und war mit meiner Stiftung beschäftigt. Meine Mutter war nicht mehr aufgetaucht, und ich wünschte ihr, dass sie endlich ihren Frieden gefunden hatte.

Als Emelie und Karin auf unseren Hof kamen, veränderte sich alles. Die beiden hätten nicht unterschiedlicher sein können.

Karin brachte einen frischen Sommerwind in unser Leben. Sie erfüllte jeden Raum mit ihrer strahlenden Energie. Hauchte allem Leben ein, was vorher noch tot gewesen war. Emelie hingegen wirkte eher wie ein Gegenstand, wie das Muster auf einer Tapete. Sie war schweigsam und zurückhaltend und kam aus einer reichen Familie. Mein Onkel hatte sie als zukünftige Frau für Henrik auserkoren.

Karin war unsere Haushälterin. Dunkle, dicke Haare, die ihr bis zur Taille reichten. Runde Formen. Schöne Augen und ein unbeschwertes Lachen, das in den düsteren Räumen sonderbar unangebracht klang.

Mein Onkel war mittlerweile über siebzig, aber die Art, wie

er Karin ansah, ließ vermuten, dass ihn sein Alter in keiner Weise verändert hatte. Henrik verliebte sich auf den ersten Blick. Er verschluckte sie mit den Augen, folgte ihr auf Schritt und Tritt. Karin lehnte seine Angebote dankend ab, höflich zwar, aber mit Nachdruck. Und ich war erneut die Zuschauerin in einem Katz-und-Maus-Spiel, das mit Sicherheit wie alle anderen auch in einer Katastrophe enden würde.

Es dauerte allerdings ein paar Jahre, ehe sie eintrat.

Henrik strich wie ein streunender Kater um Karin herum. Es gelang ihr auf wundersame Weise, ihn auf Abstand zu halten. Bis zu diesem schicksalhaften Tag.

Ich hatte den Tag auf dem Festland verbracht und kam am späten Nachmittag zurück nach Dimö. Es war Winter und schon lange dunkel. Die Tür zum Schlafzimmer meines Onkels war geschlossen, er hatte sich offenbar zurückgezogen, um sich auszuruhen. Das Alter hatte endlich seinen Tribut gefordert, und so sah er oft müde und erschöpft aus, was mir eine ausgesprochen große Freude bereitete.

Die Stille des Hauses wurde plötzlich von einem markerschütternden Schrei aus der Küche durchschnitten. Gefolgt von einem zweiten. Der war noch lauter als der erste. Als ich in die Küche kam, war es schon zu spät. Henrik hatte Karin auf den Boden geworfen und würgte sie. Wie eine Dampfwalze arbeitete er sich an ihr ab. Als ich reinkam, ließ er gerade von ihr ab und rollte sich stöhnend zur Seite.

Zehn, vielleicht fünfzehn Minuten bin ich zu spät gewesen. Wenn ich mich nur ein bisschen beeilt hätte. Henrik drehte sich um. Setzte sich auf. Karin schrie die Wut über die Demütigung laut heraus. Ich stand fassungslos in der Tür. Mein erster Impuls war es, Karin in den Arm zu nehmen, aber sie rappelte sich auf und warf mir einen vernichtenden Blick zu. Dann griff sie nach einer der gusseisernen Pfannen, schleuderte sie in Henriks Richtung und verfehlte seinen Kopf nur, weil er sich duckte. Schreiend stürmte sie aus der Küche. Henrik sah mich an und grinste.

»Ach, komm schon, Mama, wir hatten nur ein bisschen Spaß.«

Auf einmal saß mein Onkel vor mir und grinste mich an. Mein Leben war den Kurven des Ewigkeitssymbols gefolgt und wieder dort angekommen, wo das Böse seinen Anfang genommen hatte.

Karin sahen wir erst ein halbes Jahr später. Mein Onkel bekam heraus, dass Henrik sie geschwängert hatte.

Sie weigerte sich, trotz monatelangem beharrlichem Bitten und Betteln, jemals wieder mit unserer Familie etwas zu tun zu haben. Aber mein Onkel war wie eine Bulldogge und hatte entschieden, dass das Kind auf dem Hof aufwachsen sollte. Was sie ihr angeboten haben, damit sie am Ende doch einwilligte, weiß ich nicht.

Eines Abends stand sie mit zwei Koffern und einem riesigen Bauch vor unserer Tür. Die alte Wut umhüllte sie wie eine Wolke.

Eine Heirat zwischen Henrik und Karin war ausgeschlossen, das wäre nicht standesgemäß gewesen. Dazu war ihre Familie zu arm. Aber das Kind wollte mein Onkel haben, dieses gierige alte Schwein. Darum wurde in aller Eile die Ehe zwischen Henrik und Emelie beschlossen – auch wenn sie in dieser Familie nie mehr als die Rolle eines Schattens einnahm.

Fredrik kam in einer Nacht auf die Welt, als ein Schneesturm über die Insel fegte. Es war undenkbar, mit der Fähre überzusetzen, darum musste der Arzt aus dem Ort kommen und entbinden.

In jener Nacht hatte ich den kleinen Fredrik in meinen Armen. Große dunkle Augen sahen mich an. Angstfrei und klug, aber unergründlich. Was war das für ein Mensch?

Am nächsten Morgen erschien mein Onkel nicht zum Frühstück. Da dies ein Ding der Unmöglichkeit war, rannte ich sofort in sein Zimmer und fand ihn tot in seinem Bett liegen, die Augen weit aufgerissen und an die Decke starrend. Herzinfarkt, diagnostizierte der Doktor. Was ihn auch immer aus dem Leben gerissen haben mochte, es war keinen Tag zu früh geschehen.

Karin lebte mit Fredrik im Wohnhaus, weigerte sich aber, wieder auf dem Hof zu arbeiten, sondern nahm eine Arbeit als Kellnerin im Dorf an. An den Vormittagen kümmerte ich mich um Fredrik, Henrik passte am Nachmittag auf ihn auf. Karin und er gingen sich aus dem Weg. Fredrik hatte ab und zu Wutausbrüche, war ein lauter und lebhafter Junge. Niemand konnte so gut mit ihm umgehen wie seine Mutter. Emelie hatte angefangen auf dem Festland zu studieren und wollte sowieso nichts mit Fredrik zu tun haben. So kam es, dass Fredrik viel Zeit mit seinem Vater allein verbrachte.

Es geschah, als Fredrik drei Jahre alt war. Karin und ich waren beide unterwegs, sie bei der Arbeit und ich im Ort. Da ein Sturm aufzog, waren wir beide früher aufgebrochen und gleichzeitig zu Hause angekommen. Aber das Haus war leer. Karin rief nach Fredrik, doch niemand antwortete.

»Wahrscheinlich sind sie draußen im Hof«, sagte ich. Aber Karin wurde unruhig.

»Es wird doch gleich dunkel. Was sollen die denn draußen auf dem Hof?«

»Vielleicht sind sie im Stall bei den Tieren? Komm, wir warten noch einen Augenblick.«

Da hörten wir ein Poltern und sahen Henrik auf der Treppe, die hinunter in den Keller führte. Als er uns sah, wurde er kreidebleich, öffnete den Mund, kam aber nicht dazu, auch nur ein Wort zu sagen. Karin schubste ihn zur Seite und stürmte die Treppe hinunter. Ich hinterher.

Fredriks blinzelnde Augen waren das Erste, was ich sah, als Karin die Tür aufstieß. Wie eine Eule, die von der plötzlichen Helligkeit geblendet wird. Er saß auf einem Stuhl, gefesselt. Nackt. Die Arme waren hinter der Lehne zusammengebunden, die Beine an den Stuhlbeinen. Und an seinem kleinen Penis steckte eine Wäscheklammer.

»Der Junge muss ein bisschen Disziplin lernen«, hörten wir Henriks Stimme von hinten.

Alles dauerte nicht länger als eine Minute. Karin band Fredrik los, nahm ihn in den Arm und drängte sich an uns vorbei nach oben. Im Vorbeigehen sah ich die blauen Flecken auf seinem Rücken. Warum hatten wir das nicht früher bemerkt?

Dies war das letzte Mal, dass Karin einen Fuß auf das Anwesen setzte.

Jetzt muss ich aber endlich von dem großen Brand erzählen. Alle haben die Ereignisse falsch gedeutet und weitererzählt. Es hieß, meine Mutter habe sich das Leben genommen, weil ihr Kapitän beim Untergang seines Schiffes ums Leben gekommen war. Es hieß, mein Vater habe Selbstmord begangen, als er vom Tod meiner Mutter erfahren habe. Nichts davon ist wahr.

Ich weiß es, weil ich dabei war. Ich war zwar nur ein kleines Kind, aber die Erinnerung an jene Nacht ist trotz meines fortgeschrittenen Alters noch immer glasklar.

Mein Bruder Oskar weckte mich. Er rüttelte so lange an

meinem Arm, bis ich mich im Bett aufsetzte. Unten im Erdgeschoss schrie jemand. Meine Mutter rief um Hilfe. Der Schuss löste sich, als wir die Treppe hinunterpolterten. Es knallte so laut, dass wir erstarrten und stehen blieben. Dann schrie sie wieder, rief unsere Namen.

Mein Vater lag im Esszimmer auf dem Boden – mit einem Loch in der Stirn. Seine leeren Augen starrten an die Decke. Unter seinem Kopf bildete sich auf dem teuren, gesprenkelten Teppich ein dunkler Fleck. Hinter ihm stand eine Gestalt, aber ich konnte nicht sofort sehen, wer es war. Ihr Gesicht war so verunstaltet, dass es wie eine einzige offene Wunde aussah. Ihre Kleidung war zerrissen, und ihr lief Blut über die eine, entblößte Brust. Sie hatte einen Kanister in der Hand. Da sah sie uns.

»Lauft rüber zu den Nebengebäuden, schnell, lauft!«, schrie sie.

Wir stürmten davon. Raus aus der Tür und quer über den Hof.

Alles geschah gleichzeitig. Die Flammen, die das Gebäude verschluckten, und die Gestalt meiner Mutter, die zu uns über den Hof gerannt kam.

»Ich komme zu euch zurück«, rief sie.

Jemand hatte sie auf dem Teufelsfelsen stehen sehen, bevor sie von dort ins Meer gesprungen war. Zumindest erzählte man sich das.

Nachdem das Feuer mit dem Wasser aus dem Teich gelöscht worden war, fand man nur noch die verkohlten Überreste meines Vaters. Es sei Selbstmord gewesen, sagte die Polizei. Denn sie hatten die Pistole gefunden, und der Geruch von Petroleum wies auf Brandstiftung hin.

Nur Oskar und ich hatten meine Mutter in dieser Nacht gesehen. Wir waren die Einzigen, mit denen sie gesprochen hatte. Wir beide schlossen einen geheimen Pakt, wie es nur Kinder tun. Weder hatten wir etwas gesehen noch gehört. Und dieses Geheimnis würden wir mit ins Grab nehmen.

Wie wäre wohl alles gekommen, wenn ich meinen Onkel damals auch erschossen und dann ein Feuer gelegt hätte? Wie hätte dann mein Leben ausgesehen?

Ein letztes Mal kam sie mich im Altersheim besuchen. Ich saß wie immer am Fenster und sah hinaus, genoss den Duft des Sommers. Die Birken leuchteten grün. Es muss um Mittsommer gewesen sein. Ich hörte das Rascheln ihres Kleides, ihren Atem. Spürte ihre Hände, die mir über mein altes, struppiges Haar strichen. Sie wirkte so jung. Ich war entschlossen gewesen, die alten Geister für immer zu verjagen. Und jetzt war sie hier.

Der Zauber aber brach, als eine der Pflegerinnen hereinkam.

»Sigrid, das werden Sie nicht glauben. Es gibt Leute, die behaupten, sie hätten die Gräfin unten am Teufelsfelsen gesehen. In einem Umhang und mit allem Drum und Dran. Was sich die Leute alles so ausdenken. Sie war doch Ihre Mutter, oder?«

Ich bemühte mich zu lächeln, aber mein Blut war mir in den Adern gefroren.

Wenige Tage nach den tragischen Ereignissen im Keller stand die Polizei bei uns auf dem Hof. Ich hatte mich schon heiser geschrien, hatte Henrik mit Vorwürfen überschüttet. Zum ersten Mal hatte ich ihm gesagt, was ich von ihm hielt. Aber was sollte das nützen?

Die Ermittlungen ergaben nichts, und Henrik und Emelie

zogen kurz darauf nach Frankreich. Und ich zog in eine kleine Wohnung im Dorf.

Seit diesem Tag habe ich mit Karin nie wieder ein Wort gewechselt. Wir sind uns ein paarmal begegnet, aber da grüßte sie mich nur mit einem kurzen Nicken. Sie zog weg, verließ die Insel und kam erst wieder, nachdem Henrik das Land verlassen hatte. Sie wohnt jetzt mit Fredrik in der kleinen Hütte im Wald. Sie ist eine stolze Frau geblieben, trotz der schrecklichen Ereignisse.

Weder Henrik noch ich hatten die Kraft, das Anwesen zu verkaufen. Schließlich mussten wir auch nicht, hatten doch Geld genug. Aber dann kam vor ein paar Jahren ein Arzt auf die Insel und wollte es kaufen. Er wollte ein Erholungsheim daraus machen. Es war eine große Erleichterung, als ich ihm den Schlüssel für das Herrenhaus aushändigte.

Jetzt sind wir diese Bürde endlich los, dachte ich. Und ich hatte gehofft, dass es mir helfen würde, alles zu vergessen.

Aber das tat es nicht. Denn jetzt sitze ich hier in diesem gottverlassenen, öden Altersheim und schreibe diese Zeilen, während mir der Tod im Nacken sitzt und ich mir noch nicht verziehen habe.

Was hat mein dürftiges Leben für einen Sinn?

Ich spüre ihre Nähe, sehe sie mir gegenüber im Stuhl sitzen. Am liebsten würde ich sie nach dem Sinn des Lebens fragen, aber da merke ich, dass nun auch sie älter geworden ist, denn sie hat keine Zähne mehr, ihr Gesicht ist ganz faltig, und ihre Augen sitzen tief in ihren Höhlen. Und wenn ich mich nach ihr strecke, um sie zu berühren, verblasst sie. Dann werden ihr Mund und ihre Augen zu schwarzen Höhlen und ihr Körper zerfällt zu Staub, der sich auf mich und dieses Buch legt.

Hier sitze ich nun, einsam.

Sie sagen, das Leben sei so kurz. Aber das ist es nicht. Das Leben ist weder kurz noch lang, es ist wie russisches Roulette, man wird sehen, was als Nächstes passiert. Und manchmal passiert einem das, was mir widerfahren ist.

Aber dann sehe ich aus dem Fenster und beobachte Fredrik. Er unterhält sich mit einem Mädchen, das aussieht wie eine Elfe. Die Tochter des Arztes, glaube ich. Vielleicht sind sie auf dem Weg zum Strand, denn er trägt Shorts und sie ein Sommerkleid.

Fredrik sieht gut aus. Sein dunkles Haar glänzt wie Kupfer in der Sonne. Er hat einen durchtrainierten, braun gebrannten Körper. Er ist ein selbstbewusster Junge, das kann man sehen. Und er ähnelt Karin, Gott sei Dank.

Meine große Hoffnung lege ich in Fredrik. Ich werde Karin diese Aufzeichnungen schicken und sie bitten, sie ihm zu geben, wenn er erwachsen ist. Vielleicht kann er die erloschene Fackel unserer Familie wieder entfachen.

Dann wäre mein Leben nicht vergebens gewesen.

Unterzeichnet und unterschrieben von
Sigrid Kristina Augusta von Bärenstein

KAPITEL 52

Simon war auf dem Weg nach ViaTerra, um Jacob zu treffen. Die kühle Frühlingsluft kroch unter seine Kleidung. Über der Landschaft lag, ganz typisch für Dimö, eine dünne Nebeldecke.

Er hatte eine weitere Mail von Sofias Account bekommen, wieder mit einem Foto aus Paris. Darauf war eine Kirche zu sehen, die er später als Sacré Cœur identifizierte. *Die Aussicht aus unserem Hotelzimmer*, hatte sie nur geschrieben. Wie viele Hotels hatten wohl genau diese Aussicht auf diese Kirche? Ob man das recherchieren konnte? Aber das wäre vollkommen idiotisch, vor allem, weil er doch wusste, dass sie gar nicht in Paris war. Was würde als Nächstes kommen? Endete vielleicht alles mit einer Mail, in der stand, dass Sofia verschwunden war? Oder noch schlimmer, dass sie einen Unfall gehabt hatte? Dass sie sich von der Brücke in die Seine gestürzt hatte und nicht wieder aufgetaucht war? Seine Gedanken gingen mit ihm durch, es gab kein Halten mehr.

Er hoffte auf die Abenddämmerung, damit er sich leichter auf das Anwesen schleichen konnte.

Die letzten Strahlen der untergehenden Sonne tanzten auf dem Wachhäuschen, das im Dunkeln leuchtete. Zwei Wachen waren da, er konnte ihre Schatten sehen. Ein Motorrad patrouillierte auf dem Anwesen. Gab es also noch zusätzliche Wachen? Dann war tatsächlich etwas im Busch. Wahrscheinlich würde Jacob gar nicht kommen. Trotzdem schlich sich Simon zur zweiten Pforte an der Rückseite des Herrenhauses und schlüpfte hinein.

Das Motorrad war verstummt. Jacob war nicht da. Er wartete eine Weile und wollte gerade wieder gehen, als es hinter ihm knackte und Jacob direkt vor ihm stand.

»Ich habe mich entschieden«, sagte er, ohne zu grüßen. »In einer Woche werde ich fliehen. Aber vorher muss ich noch ein paar Sachen vorbereiten, doch ich verspreche dir, dieses Mal kneife ich nicht.«

Simons Herz machte einen Freudensprung.

»Toll! Du wirst es nicht bereuen. Warum sind heute so viele Wachen unterwegs?«

»Ehrlich gesagt weiß ich es nicht.« Jacob spähte vorsichtig in Richtung Hof.

»Ich habe das ungute Gefühl, dass Oswald etwas vorhat«, sagte Simon.

Jacob war eigentlich ein aufmerksamer Zuhörer, aber manchmal hatte er so Anwandlungen, dass er nur ins Leere starrte und unerreichbar wirkte.

»Hast du gehört, was ich eben gesagt habe?«

»Natürlich. Ich bin nur so irritiert, weil ich dasselbe Gefühl habe. Irgendetwas ist hier im Busch.«

»Aber … du hast nichts gesehen oder gehört?«

»Na ja, nur die Sache mit dem Schimmel.«

»Was?«

»Da ist Schimmel im Keller, und niemand darf dorthin. Nicht mal in die Nähe des Kellers.«

In diesem Augenblick sprang das Motorrad wieder an und schien in ihre Richtung zu kommen. Simon hatte keine Zeit mehr, weitere Fragen zu stellen. Plötzlich bekam er

Panik, dass sie entdeckt werden könnten und gleich wie gelähmte Rehe im Licht der Scheinwerfer standen.

»Versuch herauszubekommen, was da im Keller vor sich geht«, flüsterte er. »Wir sehen uns morgen früh, um sechs Uhr.«

Als Simon die Pforte hinter sich zuzog, war das Motorrad gefährlich nahe. Er hörte, wie Jacob sich auf den Boden warf. Das Laub des vergangenen Jahres knisterte unter seinem Gewicht. Er hoffte inständig, dass sie ihn nicht entdeckten. Das erste Stück rannte er durch den Wald, bis er sicher sein konnte und es wagte, den Rest des Weges auf der Straße zu gehen. Langsam sortierten sich seine Gedanken. Was Jacob erzählt hatte, konnte kein Zufall sein, aber nun befürchtete er das Allerschlimmste.

Jacob hörte auch, wie das Motorrad näher kam, und legte sich ganz flach auf den Boden. Versuchte, sich eine glaubwürdige Ausrede einfallen zu lassen, falls sie ihn entdeckten. Er könnte sagen, dass er ein Schaf suchte, das weggelaufen war. Aber warum würde er dafür auf dem Boden liegen müssen?

Der Motor verstummte. Er hörte, wie der Ständer herausgeklappt wurde, dann das Krächzen des Walkie-Talkies.

»Und was ist da drüben los?«

»Hier ist niemand. Du musst dich geirrt haben.«

»Dann lass stecken. Wir müssen zur Versammlung.«

»Oh, verdammt. Okay, ich komme.«

Jacob machte zur Sicherheit einen großen Umweg. In der Stalltür prallte er mit der aufgebrachten Corinne zusammen.

»Wo warst du denn? Ich hab dich überall gesucht.«

»Ich habe das Weideland geprüft, ob wir die Tiere schon rauslassen können.«

»Und wie willst du das bitte im Dunkeln sehen?«

»Das hat etwas länger gedauert, als ich dachte. Was wolltest du denn von mir?«

»Vor dem Abendessen ist Versammlung im Speisesaal, Franz möchte mit dem gesamten Personal sprechen«, sagte sie und marschierte wieder los.

Eigentlich hatte Jacob vorgehabt, zu dem Kellerfenster zu schleichen, aber die vorgezogene Versammlung bedeutete, dass sich der Hof bald füllen würde. Er musste es verschieben. Hoffentlich stand ihnen kein solcher Abend bevor, an dem sie bis tief in die Nacht schuften mussten.

Ein paar Mitglieder der Belegschaft kamen aus den Wohnhäusern auf ihrem Weg zum Speisesaal. Jacob schloss sich der kleinen Gruppe an. Lina aus der Küche lächelte ihn freundlich an.

»Hallo Jacob. Weißt du, worum es geht?«

»Nein, aber wahrscheinlich hat es wieder mit der Schimmelgeschichte zu tun.«

Lina antwortete nicht, sondern verdrehte nur die Augen. Jacob mochte sie, sie war niedlich. Vielleicht hatte sie auch genug von dem Ganzen? Und war bereit, alles hinter sich zu lassen?

Als sie am Kellerfenster vorbeigingen, sah er, dass dort drinnen irgendwo Licht brannte.

Oswald stand schon an seinem Pult, als sie hereinkamen, schnell schlüpften sie in die hinterste Reihe. Oswald wirkte zwar genervt, aber nicht besonders wütend.

»Übermorgen kommt eine Firma und kümmert sich um den Schimmel, und in der Zeit möchte ich euch hier nicht sehen. Ihr könnt die Arbeiten am Teich beenden, was ihr letztes Mal ja nicht geschafft habt. Um acht Uhr ist Morgenappell, und dann geht es los in den Wald. Und niemand von euch nähert sich bis dahin dem Keller. Schlimm genug, dass ich da runter und den Scheiß einatmen muss. Und ich kann mich nur wiederholen, ich möchte, dass alles für die Gäste vorbereitet ist. So wie das hier aussieht, geht das überhaupt nicht.«

Corinne stand neben ihm und nickte bei jedem Satz. Sie sah sehr blass und erschöpft aus. Jetzt schon.

Erik hob die Hand. Jacob war beeindruckt, dass er sich das traute, denn Erik war nach wie vor mit seiner Strafarbeit beschäftigt, einen Graben auszuheben. Dieser Graben hatte mittlerweile die Form eines Burggrabens angenommen.

»Sir, verzeihen Sie bitte, dass ich das erwähne, aber ich habe Geräusche aus dem Keller gehört. Ein Jaulen wie von einem Tier.«

Oswalds dunkle Augen musterten Erik gleichgültig. Aber dann geschah etwas Unerwartetes. Oswald fing an zu lachen. Zuerst war es nur ein Glucksen, aber dann wurde es lauter, bis das gesamte Personal mitlachte. Jacob bekam eine Gänsehaut auf den Armen.

»Das wird die böse Gräfin sein, die hier ihr Unwesen treibt und herumspukt«, sagte Oswald, was eine neue Lachsalve beim Personal auslöste.

Oswald streckte seine Hand aus und brachte sie damit zum Schweigen.

»Ehrlich gesagt, Erik, wäre es nicht weiter verwunderlich, wenn sich da Tiere verirrt hätten. So wie ihr das Anwesen in meiner Abwesenheit heruntergewirtschaftet habt. Übermorgen müssen wir den gesamten Keller untersuchen lassen, und dann wissen wir auch, was da los ist. Oder hast du die Kleinen drüben bei Elvira schreien gehört? Wer weiß. Gibt es sonst noch Fragen?«

Es war totenstill im Saal.

»Ausgezeichnet, dann wisst ihr, worum es geht und was zu tun ist.«

Jacob war den ganzen Abend über angespannt. Die Minuten vergingen nur in Zeitlupe, und er schielte immer wieder durch das Stalltor zum Herrenhaus hinüber, um den richtigen Zeitpunkt zu finden, unbeobachtet ins Kellerfenster zu sehen. Aber immer lief gerade jemand vorbei, und zum Schluss entschied er sich zu warten, bis alle im Bett waren. Er hörte die gedämpften Stimmen des Personals, das über den Hof zu den Schlafsälen ging. Bald. Wenn auch die Lichter im Herrenhaus gelöscht wurden, würde er es wagen.

In Elviras Hütte brannte noch Licht, aber der Rest des Anwesens lag im Dunkeln. Vielleicht war Oswald zu Elvira rübergegangen. Was könnte er zu ihm sagen, wenn Oswald ihn beim nächtlichen Herumschleichen erwischte? Ihm fielen keine glaubwürdigen Ausreden ein. Es durfte einfach nicht passieren.

Das Wachhäuschen war hell erleuchtet, einer von ihnen hatte sich in seinem Stuhl nach hinten gelehnt. Wahrscheinlich schlief er tief und fest. Der andere telefonierte. Alles war still und ruhig. Der Hof wirkte leer und verlassen, er fasste sich ein Herz und lief los. Als er an Elviras Haus vorbeikam, tauchte plötzlich eine dunkle Gestalt vor ihm auf. Sein Herz raste, und er blieb abrupt stehen. Da sah der Mond kurz hinter einer Wolke hervor, und er erkannte Elvira.

»Himmel Herrgott, hast du mich erschreckt«, flüsterte Jacob.

Elvira stand reglos vor ihm. Ihre Haut sah im Mondlicht leichenblass aus, ihre Augen waren weit aufgerissen. Zuerst dachte er, sie hätte sich auch so erschreckt, aber da bemerkte er die Tränen auf ihren Wangen.

»Was ist passiert?«, fragte er.

»Nichts. Ich habe dich nur kommen sehen und wollte … ach, Mann, das ist so verdammt einsam hier in meiner Hütte. Ich habe niemanden zum Reden, außer Franz.« Es liefen frische Tränen an ihren Wangen herunter. Sie weinte ohne Laut, sie schluchzte nicht, es war nur ein nicht versiegen wollender Strom an Tränen.

»Ich fühle mich hier so einsam und verlassen, Jacob. Ich weiß nicht, ob ich das noch lange aushalte.«

Er legte ihr eine Hand auf den Arm, spürte den dünnen Stoff. Sie trug bloß ein Nachthemd.

»Ich komme gerne mal zu dir rüber, und dann unterhalten wir uns ein bisschen, wenn du magst.«

»Das würde Franz niemals zulassen. Aber du kannst mir jetzt schnell erzählen, was es auf ViaTerra Neues gibt. Schnell, bevor uns die Wachen sehen. Ich habe keine Ahnung, was ihr da drüben macht.«

»Ach, das ist doch immer dasselbe. Gerade geht es um Schimmel im Keller. Franz ist tierisch wütend deswegen, das wirst du doch bestimmt mitbekommen haben.«

Elvira sah ihn überrascht an.

»Merkwürdig, ich bin doch vor ein paar Wochen erst unten im Keller gewesen. Franz hat mich gebeten, dort sauber zu machen. Das war ein richtiger Schweinestall da unten. Aber Schimmel hab ich nicht gesehen.«

Jacobs Puls ging schneller.

Elvira kicherte. »Der Keller war ja nie ein Lieblingsort, aber ich fühlte mich so eingesperrt in der Hütte. Mir hat das richtig gutgetan, was zu tun zu haben. Ich habe die Toilette geschrubbt, und als ich dann auch die Wände putzen wollte, hat mich Franz wieder zu den Kindern geschickt.« Sie griff nach Jacobs Hand. »Ich muss los, damit uns niemand zusammen sieht. Aber du kannst mich doch mal besuchen kommen, wenn Franz weg ist. Und, Jacob, du verrätst auch niemandem, dass ich draußen war, oder?«

»Natürlich nicht. Pass auf dich auf.«

Sie verschwand so schnell, wie sie aufgetaucht war. Jacob schlich sich an der Häuserwand entlang, bis sein Fuß gegen einen Vorsprung des Kellerfensters stieß. Es knallte, und sein erster Gedanke war, dass er es eingetreten hatte, aber dann bückte er sich und sah, dass es doch heil geblieben war.

Er ging in die Hocke und schirmte seine Augen mit den Händen ab, um besser ins Fenster sehen zu können.

In dem Raum stand ein Bett, und darauf lag ein Mensch. Der schmale Körper kam ihm bekannt vor, aber erst die Haare gaben ihm Gewissheit. Wie ein dunkles Meer aus gekräuselten Wellen umrahmten sie ihr Gesicht.

Jacob kannte nur eine Person, die solches Haar hatte.

KAPITEL 53

Während sie las, löste sich alles um sie herum auf. Der Raum verschwand, sie verlor sich in den Zeilen des Tagebuches. Die Tageszeit, die einsetzende Dunkelheit, das alles bemerkte sie erst, als es ihr schon schwerfiel, die zierliche Handschrift zu lesen. Sie schaltete das Licht ein und vertiefte sich wieder in die Familienchronik. Sie durchlief eine Metamorphose, wurde selbst zu Sigrid Bärenstein. Litt mit ihr. Wurde wütend auf sich. Wünschte sich von Herzen, dass die Geschichte gut ausgehen möge. Dann hatte sie das letzte Kapitel gelesen, in dem Sigrid am Fenster im Altenheim saß und Fredrik oder Franz draußen sah.

Da wusste sie, warum Oswald ihr die Chronik gegeben hatte.

Aber da war noch was anderes. Auf der letzten Seite war Ruß auf dem Papier. Ob die alte Dame ihr Manuskript aus Versehen beschmutzt hatte? Oder war das eine letzte Spur von Amelie von Bärenstein, der Gräfin, die auf Dimö herumgeistern soll.

Sofia saß eine ganze Weile wie gelähmt auf dem Bett. Etwas hatte sich verändert. Sie spürte ihren Körper, ihren Atem, die äußeren Umstände, ihr Gefängnis. Und wusste, dass sie ein Teil einer langen Abfolge von schrecklichen Ereignissen war, die nur in einer Tragödie enden konnten. Sie musste an den kleinen Jungen denken, mit der Wäscheklammer an seinem Penis, und empfand Mitleid mit ihm. Aber fast gleichzeitig meldete sich die Überzeugung, dass Oswald von Geburt an das Böse in sich getragen hatte, dass seine Seele ein tiefes schwarzes Loch war. Ging er davon aus, dass die Chronik sie in einen Zustand unendlicher Hoffnungslosigkeit versetzte?

Eine Passage hatte sich besonders in ihr Gedächtnis eingegraben. Sie blätterte zu der Stelle zurück.

Vielleicht werden diese Zeilen eines Tages von einer anderen Frau in einer ähnlichen Situation gelesen. Ihr will ich raten, raffinierter zu handeln. Ich hätte giftige Kräuter pflücken und sie ihm in seinen Likör mischen können. Oder ihm Kletten unter seinen Sattel legen. Ich hätte das tun können und sollen. Wahrscheinlich rufen jetzt alle: »Oh, nein, wie schrecklich!« Aber das Leben ist eben nicht immer schön. Und wenn man schweigt, hat das Konsequenzen.

Sie strich mit dem Finger über die Zeilen. Am liebsten hätte sie die Stelle unterstrichen, aber sie hatte keinen Stift. Stattdessen machte sie ein Eselsohr in das Blatt. Es ging also um Raffinesse und Gerissenheit. Das hatte sie bisher beides nicht an den Tag gelegt. Sie musste lächeln, es war ihr erstes Lächeln, seit sie wieder auf ViaTerra war. Dabei wusste sie genau, was Oswald anmachte. Das Vorlaute, Freche. Damals im Büro hatte es schon ausgereicht, dass sie wütend wurde, da hatte er sich gegen sie gedrückt, seine Erregung war unverkennbar gewesen. Aber sie hatte sich gewehrt, gesträubt. Und das war alles andere als raffiniert gewesen. Ganz und gar nicht.

Plötzlich spürte sie, dass er sie beobachtete. Er stand in der Tür.

»Sie war meine Großmutter«, sagte er. »Eine alberne Gans. Wahrscheinlich denkst du, dass ich herumrenne und flenne, was mir mein pathetischer Vater angetan hat? Aber das tue ich nicht. Er hat bekommen, was er verdient. Am Fenster hat er gehangen und um Hilfe geschrien, nachdem ich das Haus in Frankreich angezündet hatte, und dann hat er sich vor meinen Augen in eine verkohlte Leiche verwandelt. Das Einzige, was ich bereue ist, dass ich ihm seinen Schwanz vorher nicht abgehackt habe.«

Er kam näher, stand vor dem Bett. Sofia versuchte, die Flut an Bildern zu verdrängen, die ungefragt auftauchten. Sie versuchte, möglichst gleichgültig zu wirken, dabei hätte sie sich am liebsten übergeben.

»Hast du verstanden, was dieses Buch beweist?«, fragte er.

»Wie sehr du und deine Ahnen Frauen hassen?«

»Ach, nimm doch nicht alles so persönlich. Ich hasse doch nicht nur Frauen. Die gesamte Menschheit besteht aus Hohlköpfen und Idioten. Hast du wirklich nicht verstanden, warum du die Chronik lesen solltest?«

»Nein, offensichtlich nicht.«

»Dann bist du ja doch dümmer, als ich dachte. Man kann sich nicht gleichzeitig die Tränen aus dem Gesicht wischen und die Welt vor dem Untergang retten. Die meisten Menschen sind so dämlich und lächerlich, dass sie es nicht anders verdienen, als in ihrem eigenen Blut zu ertrinken. Zum Glück haben sie mich als Rettungsanker. Und darüber wollte ich mit dir sprechen.«

»Aha, das klingt interessant.« Sie biss sich sofort auf die Zunge, weil sie den zynischen Unterton nicht unterdrückt hatte.

»Das ist überhaupt nicht interessant. Es ist nur notwendig, dass du verstehst, wie ich denke. Ich möchte, dass du selbst entscheidest, welche Rolle du in dieser Geschichte spielen wirst. Ich werde die Chronik nämlich weiterschreiben. Die Geschichte geht ja ohnehin weiter. Es wird ein

Meisterwerk über Stärke, Macht und Rehabilitierung. Du hast dein Schicksal in der Hand. Also, innerhalb bestimmter Rahmenbedingungen. Das wird großartig!«

»Das bezweifle ich sehr.«

»Hör doch auf, Sofia. Typen wie du machen immer alles unnötig kompliziert. Weißt du eigentlich, wofür ViaTerra steht?«

»Das ist Lateinisch und heißt ›Der Weg der Erde‹.«

»Richtig. Wörtlich. Aber genau genommen ist es nur ein billiger spanischer Wein. Allerdings klingt es gut, stimmt's? Man muss den Leuten geben, was sie wollen. Das macht sie zugänglicher, und das ist immens wichtig. Der Rest ist unerheblich.«

»Dann hast du den Namen deiner Sekte von einer Weinflasche? Im Ernst?«

»Ja, so ungefähr. Na, deine Spitzfindigkeiten sind heute ja unerschöpflich? Hat dich die Schnulzengeschichte von meiner Oma so außer Gefecht gesetzt, oder was? ViaTerra ist keine Sekte. Wann geht das endlich in dein Spatzenhirn?«

Sie kannte diese Stimme nur zu gut, sie war weich, tief und heiser. Und kündigte einen bevorstehenden Wutausbruch an. Es kribbelte in ihrem Bauch. Ein falsches Wort, und er würde explodieren. Er hatte sich auf diese Konfrontation vorbereitet, vielleicht sogar gefreut. Aber jetzt würde sie das erste Mal gerissen sein und ihm keine Widerworte geben.

Er setzte sich auf die Bettkante. Er trug Jeans und ein weißes Hemd. Roch frisch geduscht. Sein Haar war noch feucht. Er strich mit dem Daumen über ihre Hand. Sie unterdrückte den Impuls, die Hand wegzuziehen. Konzentrierte sich auf die Oberfläche der Tagesdecke.

»Ich werde dir jetzt erklären, warum du gestern die Strafe bekommen hast, die du verdienst. Hör gut zu.«

Er packte ihre Handgelenke und riss sie in die Luft. Ich könnte ihm jetzt in den Schritt treten, schoss es ihr durch den Kopf. Aber sie wusste, dass es kein kluger Schachzug wäre, denn es würde nur zu einer weiteren Vergewaltigung führen.

»Hast du immer noch nicht begriffen, worum es bei ViaTerra geht? Was die Thesen bedeuten?«

»Doch, das habe ich.«

»Aha? Ich werde es trotzdem noch einmal für dich zusammenfassen. Ich bin der Erfinder von ViaTerra, der Gründer dieser Organisation, der einzigen Hoffnung der Menschheit. Ich habe anderthalb Jahre vollkommen grundlos hinter Gittern gesessen. Verantwortlich dafür war dein loses Maul. Dachtest du wirklich, dass ich dich ungestraft ziehen lasse?«

Er drückte ihre Arme über ihren Kopf aufs Bett. Sie lag unter ihm.

»Verdammt, antworte gefälligst!«

»Doch, ich weiß, warum. Die Thesen sind wichtig für die Menschheit.«

»Ich weiß nicht, was schlimmer ist, deine Widerworte oder deine Dummheit. Sie sind nicht wichtig, sie sind DAS Leben.«

»Ich verstehe.«

Sie zwang sich, den Körper ganz zu entspannen. Ruhig zu bleiben. Sich nicht gegen seine Gewalt zu stemmen.

»Du sollst in ganzen Sätzen antworten, wenn ich mit dir rede. Du kannst gerne gehen und irgendwo dein trauriges Durchschnittsleben führen, aber damit wirst du nichts verändern. Außerdem denkst du die ganze Zeit an mich, stimmt's?«

»Vielleicht.«

»Was ist das denn für eine beschissene Antwort?«

Er schüttelte sie, das Bett knackte unter ihnen. Seine Augen glühten vor Erregung. Sie musste sich etwas einfallen lassen, denn er befand sich auf dem schmalen Grat vor dem nächsten Wutausbruch. Welche Worte würden das verhindern können?

»Ich erzähle es dir.«

Es flackerte so etwas wie Interesse in seinem Blick auf, aber sein schiefes, selbstgefälliges Lächeln hatte auch etwas Beängstigendes. Da wusste sie, was sie zu tun hatte.

»Was willst du erzählen?«

Er lockerte den Griff um ihre Handgelenke.

»Wie wir uns das erste Mal begegnet sind. Das interessiert dich doch.«

»Ah, du musst da auch die ganze Zeit dran denken, du kleine Schlampe? Da wirst du ganz feucht, wenn du daran denkst, was?«

Er ließ ihre Handgelenke los, richtete sich wieder auf. War ganz Ohr.

»Fang doch ganz von vorn an. Beim Vortrag.«

Er erinnerte sich also auch noch.

»Du hast plötzlich hinter mir gestanden und hast mir deine Visitenkarte hingehalten, aber sie festgehalten, als ich sie mir nehmen wollte.«

»Und wie war das für dich?«

»Das hat mich ziemlich angemacht.«

»Beschreib das genauer.«

Und das tat sie. Wählte unterschiedliche Begebenheiten aus. Schmückte mal hier und mal da aus. Es fiel ihr leichter als erwartet. Natürlich waren die Sachen alle passiert, denn sein Gedächtnis war unbestechlich, aber ihr blieb immerhin die Freiheit, ihre eigenen Gefühle und Eindrücke aufzuwerten und zu verstärken. Während sie erzählte, bemerkte sie, wie seine Wut abnahm. Dann aktivierte sie noch ihre letzte Reserve gespielter Prüderie.

»Das war nicht in Ordnung, dass ich das gefühlt habe«, gestand sie leise.

»Allerdings. Du bist und bleibst eine kleine Schlampe. Jetzt wissen wir auch beide, warum du ausgeflippt und abgehauen bist. Sehr gut, Sofia. Das war ein erster Schritt in die richtige Richtung.«

Er tätschelte ihr Bein. Gähnte. Schon ermüdet von ihrer Ergebenheit.

Wer hätte das gedacht, lächelte sie innerlich. Eine winzige Dosis Schmeicheleinheiten, und schon ist er satt.

»Morgen haben wir beide das Anwesen für uns ganz allein«, sagte er und stand auf. »Der Zombieclub macht einen Waldspaziergang. Uns kann niemand hören. Denn dieses Mal will ich dich schreien hören. Und zwar laut!«

Sie murmelte etwas. Aber in ihrem Inneren hörte sie eine Stimme flüstern. *Das nächste Mal wird er mich umbringen.*

»Und danach können wir uns ja hier unten bei Wein und Käse unterhalten. Richtig romantisch«, sagte er und war schon an der Tür.

Kaum hatte er die Tür hinter sich zugezogen, schnappte sie sich die Chronik und las sie ein zweites Mal durch. Sigrids Gram, dass so vieles falsch gelaufen ist. Wie konnte man das alles wieder in Ordnung bringen? Gab es einen Weg? Gräfin Amelie hatte es versucht. Aber war es nicht leider so: Wenn man den einen Teufel erledigt hatte, übernahm ein anderer, viel schlimmerer seine Rolle?

Sie hatte panische Angst, mit einem Lederriemen stranguliert zu werden. Ihr Körper reagierte sofort, sie bekam keine Luft, spürte, wie die Panik in ihr wuchs. Aber das Schlimmste war die Vorstellung, sein Gesicht über sich zu sehen, wenn er sie würgte. Die Macht, die er über sie hatte. Der Gedanke war unerträglich. Sie warf sich im Bett hin und her. Biss sich auf die Unterlippe, bis sie Blut schmeckte. Schrie und schlug mit den Fäusten auf die Matratze ein. Sie würde sich wehren, mit aller Kraft. Sie brauchte eine Waffe. Warum war sie nicht schon früher darauf gekommen?

Sie durchsuchte das Zimmer und die Kammer nach etwas Spitzem. Aber alles, was sie fand, war ein Schraubenzieher in der halb leeren Werkzeugkiste. Wie selbstgefällig von ihm, die Abstellkammer offen zu lassen. Ihm kam offenbar gar nicht der Gedanke, dass sie sich wehren könnte. Sie versteckte den Schraubenzieher unter ihrem Kissen und legte sich ins Bett. In ihrer Vorstellung stach sie ihm damit ins Auge, was ihr einen Schauder über den Rücken jagte. Nachdem sie sich lange gewälzt hatte, schlief sie endlich ein, fiel in einen hungrigen und düsteren Schlaf.

Sie wachte davon auf, dass seine Hände auf ihrem Körper waren. Verwirrt und schlaftrunken versuchte sie, ihm den Rücken zuzukehren, aber er packte ihren Hals mit der einen Hand und drückte zu. Sie bog sich nach hinten, spürte den Schraubenzieher unter dem Kissen. Versuchte, einen Arm frei zu bekommen, um danach zu greifen, aber er saß auf dem einen Arm mit seinem Knie, und der andere steckte unter der Decke. Mit der anderen Hand glitt er zwischen ihre Beine und drang mit einem Finger in sie ein. Es tat schrecklich weh, alles war noch wund. Sie schrie laut, aber da drückte die Hand an ihrem Hals noch fester zu.

»Ich wollte dich nur daran erinnern, dass ich noch immer furchtbar wütend auf dich bin. Du kannst mir erzählen, was du willst, aber noch habe ich dir nicht verziehen. Und morgen werden wir ja sehen, wofür du dich entscheidest.«

Dann ließ er sie genauso plötzlich wieder los, sprang auf und verließ das Zimmer.

Sie konnte nicht wieder einschlafen. Wälzte sich unruhig im Bett hin und her. Kalter Schweiß brach aus ihr heraus, sie zitterte unkontrolliert. War es nicht besser zu sterben, ging ihr durch den Kopf, als das zu erleben?

KAPITEL 54

Es war noch früh am Morgen, die Sonne ging gerade auf, und das Anwesen döste in der Dunkelheit. Eine gute Uhrzeit, dachte Simon. Im Wachhäuschen saß nur ein Wachmann, und das einzige Licht brannte in der Küche des Herrenhauses. Ansonsten war es still.

Jacob wartete schon hinter der Pforte auf Simon.

»Ich habe sie gesehen, ich habe sie gesehen, verdammt!«

»Psst, Jacob, schrei nicht so! Wen hast du gesehen?«

Aber Jacob war nicht in der Lage, seine Stimme zu dämpfen.

»Sofia. Sie ist unten im Keller. Sie liegt da auf einem Bett«, schrie er.

»Was sagst du?«

Simon merkte, dass auch er laut geworden war. Es rauschte in seinen Ohren. *Ich wusste es doch, ich wusste es!*

»Ich wollte zuerst die Polizei rufen, aber ich habe ja kein Handy, außerdem wollte ich dann lieber vorher mit dir reden. Kann es sein, dass sie freiwillig zurückgekommen ist?«

»Auf keinen Fall.« Simon wurde ganz schwindelig. Er hatte einen widerlichen Geschmack im Mund. *Wir müssen Sofia da sofort rausholen. Aber wie?* »Nein, bloß nicht die Polizei anrufen. Wenn die auftauchen, versteckt Oswald sie oder, oh nein, ich will gar nicht daran denken, was er ihr antun könnte. Ich muss mir was ausdenken, mit Benjamin sprechen. Kommst du jetzt gleich mit?«

Jacob schüttelte den Kopf.

»Ich wollte die Tiere heute auf die Weide bringen. Wenn ich abhaue, ist es besser für sie, wenn sie draußen stehen. Dann halten sie es länger aus. Morgen muss das gesamte Personal im Wald arbeiten. Nur Oswald und ein Wachmann werden hier sein. Elvira und die Jungs fahren aufs Festland. Für eine Flucht wäre das der richtige Zeitpunkt.«

»Sorg dafür, dass du auf dem Hof bleibst, wenn die anderen in den Wald gehen. Wir werden deine Hilfe brauchen. Nimm mein Handy, damit wir in Kontakt bleiben können. Ich besorge mir für die Zwischenzeit ein anderes.«

Jacob starrte das Telefon an, das Simon ihm in die Hand gedrückt hatte.

»Aber du kannst doch nicht einfach anrufen. Wenn das jemand hört …«

Simon nahm es ihm wieder aus der Hand.

»Ich stelle es so ein, dass es lautlos klingelt und nur vibriert. Steck es dir in die Hosentasche. Wir müssen Sofia heute Nacht hier rausschaffen.«

»Das wird schwer. Nachts sind jetzt zwei Wachen da. Und sie haben die Kameras an, die auf den Eingang des Herrenhauses gerichtet sind.«

Simon dachte nach, aber jede neue Idee stieß am Ende auf ein unlösbares Detail.

»Ich muss darüber nachdenken. Wir machen es so. Du bleibst und bringst die Tiere auf die Weide. Dann überprüfst du, ob das Kellerfenster groß genug ist, um Sofia dort rauszuziehen. Wir holen sie, wenn das Personal morgen früh den Hof verlassen hat. Ich rufe dich an, wenn ich mir was ausgedacht habe. Welche Uhrzeit passt am besten?«

»Direkt nach der Abendversammlung. Danach bin ich allein im Stall.«

»Gut. Hier nimm meinen Schlüssel von der Pforte«, sagte Simon. »Falls du schon früher rausmusst. Dann kannst du uns von innen aufschließen, wenn wir kommen.«

Jacob starrte auf den Schlüssel, schloss seine Finger darum. Er hielt ihn, als wäre er der geheime Schlüssel zum Universum.

Simon rannte den ganzen Weg zurück in die Pension. Er fragte Inga, ob er ihr Handy ausleihen dürfe, weil er seins auf dem Acker verloren habe.

»Natürlich, Simon. Behalt es ruhig. Ich werde so selten angerufen.«

Simon wählte sofort Benjamins Nummer. Dreimal erwischte er nur seine Mailbox, ehe endlich ein schlaftrunkener Benjamin in der Leitung war.

»Setz dich sofort ins Auto und komm her. Du musst die Fähre um halb neun bekommen. Wir haben Sofia gefunden.«

Benjamin kam schnaufend und verschwitzt bei Simon an. Er war offenbar den ganzen Weg vom Hafen zur Pension gerannt. Simon saß schon am Rechner und arbeitete an einem Plan. Er erzählte Benjamin von Jacobs Entdeckung, woraufhin dieser sich aufs Sofa fallen ließ und sich immer wieder mit der flachen Hand gegen die Stirn schlug.

»Das kann doch wohl nicht wahr sein! Wir müssen sofort zur Polizei, Simon. Das hier können wir nicht allein lösen.«

»Und ob wir das können. Bevor ein Polizist das Anwesen betritt, hat Oswald Sofia versteckt. Das Risiko können wir nicht eingehen. Ich habe einen Plan, den ich mit dir durchsprechen will. Irgendwie habe ich das Gefühl, etwas übersehen zu haben.«

Benjamin verzog das Gesicht, er war vollkommen aufgewühlt. Seit über zwei Jahren hatte er keinen Fuß auf die Insel gesetzt, und jetzt saß er bei Simon im Zimmer und war sprachlos und entgeistert. Aber Simon führte unbeirrt seinen Monolog fort.

»Wenn wir da einfach nur reinrennen und versuchen, sie rauszuholen, sind die Wachen innerhalb von einer Minute da. Und dann gibt es nur Ärger. Wir können sie zwar bestimmt überwältigen, aber dann ruft Oswald die Polizei und zeigt uns wegen Hausfriedensbruchs an. Das ergibt zu viel Durcheinander, und ich will kein Risiko eingehen. Wir müssen unbedingt einen Vorsprung haben.«

Benjamin nickte zustimmend.

»Ich könnte zum Beispiel die Wachen ablenken«, sagte Simon. »Ich quatsche ein bisschen mit dem, der da sitzt, während du zusammen mit Jacob Sofia befreist. Benny hat doch versucht, sich mit mir in Verbindung zu setzen und mich auszuquetschen. Das wäre ein Aufhänger. Ich könnte ihm sagen, dass ich neue Informationen über Sofia habe.«

Er verstummte und dachte nach. Es mochte zwar ein guter Plan sein, aber kein wasserdichter. Der Wachmann hatte ein Motorrad, er würde sie verfolgen können. Simon ging im Kopf alle Actionfilme durch, die er je gesehen hatte. Am Ende hatte er einen Volltreffer.

»Ich habe eine bessere Idee. Wir werfen eine Rauchbombe oder eine Brandbombe in den Keller, wenn Sofia draußen ist. Oder eben etwas, was so einen Krach macht, dass der Wachmann kommt. Der wird nämlich nicht die Verfolgung aufnehmen, wenn das Herrenhaus brennt, oder? Sie sind ja auch nur zu zweit, die Wache und Oswald. Jacob hat erzählt, dass die gesamte Belegschaft morgen früh in den Wald zum Arbeiten geschickt wird.«

»Aber das ist doch Brandstiftung?«

»Nein, das macht nur Krach. Na ja, vielleicht gibt es einen kleinen Brand im Keller. Aber den werden sie löschen können. Da hängen ja überall Feuerlöscher. Ich quatsche mit der Wache und verschaffe euch Zeit, um Sofia rauszuholen, dann komme ich nach und werfe die Bombe in den Keller. Dann musst du dir nicht ein Leben lang Vorwürfe machen«, sagte Simon ein bisschen zu bissig.

Benjamin starrte Simon entgeistert an.

»Simon, du hast dich wirklich verändert. Aber mir gefällt dein Plan. Zu gerne würde ich Oswalds Gesicht sehen, wenn Sofia direkt vor seiner Nase verschwindet. Aber filmen die Kameras nicht die ganze Zeit? Woher wissen wir, dass die das nicht aufnehmen?«

»Jacob war schon ein paarmal im Wachhäuschen und hat mir von deren Computer Mails geschrieben. Gegen drei Uhr morgens gehen die Wachen in die Küche und essen was. In dieser Zeit ist das Häuschen unbewacht. Jacob kann reinschleichen und die Kameras einfrieren, damit sie nicht weiter aufzeichnen.«

»Woher weißt du das alles?«

»Als ich da gewohnt habe, habe ich ihnen ein paarmal bei solchen Sachen geholfen. Außerdem wird Björk bestätigen, dass du keinen Fuß auf die Insel gesetzt hast. Schließlich sieht er alle, die auf die Fähre gehen.«

»Und Jacob?«

»Wir sagen einfach, dass auch Jacob geflohen ist und sich bei Björk versteckt hat, so wie Sofia damals. Und zwar schon seit den frühen Morgenstunden. Das werden Björk und seine Frau Elsa ebenfalls glaubhaft bestätigen.«

»Hast du denn schon mit Björk darüber gesprochen?«

»Ja, kurz bevor du hier angekommen bist. Du warst gerade

von der Fähre runter. Aber es kommt noch besser. Björk hat nämlich ein kleines Motorboot, er wartet auf uns und bringt uns dann über den Sund.«

Benjamin kämpfte mit seinen Zweifeln.

»Sollten wir nicht einfach zur Polizei gehen?«

»Aber das ist eben leider nicht so einfach. Sofia hat ja quasi ein Alibi, beziehungsweise die Polizei geht davon aus, dass sie im Ausland ist und gerade nicht in Schweden und schon gar nicht auf Dimö. Wir können das Risiko nicht eingehen, dass Oswald sie hinter unserem Rücken wegschaffen kann.«

»Aber die Polizei weiß doch, was sie tut?«

»Sei nicht so naiv, Benjamin. Du bist immer so gutgläubig. Wir wissen doch gar nicht, ob dieser Östling noch immer der Polizeichef der Kreispolizeibehörde ist? Er war doch so eng mit Oswald befreundet. Ich will kein Risiko eingehen. Wir müssen Sofia da rausholen. Danach gehen wir zur Polizei.«

Benjamins Blick wurde ganz nachdenklich.

»Die Arme, sie sitzt da allein im Keller. Sie muss furchtbare Angst haben.«

»Ganz genau. Und darum brauchen wir einen wasserdichten Plan. Verstehst du?«

»Klar. Ich möchte Sofia doch auch befreien.«

Simon setzte sich vor seinen Rechner, surfte im Netz, murmelte dabei vor sich hin.

»Was machst du denn da?«

»Ich glaube, ich habe die Lösung gefunden. Wir haben keine Zeit, ans Festland zu fahren, um Zeug zu kaufen, also müssen wir uns hier eine kleine Bombe bauen. Einen Molotowcocktail. Das geht so: *Eine Glasflasche, gefüllt mit einer leicht entflammbaren Flüssigkeit, normalerweise Benzin oder Alkohol, die mit einer Zündvorrichtung angezündet und wie eine Handgranate verwendet wird. Meist eine provisorische Konstruktion. Als Lunte kommt häufig ein Stoffstreifen zum Einsatz, der in der Flasche steckt. Es erfolgt eine hörbare Detonation, und die Flammen verteilen sich schnell.*«

»Sag mal, Simon. Das klingt richtig gefährlich. Wir können doch nicht das ganze Herrenhaus in Brand stecken? Das ist Brandstiftung, dafür muss man super lange ins Gefängnis.«

»Weißt du was, Benjamin. Das wäre mir auch egal. Dieses Schwein hat das Leben von so vielen Menschen zerstört. Wenn das Herrenhaus abfackelt, ist mir das vollkommen egal, Hauptsache, wir bekommen Sofia da lebendig raus. Außer Oswald und der Wache ist doch niemand im Haus. Solange die nicht direkt in die Flammen springen und Selbstmord begehen, wird dabei niemand zu Schaden kommen. Oder hast du eine bessere Idee?«

Benjamin schüttelte den Kopf.

»Das ist ja alles total irre. Sag mal, kann das sein, dass du in Sofia verknallt bist? Du wirkst noch viel entschlossener, ihr zu helfen, als ich?«

»Ich mag sie, Benjamin, aber nicht so wie du. Mit Sofia länger als eine Woche zusammenzuleben, das würde mich wahnsinnig machen. Die hat zu viel Energie für mich. Zu wenig Struktur. Wir sind nur Freunde. Richtig gute Freunde. Gibt es sonst noch was, was du loswerden willst?«

»Nee, war ja auch nur so ein Gedanke.«

»Gut, dann können wir ja mit den Vorbereitungen anfangen. Als Erstes werde ich mit Jacob telefonieren, er muss unbedingt bis morgen auf ViaTerra bleiben und heute Nacht die Kameras einfrieren. Außerdem muss er Sofia mitteilen, dass wir kommen und sie rausholen. Und er muss die Pforte öffnen.«

Simon holte Ingas Handy aus der Jackentasche.

»Hat Jacob ein Handy?«

»Ja. Er hat meins behalten. Clever, was?«

Benjamin raufte sich die Haare. Er konnte nicht fassen, was in Simon gefahren war. Er würde nie wieder jemanden unterschätzen, nur weil der etwas schwerfällig wirkte und am liebsten in der Erde herumwühlte.

KAPITEL 55

Jacob lag mit fünf anderen Männern in einem Schlafsaal. Der Raum war höchstens zwanzig Quadratmeter groß, es gab nur sehr wenig Platz zwischen den einzelnen Betten. Am Anfang hatte Jacob die Idee gefallen, sich mit anderen ein Zimmer zu teilen – einer Gemeinschaft. Nach einem langen Arbeitstag hatte man jemanden zum Reden. Aber das war, bevor sich alles änderte, noch vor den Bestrafungen, der Zwietracht und der unfreiwilligen Schlaflosigkeit. Jetzt sah der Raum für ihn eher wie ein Zimmer in einem Ghetto aus, in dem der Geruch von ungewaschenen Körpern manchmal unerträglich war.

Jon, der im Bett neben ihm schlief, lag so nah bei ihm, dass Jacob nur die Hand hätte ausstrecken müssen, um ihn zu berühren. Das Bett knarrte bei jeder Bewegung unbarmherzig. Deshalb musste Jacob absolut still liegen.

Er hielt das Handy krampfhaft umklammert. Lauschte den tiefen Atemzügen und den vereinzelten Schnarchern. Es war Mitternacht. Noch drei Stunden musste er durchhalten. Um drei Uhr morgens gingen die Wachen in die Küche und aßen etwas. In der Zeit sollte er die Kameras einfrieren und Sofia Bescheid sagen. Hoffentlich war sie noch im Keller.

Er hatte Angst, dass Simon plötzlich anriefe. Er hatte nicht gewagt, das Handy auszuschalten, weil er nicht wusste, wie er es wieder einschaltete.

Jon drehte sich auf den Bauch und seufzte. Sein Atem

roch nach Grünkohl und Bohnen. Jacob drehte den Kopf weg. Er spürte die Schwere seiner Augenlider, sein ganzer Körper schrie nach Schlaf.

Da hörte er die Schritte auf dem Flur. Schnelle, knallende, zielsichere. Nachts schlurften oft Mitglieder des Personals in die Schlafsäle. Jacob kannte ihre Schritte. Aber diese hier klangen anders. Trotzdem zuckte er zusammen, als gegen die Tür geklopft wurde, bevor jemand sie aufstieß. Benny stand da und teilte laut brüllend mit, dass sich alle augenblicklich für eine Sonderversammlung im Speisesaal einzufinden hätten.

Schlaftrunkene Gesichter blinzelten ins Licht. Aber sie hatten Übung darin, wie Feuerwehrleute oder Soldaten im Einsatz. Beherrschten die Abläufe perfekt. Sie waren in der Lage, innerhalb weniger Minuten aus dem Bett aufzuspringen, sich anzuziehen und die Lebensgeister zu wecken. Niemand fragte, wer diese Versammlung einberufen hatte. Es gab nur einen Einzigen, der so etwas mitten in der Nacht tun würde. Stattdessen überprüfte jeder sein Gewissen nach Verfehlungen. Jacob hoffte, niemand möge bemerken, dass er vollbekleidet unter der Bettdecke gelegen hatte. Aber die anderen waren zum Glück ganz und gar damit beschäftigt, ihre Sachen zusammenzusammeln und nach ihren Schuhen zu suchen.

Er ging als Letzter aus dem Saal, gab vor, seine Schnürsenkel binden zu müssen. Seine Wangen glühten. Sein Herz schlug wild in seiner Brust. Das Handy brannte in seiner Tasche. Er konnte es nicht weglegen, aber sein Schicksal wäre besiegelt, wenn eine Leibesvisitation vorgenommen werden würde. Er kannte den Anlass natürlich nicht, hatte aber das ungute Gefühl, dass es etwas mit ihrem Plan zu tun hatte. Hoffentlich dauerte die Versammlung nicht so lang.

Wenn alles gut ging, hätten sie auch noch reichlich Zeit. Wenn alles schiefging, musste er versuchen, sich in den Stall zu schleichen, um Simon zu warnen. Solang die Versammlung nicht damit endete, dass er mit Erik zusammen unter Aufsicht der Wachen den Graben ausheben musste.

Oswald stand nicht hinter seinem Pult, sondern mitten im Speisesaal, die Arme vor der Brust verschränkt. Sein Gesicht glich einer Maske – undurchdringlich. Als Jacob an ihm vorbeiging, spürte er Oswalds Blick, der sich in seinen Rücken bohrte. Ihn fröstelte. Er versuchte, möglichst ungerührt und vor allem unschuldig auszusehen.

Die Gefolgschaft war verunsichert, wusste nicht, was von ihr erwartet wurde, alle standen in kleinen Grüppchen und warteten auf Anweisungen.

Lina stellte sich neben Jacob und berührte ihn am Ärmel. Er lächelte sie an, wagte aber nicht, etwas zu sagen.

»Stellt euch in einer Reihe vor der Wand auf!«, sagte Oswald. »Mit dem Gesicht zu mir. Meint ihr, ihr schafft das?«

Einen Moment lang entstand regelrecht Chaos. Alle schubsten sich, prallten gegeneinander, und einer stolperte über die Füße des anderen, bis sich endlich eine saubere Reihe an der Wand gebildet hatte.

Oswald sah sie kopfschüttelnd an.

»Was für ein Team«, sagte er nüchtern. »Ich bin wirklich beeindruckt.«

Diese permanenten Wechsel zwischen Sarkasmus und unterdrückter Wut waren das Schlimmste. Man wusste nie, wann die nächste Explosion erfolgte oder wen sie traf. In dieser Situation war es lebensgefährlich, ihn wütend zu machen.

Und Jacob war in der Hierarchie sehr tief gerutscht, unter ihm gab es nur noch sehr wenige.

»Also«, seufzte Oswald. »Das muss fürs Erste genügen. Es ist Folgendes. Einer von euch Idioten in diesem Raum glaubt, dass er mich hintergehen kann. Die Wachen haben gesehen, wie jemand mitten in der Nacht über den Hof geschlichen ist. Und zwar in der Nähe des Kellers. Wie ihr vielleicht verstehen könnt, bin ich es leid, dass man mir nicht gehorcht. Vielleicht möchte sich die Person zu erkennen geben?«

Schweigen. Vollkommenes Schweigen. Kein einziges Geräusch war zu hören. Die meisten senkten den Blick. Innerlich verließ Jacob den Raum, er war in einer Art Schockzustand, aber das laute Schlagen seines Herzens holte ihn wieder zurück. Jetzt ist alles vorbei, war sein erster Gedanke. Aber dann spürte er die Angst der anderen neben ihm. Die Panik breitete sich wie eine Welle im Saal aus, und da wurde ihm klar, dass er bei Weitem nicht der Einzige mit einem Geheimnis war.

»Meinetwegen. Dann werden wir das so machen, dass ihr mir alle der Reihe nach in die Augen seht«, sagte Oswald. »Das geht ganz schnell, ihr werdet sehen. Ich kann nämlich bei einem Menschen die Schuld mit einem einzigen Blick erkennen. Und wer schuldig ist, stinkt. Hier riecht es gerade ziemlich … und zwar verbrannt, finde ich.«

Er baute sich vor der ersten Person in der Reihe auf, starrte sie an. Dann ging er weiter. Langsam, aber zielsicher. Die Art, wie er sich bewegte, so anmutig und entschlossen, er verfügte über eine undurchdringliche Aura, die einem die eigene Bedeutungslosigkeit und Nichtigkeit vorhielt. Vielleicht war diese unantastbare Aura auch nur seine Hülle, sein Panzer, um seine wahren Dämonen in Schach zu halten? Dieser Gedanke entspannte Jacob ein wenig. Er lockerte seinen verkrampften Griff um das Handy. Er könnte auch so eine Fassade aufsetzen. Denn er durfte auf keinen Fall schuldig aussehen, wenn Oswald vor ihm stand.

Anders, der neben ihm wartete, atmete schnell und nervös.

Oswald hatte die Mitte der Reihe erreicht und blieb stehen. Schüttelte den Kopf.

»Das hier nenne ich einen veritablen Aufmarsch von Pfannkuchengesichtern. Ich frage mich, wie ich das mit euch aushalten soll.«

Er ging weiter. War schon sehr nah. Jacob schossen mehrere Gedanken gleichzeitig durch den Kopf. *Wenn sie jetzt das Handy bei mir finden. Und es zu Simon zurückverfolgen können. Was passiert dann mit Sofia? Oh Gott, was soll ich tun?*

Die ungewöhnlich piepsige Stimme von Anders neben ihm riss ihn aus seinen Gedanken.

»Ich war das, Sir!«

Oswald blieb abrupt stehen.

»Verzeihen Sie mir, Sir! Ich hatte bis spät gearbeitet und dachte, ich hätte Elvira über den Hof laufen sehen, nur im Nachthemd. Deshalb bin ich dort lang gelaufen. Aber ich wollte nicht zum Keller, ich schwöre es, ich bin da nur vorbeigelaufen, weil ich …« Die Worte blieben ihm im Hals stecken.

Oswald hatte sich bereits vor Anders in Position gebracht. Lehnte sich vor. Vor Wut war sein Gesicht verzerrt. Seine Augen funkelten, als würde sich eine elektrische Strahlung entladen. Anders starrte ihn angsterfüllt an, er war vollkommen gelähmt.

Jacob roch den scharfen Geruch von Urin, senkte den Kopf und sah den dunklen Fleck an Anders' Hosenbein, der langsam größer wurde. Auch Oswald hatte ihn entdeckt und geriet kurz aus dem Konzept. Aber dann glätteten sich seine

Gesichtszüge, er trat einen Schritt zurück und brach in schallendes Gelächter aus. Niemand wagte, in sein Lachen einzufallen. Es hallte durch den Saal und hatte etwas Unheimliches. Jacob stellten sich die Haare an den Armen auf.

»Seht euch diesen armen Sack an! Hat sich angepisst. Wie ein Hund! Er sieht auch aus wie ein Hund. Ihm fehlt nur noch der Schwanz!«

Jetzt lachten auch alle anderen. Zögernd zuerst, dann wurde es lauter, und schließlich entluden sich im Gelächter Erlösung und Schadenfreude. Die bedrückende Stimmung hatte der Erleichterung Platz gemacht, die immer eintrat, wenn die Katastrophe andere traf, nicht einen selbst.

Anders zitterte unkontrolliert, für einen Moment befürchtete Jacob, dass er ohnmächtig werden würde, aber dann machte er einen Schritt aus der Reihe nach vorn und senkte den Kopf tief auf seine Brust – zum Zeichen größter Unterwerfung. Jacob hatte Anders noch nie so verzweifelt gesehen.

Oswald gab Corinne die Anweisungen.

»Er wird heute Nacht mit diesem Nichtsnutz von Köter in der Hundehütte schlafen. Und ab heute wird er dem Hund jedes Mal salutieren, wenn er ihm begegnet. Vielleicht lernt er so, mir wieder zu gehorchen. Denn das tut der Köter wenigstens, wenn man ihn ruft.«

Ohne Vorwarnung stellte sich Oswald vor Jacob hin und sah ihn durchdringend an. Sein Blick war ausdruckslos. Aber tief im Inneren der Pupille flackerte etwas. Entweder war es Erkennen oder Misstrauen. Seine Augen wurden zu schmalen Schlitzen, er öffnete den Mund, während Jacob alle Reserven aktivierte, um seinem Blick standzuhalten. Er schwitzte sonderbarerweise auf der Kopfhaut. Versuchte, seinen Puls zu drosseln. Es zog in seinen Leisten. Und ein beängstigender Gedanke quälte ihn: *Was ist eigentlich, wenn er mir direkt in meine Gedanken hineinsehen kann?* Aber Jacob war wild entschlossen, ihm keinen Zutritt zu gewähren.

Da schloss Oswald seinen Mund, sprach zu allen in der Reihe.

»Ihr könnt jetzt gehen. Sorgt dafür, dass Anders heute Nacht beim Hund schläft, ich erwarte da mehr Druck von der Gruppe.«

Oswald blieb im Saal, während ihn das Personal so schnell wie möglich verließ. Eine kleine Gruppe hatte sich schon um die Hundehütte versammelt, als Jacob auf den Hof kam. Er sah Anders' Rücken, wie er sich bückte und auf allen vieren in die Hundehütte kroch. Ausgerechnet Anders, der Härteste von allen, der Lauteste, der immer auf anderen herumhackte, der gegen seine eigene Tochter ausgesagt hatte, *er* war von seinem Gebieter vollkommen vernichtet worden.

Ein kalter Wind aus Nordwest fegte über das Anwesen. Man konnte das Meer in der Bucht toben hören. In der Hundehütte war es mit Sicherheit schweinekalt. Das Bild von Elviras verzweifeltem Gesicht tauchte vor seinem inneren Auge auf, und Jacob stellte fest, dass er kein Mitleid mit Anders hatte. Er hoffte nur, dass er dem Hund nichts antat.

Zurück im Schlafsaal kamen ihm zum ersten Mal Zweifel. Was er vorhatte, war so dreist und gefährlich, dass es die Situation vielleicht nur unnötig verschärfen würde. Und Sofia in eine viel schlimmere Situation bringen könnte.

Die anderen waren sofort eingeschlafen. Ihre Grunzlaute, Schnarcher und Gerüche in der mitleidlosen Dunkelheit aber erweckten seinen Mut zu neuem Leben. Er konnte keinen Tag länger hier bleiben, keine einzige Sekunde länger als notwendig.

Er strich mit dem Daumen über die Rückseite des Handys. Bereitete sich innerlich vor.

KAPITEL 56

Obwohl es schon längst dunkel war, zwitscherte eine Amsel vor dem Kellerfenster. Dann klopfte etwas gegen die Fensterscheibe. Sofia setzte sich auf. Jetzt hörte sie ein Kratzen, als würde ein Zweig das Glas streifen.

Sie schaltete das Licht ein. Da sah sie den Schatten dort draußen. Sie rannte in die Kammer und schleppte die Leiter bis unters Fenster, klappte sie auf und kletterte hoch. Zuerst sah sie nur ein Gesicht, das sich gegen die Scheibe drückte, dann erkannte sie Jacob – den, der sich um die Tiere kümmerte. Ihr wurde schwindelig vor Freude, fast hätte sie das Gleichgewicht verloren, hielt sich am Fensterrahmen fest. Sie drückte das Fenster auf, bis das Hängeschloss es arretierte. Jacob legte einen Finger auf seine Lippen.

»Ich habe nicht viel Zeit«, flüsterte er. »Simon weiß, dass du hier bist. Wir kommen morgen und holen dich, wenn das Personal in den Wald gegangen ist.«

»Oh, Jacob, das kommt wirklich in allerletzter Sekunde, sonst schlägt er mich das nächste Mal tot.«

»Wir kommen, versprochen. Passt du durch das Fenster, wenn wir dich rausziehen?«

»Ja, ganz bestimmt. Kannst du mich nicht jetzt mitnehmen?«

»Nein, wir müssen das Hängeschloss abschlagen, außerdem sind die Wachen unterwegs.«

Jacob zuckte zusammen und sah sich um.

»Ich glaube, die gehen gerade von der Küche zurück ins Wachhäuschen. Am frühen Morgen ist es so weit. Sei bereit.«

Und weg war er. Sie hätte am liebsten die Scheibe eingeschlagen, sich an ihm festgeklammert und ihn gezwungen, sie jetzt mitzunehmen. Aber er war schon davongelaufen.

Sie kletterte nach unten und klappte die Leiter zusammen. Trug sie zurück in die Kammer. Für den Fall, dass Oswald noch einmal unangekündigt vorbeikommen sollte.

Dann setzte sie sich aufs Bett, in ihrem Kopf drehte sich alles, wie in Wellen kam die Erleichterung und wechselte sich mit der Angst ab, dass etwas schiefgehen könnte.

Sie versuchte zu schlafen, aber es war nicht möglich. Ihr Herz flatterte, als würde ein verängstigter Vogel aus ihrem Brustkorb entkommen wollen.

Um die wachsende Nervosität in den Griff zu bekommen, lief sie im Zimmer auf und ab. *Raus, ich muss hier unbedingt raus.* Wie spät es wohl war? Draußen war es noch dunkel. Wann würde das Personal den Hof verlassen?

Schließlich legte sie sich doch wieder aufs Bett. Ließ den Gedanken zu, was sie tun würde, wenn sie wieder frei war. *Falls* sie freikommen sollte. Die Sache mit Mattias ärgerte sie so sehr, dass es wehtat. Diese unfassbare Fehleinschätzung erdrückte sie förmlich. Warum hatte sie seine schmierigen Angebote nicht durchschaut? Den ganzen Weg nach San Francisco war er ihr gefolgt und hatte ihr dann drei Monate lang andauernd schöne Augen gemacht. Nur um sie zurück nach Dimö zu locken. Oswald würde sie niemals gehen lassen. Wenn ihr die Flucht dieses Mal nicht gelang, würde sie in diesem Kellerloch sterben. Auf einmal überwältigte sie eine unfassbare Erschöpfung.

Und so schnell, wie man eine Kerze ausbläst, schlief sie ein.

Weil ihr Körper heftig hin und her geschüttelt wurde, wurde sie wach. Sie war benommen, der Körper bleischwer vom Schlaf. Ihr Schlaf musste so tief gewesen sein, dass es schmerzte, die Augen zu öffnen. Das Licht an der Decke blendete sie, aber sie konnte seine Augen sehen. Dunkel vor Wut.

»Setz dich hin!«

Endlich ließ er sie los. Vor dem Bett lief er auf und ab, während sie sich mühsam aufrappelte. Es war noch stockdunkel, sie hatte das Gefühl, nicht länger als eine Stunde geschlafen zu haben. Was war passiert? Er stellte sich vors Bett, verschränkte die Arme vor der Brust und musterte sie. Äußerlich ganz ruhig, aber mit einem irren Blick und leichten Zuckungen im Gesicht. Seine Hose und das Hemd waren zerknittert, er war noch gar nicht im Bett gewesen.

»Wer war hier?«, fragte er.

Sie sah ihn fragend an.

»Hier ist niemand gewesen.«

»Du sollst nicht lügen, Sofia. Ich weiß, dass Anders nachts über den Hof geschlichen ist. Ich will wissen, ob er mit dir gesprochen hat.« Er war außer sich. Er schrie fast, so laut war seine Stimme. Und seine Gesichtsfarbe war gefährlich rot. Sofia überlegte, ob er Anders und Jacob verwechselte, denn er nahm es nicht so genau mit den Namen seines Personals.

»Warum sollte ausgerechnet Anders mit mir reden? Ich verstehe gar nicht, worum es geht.«

»Nee, aber das wirst du gleich verstehen. Darf ich dich daran erinnern, dass Anders Elviras Vater ist, ihr beide seid euch doch mal ganz nah gewesen. Mit ihr habe ich schon gesprochen, aber sie streitet alles ab. Und du kennst ja Elvira, sie verwandelt sich sofort in eine schluchzende Märtyrerin, wenn man sie zu hart rannimmt. Also werden wir beide das hier klären.«

»Es gibt nichts zu klären. Ich habe nicht mit ihnen geredet.«

»Das werden wir gleich herausfinden. Es geht um Vertrauen und Gehorsam. Wenn wir zusammenarbeiten wollen, musst du hundertprozentig loyal sein. Ich dachte, wir hätten Fortschritte gemacht, und dann das hier.«

»Aber du bist der Einzige, mit dem ich hier gesprochen habe, ich schwöre es.«

»Das Gespräch ist beendet. Steh auf, wir machen einen kleinen Spaziergang.«

Sie schnappte nach Luft. Zwei Erkenntnisse schlugen ihr ins Gesicht. Er würde sie woanders unterbringen, und sie würde nicht hier sein, wenn Simon und Jacob kamen, um sie zu befreien. Alles war vorbei.

Mit zitternden Beinen stand sie auf. Sie musste sich unendlich zusammenreißen, um nicht in Tränen auszubrechen. Sie trug nur das T-Shirt und die Unterhose, in der sie hergekommen war. Sie hatte es ausgewaschen und zum Trocknen ins Badezimmer gehängt. Es war noch feucht. Sie fühlte sich schäbig und albern, wie sie da barfuß vor ihm auf dem kalten Betonboden stand und eindringlich von ihm gemustert wurde. Sie wäre am liebsten ihrem Impuls gefolgt und hätte ihn mit dem Schraubenzieher angegriffen, aber sie wusste, wie stark er war. Es war klüger, sein Spiel mitzumachen, bis er sich wieder beruhigt hatte.

Er stellte sich hinter sie, packte ihre Arme und fesselte ihre Handgelenke mit einem Seil. Dann stieß er sie vor die Tür. In all dem Elend genoss sie es für einen kurzen Moment, dem Kellerloch zu entkommen.

Die Treppe, die nach oben führte, war nicht beleuchtet.

Hier war es vollkommen dunkel, sie hörte nur seinen Atem, während er sie nach oben führte.

Das grelle Licht der großen Eingangshalle blendete sie. Sie war darauf gefasst, dass er sie auf den Dachboden bringen würde, aber stattdessen schob er sie aus der Eingangstür nach draußen.

»Mach keine Dummheiten«, sagte er. »Benny ist auf dem Posten heute Nacht, und er weiß, dass du hier bist. Der Rest der Meute pennt, also wird dich niemand hören oder sehen.«

Als er die Tür öffnete, schlug ihr eiskalte Luft entgegen. Das Wetter war umgeschlagen, der Himmel hatte seine Farbe in ein sattes Indigo geändert, der Tag würde bald anbrechen. Sie zögerte, aber er packte sie am Arm und schob sie die Treppe hinunter.

»Los, geh rüber zu der kleinen Pforte. Schnell, beeil dich!«

Sie bewegte sich wie in Trance. Die harten Kieselsteine unter ihren Füßen waren das Einzige, was wirklich schien. Auch die Kälte konnte ihr nichts anhaben, nur die Angst beschäftigte sie, die Frage, wo er sie hinbringen würde. Wie ein Gespenst lief sie weiter, seine Finger bohrten sich wie Klauen in ihren Arm.

»Wo gehen wir hin?«, fragte sie.

»Wir prüfen deine Loyalität«, sagte er und lachte heiser.

Da wusste sie, welches Ziel sie hatten.

Der Wind nahm zu, als sie die Pforte hinter sich gelassen hatten. Das Heidekraut stach ihr in die Fußsohlen. Ihr Körper zitterte wegen der Kälte, und die Tränen brannten in ihren Augen. Es war fast Vollmond, und das Licht tauchte die Heide in ein tiefes Lila. Das dunkle, schwarze, donnernde Meer rief nach ihr, als sie näher kamen, weißer Schaum tanzte auf den Wellen, die in dichten Reihen an die Küste rollten. Am Horizont hing ein schmaler Lichtstreifen, aber sonst war der Himmel gerade jetzt dunkel. Der Teufelsfelsen streckte sich weit ins Wasser hinaus, mächtig, kalt und unbarmherzig. Er schob sie vor sich her, zerrte an ihrem Arm, mahnte sie sich zu beeilen.

Ich bin so gut wie tot, wusste sie, ich muss bald etwas tun, irgendwie reagieren. Sie versuchte sich loszureißen, stolperte, rappelte sich auf und wollte wegrennen, aber das war nicht leicht mit Händen, die auf dem Rücken gefesselt waren. Er packte sie und hielt sie fest.

»Hör auf damit, sonst nimmt das kein gutes Ende«, sagte er.

»Bitte, lieber Franz, tu das nicht!«, schrie sie verzweifelt.

»Aber ich bin nicht lieb! Hast du das noch immer nicht verstanden?«

Da schrie sie um Hilfe, brüllte so laut, dass sie dachte, ihre Lunge würde gleich platzen, aber der Wind verschluckte jeden Laut.

Sie hatten den Teufelsfelsen erreicht, und er führte sie bis zur äußersten Spitze. Blieb hinter ihr stehen, hielt sie an den Schultern fest.

Unter ihnen schlugen die Wellen gegen die Felsen, ein Strudel direkt unter ihnen spritzte Wasser in alle Richtungen, sodass auch sie nass wurden. Sie konnte ihren Blick nicht von dem wilden Meer reißen. Große Flächen von Tang schwebten auf seiner Oberfläche, das Wasser quoll durch alle Ritzen, floss durch jede Spalte in den Felsen. Die Gischt auf ihrer Haut war ganz so, als würde das Wasser an ihr lecken, sie schmecken, um sie gleich in einem Schluck zu verschlingen.

Die unaufhörliche Kraft des Wassers zog sie nach unten. Sie fror, ihre Zähne schlugen aufeinander, der ganze Körper zitterte. Sie spürte ihr Herz unter dem dünnen Stoff des T-Shirts. Der Sturm hatte den Felsen rutschig gemacht, sie verlor das Gleichgewicht, aber er packte sie. Sie hatte gedacht, er wolle sie hinunterstoßen, aber er hielt sie fest.

»Das Meer ist gierig, Sofia!«, zischte er ihr ins Ohr. »Und die Strömung ist besonders stark heute Nacht. Du musst jetzt die Worte sagen. Die Worte, die man sagen muss, bevor man springt.«

Sie schrie laut auf, ein gellender Schrei. Ihr Zittern wurde unkontrollierbar.

»Niemals!«

»Wenn du es tust, mach ich vielleicht deine Hände frei, bevor du springst. Sag sie jetzt! Sag es oder gib zu, dass du mit Elvira und Anders gesprochen hast.«

»Ich habe nicht mit ihnen geredet.«

»Dann sag die Worte!«

Es war diese eine Zeile, die sich tief in ihre Erinnerung eingegraben hatte. Diese Verkündigung vor dem Sprung, mit der man das Meer um die Reinigung von seinen Sünden bat.

Ihr liefen die Tränen über die Wangen, aber die wurden sofort von der Gischt weggespült.

»Möge ich meine Treulosigkeit in der Tiefe lassen und rein und ergeben wieder aus dem Wasser steigen«, murmelte sie leise.

»Lauter. Du musst es lauter rufen. Ruf es dem Meer zu.«

Sie schrie die Worte ein zweites Mal. Sie brüllte so laut wie das alte Nebelhorn. Dann drückte sie sich gegen ihn, versuchte ihn nach hinten zu schieben, weg von der Felsenkante. Aber er legte seinen Arm um sie und schob sie zurück. Dann ließ er sie für eine Sekunde los, um sie gleichzeitig am Rücken und in den Kniekehlen hochzuheben. Er drückte sie an sich und ging bis an die Spitze, hielt sie hoch. Die

Schwerelosigkeit machte sie schwindelig. Für einen Moment fühlte es sich an, als hätte er sie schon fallen gelassen und sie würde durch die Luft schweben. Aber da bewegte er sich, und sie wusste, dass sie noch von ihm getragen wurde.

»Hast du mit jemandem gesprochen?« Er musste schreien, um Wind und Meer zu übertönen.

»Nein, ich schwöre es. Nein.«

»Du bist eine Hexe, du wirst auf dem Wasser treiben.«

»Bitte, ich mache, was du willst!«

Ein Windstoß brachte ihn ins Schwanken, sie befürchtete, dass er sie fallen lassen würde, aber er fand sein Gleichgewicht wieder, drehte sich um und setzte sie an der Böschung ab. Er griff in ihre Haare und zog sie zu sich.

»Jetzt kennst du diesen schmalen Grat zwischen Leben und Tod. Die Frage ist nur, wer die Macht über diesen Grat hat. In Zukunft gehorchst du mir bedingungslos. Du wirst die Beine spreizen, wenn ich das will. Du wirst mir die Füße küssen und mich mit Sir ansprechen, so wie alle anderen auch. Versprichst du das?«

Sie nickte stürmisch.

»Sehr gut. Dann gehen wir jetzt nach Hause, und du machst dir heute Nacht ein paar Gedanken über diese Lektion, die du gerade gelernt hast.«

Auf dem Weg schwieg er. Schubste sie, wenn er sie zu langsam fand. Sie weinte aus Angst, dass er seine Meinung jederzeit wieder ändern könnte. Sie musste auf etwas Scharfes getreten sein, sich geschnitten haben, in einer Ferse pochte der Schmerz. Aber sie wagte nicht nachzusehen. Die Kälte spürte sie nicht mehr, ihr Körper war wie betäubt und erstarrt, aber er trug sie trotzdem weiter.

Als sie die kleine Pforte passiert hatten, blieb er stehen und zog sie an sich. Sie spürte seine Erregung. Das Intermezzo am Meer war ganz nach seinem Geschmack gewesen.

»Du bist so schön, weißt du das, Sofia?«, flüsterte er. »Du bist nicht so eng wie eine Vierzehnjährige, aber trotzdem schön. Und wenn wir schon dabei sind, du hast einen geilen Arsch.«

Sie presste ihre Nägel in die Handflächen, so fest sie konnte, um den Impuls zu unterdrücken, sich umzudrehen und ihm ins Gesicht zu spucken.

Er hob einen Arm, und sie hatte schon die Befürchtung, dass er ihr jetzt gleich die Unterhose herunterreißen würde, aber stattdessen brach er nur einen Zweig ab und steckte ihn von innen in das Schloss.

»So, hier kommt jetzt niemand mehr rein«, murmelte er.

Das Licht der Morgendämmerung glitzerte auf den Steinen im Hof. Auf dem Rasen lag Tau und kühlte ihren schmerzenden Fuß, aber sie spürte den anderen Fuß nicht mehr. Auch ihre Fingerspitzen waren taub. Sie sah zwei Füße, die aus der Hundehütte schauten. Schnell blickte sie weg, davon überzeugt, dass sie vor lauter Erschöpfung schon halluzinierte. Sie wollte so schnell wie möglich zurück in ihr Gefängnis, noch nie hatte sie sich so sehr nach etwas gesehnt. Sie hatte noch genug Zeit, wenn er sie allein ließ.

Lieber Gott, mach, dass er jetzt schlafen geht.

Als sie im Keller waren, löste er ihre Fesseln. Das Licht brannte noch. Es war so herrlich warm. Für einen kurzen Moment war die Welt wieder warm, weich und ruhig. Vor Erleichterung sackte sie fast zusammen.

»Jetzt müssen wir beide etwas Schlaf bekommen«, sagte er mit sanfter Stimme. »Ich hoffe, du freust dich genauso sehr auf morgen wie ich.«

»Nein …«

Sie biss sich auf die Lippe.
»Verzeihung, ich meinte, ja, das tue ich.«
»Ja, wie?«
»Ja, Sir.«

KAPITEL 57

Über dem Herrenhaus hatten sich blaugraue Wolken in Unheil verkündender Größe aufgetürmt. Trotzdem war alles still. Das Personal hatte den Hof verlassen, aber im Wachhäuschen brannte Licht. Simon holte Ingas Handy aus der Jackentasche und wählte seine Nummer. Jacob war sofort dran.

»Bist du schon da?«

»Ich bin auf dem Weg. Wirst du die Wache ablenken?«

»Ja, aber du musst noch Benjamin reinlassen. Er kommt durch den Wald zur Pforte. Wenn ihr Sofia habt, komme ich auch zu euch. Lasst die Pforte offen.«

Jacob murmelte eine Antwort, atmete schwer. Er war angespannt, so wie Simon auch. Benjamin war auf dem Weg nach ViaTerra kreidebleich geworden und wollte schon einen Rückzieher machen, als die Fassade des Herrenhauses sichtbar wurde. Aber Simon war unbeirrt weitergelaufen und hatte ihn angeherrscht, dass er sich zusammenreißen sollte.

Benny glotzte Simon sprachlos an, als dieser plötzlich vor dem Wachhäuschen stand.

»Was machst du denn hier?«

»Ich habe neue Informationen über Sofia, falls du noch interessiert bist.«

Bennys Gesichtsausdruck schien eher verwirrt als neugierig.

»Aha, und was sollte das sein?«

In diesem Augenblick vibrierte sein Telefon in der Tasche. Sein Name stand auf dem Display.

»'tschuldige, da muss ich kurz drangehen«, sagte er und ging außer Hörweite.

»Die Pforte«, hörte er Jacob keuchen. »Da steckt was im Schloss, ich kann sie nicht aufschließen. Wir haben keine Zeit mehr, was soll ich jetzt tun?«

Simon hörte sogar Benjamin im Hintergrund fluchen.

Er dachte an Sofia in ihrem Kellerverlies. Oswald hatte das alles genauestens geplant, so wie alles, was er tat. Vielleicht waren sie schon zu spät, und er war längst unten bei ihr.

»Lauf zum Gewächshaus und hol eine Leiter«, sagte er zu Jacob. »Auf Benjamins Seite liegt eine Birke, die er gegen die Mauer lehnen und daran hochklettern kann. Aber du musst ihm auf der andren Seite runterhelfen, damit er keinen Alarm auslöst.«

Simon schielte zu Benny rüber, aber der hegte offenbar keinen Verdacht, hatte in seiner Zeitschrift geblättert und sich in einen Artikel vertieft. Die Zeit raste davon, plötzlich hatte er einen verrückten Einfall, den er sofort umsetzte. Er hatte noch Oswalds Visitenkarte mit seiner Handynummer. Noch einen letzten Blick zu Benny, dann tippte Simon die Nummer ein. Oswald meldete sich mit einem schnodderigen *Hallo,* und Simon verstellte seine Stimme und sprach mit dem schönsten Stockholmer Dialekt, den er hervorbringen konnte.

»Spreche ich mit Franz Oswald Bärenstein?«

»Ja, wer ist da?« Oswald klang müde, als wäre auch er gerade erst aufgewacht.

»Hier ist Peter Ljungman. Ich rufe im Auftrag der GQ an. Wie Sie vielleicht wissen, erscheint in der Juli-Ausgabe immer ein Artikel über den bestgekleideten Mann Schwedens. Und wir haben uns für Sie entschieden und wollten Sie dafür gewinnen.«

»Woher haben Sie meine private Handynummer?«

»Ich gebe zu, das war nicht einfach, aber ich hoffe sehr, dass Sie daran interessiert sind.«

Oswalds Stimme wurde weicher.

»Ja, ich muss gestehen, dass mir das durchaus schmeichelt, aber was bedeutet das denn im Detail?«

Aus dem Augenwinkel sah Simon, wie Benjamin über die Mauer sprang und mit Jacob zusammen über den Hof zum Herrenhaus rannte. Der Alarm war also nicht ausgelöst worden. Alles war still wie ein Grab. Und Benny war nach wie vor in seine Zeitschrift vertieft und bohrte sich dabei verträumt in der Nase.

»Na ja, wir werden ein Interview mit Ihnen machen«, sagte Simon, aber da wurde das Gespräch abgebrochen. Wer weiß, warum. Vielleicht hatte Oswald am Fenster gestanden und Jacob und Benjamin auf das Haus zulaufen sehen. Vielleicht war ihm das alles auch plötzlich verdächtig vorgekommen. Aber das bedeutete, dass sie sich beeilen mussten. Sehr beeilen.

Simon rannte los, durch den Wald auf die Rückseite des Herrenhauses. Die Flasche und das Feuerzeug klimperten in seiner Jackentasche. Zweige schlugen ihm ins Gesicht. Die Birke lehnte noch an der Mauer, mit wenigen Schritten war er oben, balancierte vorsichtig am Stacheldraht vorbei und kletterte auf der anderen Seite an der Leiter wieder hinunter. Benjamin und Jacob kauerten am Kellerfenster und waren gerade dabei, das Vorhängeschloss aufzubrechen. Er lief so schnell er konnte, seine Hand hielt die Flasche krampfhaft in seiner Tasche umklammert.

Da hörte er Sofia schreien. Sie schrie so verzweifelt, dass sie sich beeilen mussten.

Endlich gab das Schloss mit einem lauten Knacken nach.

KAPITEL 58

Sie konnte nicht schlafen, aber das machte nichts, denn ihr ganzer Körper stand unter Hochspannung. Noch nie hatte sie sich so hellwach gefühlt. Kerzengerade saß sie im Bett und wartete. Mit geschärften Sinnen und der pochenden Angst, dass doch noch etwas schiefgehen konnte. Die kalten Farben meldeten den Anbruch des Tages.

Sie hörte Stimmen auf dem Hof, war neugierig, wagte aber nicht, die Leiter zu holen. Stattdessen nahm sie den Stuhl und stellte sich darauf. Dort drüben stand eine Frau mit einem riesigen Kinderwagen und redete mit einer der Wachen. Das war Elvira. Und doch war sie es nicht. Sie trug einen unförmigen Mantel, sie hatte sich die Haare zu einem unordentlichen Knoten gebunden, und ihr Gesicht war so blass, dass es fast leuchtete. Sie sah aus wie eine mittelalte, etwas ungepflegte Frau. Sofia hörte die Wache »Ich fahre dich zur Fähre« sagen, dann verschwanden die beiden vom Hof.

Sofia wusste genau, wie Elvira früher ausgesehen hatte. Entschlossen, kämpferisch. Und umwerfend schön. Sie erinnerte sich an die Elvira, die hochschwanger bei ihr zu Hause auf dem Sofa gelegen und sich diebisch darüber gefreut hatte, wie sie Oswald mit dem Blog eins ausgewischt hatten. Sie war so lebendig gewesen. Jetzt sah sie wie eine lebende Tote aus. Allerdings hatte Sofia hinter ihrer fröhlichen, unbeschwerten Fassade immer auch eine Traurigkeit gesehen.

Fünfzehn Jahre alt, das Leben in Trümmern und keine Wiedergutmachung in Aussicht.

Er hat nicht nur mein Leben zerstört, dachte Sofia. Hier geht es nicht bloß um mich. Aber er kann jeden Augenblick hier sein und mich vernichten.

Jetzt war es ganz still da draußen. Sie konnte nichts sehen, nur die leere Rasenfläche vor dem Fenster. Langsam meldete sich Zweifel, ob es die beiden wirklich schaffen konnten, sie durch das Fenster zu ziehen. Ihr lief ein kalter Schauer den Rücken hinunter. Die Vorstellung, stecken zu bleiben, war unerträglich. Mit der einen Hälfte im Himmel, mit der anderen in der Hölle.

Sie kletterte vom Stuhl, hielt sich an der Lehne fest. In ihr war eine Idee zu einem Plan gewachsen. Er war gefährlich, vielleicht auch dumm, sie hatte ihn verworfen, aber hartnäckig hatte er sich wieder gemeldet.

Den Stuhl trug sie zunächst zur Kellertür. Die war massiv, wie die Pforte zu einer Grabkammer, die würde man nicht so leicht eintreten können. Sie schob den Stuhl unter den Türgriff, sodass es unmöglich war, die Klinke herunterzudrücken. Dann holte sie die Leiter. Sie ließ sich nicht sofort aufklappen. *Scheißleiter!* Wütend trat sie dagegen, stellte sich vor, sie würde Oswald treten, aber die kurze Befriedigung wurde gleich darauf von einem anderen Gedanken überschattet, dunkel und gefährlich.

Sie hatte in der Kammer etwas gesehen, was sie nicht losgelassen hatte. Zwei Kanister mit Benzin, um zum Beispiel einen Rasenmäher zu betanken. Ganz hinten in der Ecke standen sie, verstaubt. Der Anblick ließ sie zusammenzucken. Aber schon Sekunden später vollzog sich eine Art Umwandlung ihrer Persönlichkeit. Die Nervosität war von ihr abgefallen und durch eine gefühllose Klarheit ersetzt worden. Sie stand neben sich, beobachtete sich von außen.

Ihre Bewegungen hatten etwas Methodisches. Ihr Körper glich einer Figur in einem Computerspiel, die auf die verschiedenen Kommandos reagierte und Aufgaben erfüllte. Sie biss in das belegte Brot, das Kauen fiel ihr schwer, aber sie kaute trotzdem mit entschlossener Verbissenheit und spülte alles mit Wasser herunter. Dann wählte sie eines der Kleider aus und zog sich das T-Shirt darüber und die Ballerinas an die Füße.

Die Benzinkanister standen geduldig in der Mitte des Zimmers und warteten.

Da hörte sie das Gemurmel des Personals, das sich auf dem Hof versammelte. Eine laute schrille Stimme. Morgenappell.

Bald. Bald würden sie kommen, Jacob und Simon. *Bitte, bitte, beeilt euch.*

Sie nahm die Familienchronik und steckte sie unter das eng anliegende Kleid.

Draußen hörte sie, wie sich das Personal in Bewegung setzte, als würden sie marschieren.

Sie hob die Benzinkanister hoch, in jeder Hand einen. Sie waren schwer. Wie viel Fläche würde sie damit bespritzen können? Sie wusste, dass ihr Vorhaben leichtsinnig und gefährlich war, aber sie spürte eine sonderbare, tiefe Ruhe in sich.

Sie schraubte den ersten Kanister auf. Der Benzingeruch war so intensiv, dass er ihr einen Kick gab. Sie begann, den Boden und die Gegenstände mit Benzin zu übergießen. Langsam und sorgfältig. Das Benzin aus dem zweiten Kanister war für die Wände. Sie versuchte, so hoch wie möglich zu spritzen. Der Raum roch schlimmer als eine Tankstelle.

Hoffentlich wurde sie von den Dämpfen nicht ohnmächtig. Leise schickte sie ein Stoßgebet in den Himmel.

Die Zeit blieb stehen. Sie setzte sich aufs Bett. Es gab nichts mehr zu tun. Sie musste nur warten. Geduld war nicht ihre Stärke. Plötzlich hatte sie eine Eingebung. Streichhölzer! Sie sprang auf und durchwühlte die Kammer, fluchte. Aber da, auf dem Boden eines Eimers lag es. Das Feuerzeug. Sie testete es und sah in die kleine Flamme. Dann steckte sie es sich in den BH, nahm ein Blatt Papier vom Tisch, zerknüllte es und steckte es auf die andere Seite.

Plötzlich hörte sie ein Poltern. Es kam aus dem Inneren des Hauses. Sie erstarrte. Doch dann blieb es still. Nun folgten laute Schläge mit einem Hammer, aber die kamen vom Kellerfenster. Wieder ein Poltern aus dem Inneren des Hauses. Und sie befand sich in diesem Spannungsfeld der beiden Geräusche, die wie eine innere und eine äußere Kraft waren, und beide zogen an ihr.

Sie sprang zur Leiter, sah ein Gesicht an der Scheibe. Sie waren gekommen, sie waren wirklich gekommen. Und schlugen mit einem Hammer auf das Vorhängeschloss ein. Dann klopfte jemand von außen an die Scheibe. Ungeduldig. Ihr Körper fing an, unkontrolliert zu zittern. Ihre Hände waren schweißnass, fanden an den Stufen der Leiter kaum Halt. Sie war schon fast oben, als sie hinter sich hörte, wie Oswald an der Türklinke rüttelte. Sie erstarrte, wie im Reflex. Immer wieder versuchte er die Türklinke herunterzudrücken. Er hämmerte gegen die Tür und brüllte.

»Sofia! Mach sofort auf! Sonst trete ich die Tür ein!«

Der Stuhl knackte bedrohlich, als würde er dem Druck jeden Augenblick nachgeben.

»Mach auf, du miese kleine Schlampe!«

Mit zitternden Fingern öffnete sie den Haken und stieß

das Fenster weit auf, hörte sich schreien. *Beeilt euch! Helft mir! Schnell!* Sie sah keine Gesichter, nur Hände, die sie packten und an den Armen hochzogen, so wie Pflanzen, die sich nach der Sonne streckten.

Ihr Bauch schabte am Fensterrahmen, aber sie spürte keinen Schmerz. Dafür war ihr Gehörsinn unangenehm verstärkt. Oswalds Tritte gegen die Tür klangen wie Hammerschläge auf Metall. Er fluchte, ganze Vorträge hielt er, war vollkommen außer sich und zu allem im Stande.

Sie schrie, als sie Boden unter den Füßen hatte, schrie vor Erleichterung, vor Schmerz. Sie sah Benjamins Gesicht, ganz nah an ihrem. Wie in einem Traum. Er zog sie an sich. Simon stand neben ihm, er hatte eine Flasche in der Hand.

»Wartet, ich muss noch was machen«, sagte sie und wollte das Feuerzeug herausholen. Aber Benjamin hielt sie so fest, dass sie sich kaum rühren konnte.

»Los, Simon, zünde sie an. Die Wache kommt!«, schrie er.

Sie hörten das Motorrad, das angelassen wurde. Sofia sah wie verschwommen, dass Simon ein Stück Stoff anzündete, das aus der Flasche hing. Erst als die Flasche durchs offene Fenster flog, wachte sie aus ihrer Erstarrung auf.

»Lauft, lauft so schnell ihr könnt, ich habe Benzin …« Ihre Stimme klang jetzt verändert, wie die eines anderen.

Die Flasche zerbarst auf dem Kellerboden, dann folgte die Explosion. Ein lautes Fauchen und Knacken, das zu einem Inferno aus Schlägen und Flammen wurde, die loderten und aus dem Fenster schlugen.

Sie rannten ohne Luft zu holen zur Mauer, Benjamin zuerst, Simon hinterher, er streckte ihr die Hand hin, zog sie hoch. Der Feueralarm heulte und jaulte. Sofia sprang nach unten und wurde von Benjamin aufgefangen, dann nahm er ihre Hand und zog sie hinter sich her.

Weiter ging es durch den Wald. Ein sanfter Regen legte sich auf ihre Haut. Ihr Körper war so erschöpft von den Tagen im Keller, dass sie keine Kraft mehr hatte. Aber sie spannte alle Muskeln an und mobilisierte die letzten Energiereserven. Ihr Herz schlug ihr bis zum Hals, die Lunge brannte. Auch der Schmerz in ihrer Ferse meldete sich zurück, bei jedem Schritt fuhr er ihr durch den Körper. Sie stolperte über eine Baumwurzel, rappelte sich wieder auf.

Benjamin zog sie weiter. Da tauchte Simon auf ihrer anderen Seite auf und packte ihren Arm. Die beiden trugen sie förmlich über den Boden. Der Wald öffnete sich, und da lag das gewaltige Meer vor ihnen, wie eine graue, schäumende Decke. Simon trug sie das letzte Stück zu einem Felsvorsprung.

Wie aus dem Nichts tauchte das Motorboot auf, war an einem Felsen vertäut. Simon half ihr an Bord. Als er sie losließ, wurde ihr so schwindlig, dass ihr die Beine wegsackten. Aber Benjamin nahm sie in den Arm, wiegte sie wie ein kleines Kind.

Da kam Jacob angerannt.

»Alles in Ordnung, sie verfolgen uns nicht, die sind mit dem Löschen des Feuers beschäftigt.«

Erst jetzt drehte sie sich zur Küste um und sah die dicken Rauchschwaden. Die Flammen, die nach dem hellgrauen Himmel griffen. Und der Wind blies Asche zu ihnen.

KAPITEL 59

Sie waren auf dem Weg über den Sund, als eine zweite Explosion die Luft erschütterte. Edwin Björk fuhr schnell. Das Wasser spritzte am Bug hoch. Das Boot schlug auf den Wellenkämmen auf und schleuderte sie hin und her.

»Simon, was ist in der Flasche drin gewesen? Das Zeug brennt ja wie der Teufel«, rief Benjamin.

Simon raufte sich die Haare.

»Das war ich«, sagte Sofia. »Ich habe überall im Keller Benzin verschüttet.«

Simon hob die Augenbrauen, und Jacob starrte sie entgeistert an.

»Bitte was?«, sagte Benjamin. »Bist du noch ganz bei Trost?«

»Ja, das bin ich.« Ihre Augen brannten, wütende Tränen liefen ihr die Wange hinunter. »Er hat mich geschlagen und vergewaltigt. Und heute wollte er mich mit seinem Lederriemen erdrosseln. Das war sein Plan. Was glaubst du denn, was er mit mir da unten im Keller gemacht hat? Monopoly gespielt?«

Sie fühlte sich wie in einem Schwebezustand, als würden die Tentakel aus dem Keller noch nach ihr greifen. Nur langsam lösten sie sich, einer nach dem anderen, je größer der Abstand zur Insel wurde.

Benjamin schob sie verstört von sich. Er schluckte, war den Tränen nahe.

»Verdammt. Verdammt. Ich hatte ja keine Ahnung.«

Dann lagen sie sich wieder in den Armen. Keiner von ihnen wollte die Tränen des anderen sehen. Sie bohrte ihr Gesicht in seinen Hals, spürte ihr Herz schlagen.

Erst als sich ein Platzregen über sie ergoss und ihre Tränen wegspülte, ließen sie sich wieder los und sahen sich an.

Sie hatte erwartet, dass sich zwischen ihnen nach so langer Zeit eine Mauer gebildet hätte, aus Eifersucht und Misstrauen. Aber vor ihr saß Benjamin – genau so, wie sie ihn kannte. Groß, ruhig und zuverlässig. An seinen langen Wimpern hingen Wassertropfen, und über seine Wange liefen keine Tränen mehr, sondern Regenwasser.

»Dafür muss dieses Schwein büßen«, sagte er. »Dafür werden sie ihn drankriegen.«

»Und was ist, wenn wir ihn umgebracht haben?«, fragte Jacob ängstlich.

»Das haben wir nicht. Die Wände da unten sind aus Stein, das Feuer wird sich nach oben ausbreiten, dort sind die Böden aus Holz«, beruhigte ihn Sofia.

Da meldete sich Björk aus dem Steuerhäuschen zu Wort.

»Das stimmt. Trotzdem hoffe ich, dass es ihn erwischt hat.«

Simon fing an zu lachen.

»Mann, Simon, hör auf so zu lachen. Das ist spooky«, sagte Benjamin. »Er kann uns deswegen anzeigen. Die Wachen haben uns gesehen.«

»Nein, das kann er eben nicht«, sagte Simon und grinste.

»Und warum nicht?«

»Wir sind doch gar nicht da gewesen. Sofia hat ein wasserdichtes Alibi, dafür hat Oswald selbst gesorgt. Jacob ist heute Morgen geflohen und hat sich bei Edwin versteckt. Elsa kann bezeugen, dass er den ganzen Vormittag bei ihr war. Benjamin hat keinen Fuß auf die Insel gesetzt und ist auch gestern früh nicht mit der Fähre gekommen. Das kann Edwin bestätigen. Und ich, ich bin nur ein Bauerntölpel, der in der Erde gräbt. Das wird Inga Hermansson bezeugen.«

»Aber es gibt noch eine Person, die weiß, dass ich hier bin«, sagte Sofia. »Dieser miese Typ, Mattias, den ich in San Francisco kennengelernt habe. Er hat meinen Mail-Account gehackt.«

»Genau! Was ist, wenn der alles zugibt und gesteht?«, fragte Benjamin.

»Das wird er nicht«, sagte Simon. »Der wird wohl kaum zugeben, dass er Sofia entführt und ihren Mail-Account gehackt hat. Callini und Mattias sind doch nur Oswalds Spielfiguren. Und Mattias ist jetzt in einer ziemlich beschissenen Situation. Mit ihm nehmen wir Kontakt auf, wenn wir an Land sind. Der wird uns noch von großem Nutzen sein.«

Benjamin lachte und warf die Hände in die Luft.

»Simon, du bist echt der Hammer! So was von souverän und cool! Aber Sofia, du musst Oswald wegen der Vergewaltigung anzeigen.«

Sofia verzog das Gesicht. Schon der Gedanke, sein spöttisches Grinsen im Gerichtssaal sehen zu müssen, erzeugte Übelkeit.

»Das werde ich nicht tun. Er hat für die Vergewaltigung von Elvira ein gemütliches Jahr im Knast geschenkt bekommen, in dem er sein idiotisches Thesenbuch geschrieben hat. Es ist das Beste, wenn der ganze Scheiß da verbrennt.«

Sie hörten die Sirenen der Feuerwehr. Auch die blauen Lichter flackerten über den Sund. Sofia drückte die Familienchronik fest an ihren Körper. Was für ein Glück, dass sie das Buch auf der Flucht nicht verloren hatte. Ein Teil von ihr befand sich noch mit klopfendem Herzen in dem Keller, der andere Teil war von einem tiefen, inneren Frieden erfüllt.

Vor ihnen lag das Meer. Es hatte aufgehört zu regnen. Die feuchte kühle Luft strich ihr übers Gesicht. Der Wind flüsterte in ihren Haaren. Es war Sigrid Bärensteins Stimme. *Jetzt bekommt er, was er verdient.*

Ein neuer Plan setzte sich in ihrem Kopf zusammen, ein Szenario, das nach Triumph und Gewinn schmeckte. Zwar schlich sich sofort der Gedanke dazwischen, dass Oswald auch diese Schlinge würde umgehen können. Aber dann fiel der erste Dominostein um. Und auf einmal öffnete sich die Tür zu einer Lösung. Sie spürte, wie sich ihre Lippen zu einem Lächeln verzogen. Natürlich, es war so einfach.

Sie hatten den Hafen fast erreicht. Sie wollte sich kneifen, um sich daran zu erinnern, dass sie es geschafft hatten. Das harte Deck des Bootes, Benjamins warme Arme, der dunkle Himmel über ihnen. Es gab viel zu tun. Sie überlegte, was sie als Nächstes vorhatte. Sie wollte ihren Mail-Account zurück, Mattias unter Druck setzen, ihre Eltern wiedersehen, sich was Warmes anziehen und vor allem etwas essen.

Ihr fiel es schwer, sich von Simon zu trennen. Sein warmer, liebevoller Blick ruhte auf ihr und löste ein gutes Gefühl in ihr aus. Freundschaftliche Liebe. Simon lachte.

»Mann, war das cool!«

Auf der anderen Seite des Sundes konnte man das Feuer deutlich sehen, wie ein großer, roter Fleck am Himmel. Wie ein morgendlicher Sonnenuntergang.

Es ist schade um das schöne alte Gebäude, fand Sofia.

»Aber ich war ja zum Glück nicht da.«

EPILOG

Kriminalkommissar Tutus Berg lässt die Jalousien im Verhörraum herunter. Ohne Hast, er hat viel Zeit. Er möchte diesem Oswald unmissverständlich zu verstehen geben, dass dieses Verhör nach seinen Vorgaben erfolgt.

Berg ist im Laufe seiner Amtszeit etwas mürrisch und grimmig geworden, was ihn allerdings nur zu einem noch besseren Beamten gemacht hat. Und heute wird er die Nuss Oswald knacken, es ist allerhöchste Zeit.

Franz Oswald hat mit der Sekunde seines Erscheinens ein gereiztes und ungeduldiges Verhalten an den Tag gelegt. Gier, denkt Berg, da kann man sehen, was das mit einem Menschen macht. Warum wollen diese Menschen immer noch mehr?

Oswalds eine Augenbraue ist verbrannt, was einen lustigen Effekt in dem ansonsten sehr symmetrischen Gesicht erzeugt. Er starrt Berg an. Alles an ihm schreit Tyrann und Despot.

»Wird es nicht langsam Zeit, dass wir mal anfangen?«, fragt Oswald genervt.

»Doch, ich wollte Sie gerade dasselbe fragen. Wird es nicht allmählich Zeit, dass Sie mir erzählen, was wirklich auf der Insel passiert ist? Wir wissen, dass es Brandstiftung war. Und wir wissen, dass sich nur Sie und der Wachmann auf dem Anwesen befunden haben. Der Wachmann bestätigt Ihre Version, aber da gibt es leider ein kleines Problem.«

»Und das wäre?«

»Dass es sich dabei um eine große Lüge handelt. Eine Falschaussage.«

»Ich habe Ihnen doch schon gesagt, dass eine ganze Bande das Herrenhaus in Brand gesteckt hat. Benjamin, Simon und Jacob, der bei mir im Stall gearbeitet hat, und dann diese Schlampe von Sofia Bauman.«

»Na, na, bitte achten Sie auf Ihre Sprache«, weist ihn Berg zurecht. »Ein so religiöser Mann wie Sie …«

»Ich bin kein verdammter Priester. Warum hören Sie mir nicht zu?«

Oswalds Stimme zittert. Er ist kurz davor, die Kontrolle zu verlieren.

Die beiden starren sich an. Keiner gibt nach.

»Sie wissen genauso wie ich, dass alle Genannten ein wasserfestes Alibi haben. Sofia Bauman ist in Kopenhagen auf dem Weg nach Lund gewesen. Oder wollen Sie behaupten, dass sie das Feuer von dort mit Zauberhand gelegt hat?«

»Aber sie *war* auf ViaTerra! Ich habe Ihnen doch gesagt, dass Sie mit Mattias Wilander reden sollen, aber wahrscheinlich haben Sie das nicht getan!«

»Oh, doch, das haben wir. Mit beiden, Bauman und Wilander. Ein hübsches Paar, aber ich befürchte, sie werden sich bald trennen. Auf jeden Fall haben sie bestätigt, dass sie sich eine Woche lang in Paris eine gute Zeit gemacht haben und einen Tag nach dem Brand erst wieder nach Hause gekommen sind. Wir haben auch das Personal in den Hotels befragt, in denen sie eingecheckt haben.«

»Aber das ist nicht wahr!«, unterbrach ihn Oswald. »Mattias arbeitet für mich. Das ist ein Missverständnis. Er wohnt schließlich in meiner Wohnung!«

»Ja, das wissen wir auch. Aber ich habe das Gefühl, Sie

werden noch einen Aussteiger verkraften müssen. Er hat zu Protokoll gegeben, dass er Ihr autoritäres Gehabe satthabe, und es sich anders überlegt hat, nachdem er Sofia Bauman kennengelernt hat.«

Oswalds Blick irrt wild durch den Raum.

»Sofia Bauman ist eine Kriminelle. Sie hat mich reingelegt. Sehen Sie nicht, dass das hier eine Falle ist?«

Berg schüttelt den Kopf.

»Können Sie bitte Sofia Bauman aus der Geschichte lassen? Ich finde, Sie sind für meinen Geschmack ein bisschen zu fixiert auf sie.«

Berg registriert die Veränderung in Oswalds Verhalten sofort. Obwohl es eher ein Gefühl ist. Als wäre etwas in dieser glatten Fassade gesprungen. Unhörbar. Als würde sich eine elektrische Spannung bilden. Berg kennt das aus unzähligen Verhören. Er kennt die Angst in den Augen der Beschuldigten, wenn sie erkennen, dass sie in der Falle sitzen. Entweder bildet er sich das ein, oder Oswald wird gerade blass, trotz seiner tadellosen Bräune. Aber er steht kurz vor der Explosion. Ist genau da, wo Berg ihn haben wollte.

»Wissen Sie, was ich glaube?«, fragt Berg.

»Woher soll ich das bitte wissen?« Oswald brüllt, hat seine Stimme nicht mehr unter Kontrolle. Er spuckt, und auf seiner Stirn bildet sich eine dicke blaue Ader.

»Ich glaube, dass Sie den Genannten gegenüber Groll empfinden, weil diese Leute aus Ihrer Sekte ausgestiegen sind. Ich habe alle verhört, es sind wirklich nette Typen. Es gibt nicht viele aufrichtige junge Menschen heutzutage. Was für ein Glück, dass sie ausgestiegen sind, solange sie noch konnten.«

Oswald lehnt sich über den Tisch. Berg würde es nicht verwundern, wenn er gleich aufspringen und ihm ins Gesicht schlagen würde.

Darum steht er selbst auf. Er hat kein Interesse an einer Schlägerei. Noch nicht. Er legt einen Finger auf die Aktenmappe vor sich. Die Unterlagen der Versicherungsgesellschaft.

»Wie hoch ist die Versicherungssumme?«

»Das wissen Sie doch schon.«

»Das ist eine stolze Summe, stimmt's? Aber eine Sache verstehe ich nicht. Warum haben Sie das getan? Sie haben doch eigentlich genug Geld. Mehr als Sie brauchen. Warum mussten Sie so verdammt gierig sein? Verständlicherweise ist die Versicherung sehr am Ausgang dieser Ermittlungen interessiert.«

Da springt Oswald vom Stuhl auf, der nach hinten kippt und polternd auf den Boden fällt.

»Sie können mich mal!«, schreit er, reißt die Tür auf und knallt sie hinter sich wieder zu.

Berg seufzt. Oswald kommt nicht weit. Vor der Tür stehen zwei Wachen, die ihn gleich zurückbringen werden. Während er dem lautstarken Wortgefecht draußen lauscht, träumt er von seinem Leben, das vor ihm liegt. Das hier wird ein hervorragender Abschluss seiner Laufbahn sein. Fast ist es ein kleines Wunder, dass ihm der Fall auf den Tisch gepurzelt ist. So kurz vor der Pension. Die Medien werden sich darauf stürzen. Und eins ist ganz sicher, dieses Mal wird Oswald nicht so einfach davonkommen.

Die Tür geht wieder auf, und die Wachen führen einen wütenden Franz Oswald zurück in den Verhörraum und zwingen ihn, auf dem Stuhl Platz zu nehmen.

Das wird gut, lächelt Berg, richtig gut.

EIN KURZES NACHWORT – EREIGNISSE UND PERSONEN

Sämtliche Personen und Ereignisse in diesem Buch sind frei erfunden. Sowohl Franz Oswald, die Insel Västra Dimö als auch ViaTerra sind Produkte meiner Fantasie. Dennoch war es unmöglich, sich von den fünfundzwanzig Jahren, die ich selbst Mitglied einer Sekte und später dann Aussteigerin war, nicht inspirieren zu lassen.

Bei der Beschreibung der Universitätsbibliothek von Lund und dem Gefängnis in Skogome habe ich mir gewisse Freiheiten erlaubt. Die genannten Personen existieren dort nicht.

Ich hoffe, mein Roman kann ein tieferes Verständnis für das Leben eines Aussteigers vermitteln. Sekten und religiöse Glaubensgemeinschaften sind nicht die einzigen Gruppen, aus denen man manchmal fliehen muss. Die Sektenmentalität, in deren Folge eine Person die Macht über eine ganze Gruppe oder ein Individuum hat, findet sich überall in unserer Gesellschaft. Missbrauch. Mobbing. Diktatur.

Es dauert lange, bis die Wunden verheilen. Aber es ist möglich, und es ist nie zu spät, ein neues, besseres Leben in Freiheit zu beginnen.

DANKSAGUNG

Vielen Dank an alle, die mir geholfen, mich unterstützt und ermuntert haben, dieses Buch und den Vorgänger *Die Sekte. Es gibt kein Entkommen* zu schreiben.

Dank an meine wunderbaren Eltern, an meinen Sohn John und an seine Familie in den USA.

Ich danke meinem Mann Dan, der sich viele Male durch jede Seite des Buches gequält hat.

Auch einen lieben Dank an Ann-Catrin Sköld Pilback, meine Mentorin, Sprachpolizistin und Freundin, die wie ich an diese Bücher geglaubt hat. Manchmal sogar mehr als ich.

Dank an meine Testleser Johan Zillén und Britta Larsson.

Ich danke Jonas Ornstein, der mich von Anfang an zu diesem Projekt ermuntert hat und mich ermutigt hat, Risiken einzugehen.

Und ich danke Ulla McLean, die mir einen Einblick in das Gefängnis von Skogome gewährt und mir unermüdlich meine Fragen beantwortet hat.

Eva Sköld hat mich in das schwedische Rechtssystem eingeführt, dafür danke ich ihr sehr.

Ich danke besonders meinen Freunden Anna Lindman, Håkan Järvå, Noomi Andermark und vielen anderen, die so ausdauernd daran arbeiten, anderen zu helfen, die Übergriffe und Unterdrückung in Sekten erlebt haben. Ein großer Dank geht auch an alle Aussteiger in den USA, an meine ehemaligen Arbeitskollegen, die endlosen Schikanen ausgesetzt waren, sich aber nie haben unterkriegen lassen.

Ich danke allen Lesern, die sich mit Fragen und Anregungen bei mir gemeldet haben. Ihr habt mich angetrieben, wenn es am schwierigsten war.

Ich danke auch anderen Autoren, dic mir mit Tipps geholfen haben: Jenny Rogneby, Emilie Schepp, Elisabeth Akteus Rex, Caroline Eriksson und vielen anderen.

Dank an Maria Enberg von der *Enberg Literary Agency* für die aufmunternde Hilfe.

Und natürlich danke ich meiner Verlegerin Frida Rosesund. Frida, du bist magisch!